KiWi 275

Über das Buch
»Wein und Brot«, neben »Fontamara« Silones berühmtester Roman, erzählt die Geschichte des Widerstandskämpfers Pietro Spina, der immer wieder vor den Schergen Mussolinis fliehen muß. Schließlich muß er sogar seine Identität aufgeben und in die Rolle des Priesters Don Paolo Spada schlüpfen. Mit den alltäglichen Sorgen der abruzzischen Cafoni konfrontiert, gerät Pietro Spina zunehmend in Widerspruch zur kommunistischen Parteiführung.
Dieser Roman, der viele autobiographische Elemente enthält, ist nicht nur als Abenteuerroman und Politthriller mit teilweise bitter humoristischen Zügen zu lesen, sondern auch als eine unvergleichliche Schilderung der Abruzzen und einer ganzen historischen Epoche.

Der Autor
Ignazio Silone (eigentlich Secundo Tranquilli), geboren 1900 in Pescina in den Abruzzen, gestorben 1978 in Genf. 1921 Mitbegründer der KPI, aus der er 1930 austrat. 1930 bis 1944 im Exil in der Schweiz, wo 1936 der Roman »Wein und Brot« entstand. Silone war einer der literarischen Vertreter des italienischen Neo-Realismus.

Weitere Titel bei k&w
Eine Handvoll Brombeeren, KiWi 80, 1985
Fontamara, KiWi 83, 1985
Der Fuchs und die Kamelie, KiWi 115, 1986
Das Geheimnis des Luca, KiWi 172, 1988
Der Samen unter dem Schnee, Roman, 1990
Notausgang, KiWi 241, 1991

Ignazio Silone

Wein und Brot

Roman

Aus dem Italienischen
von Hanna Dehio

Kiepenheuer & Witsch

Titel der Originalausgabe *Vino e Pane*

Aus dem Italienischen von Hanna Dehio

Umschlag Manfred Schulz, Köln
Gesamtherstellung Clausen & Bosse, Leck
ISBN 3 462 02192 3

1

Der alte Don Benedetto saß im Schatten einer Zypresse auf der niedrigen Mauer des Gartens und las sein Brevier. Hinter ihm arbeitete seine Schwester am Webstuhl, der zwischen einer Buchsbaumhecke und einem Rosmarinbeet aufgestellt war. Das Schiffchen flog zwischen den roten und schwarzen Fäden gleichmäßig hin und her, vom rhythmischen Schlagen der Pedale und des Webkamms begleitet. Plötzlich hielt die Weberin inne und blickte unruhig ins Tal hinunter, wo ein Gefährt am Fuße des Hügels stehen geblieben war. Aber es war nur ein Ochsenkarren, und sie nahm enttäuscht ihre Arbeit wieder auf.

»Du wirst sehen, jetzt kommen sie bald«, sagte sie zu ihrem Bruder.

Don Benedetto zuckte mit gespielter Gleichgültigkeit die Achseln.

Seine Schwester warf das Schiffchen nach links und nach rechts, ohne die Straßen im Tal aus den Augen zu lassen. Zur Rechten sah man neben den Eisenbahnschienen ein Stück der Via Valeria, der großen Straße, die zwischen Wiesen und Feldern nach Avezzano führte, zum Monte Bove anstieg, nach Tivoli hinunter führte und schließlich in Rom endete, wie jeder Fluß im Meer endet. Zur Linken ging eine schmale Landstraße zwischen Weinbergen und Erbsenfeldern steil bergauf, bis ins Herz der Abruzzen, wo die letzten Bären zwischen Buchen und Steineichen leben.

Auf der Landstraße, die steinig und gewunden war wie ein ausgetrocknetes Flußbett, bewegte sich auf dem Rücken eines Esels eine junge Bäuerin mit einem Kind auf dem Arm langsam vorwärts. Auf einem kleinen Acker hinter dem Kirchhof zog ein Bauer dunkle Furchen mit seinem armseli-

gen Holzpflug, der von zwei Eseln gezogen wurde. Wie eine alte, eintönige Pantomime wirkte das Leben, wenn man so vom Garten des Priesters aus zusah.
Don Benedetto wurde an diesem Tage fünfundsiebzig Jahre alt. Es war ein milder Aprilnachmittag, der erste Frühlingstag nach einem strengen Winter. Auch Don Benedetto hob von Zeit zu Zeit den Blick von seinem Brevier und sah ins Tal hinunter. Er erwartete die Ankunft einiger junger Leute, die vor Jahren seine Schüler gewesen waren. Einige von ihnen mußten aus der Stadt kommen, andere von den Bergdörfern, in die sie das Schicksal verschlagen hatte. Aber wer konnte wissen, ob sie überhaupt kommen würden?
Unterhalb des Gartens drängten sich die armseligen Häuser des Dorfes, das um diese Stunde ausgestorben schien. Auf dem engen Platz in der Mitte wuchs Unkraut zwischen den Steinen. Im Hintergrund war das niedrige Portal einer alten Kirche zu sehen und darüber eine große durchbrochene Fensterrose. Häuser und Straßen waren verlassen. Nur ein zerlumpter Bettler überquerte den Platz, ohne stehenzubleiben. Ein Kind erschien an einer Haustür und beobachtete ihn; dann versteckte es sich hinter einer Hecke und sah ihm durch die Zweige neugierig nach.
»Vielleicht hätte ich Bier kaufen sollen«, sagte die Schwester. »Und du hättest dich auch rasieren können, zur Feier deines Geburtstages.«
»Feier? Schöne Zeiten zum Feiern, wahrhaftig. Für die jungen Leute wird Tamarindensaft genügen«, sagte Don Benedetto. »Wenn sie überhaupt kommen.«
Der Tamarindensirup wurde in Flaschen aus der Stadt bezogen; Erdbeeren, Pilze und Eier dagegen brachte Matalena Ricotta, die aus einem der Gebirgsdörfer herunterkam.
Don Benedetto legte sein Buch neben sich auf die Mauer und folgte mit den Augen der Arbeit des Webstuhls. Wie enttäuscht würde Marta sein, wenn die Gäste ausblieben. Sie hatte die Einladungen heimlich ausgeschickt, doch am Mor-

gen dieses Tages hatte sie es dem Bruder erzählt, um ihn am Ausgehen zu verhindern. Aber wenn die Eingeladenen nicht kamen? Die beiden alten Leute vermieden es sich anzusehen, um ihre Unruhe voreinander zu verbergen.

»Weißt du schon, daß wir wieder beim Tauschhandel angelangt sind?« sagte Marta. »Sciancalla gibt seine Kohlen nur noch gegen Zwiebeln und Bohnen ab.«

»Seit einiger Zeit habe ich wieder Sodbrennen nach dem Essen«, sagte Don Benedetto. »Das kohlensaure Natron kostet jetzt dreimal soviel wie früher.«

Das Natron kam aus der Stadt, ebenso wie das Insektenpulver und die Sicherheitsklingen für den Rasierapparat.

»Schöne Sicherheit... Mit diesen Klingen schneidest du dich öfter als mit dem alten Rasiermesser«, sagte die Schwester.

»Sicherheit ist immer ein relativer Begriff. Auch der öffentliche Sicherheitsdienst ist eher eine öffentliche Gefahr«, erwiderte Don Benedetto. »Übrigens, wenn ich es recht bedenke, werden meine Schüler wohl doch lieber Wein trinken; sie sind ja keine Kinder mehr.«

Tatsächlich hatten die ehemaligen Schüler, die Don Benedetto erwartete, gleich nach dem Weltkrieg ihre Reifeprüfung gemacht und mußten also die dreißig überschritten haben. Marta erhob sich und brachte aus der Küche die Erfrischungen für die Gäste. Sie stellte sie auf den Steintisch, der zwischen Salbei und Tomatenpflanzen in der Mitte des Gartens stand.

»Mit Nunzio können wir jedenfalls rechnen«, sagte sie. »Der kommt bestimmt.«

»Er ist Arzt und hat viel zu tun«, bemerkte Don Benedetto.

Marta kehrte wieder zu ihrer Arbeit am Webstuhl zurück.

»Hast du schon gehört, daß wir einen neuen Kommissar haben?« sagte sie. »Natürlich ist es wieder einer von auswärts. Es soll noch andere Veränderungen geben, im Zusammenhang mit dem neuen Krieg in Afrika.«

»Kriege nützen der Karriere«, sagte Don Benedetto.

Alles Neue, alle Veränderungen kamen aus der Stadt. Kommissare, Inspektoren, Kontrolleure, Bischöfe, Gefängnisdirektoren und politische Redner wurden mit zeitgemäßen ›Direktiven‹ aus der Stadt in die kleinen Orte geschickt. Auch Zeitungen, Grammophone, Radioapparate, Romane und die neuesten Schlager kamen aus der Stadt. Von den Bergen kam der arme Kapuzinermönch Gioachino mit seinem Bettelsack; von den Bergen kam auch Sciatàp, der jeden Dienstag den Markt besuchte, und ebenso Magascià, der am Samstag Salz und Tabak einkaufte. Hin und wieder erschien auch Cassarola, die Kräuterfrau, und brachte getrocknete Pflanzen, Dachshaare und Schlangenhäute gegen den bösen Blick. Und Ende November, wenn die Adventszeit begann, kamen die Dudelsackpfeifer von den Bergen ins Tal herunter und spielten ihre alten Weihnachtslieder.

»Hast du schon gehört, daß Clarice sich mit einem Mechaniker von der Zuckerfabrik verlobt hat?« sagte Marta. »In Kriegszeiten heiraten heißt Weizen zwischen Dornen säen.«

Einige Fäden der Kette hatten sich verwirrt, und Marta mußte aufstehen, um den Knoten zu lösen.

»Manche Frauen sind für die Rolle der Kriegswitwe geboren«, bemerkte Don Benedetto. »Dichter muß man werden, aber zur Kriegswitwe oder zum Bischof wird man geboren. Damit will ich nichts gegen Clarice sagen, die ein nettes Mädchen zu sein scheint.«

»Sie hat eine schöne Mitgift«, sagte Marta. »Guter Boden, Hanfboden.«

»Will der Mechaniker die Arbeit in der Fabrik aufgeben und Hanf bauen?«

»Im Gegenteil«, sagte Marta. »Clarice will das Land verkaufen. Hanf ist nicht mehr gefragt.«

Hanf war seinerzeit sehr gefragt gewesen, aber jetzt verkaufte er sich nicht mehr; man fand den groben Jutestoff zu teuer und nicht fein genug.

»Auch hausgewebte Wollstoffe werden nicht mehr ge-

schätzt«, sagte Don Benedetto. »Auch wir werden nicht mehr geschätzt.«
»Auch Maßschuhe und massive Möbel sind nicht mehr zeitgemäß«, fügte Marta hinzu. »Die Handwerker schließen einer nach dem anderen ihre Werkstatt.«
Die Fabrikware kostete weniger und war gefälliger. Wer die Möglichkeit hatte, schloß seinen Laden und ging in die Stadt. Nur die Alten blieben im Dorf und warteten auf den Tod.
»Wir sind auch nicht mehr zeitgemäß«, sagte Don Benedetto. »Wir sind zu rauh und primitiv.«
Marta stand auf, um den Webebaum zu drehen. Die selben Worte hatte damals der Bischof gebraucht: »Ihr Bruder, verehrtes Fräulein, hat eine rauhe und primitive Art, die wir an einem Lehrer unseres Internates nicht dulden können, dessen Zöglinge den reichsten, das heißt den besten Familien der Gegend angehören.«
Der Bischof, das mußte man ihm lassen, war nicht rauh und primitiv, und da Don Benedetto in allem, was seine Karriere betraf, sehr zurückhaltend war, hatte Monsignore ihn unter dem Vorwand seiner schwachen Gesundheit vor die Tür gesetzt.
Man kann sich leicht vorstellen, wie sehr es die zahlreichen Verwandten ärgerte, daß Don Benedetto in Ungnade gefallen war. Wozu all die Opfer für seine Ausbildung, wenn es schließlich ein solches Ende mit ihm genommen hatte? Die Verwandten haßten ihn geradezu, denn sie hatten gehofft, in dieser Zeit, wo man ohne Unterstützung und Empfehlung nichts ausrichten konnte, an ihm einen Fürsprecher bei den Behörden zu haben. Das letzte Zusammentreffen beim Notar in Fossa hatte mit einer sehr peinlichen Szene geendet.
»Du Unglückseliger«, hatte eine von Don Benedettos Tanten ausgerufen. »Was glaubst du wohl, warum haben wir so viele Opfer gebracht, um einen Priester in der Familie zu haben?«

»Ich denke doch, um Gott wohlgefällig zu sein«, hatte Don Benedetto geantwortet.
Hätte er das nicht gesagt! In den Ohren dieser guten Christen klangen seine harmlosen Worte wie eine mutwillige Herausforderung, und nur das Eingreifen des Notars rettete den alten Priester vor ihrem gerechten Zorn.
Seitdem lebte Don Benedetto still und zurückgezogen mit seiner Schwester in dem kleinen Hause oberhalb von Rocca dei Marsi und teilte seine Zeit zwischen dem Garten und seinen alten Büchern. Da er von Natur zurückhaltend und schweigsam war, galt er bald in der Umgegend als ein mürrischer Sonderling und Menschenfeind, vielleicht sogar als etwas einfältig. Aber die Wenigen, die ihn besser kannten, wußten aus Erfahrung, daß sich unter seiner bäurischen Wortkargheit ein lebhafter und freier Geist verbarg, der sich zuweilen so unbekümmert über die Schranken seines Standes hinweg setzte, daß nicht wenig Mut dazu gehörte, mit ihm befreundet zu sein.
Marta hielt mit ihrer Webarbeit inne und wandte sich dem Hause zu.
»Wohin gehst du?« fragte Don Benedetto.
»Ich bin gleich wieder da«, antwortete sie.
Sie stieg die Treppe hinauf und setzte sich an ein Fenster, von dem sie das Tal übersehen konnte.
Von Rocca ging es langsam abwärts bis zu dem großen Becken des ehemaligen Fucino-Sees, den man trockengelegt und in Felder aufgeteilt hatte, die zum Besitz eines Fürsten gehörten. Die mit jungem Korn bestandene Fläche wirkte wie ein einziges riesiges Schachbrett, das durch lange Pappelreihen und Kanäle eingeteilt und in weitem Kreis von ansteigenden Hügeln umgeben war. Fast auf jedem dieser Hügel sah man ein kleines Dorf oder ein altersgraues, turmbewehrtes Städtchen. Manche waren von Mauern umgeben, andere hingen wie Trauben am Abhang, und die kleinen Häuser waren in den Berg eingegraben wie Höhlenwoh-

nungen. Es waren Orte mit alten Namen und einer alten Geschichte, aber zum größten Teil waren sie beim letzten Erdbeben zerstört und nur notdürftig wieder aufgebaut worden. Hinter der Hügelkette ragten die Berge steil in die Höhe, von ausgetrockneten Sturzbächen zerfurcht und in dieser Jahreszeit noch mit Schnee bedeckt.

Marta öffnete das Fenster und beugte sich hinaus. Das unbestimmte summende Geräusch, das um diese Tageszeit aus der Ebene hinaufstieg, verstärkte das Gefühl der Einsamkeit. Rocca schien weit entfernt vom Leben im Tal. In den dunklen Hauseingängen erschienen hier und da Frauen mit schwarzen Wolltüchern auf den Schultern; sie sahen vernachlässigt und früh gealtert aus. Andere Frauen mit Kupfergefäßen auf dem Kopf kehrten langsam vom Brunnen zurück. Eine schwarzgekleidete Bäuerin ging quer über den Platz auf die Kirche zu, sie zog ein Mädchen in einem gelben Kleid hinter sich her, das ihr widerstrebend folgte. Ein alter Bauer ritt auf einem Esel bergauf und trat ihn kräftig in die Seite. Aber bald waren die engen Gassen von neuem menschenleer, und Rocca war wieder wie ausgestorben.

»Sie kommen«, rief Marta aus dem Fenster.

Don Benedetto erhob sich eilig, während von der Straße her lautes Rufen ertönte. Die Ursache des Lärms war nicht leicht zu erkennen. Don Benedetto sah zunächst nur eine lange Staubwolke, die die benachbarten Gärten und Weinberge überzog. In der Wolke bewegte sich langsam eine Schafherde vorwärts, ein träger Strom von gelblichgrauen Wellen. Hinter den Schafen erblickte er einen Esel, der die Habseligkeiten des Schäfers trug: die Strohhütte, den Sack mit den Kochgefäßen, die Milcheimer und die Käseformen. Hinter dem Esel ging der Schäfer, von mehreren großen weißen Hunden umringt. Und noch weiter hinten folgte langsam ein kleines offenes Auto mit zwei jungen Leuten, die sich die Seele aus dem Leibe schrien. »Platz da. Laß uns links vorbei«, riefen sie immer wieder, aber offenbar ohne jeden Erfolg. Der Schäfer antwortete nicht und gab durch weitausholende Gebärden zu verstehen, daß er nicht hören könne, daß er taubstumm sei, daß man ihn in Frieden lassen solle. Da jedoch selbst ein Taubstummer einsehen müßte, daß ein Auto sich nicht in alle Ewigkeit hinter einer Schafherde fortbewegen kann, schrien die jungen Leute immer erboster auf ihn ein und wären vielleicht zu Tätlichkeiten übergegangen, wenn der Schäfer nicht die drei gefährlich aussehenden Hunde mit ihren stachelbewehrten eisernen Halsbändern bei sich gehabt hätte. Der Fahrer des Autos, der die Offiziersuniform der Miliz trug, stand aufrecht im Wagen und hörte nicht auf, den Taubstummen zu bedrohen und ihm mit Gebärden und lauten Worten zu befehlen, er solle seine Schafe nach rechts treiben und das Auto vorbeilassen. Aber der Schäfer, von seinen Hunden umringt, ließ sich nicht einschüchtern und antwortete durch Zeichen, daß er nichts verstünde.

Das war schon eine gute Weile so gegangen, als Don Benedetto die Herde erreichte. Durch die Staubwolke hindurch erkannte er im Auto seine Schüler und rief ihnen ein Willkommen zu, während er den Schäfer begrüßte und freundlich zu ihm sagte:

»Es sind Freunde von mir, die mich besuchen wollen.«

Der Schäfer fand plötzlich die Sprache wieder:

»Warum habt ihr mir nicht gleich gesagt, daß ihr zu Don Benedetto wollt?« rief er den Männern im Auto ärgerlich zu. Dann gab er den Hunden ein Kommando, und blitzschnell zog die Herde sich zusammen und dehnte sich am rechten Straßenrand wieder aus, so daß das Auto reichlich Platz zum Vorbeifahren hatte.

Die jungen Leute konnten sich vor Erstaunen über den angeblichen Taubstummen nicht fassen.

»Wie heißt dieser unverschämte Kerl?« fragte der Offizier den alten Priester. »Dem gebe ich einen Denkzettel, daß er bis an sein Lebensende genug hat.«

Inzwischen war auch Marta hinzugekommen.
»Dieser junge Mann in Uniform«, sagte Don Benedetto zu ihr, »ist niemand anders als Concettino Ragù, und der andere, den du kennst, ist ein richtiger Arzt, Dr. Nunzio Sacco. Im Grunde sind alle beide ganz ordentliche junge Leute.«
»Wie heißt der Kerl?« fragte Concettino, zu Don Benedetto und seiner Schwester gewandt.
»Ich bin fünfundsiebzig Jahre alt geworden, ohne den Verräter zu spielen«, sagte der Priester lachend. »Jetzt ist es zu spät, um damit anzufangen.« Er nahm seine beiden früheren Schüler am Arm und führte sie zum Garten.
Aber der Schäfer glaubte offenbar, im Recht gewesen zu sein, denn von der Straße aus wiederholte er in vorwurfsvollem Ton:
»Warum habt ihr mir nicht gesagt, daß ihr zu Don Benedetto wollt?«
»Nehmen Sie Platz und erholen Sie sich«, sagte Marta zu den Gästen, um sie von dem Schäfer abzulenken. »Die anderen werden auch bald kommen.«
Concettino konnte sich über die Unverschämtheit des falschen Taubstummen noch immer nicht beruhigen. Sein Erstaunen war noch größer als seine Empörung.
»Wie heißt er?« fragte er noch einmal.
»Sie müssen ihm verzeihen«, sagte Marta. »Er ist arm und hat einen Haufen Kinder. Und er ist kein schlechter Mensch. Im Gegenteil, von den Schäfern hier in der Gegend ist er sogar einer der ehrlichsten.«
»Mein Lieber«, sagte schließlich Don Benedetto, der diese Erklärung gern vermieden hätte. »Es ist doch wohl nicht nötig, daß ich, der ich von Politik nichts verstehe, dich darauf aufmerksam mache, was deine Uniform für solche Leute bedeutet. Der Tag, an dem sich die Zungen aller falscher Taubstummen lösen werden, wird ein Tag des Schreckens sein. Ich wünschte, er bliebe dir erspart.«
Concettino warf Nunzio einen Blick zu, als wollte er sagen:

Siehst du, jetzt ist es so weit. War es der Mühe wert, daß wir hergekommen sind? Nunzio versuchte, die Rede auf etwas anderes zu bringen.

2

»Lieber Don Benedetto«, sagte Nunzio, »wir sind zu Ihnen heraufgekommen, damit Sie fühlen, daß Sie nicht allein sind, daß die Männer, die einst ihre Schüler waren . . .«
Don Benedetto unterbrach ihn lächelnd: *»Deus mihi haec otia fecit«*, sagte er, und seine Stimme verriet, daß er voller guten Willens war, die Spielregeln der Höflichkeit einzuhalten. »Nun setzt euch hin und ruht euch aus. Aber setzt euch nicht auf die Erde. Was hier wächst, ist nämlich nicht Gras, sondern Thymian, das daneben Basilikum, drüben wächst Petersilie, *apicum petroselium*, wie ihr noch wissen müßtet, und weiter hinten Minze. Lauter uralte, rechtschaffene Dinge. Setzt euch hierher.«
Die drei Männer setzten sich etwas verlegen auf die hölzerne Bank zu Füßen des silbrig schimmernden, schlanken Ölbaums. Der alte Lehrer nahm zwischen seinen beiden Schülern Platz, während Marta mit einer Entschuldigung zu ihrem Webstuhl zurückkehrte.
»Ich habe nur noch ein paar Minuten zu arbeiten«, sagte sie. »Inzwischen kommt vielleicht noch jemand.«
Eine Zeitlang hörte man in der friedlichen Stille des Gartens nur das gleichmäßige Geräusch des Webstuhls. Durch das Laub der Bäume fiel ein gedämpftes, zart grünes Licht, in dem hier und da vergoldete Sonnenstäubchen tanzten, und der zarte Duft der aromatischen Kräuter schien diesem Licht zu entströmen.
»Was für ein Frieden«, sagte Nunzio.
»Erzählt mir von euren früheren Kameraden«, bat Don Benedetto. »Ich komme ja hier mit niemandem zusammen.

Was macht Luigi Candeloro? Ich habe nie mehr etwas von ihm gehört.«

»Er ist vor zwei Jahren in Lybien am Typhus gestorben«, sagte Nunzio. »Wußten Sie das nicht? Nachdem er sein Studium als Ingenieur abgeschlossen hatte, fand er keine Arbeit. So entschloß er sich, im Staatsdienst nach Lybien zu gehen. Er wäre, so sagte er mir, selbst in die Hölle gegangen, um sich endlich eine Existenz aufzubauen. Zwei Wochen vor seiner Rückkehr in die Heimat, wo er eine meiner Cousinen heiraten sollte, ist er gestorben.«

Der Alte schüttelte traurig den Kopf und schwieg. Nach einer Weile fragte er weiter:

»Und was macht Battista Lo Patto? Malt er noch?«

»Er spielt Karten. Besonders Scopone«, antwortete Concettino. »In der Wissenschaft des Scopone-Spiels ist er unerreicht.«

»Tut er denn nie etwas anderes?«

»Am Sonntag.«

»Arbeitet er am Sonntag?«

»Am Sonntag spielt er Billard.«

»Und Antonio Speranza? Wie geht es mit seinem Laden?«

»Gut«, sagte Nunzio. »Zehn Jahre lang hat er gekämpft: gegen die Wechsel, gegen die Zahlungstermine und gegen die Strafen wegen verdorbener Sardinen, ranzigen Öls und ungenauer Waagen. Schließlich versuchte er auf andere Weise sein Glück zu machen: er nahm hohe Summen auf und meldete gleich darauf Bankrott an. Jetzt kann er nicht mehr abends ausgehen, weil einige Gläubiger ihm auflauern, um ihm das Fell über die Ohren zu ziehen. Aber noch größer ist seine Angst vor den Carabinieri.«

»Und der arme Carlo Caione? Ist er immer noch krank?«

»Er ist an Schwindsucht gestorben und hat eine Frau und zwei Kinder hinterlassen«, sagt Nunzio.

»Ist die Witwe wenigstens versorgt?«

»Nein, aber sie ist schön«, sagte Concettino.

Der alte Mann schwieg. Er war müde und niedergeschlagen. Auch der Webstuhl stand still. Über dem Fucino lagen die ersten Schatten der Dämmerung. Don Benedetto sagte halblaut:

»Verzeiht mir diese Fragen. Es ist nicht müßige Neugier. Ich bin hier viel allein, und so denke ich oft an euch.« Dann fuhr er fort: »Wo ist Pretoro? Immer noch bei der Eisenbahn?«

»Man hat ihn schon vor mehreren Jahren entlassen«, sagte Concettino. »Pretoro war der beste Schüler in Latein, das leugne ich nicht, aber meiner Meinung nach war er schon immer ein Wirrkopf, ein halber Sozialist. Nur ein Millionär kann es sich leisten, den Sozialisten zu spielen. Er hatte in seinem Dorf Beziehungen zu einer kleinen Schneiderin angeknüpft, die nichts besaß außer ihrer Nähmaschine. Natürlich verurteile ich ihn deswegen nicht. Wer könnte da den ersten Stein werfen? Die Schneiderin begriff bald, mit wem sie es zu tun hatte und war so klug, ihn gleich mit einem Sohn zu beglücken. Der Dummkopf heiratete sie, und die Schneiderin lieferte ihm pünktlich jedes Jahr ein weiteres Kind. Vier Jahre Ehe, fünf Kinder, das vor der Ehe geborene mitgerechnet. Inzwischen war er entlassen worden, weil er antinationalistische Ideen verkündete, diesen Luxus gestattete der Dummkopf sich nämlich auch noch. Ein entlassener Eisenbahner findet keine Anstellung bei einer anderen staatlichen Institution, das liegt auf der Hand. Aber auch die privaten Unternehmer bekommen ihr Personal durch die Arbeitsämter, die gesetzlich verpflichtet sind, politisch unzuverlässige Elemente auszuschalten. So ist in dieser Hinsicht für Pretoro nichts mehr zu hoffen. Andererseits ist er zu stolz, um Handwerker zu werden. Kein Wunder, man geht ja nicht zehn Jahre aufs Gymnasium, um als Schreiner zu enden. Er ist also dauernd arbeitslos, und seine Frau, die Schneiderin, ist fortwährend in Umständen oder damit beschäftigt, das jüngste Kind zu stillen und kann daher nicht nähen. Infolgedessen ist oft nicht einmal ein Stück trockenes Brot im Haus, und dann fällt Pretoro nichts Besseres ein als ins Wirtshaus zu gehen, um auf Kredit zu trinken, und wenn er nach Hause kommt, prügelt er Frau und Kinder, bis die Nachbarn herbeieilen, um Frieden zu stiften. Und wissen Sie, was die Leute sagen? Sie sagen: das kommt davon, wenn man seinen Sohn auf die Priesterschule schickt.«

Don Benedetto war betroffen von der Gleichgültigkeit, mit der diese traurigen Dinge erzählt wurden. Er blickte einmal den einen, einmal den anderen an und fragte schließlich:

»Könnt ihr ihm denn nicht helfen?«

»Er sollte an die Grenze verbannt werden, und davor habe ich ihn bewahren können«, sagte Concettino, »aber vielleicht war es nicht einmal zu seinem Besten. In Ponza oder anderswo hätte er wenigstens eine kleine Unterstützung erhalten, und seine Frau hätte sich unterdessen erholen können.«

Don Benedetto erhob sich mühsam. Sein abgezehrtes Gesicht war bleich, er sah sehr müde aus. Er machte ein paar Schritte und trat dann ins Haus, ohne ein Wort zu sagen.

Marta hatte inzwischen aufgehört zu arbeiten und war über den Webstuhl gebeugt sitzengeblieben, als täte ihr der Rükken weh. Nach einer Weile sagte sie, auf die beendete Arbeit weisend:

»Diese Decke ist mein Geburtstagsgeschenk für Don Benedetto.«

Sie pflegte ihn respektvoll ›Don Benedetto‹ zu nennen, um den Abstand zu wahren.

»Liebes Fräulein Marta«, sagte Nunzio. »Sie machen Ihrem Bruder jeden Tag ein Geschenk, das weit größer ist. Sie haben ihm Ihr ganzes Leben geschenkt.«

Marta errötete und schüttelte energisch den Kopf.

»Was sollte ich denn ohne ihn anfangen?« fragte sie.

Marta war größer und schmaler gebaut als ihr Bruder und ging etwas gebückt, so daß sie älter wirkte als er, obwohl sie zehn Jahre jünger war. Stirn, Augen und Mund bewahrten noch Spuren einer verblühten Schönheit. Sie erhob sich von ihrem Platz am Webstuhl und setzte sich auf die Bank zwischen die beiden jungen Leute.

»Sie dürfen nicht glauben, daß wir wegen unserer Einsamkeit unglücklich sind«, sagte sie mit gedämpfter Stimme, um nicht von ihrem Bruder gehört zu werden. »Aber daß man uns von allen Seiten Feindseligkeit und Mißtrauen entgegenbringt, das verbittert unser Leben.«

»Sie wissen ja, daß Don Benedetto leider selbst daran schuld ist«, erwiderte Concettino. »Steht zu hoffen, daß er seinen Sinn ändert?«

»Ich kann darüber gar nichts sagen«, entgegnete Marta. »Don Benedetto ist kein Mensch, der sich über seine Sorgen ausspricht. Das Wenige, was ich weiß, habe ich von dritten Personen erfahren. Aber womit haben wir diese Behandlung verdient? Was haben wir denn verbrochen?«

»Lassen wir die Vergangenheit ruhen«, sagte Nunzio, und zu Concettino gewandt fügte er hinzu: »Kann man nicht etwas tun, um die Lage zu bessern?«

»Das hängt von ihm ab«, sagte Concettino. »Von seinem guten Willen.«

»Sprechen Sie doch mit ihm«, bat Marta.

Don Benedetto trat eben aus dem Haus, er hielt ein Bündel vergilbter Papiere in der Hand.

»Haben Sie mein Schreiben wegen der Fahnenweihe erhalten?« fragte Concettino. »Wie denken Sie über den Vorschlag? Es wäre eine gute Gelegenheit, die Mißverständnisse der Vergangenheit aus der Welt zu schaffen.«

»Ich habe das Schreiben erhalten«, sagte Don Benedetto.

»Und sind Sie bereit, die Fahne zu weihen?«

»Natürlich nicht.«

»Warum nicht? Warum wollen Sie sich zugrunde richten? Warum ergreifen Sie nicht diese Gelegenheit, um sich zu rehabilitieren?«

»Rehabilitieren?« sagte Don Benedetto erstaunt. »Warum sprichst du mit mir, als sei ich ein Verbrecher?«

Concettino murmelte etwas Unverständliches.
»Ich bin ein schwacher Mensch und habe viele Fehler«, fuhr Don Benedetto fort. »Aber ich bin ein Christ von der alten Art und kann nicht gegen mein Gewissen handeln, das mußt du mir glauben.«
»Die nationale Fahne zu weihen, die Fahne der Partei, die unser Land regiert, das ist für Sie also ein Vergehen wider ihr Gewissen?«
»Eines der schwersten Vergehen. Es ist Götzendienst.«
»Aber, die anderen ...« begann Concettino.
»Ich weiß schon, was du sagen willst«, unterbrach ihn Don Benedetto. »Aber Götzendienst bleibt eine Sünde wider den Geist, wer immer sie begehen mag.«
»Bitte verzeiht mir«, sagte Marta in flehendem Ton. »Ich verstehe euch wirklich nicht. Sind das freundschaftliche Gespräche? Feiert man so einen Geburtstag?«
Ihre hellen Augen standen voller Tränen, und ihre traurige Stimme griff allen ans Herz.
»Fräulein Marta hat recht«, sagt Nunzio, dem das Gespräch sehr peinlich war. »Wir sind nicht hergekommen, um zu diskutieren, sondern um unserem alten Lehrer unsere Anhänglichkeit zu beweisen.«
»Alles was gesagt worden ist, war natürlich freundschaftlich gemeint«, sagte Concettino entschuldigend.
»Daran zweifle ich nicht«, erwiderte Don Benedetto lächelnd und klopfte ihm mit der Hand auf die Schulter. »Warum sollten wir uns streiten? Ihr müßt wissen, ich denke oft an Euch. Ich habe ja niemand anderen.«
»Was sind denn das für alte Papiere?« fragte Nunzio, in der Hoffnung, einen Anknüpfungspunkt für freundliche Erinnerungen zu finden.
Don Benedetto hielt noch die vergilbten Blätter in der Hand, die er aus seinem Arbeitszimmer mitgebracht hatte.
»Sie handeln von euch«, sagte er. »Heute morgen ist mir eine alte Photographie in die Hände gefallen, die vor fünf-

zehn Jahren gemacht wurde, als wir auseinandergingen. Erinnert ihr euch noch? Ich habe auch eure letzten Aufsätze gefunden. Das Thema, das ich euch gegeben hatte, lautete: ›Was möchtest du werden, und was für einen Sinn willst du deinem Leben geben?‹ So habe ich die Arbeiten also noch einmal gelesen, die von Caione Pretoro, Lo Patto und den anderen, über deren trauriges Schicksal ihr mir eben berichtet habt. Und ich muß euch ehrlich gestehen, es gibt da etwas, was ich nicht begreife, und mir scheint fast, es hat keinen Sinn, nach einer Erklärung zu suchen. ›Vielleicht ist die Wahrheit traurig‹, hat ein französischer Denker gesagt, der im vorigen Jahrhundert ebenso wie ihr in einer geistlichen Schule erzogen wurde.«

Don Benedetto sprach leise und mit großem Ernst. Er zögerte beim Sprechen, als ob er zuerst jedes seiner Worte in seinem Inneren einer Prüfung unterziehe, oder so wie ein Kurzsichtiger sich zwischen unbekannten Gegenständen vorsichtig bewegt, damit er keinen Schaden anrichtet, nicht so sehr um seiner selbst als um der Gegenstände willen. Er faltete einige der vergilbten Blätter auseinander.

»Bei der Beurteilung solcher Arbeiten«, sagte er, »muß man natürlich nach so langer Zeit manches abstreichen. Sie sind voller literarischer Floskeln nach Art bestimmter Autoren wie Carducci, D'Annunzio oder Pascoli. Außerdem muß man die besondere Weltfremdheit der Zöglinge einer Priesterschule berücksichtigen und die Illusionen, die für dieses Alter charakteristisch sind. Zudem klingt ein Echo der letzten stürmischen Kriegsereignisse mit, denn die Arbeiten sind gleich nach dem Waffenstillstand geschrieben. Aber ich glaubte doch, hinter all diesem, hinter den Ausschmükkungen und den Plagiaten bei mehreren von euch ein *Etwas* zu spüren, etwas Wesentliches und Persönliches, das mit meinen Beobachtungen während der Schuljahre übereinstimmte und nicht alltäglich war. Aber wo ist dieses *Etwas* nach eurem Eintritt in die Gesellschaft geblieben? Ich denke an das, was ihr mir von euren Klassenkameraden erzählt habt. Ich denke aber, nehmt es mir nicht übel, auch an euch beide. Ihr seid jetzt, wenn ich nicht irre, etwa dreiunddreißig bis fünfunddreißig Jahre alt, und dabei wirkt ihr schon wie gelangweilte alte Männer, die sich für nichts mehr erwärmen können. Ich frage mich allen Ernstes, ob das Lehren, das Erziehen einen Sinn hat. Ihr müßt verstehen, das ist für mich keine müßige Frage. Wenn ein Mensch der Überzeugung gewesen ist, einen einigermaßen anständigen Gebrauch von seinem Leben gemacht zu haben, und nun den Punkt erreicht, an dem ich heute stehe, kann er nicht umhin sich zu fragen: Was für Resultate hast du also erzielt? Was für Früchte hat deine Erziehungsarbeit getragen?«

»Die Schule ist nicht das Leben, verehrter Don Benedetto«, sagte Concettino. »In der Schule darf man Träume haben, im Leben muß man sich anpassen. So ist es in Wirklichkeit. Niemand wird so, wie er werden wollte.«

»Was höre ich?« rief Nunzio ironisch. »Spricht so ein Aktivist? Ein Anhänger von Nietzsche?«

»Laß die Literatur aus dem Spiel«, sagte Concettino. »Hier wird jetzt ernsthaft geredet.«

Marta, die wie auf Kohlen gesessen hatte, erhob sich plötzlich und trat an den Tisch, auf dem die Flaschen und ein Dutzend Gläser bereit standen.

»Glauben Sie, daß die anderen noch kommen werden?« fragte sie, sich mühsam beherrschend.

»Sie hatten es bestimmt vor, aber es muß etwas dazwischen gekommen sein«, antwortete Concettino ausweichend.

Marta schickte sich an, die überflüssigen Gläser in die Küche zurück zu tragen.

»Laß ein Glas mehr hier«, sagte Benedetto. »Für Don Piccirilli.«

»Den haben wir nicht eingeladen«, antwortete Marta. »Du weißt doch, daß ich ihm absichtlich nicht geschrieben habe.«

»Gerade deshalb wird er bestimmt nicht ausbleiben«, sagte

Don Benedetto. »Erinnert ihr euch noch an Piccirilli?«, fragte er seine Gäste. »Er hat als einziger aus eurer Klasse die geistliche Laufbahn eingeschlagen. Seine Eltern waren kleine Grundbesitzer und konnten ihm das Studium nicht bezahlen. Er ließ sich daher von den Salesianern aufnehmen, studierte auf ihre Kosten Theologie und erhielt die Priesterweihe. Aber gleich danach verließ er die Salesianer und kehrte zu seiner Familie zurück. Das war natürlich kein sehr korrektes Verhalten seinen Wohltätern gegenüber. Jetzt hat er eine Pfarre hier in der Nähe, aber das genügt ihm nicht, er möchte Lehrer am Priesterseminar und Kanonikus werden. Um die Gunst des Bischofs zu gewinnen, macht er im Geheimen den Zuträger für ihn. Das heißt, was man so im Geheimen nennt: wir wissen es alle. Er fehlt nie, wo etwas gesagt werden könnte, was sich nach oben weiterzutragen lohnt. Ihr könnt euch also vorstellen, daß er mich häufig mit freundschaftlichen Besuchen beehrt.«
Unterdessen war es so dunkel geworden, daß Marta beim Einschenken Mühe hatte. Von den Bergen wehte ein kühler Wind, und Don Benedetto fing an zu husten.
»Wir wollen lieber hineingehen«, sagte Marta.
Die beiden jungen Männer halfen ihr, Flaschen und Gläser hineinzutragen. Zu ebener Erde gab es nur einen einzigen großen Raum, der wie in einem Bauernhaus als Küche, Arbeitsraum und Wohnzimmer diente. Marta zündete eine große Lampe mit einem gelben Schirm an und stellte einige Leuchter in die Ecken des Zimmers. Es roch angenehm nach Quitten und Nüssen.
»Es ist schön hier«, sagte Nunzio. »Ganz wie früher.«
Am Türpfosten lehnte ein Spinnrocken. Bunt glasierte Tongefäße standen auf den Brettern eines Regals. Zu beiden Seiten des Herdes hingen kupferne Kessel, Pfannen und Kochtöpfe, und an dem großen Rauchfang waren Knoblauchkränze, Zwiebelbündel, rote Ketten aus kleinen Pfefferschoten und braune Ketten aus Vogelbeeren aufgehängt.

In einer Ecke des Raumes, offenbar war es Martas Arbeitsplatz, stand in einer mit Spitzenpapier geschmückten Nische eine kleine bemalte Madonna zwischen einigen Lilien aus Papier.

»Nehmen Sie Platz und bedienen Sie sich«, bat Marta.

Es wurde an die Tür geklopft, und Don Piccirilli trat ein. Er ging auf Don Benedetto zu, der am Kamin stehen geblieben war, umarmte ihn und wünschte ihm alles Gute. Don Benedetto lud ihn ein, sich zu den anderen zu setzen.

»Nimm Platz und trink mit uns«, sagte er. »Es steht schon ein Glas für dich bereit.«

Don Piccirilli war wohlbeleibt, redselig und trug ein joviales Wesen zur Schau. Er erzählte, daß er sich verspätet habe, weil er einen Artikel für das Kirchenblatt der Diözese habe beenden müssen.

»Der Titel lautet: ›Die Geißel unserer Zeit‹«, sagte er. »Ich will mich nicht loben, aber ich glaube, der Artikel ist mir gut gelungen.«

»Hast du über den Krieg oder die Arbeitslosigkeit geschrieben?« fragte Don Benedetto. »Meine Anerkennung.«

»Das sind politische Fragen«, antwortete Don Piccirilli abweisend. »Im Kirchenblatt werden nur religiöse Themen behandelt. Vom geistlichen Standpunkt ist, meiner Meinung nach, die unsittliche Kleidung die Geißel unserer Zeit. Sind Sie nicht auch dieser Ansicht?«

Don Benedetto sah ihm fest in die Augen. »Die Geißel unserer Zeit«, sagte er ruhig, »ist die Unaufrichtigkeit, der Judasgeist, der die Beziehungen von Mensch zu Mensch vergiftet. Entschuldige, wenn ich die Gastfreundschaft verletze, indem ich das ausspreche.«

Don Piccirilli verzog sein Gesicht zu einer Grimasse, die ein Lächeln sein wollte.

»In meiner Gemeinde sind mit Gottes Hilfe in den letzten Jahren Fortschritte auf geistlichem Gebiet gemacht worden, die wirklich erstaunlich sind«, sagte er. »Erstaunlich!« wiederholte er hingerissen. »Die Anzahl der Beichten hat sich um vierzig Prozent erhöht und die der Kommunionen um dreißig Prozent. Ich will mich nicht loben, aber ich kenne keine Gemeinde, die da mithalten könnte.«

»Aber warum sprichst du von Fortschritten auf geistlichem Gebiet und drückst dich dabei in Zahlen und Prozenten aus wie ein Kaufmann?« fragte Don Benedetto spöttisch.

Concettino machte eine Gebärde der Verzweiflung, wie um zu sagen: ›da haben wir es wieder‹, und Nunzio bekam einen Hustenanfall, der nicht sehr natürlich klang. Das bedauernswerteste Opfer der Situation war die unglückliche Marta. Ihre Hoffnung, daß der Bruder sich mit der Obrigkeit aussöhnen würde, schwand dahin, und nur mit Mühe konnte sie die Tränen zurückhalten. Um wenigstens etwas oberflächliche Freundlichkeit wieder aufleben zu lassen, nahm sie ihrem Bruder die alte Photographie aus der Hand, auf der er mit seinen Zöglingen abgebildet war, und stellte sie auf den Kaminsims, wo sie gut beleuchtet war.

»Können Sie sich auf der Photographie erkennen?« fragte sie die Anwesenden und bemühte sich, ihrer Stimme einen möglichst unbefangenen Ton zu geben. »Ich glaube, es wird gar nicht so leicht sein.«

Die Angeredeten traten vor den Kamin, und jeder suchte zunächst sich selbst und äußerte dann sein Erstaunen darüber, daß er diesen oder jenen nicht wiedererkannte. Don Benedetto thronte zwischen seinen Schülern wie eine Glucke inmitten ihrer Küchlein. Nach dem Aussehen zu urteilen, schien die Brut sehr ungleichartig zu sein. Nur der Haarschnitt war bei allen der gleiche. Die kleinsten Schüler hockten in der ersten Reihe im Türkensitz am Boden. Hinter ihnen standen in drei Reihen die größeren. Unter den kleinen Schülern in der ersten Reihe befand sich Concettino. Er hatte kurz geschorenes Haar wie alle anderen und ein kleines, dunkles Katzengesicht. Nach so vielen Jahren waren nur die Augen dieselben geblieben; mit seiner Stirnlocke und dem kleinen Spitzbärtchen sah er jetzt ganz so aus wie ein Musketier auf einer Provinzbühne, was vor fünfzehn Jahren niemand vermutet hätte. Nunzio Sacca war dagegen wenig verändert, nur seine Stirn war durch das gelichtete Haar höher und breiter geworden. Er stand auf der Photographie hinter Don Benedetto und war an seinem mageren Hals zwischen den schmalen Schultern und an den tiefliegenden Augen gleich zu erkennen, auch an dem verlegenen, etwas abwesenden Gesichtsausdruck, der noch jetzt für ihn charakteristisch war.

»Welches waren Ihre Lieblingsschüler?« fragte Concettino.

»Natürlich die, die mich am meisten brauchten«, antwortete Don Benedetto, ohne zu zögern.

»Und welche waren das?« fragte Lanzio.

Don Benedetto schien unschlüssig zu sein. Plötzlich fragte er unvermittelt:

»Wo ist Pietro Spina jetzt? Wie geht es ihm?«

Pietro Spina stand auf der Photographie neben Don Benedetto, der ihm eine Hand auf die Schulter gelegt hatte. Spina sah blaß und verloren aus und blickte über seine schiefsitzende Krawatte recht trotzig drein. Da niemand geantwortet hatte, fragte Don Benedetto nach einer kleinen Weile noch einmal:

»Hat keiner von euch Nachrichten von Pietro Spina? Wo lebt er jetzt? In welchem Lande?«

Die drei jungen Leute sahen einander verlegen an. Wenn Marta in der Tiefe ihres Herzens noch Illusionen gehegt hatte, gelangte sie jedenfalls in diesem Augenblick zu der Überzeugung, daß nichts mehr zu hoffen war. Sie setzte sich mit dem Ausdruck eines Menschen, der sich in sein Schicksal ergibt, auf einen Schemel. Nunzio sah sie mit brüderlicher Teilnahme an und lächelte ihr freundlich zu. Don Benedetto schien nichts bemerkt zu haben. Er wandte sich nun direkt an Concettino.

»Wenn ich mich recht erinnere, war Pietro Spina in der Schule dein bester Freund«, sagte er. »Du bewundertest ihn, du schwärmtest geradezu für ihn. Wo ist er jetzt? Was für Nachrichten hat man von ihm? Was tut er?«

»Woher soll ich das wissen? Bin ich vielleicht sein Hüter?« antwortete der Befragte, ohne Don Benedetto anzusehen.

Der alte Mann, der immer noch neben dem Kamin stand, erbleichte bei dieser Antwort und schien fast zu schwanken. Er ging langsam auf Concettino zu, legte ihm eine Hand auf die Schulter und sagte leise und sehr bewegt:

»Du Ärmster, so weit ist es mit dir gekommen. Du weißt nicht, welche furchtbaren Worte du eben wiederholt hast.«

Es folgte ein peinliches Schweigen. Don Benedetto ließ den jungen Offizier stehen und setzte sich in der gegenüberliegenden Ecke des Raumes in einen Lehnstuhl, zu Füßen der Madonna in der Nische.

»Ja, es ist wahr«, sagte er. »Pietro Spina war wohl mein Lieblingsschüler. Erinnert ihr euch an ihn? Er gab sich nicht zufrieden mit dem, was er in den Büchern fand, er war unersättlich, voller Fragen, oft undiszipliniert. Ich machte mir Sorgen um ihn, ich fürchtete für seine Zukunft. Und habe ich nicht recht gehabt? Wenn Spina in der Schule bestraft wurde, so geschah es fast immer, weil er für einen Freund eintrat, dem nach seiner Meinung Unrecht geschehen war. Das gehörte zu seinem Charakter. Er liebte seine Freunde sehr, vielleicht zu sehr. Wenn die Vorgesetzten sich geirrt hatten, protestierte er. Wenn er sich im Recht wußte, konnte ihn nichts zum Schweigen bringen, auch nicht die Überlegung, daß er sich selbst schadete. Stimmt das, Concettino? War es nicht so?«

Don Benedetto suchte unter den vergilbten Papieren nach Spinas letztem Aufsatz.

»Hier ist er«, sagte er. »Hört zu: ›Wenn es nicht so lästig wäre, nach dem Tode auf die Altäre gestellt und von lauter unbekannten Personen angebetet zu werden, noch dazu meist von häßlichen alten Frauen, dann würde ich gern das Leben eines Heiligen führen. Ich möchte mein Leben nicht nach den Umständen und materiellen Gegebenheiten einrichten, sondern ich möchte, ohne mich um die möglichen Folgen zu kümmern, leben und kämpfen für das, was ich eines Tages als wahr und richtig erkennen werde.‹ Als ich vor fünfzehn Jahren dieses Bekenntnis las«, fuhr Don Benedetto fort, »zweifelte ich nicht daran, daß es aufrichtig gemeint war, aber ich fragte mich, wie weit die Rhetorik mit ihm durchgegangen war. Spina verschlang damals alle Bücher über das Leben der Heiligen. Er hatte einige Jahre zuvor seine Eltern verloren, und dieses Unglück verstärkte seinen Hang zur Meditation.«

Don Piccirilli wartete ungeduldig darauf, daß der Alte innehielt.

»Im Jahre 1920 wollte Spina ein Heiliger werden«, warf er ein. »Schön und gut. Aber 1921 schloß er sich der Sozialistischen Jugend an, wo Atheismus und Materialismus verherrlicht wurden.«

»Politik interessiert mich nicht«, sagte Don Benedetto trocken.

Der junge Priester horchte auf.

»Der Atheismus, der Kampf gegen Gott interessiert Sie nicht?« fragte er.

Don Benedetto lächelte ironisch.

»Lieber Piccirilli«, sagte er langsam, jedes Wort betonend, »ich kann vieles von dir lernen, zum Beispiel die Kunst, Karriere zu machen; aber ich bin dein Lehrer in Philologie gewesen, in der Wissenschaft vom Wort, und ich habe keine Angst vor Worten, das mußt du dir merken.«

Nach einer Pause sagte er bittend in seinem gewöhnlichen freundlichen Ton:

»Kann denn keiner von euch mir Nachrichten von Spina geben? Wo hält er sich jetzt auf?«

Endlich entschloß sich Nunzio, dem alten Lehrer zu erzählen, was er wußte.

»Er wurde Anfang des Jahres 1927 verhaftet«, sagte er, »und man erfuhr, daß er auf eine Insel verbannt worden war, nach Lipari. Ein Jahr darauf entkam er und flüchtete nach Frankreich.«

»Das habe ich gehört«, sagte Don Benedetto. »Seine Großmutter, Donna Maria Vincenza, hat es mir erzählt.«

»Aus Frankreich wurde er nach etwa einem Jahr ausgewiesen und ging in die Schweiz«, fuhr Nunzio fort. »Dort muß ihm dasselbe widerfahren sein, denn er siedelte nach Luxemburg über. Auch dort wurde er nach einiger Zeit des Landes verwiesen und begab sich nach Belgien. Wovon er lebt, weiß ich nicht. Wahrscheinlich hungert er. Von einem seiner Onkel habe ich noch erfahren, daß er lungenkrank sein soll.«

»Was für ein trostloses Schicksal«, sagte Marta. »Es ist nicht zu begreifen, daß er dieses Leben freiwillig auf sich genommen hat. Glauben Sie, daß er den Verstand verloren hat?«

»Auch mir ist er ein Rätsel«, sagte Nunzio. »Es ist schade um ihn, er war wirklich der Beste von uns.«

Don Benedetto hatte stumm zu Boden gesehen.

»Glaubt nicht, daß es eine neue Geschichte ist«, sagte er. »Im Gegenteil, sie ist alt und nur zu bekannt. Der Fuchs hat seinen Bau, die Vögel unter dem Himmel haben ihr Nest, aber des Menschen Sohn hat nichts, wo er sein Haupt hinlegen kann.«

Marta sah ihren Bruder beschwörend an. Die Gäste erhoben sich, um sich zu verabschieden.

»Es ist spät geworden«, sagten sie. »Wir müssen aufbrechen.«

Der Abschied war kurz und einsilbig. Marta versuchte vergeblich, Concettino beiseite zu nehmen.

»Es ist schon spät«, sagte er entschuldigend.

Don Benedetto und seine Schwester begleiteten die Gäste bis zur Wegkreuzung. Don Piccirilli schlug den Fußweg

zur Linken ein, der in die Berge führte, Concettino und Nunzio fuhren im Auto auf der Via Valeria der Stadt zu.
Der alte Mann und seine Schwester sahen ihnen schweigend nach.
Als das Auto Rocca hinter sich gelassen hatte, sagte Concettino leise zu Nunzio, ohne ihn anzusehen:
»Pietro ist in Italien. Er ist heimlich über die Grenze gekommen. Die Polizei hat es uns gemeldet, sie sind ihm schon auf der Spur, vielleicht ist er jetzt eben schon verhaftet. Aber was kann ich dafür, daß er verrückt ist.«
»Kannst du ihm nicht helfen? Er ist doch schließlich einer von uns.«
»Was kann ich denn tun, wenn er verrückt ist? Er hatte das Glück, im Ausland zu sein und brauchte nur dort zu bleiben.«
»Kannst du ihm nicht helfen?«
»Ich weiß wirklich nicht, wie. Auch ich muß mich in acht nehmen. Du bist im Irrtum, wenn du glaubst, daß ich mich sicher fühle.«

3

Eines Morgens wurde Doktor Nunzio Sacca in aller Frühe zu einem Kranken gerufen. Ein junger Mann aus Acquafredda war mit einem Wagen gekommen, ihn abzuholen. Noch vom Schlaf benommen, trat der Arzt aus dem Hause, die Tasche für die erste Hilfe in der Hand. Er sah den jungen Mann prüfend an und sagte:
»Ich glaube, wir kennen uns.«
»Ich bin Cardile Mulazzi, von der Familie Mulazzi aus Acquafredda«, sagte der Bauer. »Es stimmt, wir kennen uns. Bitte, entschuldigen Sie die frühe Stunde, Herr Doktor, ich werde Ihnen alles erklären. Mein Großvater verwaltete die alte Mühle und die Ländereien des Bischofs, guter Bo-

den, wertvoller Boden. Mein Vater hatte drei Jahre lang einen Weinberg in Pacht, der Ihrer Familie gehört. Vielleicht erinnern Sie sich noch an ihn. Dann kamen die Unglücksfälle, die Prozesse, die Krankheiten. Zwei Brüder sind nach Brasilien gegangen und lassen nichts mehr von sich hören.«

»Ja, wir kennen uns«, sagte der Arzt. »Aber sag mir lieber: wer ist denn krank?«

In den engen Gassen des Dorfes war es noch dunkel, das fahle Morgenlicht streifte gerade erst die Dächer. Vor den Haustüren waren einige Bauern damit beschäftigt, ihre Esel für den Weg zur Arbeit zu beladen. Die Räder des Wagens knirschten auf der frisch geschotterten Straße. Das Pferd ging im Schritt gegen den Wind; es war ein Wind, der Regen verhieß. Der Arzt drückte den Hut tiefer in die Stirn und schlug den Mantelkragen hoch. Es fröstelte ihn in der Morgenkühle.

»Ende April kann man Regen brauchen«, sagte Cardile. »Als ich fast noch ein Kind war, haben Sie einmal auf dem Platz von Acquafredda eine Rede gehalten. Erinnern Sie sich noch? Eine Rede für die Kirche und das Volk. Auf der Fahne stand: *Freiheit*. Unsere Familie war auf der selben Seite. Es muß gleich nach dem Kriege gewesen sein. Die Freiheit war noch erlaubt, und die Kirche war damals nicht für die Regierung, sondern für das Volk. Wir standen auf der selben Seite. Aber bald fing ein anderer Wind an zu wehen.«

Der Arzt sah den jungen Mann aufmerksam an.

»Was für seltsame Reden«, sagte er. Aber sie schienen ihm nicht zu mißfallen.

»Das hat seinen Grund«, sagte Cardile. »Sie werden gleich sehen.«

»Was für einen Grund?« fragte der Arzt.

Bei der Abzweigung zum Bahnhof standen vier Carabinieri. Warum waren sie schon so früh unterwegs? Einer von ihnen erkannte Doktor Sacca und grüßte. Am Ausgang des Dorfes kamen sie in den Regen. Die Straße ging leicht bergunter, und das Pferd setzte sich in Trab. Cardile sprach weiter.

»Jetzt sind nur noch die Frauen und die alten Leute für die Kirche«, sagte er, »und wir kümmern uns um unsere eigenen Angelegenheiten. Mein Vater ist sechzig Jahre alt und ist Prior der Bruderschaft vom Heiligen Sakrament. Sie können sich erkundigen, wenn Sie wollen. Jeden Sonntag singt er beim Hochamt, und am Karfreitag und zu Fronleichnam geht er in der Prozession im roten Gewand und spricht die Responsorien. Jedes Jahr geben wir dem Pfarrer zwei Faß Wein für die Messe. Unsere Toten sind alle in der Sakramentskapelle bestattet, gleich rechts beim Eingang des Friedhofs von Acquafredda. Damit will ich nicht sagen, daß wir mehr sind als die anderen, aber ich weiß schon, warum ich gerade eben von diesen Dingen spreche. Mit einem Wort: wir stehen auf der gleichen Seite.«

»Wir kennen uns«, sagte der Arzt, »wir kennen uns. Aber wer ist denn krank? Ist es einer von deiner Familie?«

Der Wagen verließ die große Straße und bog in einen mit Pfützen bedeckten Seitenweg ein, der in großen Windungen zwischen Bohnen- und Erbsenfeldern bergauf führte. Ein leichter weißlicher Nebel hing an den kahlen Ästen der Apfelbäume. Das Pferd fiel in Schritt, ohne den Zuruf seines Herrn abzuwarten.

»Man kann sich auf verschiedene Arten kennen«, sagte Cardile. »Wir Bauern haben mit den Feldern eines Menschen zu tun oder mit seinen Papieren, aber lernen wir dadurch den Menschen selbst kennen? Man arbeitet, man kauft, man verkauft, man pachtet, und zu allem braucht man Bescheinigungen und andere Papiere. Man geht ins Ausland, um dort zu arbeiten, man hat mit vielen Behörden zu tun und braucht Empfehlungen. Aber lernt man dadurch wirklich die Menschen kennen?«

»Ich verstehe«, sagte der Arzt. »Aber sag mir jetzt, wohin du mich bringst. Du hast mich doch nicht vor Tagesanbruch aus dem Schlaf geholt, um mir diese Reden zu halten.«

»Wir sind gleich am Ziel«, sagte Cardile. »Nur noch ein wenig Geduld. Und meine Reden sind jedenfalls kein leeres Geschwätz.«

Sie erreichten den Gipfel des Hügels zusammen mit den ersten Strahlen einer kränklichen Sonne. Das Pferd war schweißbedeckt, aber es setzte sich von selbst wieder in Trab. Die Straße war nur noch ein Landweg, von dem aus man das ganze Dorf übersehen konnte. Aus den Schornsteinen stieg Rauch und bildete eine bläuliche Wolkendecke über den dicht gedrängten schwarzen und grauen Häusern.

»Ich bin mit sechzehn Jahren von Hause fortgegangen«, erzählte Cardile. »Es gab Arbeit genug bei uns, aber ich langweilte mich. Ich ging mit einigen anderen Bauern nach Frankreich und arbeitete in l'Estaque in der Nähe von Marseille, wo ein unterirdischer Kanal angelegt wurde. Eines Tages sagt jemand zu mir: ›Hier ist ein Landsmann von dir, ein gebildeter Mann.‹ Der wird wohl was mit mir vorhaben, denke ich. Aber meine Zeugnisse und Papiere sind in Ordnung, was zu bezahlen war, habe ich bezahlt, was kann er denn wollen? Der Mann kommt also in das Gasthaus, wo wir gewöhnlich zu Abend aßen, setzt sich zu mir, sagt, er sei schon seit mehreren Jahren nicht mehr in der Marsica gewesen und fängt an, von Acquafredda zu sprechen, vom Land, von den Leuten, von ihrem Leben, von seinem Dorf und vom Fucino. Ebenso an den nächsten Abenden. Wir gehen auf die Mole von l'Estaque, setzen uns auf die Erde und reden miteinander bis in die Nacht hinein. Bald wurde es zu einer Gewohnheit. Ich ging nicht mehr ins Kino oder zum Tanzen, ich war lieber mit ihm zusammen. Ich hatte es noch nie mit einem solchen Menschen zu tun gehabt. Tagsüber arbeitete ich im Tunnel. Man hat dort den Achtstundentag, doch alle machen zwei oder drei Überstunden, um mehr zu verdienen. Aber seit ich weiß, daß mich auf der Mole dieser Mann erwartet, mache ich nach acht Stunden Feierabend. Wovon sprechen wir? Vom Menschen, von der Erde, vom Leben. Wir reden ernsthaft, aber wir machen auch Spaß und lachen. Und ich denke: das ist einer, mit dem ich nicht wegen der Arbeit oder wegen der Papiere zu tun habe, er ist weder als Priester noch als Lehrer zu mir gekommen, auch nicht als Propagandist, der alles weiß und dafür bezahlt wird, daß er die anderen überzeugt. Er ist einfach als Mensch zu mir gekommen. Eines schlimmen Tages war er verschwunden und ließ nichts mehr von sich hören. Ich vermißte ihn sehr. Später erfuhr ich, daß er auf eine Anzeige des italienischen Konsulates hin aus Frankreich ausgewiesen worden war.«

»Ich kann mir denken, wer es war«, sagte der Arzt. »Aber warum sprichst du eben von ihm?«

»Ich möchte nicht falsch verstanden werden«, erwiderte Cardile. »Ich spreche von mir selbst. Daß ich nichts Besonderes bin, kann jeder sehen. Ich bin als Bauer geboren und bin ein Bauer geblieben. Wir Bauern halten fest an den alten Sitten, aber damit meine ich nicht nur das Messer in der Tasche, es gibt auch noch andere Sitten.«

In diesem Augenblick fuhren sie an zwei Carabinieri vorbei, die offenbar von den Bergen herunter kamen. Sie erkannten den Arzt und grüßten. Es fing wieder an zu regnen.

»Vor zwei Jahren«, sagte Cardile, »als ich vom St. Bartholomäusfest zurückkam, sah ich am Straßenrand einen jämmerlich winselnden Hund liegen, dem ein Auto über die Pfote gefahren war. Ich hebe den Hund auf, lege ihn auf meinen Karren, verbinde ihm die gebrochene Pfote mit einem Lappen und nehme ihn mit nach Hause. Zwei Monate später kommt ein Fuhrmann aus Scurcola und holt sich den Hund, denn er gehört ihm. Ich erzähle das, um zu zeigen, wie es bei uns Brauch ist. Letzten Sommer habe ich ein lahmes Schaf auf der Straße gefunden und habe es in meinen Stall gebracht. Dort hat es zwischen der Kuh und dem Esel gestanden, bis der Besitzer es abgeholt hat. So ist der Brauch, für mich wie für jeden anderen. Gestern abend nun hat der Mann, mit dem ich in l'Estaque zusammen war, an meine Haustür geklopft. Zuerst habe ich ihn nicht wiedererkannt.«

»Pietro Spina ist hier?« rief Doktor Sacca erschrocken. »Bringst du mich etwa zu ihm?«

Cardile brachte den Wagen am Straßenrand zum Stehen, und die beiden Männer sprangen ab. Cardile band das Pferd an eine Ulme, dann legte er ihm eine Wolldecke über. Der Arzt sah sich argwöhnisch nach allen Seiten um. Der Regen hatte nachgelassen, aber von Avezzano her waren schon neue dicke Wolken im Anzug. Weit und breit war niemand zu sehen. Die beiden Männer blieben neben dem Wagen stehen.

»Dieser Mann steht also vor meiner Tür«, fuhr Cardile fort, »aber er will nicht hereinkommen, obwohl er sehr mitgenommen ist und Fieber hat. So gehen wir aus dem Dorf heraus, schlagen einen Feldweg ein und setzen uns unter einen Baum. Zuerst tauschen wir Erinnerungen an l'Estaque aus, und dann erzählt er mir, daß er heimlich nach Italien zurückgekehrt ist und in Rom beinahe verhaftet worden wäre. Wie durch ein Wunder ist er entkommen, aber nun ist die Verbindung mit seinen Parteifreunden abgerissen, und für eine Weile kann er sie nicht wieder anknüpfen, ohne seine Freiheit aufs Spiel zu setzen. Er sagt, er sei tagelang im Regen durch die Berge geirrt, aber nun könne er nicht mehr weiter, denn er habe hohes Fieber. Nach langem Zögern habe er sich endlich entschlossen mich aufzusuchen, damit ich ein Versteck für ihn finde, wo er sich einige Tage erholen kann. Er sagt zu mir: ›Du gehörst zu der arbeitenden Klasse, und für die Partei der Arbeiter bin ich nach Italien zurückgekehrt. Du wirst mich nicht verraten.‹ Gestern nacht habe ich ihn in einem Stall versteckt, und jetzt frage ich mich, was man für diesen Menschen tun kann. Wir können ihn doch nicht einfach so sterben lassen.«

»Er brauchte nur zu bleiben, wo er war: im Ausland«, sagte der Arzt ärgerlich.

»Aber jetzt ist er hier. Ich habe ihn vor meinem Haus gefunden wie man einen Hund oder ein Schaf findet, etwas Lebendiges, das dem Tode nah ist. Darf man jemanden so sterben lassen?«

»Er hat nichts zu verlieren, er ist allein. Ich habe Frau und Kinder, und unsere politischen Ansichten stimmen nicht überein«, sagte der Arzt.

»Verzeihen Sie, aber hier handelt es sich nicht um Politik«, erklärte Cardile. »Hier ist ein Mensch, der im Sterben liegt. Im Katechismus, den ich als Kind auswendig lernen mußte, waren die Werke der Barmherzigkeit aufgeführt: gebt den Dürstenden zu trinken, kleidet die Bedürftigen, nehmt die Pilger auf, pflegt die Kranken ... Es hieß nicht: pflegt die Kranken, die die gleichen Anschauungen haben wie ihr. Es hieß einfach: pflegt die Kranken. Ich glaube nicht, daß ich mich irre.«

»Hat er dich zu mir geschickt? Hat er dir gesagt, daß er mich kennt?« fragte der Arzt.

»Er hat mir gesagt, daß Sie zusammen im Internat gewesen sind, aber er wollte durchaus nicht, daß ich Sie rufe«, sagte Cardile. »Das ist die Wahrheit.«

Sie standen noch immer neben dem Wagen. Ein Bauer mit einem schwerbeladenen Esel ging vorbei und sah mißtrauisch zu ihnen herüber. Dann erschien eine alte Frau mit einer Ziege. Cardile wußte nicht, ob er alles sagen sollte. Endlich entschloß er sich:

»Bei meiner Ehre, glauben Sie mir: er wollte es nicht. Im Gegenteil, gestern abend sagte er zu mir: ›Ich bin zurückgekehrt, um mich für die Arbeiter einzusetzen, und dich kann ich um Hilfe bitten, weil du zu ihnen gehörst. Aber Doktor Sacca ist ein studierter Mann, der an seine Stellung denken muß. Und außerdem‹, hat er hinzugefügt, ›steht er dem Kreise des Bischofs nah und wäre womöglich imstande, mich zu verraten, um sich bei den hohen Herrschaften beliebt zu machen.‹ Aber das berichte ich Ihnen nur, Herr Doktor, ich habe es nicht geglaubt. Er hat mir auch streng verboten, irgendeinen seiner Verwandten zu benachrichtigen. Er betrachtet sich als gestorben für seine Familie, wie ein Mönch, der ins Kloster gegangen ist. Seiner Meinung nach gibt es nur einen einzigen Menschen, der keine Furcht haben würde, ihm zu helfen, einen Priester, der sein Lehrer gewesen ist, aber der ist schon sehr alt, und er will ihn nicht in Gefahr bringen. So sind wir gestern abend auseinander gegangen. Wie Sie sich denken können, habe ich kaum ein Auge zugetan. Als ich endlich gegen Morgen ein wenig eingeschlummert war, weckte mich ein Alptraum: mir war, als sei er gestorben. Ich bin gleich zu ihm hingelaufen und sah, daß es ihm schlechter ging. Darauf bin ich zu Ihnen gekommen, ohne mich weiter um seine Meinung zu kümmern. Auch wenn er nur ein verirrtes Tier wäre, müßte man ihm helfen, um Christi willen.«

Der Arzt lehnte sich an den Wagen und ließ seine Blicke ängstlich umherwandern. Schließlich raffte er sich auf und sagte unwillig:

»Man muß dafür sorgen, daß er so schnell wie möglich wieder ins Ausland geht. Ich werde versuchen, ihn dazu zu überreden. Wenn er Medikamente braucht, werde ich ein Rezept für jemand von deiner Familie ausstellen. Gott gebe, daß alles gut geht.«

»Er ist in dem Stall dort drüben hinter dem Nußbaum«, sagte Cardile. »Gehen Sie allein hin, ich stehe hier Wache.«

Als Doktor Sacca den Stall erreicht hatte, sah er auf der Schwelle einen alten Mann kauern, den er für einen Pferdeknecht hielt. Er war unangenehm berührt, denn er hatte nicht damit gerechnet, noch andere Personen vorzufinden.

»Wo ist der Kranke?«, fragte er kurz.

»Nunzio, was machst du hier?« sagte der Mann. »Wen suchst du?«
»Ich habe von Cardile gehört, daß hier ein Kranker liegen soll«, antwortete der Arzt, durch die vertrauliche Anrede gereizt.
»Das tut mir leid«, sagte der Mann. »Ich hatte ihm doch ausdrücklich verboten, dich zu rufen.«
Erst in diesem Augenblick erkannte der Arzt seinen ehemaligen Schulkameraden Pietro Spina; aber die Überraschung verschlug ihm die Sprache.
»Du bist es«, brachte er schließlich stockend hervor. »Wie bist Du in diesen Zustand geraten?«
Nur die großen tiefliegenden Augen und die schöne hohe Stirn erinnerten noch an den Gefährten aus der Schulzeit.
»Du bist so alt wie ich und siehst aus wie ein Mann von sechzig Jahren«, sagte der Arzt. »Wie ist das gekommen? Was hast Du für ein Leiden?«
Pietro lächelte. Sein vorzeitiges Greisentum war nicht die Folge einer seltsamen Krankheit. Sollte er sein Geheimnis preisgeben? Um sich unkenntlich zu machen, hatte er vor seiner Rückkehr nach Italien mehrere Wochen lang sein Gesicht mit einer jodhaltigen Flüssigkeit behandelt, wodurch die Haut dunkel und runzlig geworden war wie bei einem sehr alten Menschen.
»Ich habe das Rezept in der Biographie eines alten russischen Revolutionärs gefunden«, sagte er.
Nunzio betrachtete betroffen und voller Mitgefühl das entstellte Gesicht seines Mitschülers. Pietro war nie das gewesen, was man unter einem hübschen Jungen versteht, aber sein lebhafter, offener Blick und das innere Feuer, das sein Gesicht oft erhellte, machten ihn sehr anziehend. Wie war es möglich, daß die politische Leidenschaft ihn dazu gebracht hatte, sich auf diese barbarische Weise zu verunstalten?
»Aber die Polizei hat dich trotzdem erkannt«, sagte Nunzio. »Die ganze Gegend wird von Carabinieri und Milizsoldaten durchgekämmt, die dich suchen.«

»Die Polizei hat mich durchaus nicht erkannt«, erklärte Spina. »Ich bin denunziert worden und habe mich retten können, weil die Polizei eine alte Photographie von mir vervielfältigt und im Umlauf gesetzt hat. Im übrigen wollte ich gar nicht in Rom bleiben, ich hatte mir immer vorgenommen, nach Süditalien zu gehen.«

Man hörte das ferne Geräusch eines Lastwagens auf der Hauptstraße. Nunzio fuhr zusammen. Mit einem Schlage kam ihm wieder zum Bewußtsein, in was für eine kindische und gefährliche Angelegenheit er sich hatte hineinziehen lassen.

»Hab keine Angst«, sagte Pietro lächelnd. »Setz dich hin. Wie ist es dir ergangen, wie lebst du? Einiges habe ich schon gehört: Verheiratet, Kinder, berufliche Erfolge, Respekt vor der Obrigkeit. Ich gratuliere. Bist du schon Sanitätsrat? Nein? Das ist aber eine große Ungerechtigkeit.«

»Ich gehe nach Hause«, sagte Nunzio unfreundlich. »Glaubst du vielleicht, ich habe Lust, mich deinetwegen zu kompromittieren? Mit dir zu diskutieren und deine verrückten Ideen anzuhören?«

Spina winkte ab.

»Du warst schon immer ein Angsthase«, sagte er. »Geh lieber gleich, ich mag nicht mit ansehen, wie du vor Angst zitterst. Da sie dich noch nicht zum Sanitätsrat gemacht haben, was du sicherlich heiß ersehnst, rate ich dir zu einem Mittel, das unfehlbar zum Ziel führt: geh hin und zeig mich an.«

»Sei nicht unverschämt«, sagte Nunzio. »Nur ein Verrückter verwechselt gesunden Menschenverstand mit Feigheit. Im übrigen bin ich als Arzt zu dir gerufen worden. Ich bin nicht hergekommen, um mich mit dir zu streiten, sondern um festzustellen, was dir fehlt.«

»Cura te ipsum«, sagte Pietro. »Mir geht es besser als dir. Du glaubst es mir vielleicht nicht, aber ich wiederhole, daß ich dich nicht habe rufen lassen.«

In einer Aufwallung von Mitgefühl setzte Nunzio sich neben den Kranken.

»Du warst doch im Ausland sicher«, sagte er. »Warum bist du nur in dieses unselige Land, in die Höhle des Löwen zurückgekommen? Wenn du die Freiheit liebst, warum bist du nicht in einem freien Land geblieben?«

»Ich bin zurückgekommen, um wieder richtig atmen zu können«, sagte Pietro. »Auch in der Fremde war dies hier meine Wirklichkeit, in der ich lebte. Aber durch die Entfernung wurde sie allmählich wesenlos, ein Traum. Ich hatte es wirklich nötig, wieder Boden unter die Füße zu bekommen.«

»Die größten Revolutionäre, deine Lehrer und Meister Mazzini, Lenin und Trotzki haben Jahrzehnte im Exil verbracht, und du bist dazu nicht imstande?«

»Vielleicht hast du recht«, sagte Pietro. »Ich bin ein sehr schlechter Revolutionär. Politik, Taktik, Strategie, das kann mir alles gestohlen bleiben. Ich bin nicht fähig, abzuwarten und mich für eine große Rolle aufzusparen. Und jedenfalls gehe ich nicht wieder ins Ausland. Weißt du, Nunzio, mit mir ist es wie mit unserem hiesigen Wein: er ist gar nicht übel, aber wenn man ihn in ein fremdes Klima bringt, verliert er seinen Charakter. Dagegen sind andere Weine und Menschen für den Export wie geschaffen.«

»Und wenn du verhaftet wirst?« fragte Nunzio.

»Es ist nicht sehr angenehm im Gefängnis, das gebe ich zu«, sagte Spina. »Freiwillig geh ich bestimmt nicht hinein, das kannst du mir glauben. Aber wenn ich mit Gewalt hingebracht werde, ist eben nichts zu machen.«

»Also du willst nicht wieder ins Ausland gehen?«

»Nein.«

»Wenn es so ist«, sagte der Arzt, »geht mich die Sache nichts an. Ich wasche meine Hände in Unschuld.«

»Es macht mir Vergnügen, wenn du dich in biblischen Redewendungen ausdrückst«, bemerkte Pietro spöttisch.

»Wenigstens etwas ist von der Priestererziehung übriggeblieben.«

»Bei dir ist dafür der Fanatismus übriggeblieben«, sagte Nunzio. »Du glaubst nicht mehr an Gott, sondern an das Proletariat, aber mit der gleichen absoluten Unbedingtheit.«

Pietro machte eine Bewegung, als wollte er Nunzio daran hindern, von Dingen zu reden, die er nicht begreifen konnte.

»Gestern abend«, sagte er, »auf der Flucht vor den Carabinieri habe ich den ganzen Weg zu Fuß gemacht, der in halber Höhe am Monte Croce entlang führt. Ich habe von weitem das Internat wiedergesehen, in dem wir acht Jahre zusammen verbracht haben. Im Garten müssen noch unsere Beete sein. Erinnerst du dich noch an meine Geranien? Im zweiten Stock muß noch der große Schlafsaal sein, in dem unsere Betten so nah beieinander standen, daß wir bis tief in die Nacht hinein miteinander reden konnten, ohne daß der Aufseher uns hörte. Weißt du noch, was für phantastische Pläne wir damals schmiedeten?«

»Es kommt mir vor, als sprächest du von prähistorischen Zeiten«, sagte Nunzio.

»Als wir die Schule verließen«, fuhr Pietro fort, »sahen wir uns einer Gesellschaftsordnung gegenüber, auf die wir nicht vorbereitet waren, und mußten unsere Wahl treffen: Unterwerfung oder Widerstand. Vielleicht hat es früher Mittelwege gegeben, aber unserer Nachkriegsgeneration waren sie verschlossen. Wieviel Zeit ist seitdem vergangen? Kaum fünfzehn Jahre, aber wenn jemand uns beide hier sehen würde, käme er nicht auf den Gedanken, daß wir bis zu unserem zwanzigsten Lebensjahr denselben Weg gegangen sind und die gleichen Zukunftsträume geträumt haben.«

Nunzio wirkte unruhig und gequält.

»Das ist wahr«, sagte er. »Jetzt gehört jeder von uns einer anderen Partei an.«

»Einer anderen Menschheit«, verbesserte Pietro. »Einer anderen Rasse. Ich kann es nicht anders ausdrücken. In der Lage, in der ich mich eben befinde, bin ich ganz in deiner Hand, aber trotzdem kann ich nicht so tun, als ob ich für dich und deinesgleichen eine große Achtung empfände, ich bin dazu einfach nicht fähig.«

»Es gibt noch viele andere Dinge, zu denen du nicht fähig bist«, sagte Nunzio. »Du bist nicht fähig zu begreifen, daß der Mensch im allgemeinen gar keine Wahl hat. Er findet Lebensbedingungen vor, denen er sich anpassen muß. Wenn die Verhältnisse ihm nicht zusagen, kann er nichts tun als abwarten, bis sie anders werden.«

»Und wenn sie nicht von selbst anders werden? Wer soll sie denn ändern? Ach, wie trostlos ist eine Intelligenz, die nur dazu dient, Argumente zu liefern, die das Gewissen beruhigen sollen. Geh fort, bitte geh, tu wenigstens das für mich.«

Pietro ging in den Stall hinein und setzte sich erschöpft auf einen Maultiersattel. Der Arzt zögerte etwas, dann folgte er ihm und sagte:

»Ich möchte dich wenigstens untersuchen, dann kann ich dir durch Cardile Medikamente schicken.«

Widerstrebend entblößte Pietro seinen Oberkörper, dessen Haut so weiß war wie die eines Knaben. Um so seltsamer wirkte der Gegensatz zu dem vorzeitig gealterten, graubraun verfärbten Gesicht. Der Arzt beugte sich über ihn und klopfte sorgfältig jede Rippe ab. Er hielt das Ohr an den Brustkorb des Kranken und prüfte das rastlose Hämmern des Herzens und das mühsame Arbeiten der Lungen. Die Untersuchung erschöpfte Pietros letzte Kräfte; er ließ sich ermattet auf den strohbedeckten Boden gleiten und schloß die Augen. Plötzlich wurde Nunzio von einem warmen Gefühl brüderlicher Zuneigung ergriffen.

»Hör zu, Pietro«, sagte er. »Du darfst nicht sterben. Laß uns offen miteinander reden.«

Er setzte sich neben den Kranken auf das Stroh und fing an

zu sprechen. Er erzählte ihm von seinen Hoffnungen und seinen Enttäuschungen, von den Lügen und Intrigen und von dem Einerlei seines beruflichen Alltags.

»Wir alle leben provisorisch«, sagte er. »Jeder von uns denkt: jetzt, in diesem Augenblick, ist das Leben nicht erfreulich, man muß sich irgendwie arrangieren, man muß auch Demütigungen hinnehmen, aber das alles ist nur vorübergehend. Eines Tages wird das wahre Leben beginnen. Immer wieder denke ich: man lebt nur ein einziges Mal, und dieses eine Mal leben wir provisorisch und warten vergeblich auf den Tag, an dem das wahre Leben beginnen soll. So vergehen die Jahre, und vielleicht werden wir sterben, ohne wirklich gelebt zu haben. Glaub mir, von denen, die ich kenne, lebt keiner in der Gegenwart. Keiner ist befriedigt von dem, was er tut. Keiner könnte sagen: ›Damals, an dem und dem Tage hat mein Leben begonnen‹. Selbst die, die an der Macht sind und ihren Vorteil daraus ziehen, sind von dem allgemeinen Stumpfsinn angewidert – und leben ständig inmitten von Ängsten und Intrigen. Auch sie leben provisorisch, wie in Erwartung.«

»Man darf nicht in Erwartung leben«, sagte Pietro. »Auch in der Verbannung lebt man so, und das ist das Übel. Man muß handeln. Man muß sagen: Genug. Ab heute.«

»Aber wenn es keine Freiheit gibt?« fragte Nunzio.

»Freiheit ist nicht etwas, was man geschenkt bekommt«, sagte Pietro. »Man kann in einem Diktaturstaat leben und dennoch frei sein, unter einer Bedingung: man muß die Diktatur bekämpfen. Der Mensch, der seinen Kopf zum selbständigen Denken benutzt und dessen Herz unbestechlich bleibt, ist frei. Der Mensch, der für das kämpft, was ihm richtig scheint, ist frei. Dagegen kann man im demokratischsten Lande der Erde unfrei sein, wenn man feige, stumpf und innerlich träge ist. Auch ohne äußere Gewalt kann man ein Sklavendasein führen. Die Freiheit ist nicht etwas, was man von anderen erhält. Man muß sie sich nehmen, jeder soviel er kann.«

Nunzio war sehr nachdenklich geworden. Er schwieg eine Weile, dann sagte er:
»In dir ist das Beste von jedem von uns. Du bist unsere Auflehnung. Du mußt stark sein, Pietro. Du mußt leben, du mußt durchhalten. Gib acht auf dich, auf deine Gesundheit.«
»Nunzio«, sagte Pietro mühsam, »wenn meine Rückkehr zu nichts anderem gedient hätte, als diesen vergessenen Ton wieder in dir zu erwecken, so wäre ich schon zufrieden. Das ist deine Stimme von damals, als wir ganze Nächte hindurch redeten, während alle anderen schliefen.« An der Stalltür erschien Cardile, triefend vor Nässe.
»Es regnet immer noch«, sagte er. »Weit und breit ist kein Mensch zu sehen.«
Der Arzt besprach halblaut mit Cardile, was weiter zu geschehen habe.
»Vorläufig bleibst du hier versteckt«, sagte er dann zu Pietro. »Du mußt den ganzen Tag liegen, Cardile wird dir alles Nötige bringen. Unterdessen werden wir ein besseres Unterkommen für dich suchen.«
»Aber ins Ausland gehe ich nicht wieder«, sagte Pietro.
»Das könntest du auch nicht, selbst wenn du es wolltest«, sagte der Arzt. »Eine lange Reise kannst du in deinem Zustand nicht machen. Wir müssen für ein paar Monate ein ruhiges und sicheres Versteck ausfindig machen. Nachher kannst du dann tun, was du willst.«
Als Pietro allein war, kletterte er auf einer Leiter zu dem Heuboden hinauf, der sich über dem Stall befand. Das war sein Sanatorium.

4

Endlich konnte er ausruhen, wohlig benommen von der Wärme des Fiebers. Seit seiner Rückkehr in die Heimat waren dies die ersten Augenblicke des Innehaltens und der Entspannung.

»Mir ist, als läge ich in einer Krippe«, sagte er zu Cardile.

Um das Bild der Krippe vollständig zu machen, fehlten allerdings noch der Ochs und der Esel. In Wirklichkeit fehlten sie nicht, aber sie standen unten im Stall, mit einem Pferd zusammen und nur in der Nacht, tagsüber mußten sie sich ihr Stroh verdienen. Wenn die Tiere abends müde von der Arbeit zurückkehrten, war der Kranke schon eingeschlafen. Es schlief sich gut auf dem Strohlager, und kein störendes Geräusch war zu hören. Hinter dem Stall floß ein kleiner Bach vorbei; sein murmelndes Lied wiegte den Kranken ein. Nachts entstiegen ländliche Nymphen dem Wasser und riefen längst vergessene Geschichten aus der Kinderzeit in ihm wach. Es träumte sich gut auf dem Strohlager, und im Halbschlaf gingen die Erinnerungen in seine Träume ein. Pietro öffnete die Augen nur, wenn Cardile mit dem Essen und den Medikamenten erschien. Er aß, schluckte seine Pillen, dann verkroch er sich wieder tiefer ins Stroh und schlief weiter. Cardile kam zweimal am Tag, mit dem Pferd oder mit dem Esel. Er stieg ab, befreite das Tier von seiner Last, band es mit dem Halfter an einen Ring, der in die Mauer eingelassen war, sah sich aufmerksam um und stieg zum Heuboden hinauf. Seine Besuche wurden niemals länger ausgedehnt als unbedingt nötig war.

»Etwas Neues?«

»Nichts. Du mußt Geduld haben.«

Pietro hatte keine Eile. Unter dem Dach befand sich ein breites Fenster ohne Fensterläden, durch das im Herbst nach dem Dreschen das Stroh hineingeschüttet wurde. So konnte er, ohne selbst gesehen zu werden, ein weites Stück Land überblicken: Getreidefelder in frischem Grün, Bohnenfelder mit schwarzen Äuglein zwischen silbergrauen Blättern, niedrige Weinstöcke, Apfelbäume und blühende Mandelbäume. Im Hintergrund konnte er sogar ein Stück der Fahrstraße verfolgen. Eines Abends sah er eine lange Reihe von Karren vorbeiziehen, eine Prozession von kleinen Laternen, die zwischen den Rädern hingen. Sicherlich waren sie unterwegs zu einem ländlichen Jahrmarkt. Pietro schloß die Augen, um mit ihnen zu ziehen.

»Langweilst du dich nicht?« fragte Cardile.

Nein, er langweilte sich nicht. Es fiel ihm schwer, die Gemütsverfassung zu beschreiben, in der er sich befand. Er war erstaunt darüber, wie selbstverständlich und natürlich alle Dinge erschienen, jetzt, da er sie in Wirklichkeit vor sich sah, nicht mehr in der Zwangsvorstellung des Emigranten, in der Scheinwelt seiner Phantasie. Und sein eigener kranker Körper, dieses Häuflein schmerzender Knochen, war auch etwas Natürliches, wie ein Gegenstand zwischen anderen Gegenständen, nicht wichtiger als die anderen. Ein bestimmter, begrenzter Gegenstand, ein Produkt der Erde. Dieser Körper lag auf dem Stroh, zwischen einem Laib Brot und einer Flasche Wein. Das war das Mittagsmahl, das Cardile ihm gewöhnlich auftischte. Das Stroh war gelb, das Brot war braun, der Wein war rot.

»Bring mir Farbstifte«, sagte er zu Cardile. »Ich werde dir ein Bild malen.«

Aber eines Abends kam Cardile atemlos angelaufen:

»Was? Du bist noch da?« rief er. »Ich traue meinen Augen nicht.«

»Wo sollte ich denn sonst sein?« fragte Pietro.

»Doktor Sacca hat gerade die Nachricht erhalten, daß du in einem Gasthof in Avezzano verhaftet worden bist.«

»Von wem hat er denn diese Nachricht?«

»Von einem Freund, einem Milizoffizier.«

»Unter diesen Umständen«, sagte Pietro ernsthaft, »wird es wohl seine Richtigkeit damit haben.«

»Das müssen wir feiern«, rief Cardile. »Eine so wichtige Neuigkeit muß gefeiert werden.«

Pietro hob die Strohflasche.

»Es lebe die Miliz«, sagte er.
»Die Miliz hat immer recht«, sagte Cardile. »Trink noch einen Schluck.«
Bald war die Flasche geleert.
»Könntest du mir eine Zeitung bringen?« fragte Pietro.
»Leider nicht«, sagte Cardile. »Denn ich habe niemals Zeitungen gekauft. In Acquafredda kann man die Leute, die Zeitungen kaufen, an den Fingern einer Hand abzählen, und ich möchte kein Aufsehen erregen.«
Pietro wagte es nicht, auf seinem Wunsch zu bestehen. Er hatte einige zerknitterte Hefte bei sich, die Auszüge aus Lenins Schriften über die Agrarrevolution enthielten. Obwohl sie ihn im Falle einer Verhaftung hätten belasten können, hatte er sich nicht davon trennen wollen, denn er hatte sich vorgenommen, die Zeit einer etwaigen unfreiwilligen Muße zu einem gründlichen Studium der Agrarfrage in Süditalien zu benutzen. Aber als er jetzt auf seinem Strohlager in den Heften blätterte, war er nicht imstande, sie wirklich zu lesen. Es kam ihm vor, als wären sie auf chinesisch geschrieben. Tatsächlich hatten Doktrinen und Theorien ihn seit jeher gelangweilt.
Eines Tages hielt Doktor Sacca Cardile eine kleine Vorlesung über Vitamine und kam zu dem Schluß, daß Pietro besser ernährt werden müsse. Von da an bekam der Kranke die doppelte Ration an Brot und Wein, und manchmal gelang es Cardile sogar, zu Hause etwas Käse oder Salamiwurst zu entwenden. Dann genoß Pietro ein lukullisches Festmahl.
Wenn Cardile früh morgens und beim Sonnenuntergang die Tiere versorgte und eines mitnahm oder wieder zurückbrachte, erkannte Pietro nach den Geräuschen jeden seiner Handgriffe. Er hörte, wie Cardile den Mist zusammenkehrte, die Streu aufwarf, wie er die Tür anlehnte, wenn er nur für kurze Zeit hinausging, und wie er sie zuschloß, wenn er endgültig fortging. Die Tränke für die Tiere war nicht weit

entfernt. Sie bestand aus einer großen hölzernen Wanne, in die das Wasser durch ein Eisenrohr lief, das an einer niedrigen Mauer angebracht war. Hier verbarg sich eine Quelle, und durch eine Öffnung in dem hölzernen Becken lief das Wasser talabwärts und bildete das Bächlein, das Pietro in der Nacht murmeln hörte.

Eines Morgens konnte Pietro nicht länger der Versuchung widerstehen, ein Bad zu nehmen. Es war ein klarer, strahlender Tag. Die Sonne war gerade aufgegangen, die Obstbäume glänzten im Tau. Unten in der Ebene waren Gruppen von Bauern mit der Frühlingssaat beschäftigt, aber oben war keine Menschenseele zu erblicken. Pietro folgte den Spuren der Tiere und fand ohne Mühe den Weg zur Tränke. Das Wasser im Becken war zartgrün, durchsichtig und eiskalt. Pietro streifte sein Hemd ab und war gerade dabei, sich die Schuhe auszuziehen, als plötzlich eine junge Bäuerin neben ihm stand. Sie trug einen Eimer in der Hand und wollte offenbar Wasser holen. Pietro hatte ihre Schritte nicht hören können, denn sie ging barfuß. Er zog eilig sein Hemd wieder an.

»Entschuldigen Sie«, sagte er und versuchte zu lächeln.

»Gibt es in der Nähe Ihres Hauses keinen Brunnen?« fragte die junge Frau von oben herab. »Was tun Sie hier auf fremden Grund und Boden?«

»Ich bin ein Pilger«, sagte Pietro verwirrt. »Ich bin nur zufällig hier vorbei gekommen.«

Er bemühte sich, die Unbekannte durch Höflichkeit zu besänftigen.

»Soll ich Ihnen den Eimer füllen?« fragte er.

»Im Frühling ist noch nie jemand auf Pilgerfahrt gegangen«, sagte die junge Frau. »In allen Christenländern geht man im August oder im September auf Pilgerfahrt. Im Frühling wird gearbeitet.«

»Ich habe ein Gelübde getan«, sagte er. »Sicher wissen Sie, was ein Gelübde ist.«

Die junge Frau wirkte kräftig und selbstsicher und war offenbar nicht leicht einzuschüchtern. Ihre Augenbrauen und Wimpern waren dicht und dunkel, und sie hatte die breiten Schultern und die starken Hüften einer Frau, die an schwere Arbeit gewöhnt ist. Aber die schlanken Fesseln und die schmale Nase waren von feinerer Bildung, und der lebhafte, spöttische Blick wirkte ungewöhnlich.
»Kann ich Ihnen nicht helfen?« sagte Pietro. »Ich habe keine Eile.«
Die Frau sah ihn aufmerksam an und hielt seinem Blick ohne Verlegenheit stand.
»Es freut mich, daß auch Sie keine Eile zu haben scheinen«, bemerkte Pietro. »Wohnen Sie hier in der Nähe?«
Ohne zu antworten tauchte die junge Bäuerin mit sicherer Hand den Eimer ins Wasser und zog ihn gefüllt wieder heraus. Bevor sie fortging, wandte sie sich noch einmal dem Fremden zu und sah ihn nachdenklich an, als suche sie nach einem Abschiedswort.
»Viel Glück«, sagte sie schließlich in so freundlichem Ton, daß Pietro tief beeindruckt zurückblieb. Was bedeuteten diese Worte und der veränderte Klang ihrer Stimme?
Er folgte ihr mit dem Blick, so lange es möglich war. Dann lief er eilig in sein Versteck zurück und stellte sich an das Fenster, von wo er das Ende des Fußweges überblicken konnte, auf dem sie verschwunden war. Der Fußweg führte zu einem Obstgarten, und hinter den Bäumen war das Dach eines Bauernhauses zu sehen. Ob es ihr Haus war? Den ganzen Tag über saß Pietro unbeweglich am Fenster. Die Stunden verrannen, ohne daß er es bemerkte. Die Zeit war stehen geblieben. Als er die Frau am Nachmittag plötzlich wieder erblickte, mit dem Eimer in der Hand wie am Morgen, wußte er nicht, ob sie es wirklich war oder ein Geschöpf seiner Phantasie. Jedenfalls kletterte er hastig die Leiter hinunter, um ihr entgegenzugehen. Trotz seiner Eile näherte er sich dem Brunnen instinktiv von der anderen Seite, als käme er vom Berge her.

»Sie sind immer noch hier?« sagte die Frau mit gespielter Überraschung. »Haben Sie Ihr Gelübde vergessen?«
»Ich habe auf Sie gewartet«, sagte er ehrlich.
»Wußten Sie denn so genau, daß ich wiederkommen würde?« sagte sie. »Sie sind Ihrer Sache allzu sicher.«
»Nein, wirklich nicht, ich fürchtete sogar das Gegenteil«, sagte er. »Aber ich hoffte, daß Sie wiederkommen würden. Den ganzen Tag habe ich an nichts anderes gedacht.«
»Wo waren Sie denn, wenn ich fragen darf?« fragte sie.
»Dort oben, im Wald«, sagte er. »Die ganze Zeit habe ich auf Ihr Haus bei den Obstbäumen hinuntergesehen.«
»Haben Sie auch die vergangene Nacht im Wald verbracht?« fragte sie. »Das ist nicht angenehm in dieser Jahreszeit. Was werden Sie tun, wenn es regnet?«
»Ich hoffe, daß Sie mir ein besseres Obdach bieten werden«, sagte er. Jetzt war es ein Spiel mit offenen Karten. Die Frau antwortete nicht, und er fuhr fort:
»Wohnt außer Ihnen noch jemand im Hause?« Seine Stimme zitterte, und er zwang sich zu einem höflichen Lächeln, um den Eindruck seiner allzu direkten Frage abzuschwächen.
»Meine Schwiegermutter«, sagte sie.
»Schwiegermütter pflegen um eine gewisse Zeit einzuschlafen«, sagte er.
»Nicht übel für einen Pilger«, erwiderte sie lachend. Nach einer kleinen Weile fuhr sie fort. »Wir haben auch einen Hund. Der schläft am Tag und löst die Schwiegermutter ab.«
»Also erwarte ich dich hier«, sagte er. »Die Abende sind schon milde, aber laß mich nicht zu lange warten.«
»Hast du solche Eile?« fragte die Frau.
»Alleinsein ist langweilig«, sagte er.
Sie vergaß alle Vorsicht und lachte laut auf:
»Du könntest ja den Rosenkranz beten«, sagte sie.
»Sobald es dunkel ist, bin ich hier«, sagte er. »Laß mich nicht warten.«

An diesem Abend erschien Cardile später als gewöhnlich auf dem Heuboden. Der Tageslauf des Bauern richtet sich nach dem Wetter, und es wäre töricht, einen sonnigen Apriltag nicht auszunutzen. Pietro war schon ungeduldig.

»Ich finde, du siehst viel besser aus«, sagte Cardile. »Es freut mich, daß die Luft in meinem Stall dir gut tut.«

»Ja, ich fühle mich wie ein neuer Mensch«, sagte Pietro. »Aber in der letzten Nacht habe ich wenig geschlafen, weil ein Hund soviel gebellt hat. Wer wohnt in dem Haus dort hinter den Obstbäumen?«

»Eine Cousine von mir mit ihrer Schwiegermutter«, sagte Cardile. »Ihr Mann arbeitet zur Zeit in der Zuckerfabrik.«

»Was sind das für Leute?« fragte Pietro.

»Man kann ihnen nicht trauen«, sagte Cardile. »Wir verkehren kaum miteinander.«

»Entschuldige, ich bin müde«, sagte Pietro. »Hoffentlich läßt dieser Hund mich heute nacht in Frieden.«

Kaum hatte Cardile sich entfernt, so stieg Pietro die Leiter hinunter und lief direkt zum Brunnen. Diesmal bemühte er sich nicht mehr, die Richtung zu verschleiern, aus der er kam.

Die junge Frau war schon beim Brunnen.

»Sie lassen auf sich warten«, sagte sie.

»Ich konnte nicht früher kommen«, sagte er. »Ich sah einen Mann bei dem Stall hier in der Nähe und wollte nicht von ihm gesehen werden.«

»Das ist mein Vetter«, sagte sie. »Es war richtig, daß Sie ihm aus dem Wege gegangen sind.«

»Was für eine Art Mensch ist er denn?«

»Man kann ihm nicht trauen.«

»Gut, daß du von anderer Art bist«, sagte er.

»Was weißt du denn davon? Bist du so sicher?«

»Und deine Schwiegermutter? Hat sie dir Ausgang gegeben?«

»Ich habe die Erlaubnis erhalten, wegen einer Besorgung ins

Dorf zu gehen«, antwortete sie. »Aber ich kann nicht lange fortbleiben. Wenn ich zurückkomme, muß ich ihr Gutenacht sagen.«

Auf der Erde stand eine große Strohflasche.

»Ich habe dir etwas zu trinken mitgebracht«, sagte sie.

»Vielen Dank«, sagte er. »Wir werden nachher trinken. Eben verlangt es mich nach etwas anderem, nicht nach Wein.«

»Du bist wohl lange nicht mit einer Frau zusammen gewesen«, sagte sie. »Nicht so stürmisch. Nicht hier, siehst du denn nicht, daß die Erde ganz feucht ist? Laß uns dort unter den Baum gehen, da ist es trocken.«

»Wie heißt du?« fragte Pietro.

»Margherita«, sagte die Frau. »Und du? Nein, du sollst mir nicht antworten, es wäre nur wieder eine neue Lüge.«

»Habe ich denn schon gelogen? Hältst du mich für einen Lügner?« fragte er.

»Du bist kein Pilger«, sagte die Frau lächelnd.

»Da hast du recht«, sagte er. »Aber das war keine Lüge, das habe ich nur so gesagt.«

Sie lagen nebeneinander im Gras. Etwas von der Wärme des Tages lag noch in der Luft. Das Dorf am Fuße des Hügels war nur noch ein Häuflein schwach blinkender Lichter.

»Es ist schön hier«, sagte Pietro.

»Wollen wir wetten, daß ich deinen Namen errate?« fragte die Frau.

»Warum?« sagte er. »Wenn du richtig rätst, war es nicht der Mühe wert, denn meinen Namen kenne ich selbst. Und wenn du dich irrst, haben wir unnötig Zeit verloren. Willst du das?«

»In den letzten Tagen«, sagte die Frau, »haben die Carabinieri alle Häuser ringsum durchsucht. Hier in der Gegend hält sich ein Flüchtling versteckt, so haben sie uns erklärt. Wenn er euch aufsucht und um Unterkunft oder Essen bittet, dann tut so, als wolltet ihr ihm helfen und zeigt ihn sofort der Polizei an.«

»Hast du mich schon angezeigt?« fragte Pietro.

»Er ist ein Feind der Regierung, haben die Carabinieri gesagt, und wer ihn anzeigt, erhält eine Belohnung«, fuhr die Frau fort. »Im Dorf wird viel von dir geredet, dein richtiger Name ist Pietro.«

»Lockt dich die Belohnung, oder willst du lieber eine andere, wie ich sie dir geben kann?«

Margherita zuckte zusammen. Mit einer heftigen Bewegung zog sie ihren Arm zurück, auf dem Pietros Kopf lag, setzte sich auf und strich ihr Kleid glatt.

»Verzeih mir«, sagte Pietro. »Ich bin ein Idiot.«

»Dachtest du, daß eine Frau wie ich nur dann einen Flüchtling nicht verrät, wenn sie mit ihm schlafen will?« sagte Margherita.

»Bitte verzeih mir«, sagte Pietro.

»Ob du es glaubst oder nicht«, sagte Margherita, »wenn sich statt deiner eine Frau in deiner Lage befände, würde ich mich nicht anders verhalten.«

»Ich glaube dir, Margherita, du mußt mich entschuldigen«, sagte Pietro.

»Weißt du, wer mich das gelehrt hat?« sagte Margherita. »Als ich ein Kind war, haben wir mehrere Monate lang einen entsprungenen Häftling in unserem Haus versteckt gehalten, einen unbekannten, unglücklichen Menschen. Den Verfolgten zu helfen, sagte mein Vater immer, ist die erste Christenpflicht, es ist ein Gebot der Ehre.«

Sie hielt inne und fügte dann hinzu:

»Es mag freilich seltsam klingen, daß gerade ich in diesem Augenblick von Ehre spreche.«

»Du hast in dem Sinn davon gesprochen, den ich am höchsten achte«, sagte Pietro.

Eine Weile lagen sie schweigend nebeneinander, dann berührten sich ihre Gesichter wieder.

»Deine Lippen schmecken nach Milch«, sagte Margherita. »Sag mir, ist es wahr, daß du hier in der Gegend zu Hause bist? Ich habe das erzählen hören.«

»Was hast du sonst noch gehört?«

»Daß deine Familie wohlhabend ist, daß du Vater und Mutter beim Erdbeben verloren hast und daß du etwas verrückt bist«, sagte Margherita. »Warum führst du dieses gefährliche Leben?«

»Du hast vorhin von Ehre gesprochen«, sagte Pietro. »Auch ich habe ein gewisses Gefühl dafür, und das gebietet mir, so zu leben.«

»Willst du deiner Großmutter eine Nachricht zukommen lassen?« fragte Margherita. »Ich könnte sie aufsuchen. Sie soll eine ungewöhnliche Frau sein, wie man sagt.«

»Seit vielen Jahren habe ich alle Beziehungen zu meiner Verwandtschaft abgebrochen«, sagte Pietro. »Es ist nicht leicht, aber ich glaube, damit muß man den Anfang machen.«

»Was für ein merkwürdiger Gedanke«, sagte Margherita. »Das ist doch nicht möglich, du bist ja kein Findling.«

»Die einzige Verwandtschaft, die noch für mich zählt«, sagte Pietro, »ist die Verwandtschaft der Seelen. So wie die, die eben zwischen uns beiden entstanden ist.«

Margherita war nachdenklich geworden.

»Das begreife ich«, sagte sie. »Es stimmt, was du eben gesagt hast, und ich empfinde das Gleiche für dich. Hör zu, Pietro, ich will dir einen Vorschlag machen.«

Sie erhob sich und strich ihre Haare glatt. Dann streckte sie ihm die Hand hin und half ihm beim Aufstehen.

»Laß uns auseinandergehen, ohne daß etwas geschehen ist. Nach dem, was du mir eben gesagt hast, kommt es mir richtiger vor. Du bist einverstanden, nicht wahr? Das ist gut.«

Es entstand eine kleine Pause.

»Aber was sehe ich?« fuhr sie dann fort. »Du hast ja noch gar nicht meinen Wein versucht.«

Pietro hob die Flasche und tat einen langen Schluck.

»Der Wein ist stark«, sagte er. »Trink du auch.«

Margherita stand ihm nicht nach. Der Wein gurgelte im Flaschenhals, und das Bächlein murmelte dazu. Das harmonische Duett dauerte an, bis kein Tropfen Wein mehr übrig war.

»Wieviel war in der Flasche?« fragte Pietro.

»Drei Liter«, sagte Margherita. »Jetzt muß ich gehen.«

»Ich begleite dich bis zum Obstgarten«, sagte Pietro.

»Das wäre zu unvorsichtig«, sagte Margherita. »Unser Hund ist nachts nicht an der Kette, und er könnte dir folgen.«

Sie trennten sich, ohne einander Lebewohl oder auf Wiedersehen zu sagen. Erst als Pietro sie am Ende des Fußweges verschwinden sah, überkam ihn eine große Traurigkeit. Er setzte sich ins Gras und begann zu weinen. Seine Rückkehr zum Heuboden war aus anderen Gründen recht mühselig. Irgendein Dummkopf hatte während seiner Abwesenheit den Stall umgebaut. Die Tür, zum Beispiel, befand sich an einer anderen Stelle und war verkleinert worden, und die Leiter zum Heuboden war einfach unauffindbar. Auch die Sonne ging diesmal früher auf als gewöhnlich, noch ehe Pietro seinen Rausch ausgeschlafen hatte. Cardile fand ihn zusammengerollt im Futtertrog liegen.

»Was machst du denn hier unten?« fragte er. »Warum hast du nicht oben im Stroh geschlafen?«

Pietro rieb sich die Augen.

»Oben war eine riesige Ratte«, sagte er. »Nicht daß ich etwa Angst vor ihr gehabt hätte; ich hatte nur keine Lust, mich mit ihr zu unterhalten.«

»Der Wein, den ich dir gestern gebracht habe, ist dir tüchtig zu Kopf gestiegen«, sagte Cardile lachend.

Er putzte eilig die Tiere und stieg dann die Leiter hinauf, um den täglichen Bedarf an Stroh zu holen. Pietro versuchte indessen, ein rätselhaftes Schreiben von Nunzio zu entziffern, aber er wurde bei dieser schwierigen Arbeit durch Ausrufe des Erstaunens unterbrochen, die von oben hörbar wurden.

»Ist denn das möglich?« rief Cardile. »Wie merkwürdig, ich kann meinen Augen nicht mehr trauen.«
Er stieg in aller Eile die Leiter hinunter. In der Hand hielt er die Strohflasche, die er am Abend vorher mitgebracht hatte. Die Flasche war voll.
»Womit hast du dir gestern abend deinen Rausch angetrunken, wenn die Flasche noch unberührt ist?« fragte Cardile.
Auch Pietro war erstaunt, aber nicht für lange, dank seiner angeborenen Neigung, die seltsamen Erscheinungen der Natur mit Gleichmut hinzunehmen. So konnte er wieder die Lektüre des Briefes aufnehmen. In rätselhaften Ausdrücken war darin von einem geheimnisvollen Plan die Rede, der Pietro einen ungestörten Aufenthalt von zwei bis drei Monaten in einem Gebirgsdorf ermöglichen sollte. Die Einzelheiten des Planes waren nicht erwähnt oder unverständlich dargestellt, aber Pietro war der Ansicht, daß es höchste Zeit sei, eine Luftveränderung vorzunehmen und Cardile zu entlasten, und daher sagte er zu. Daß die Abreise noch am gleichen Abend stattfinden sollte, hatte er ebensowenig begriffen wie die anderen Andeutungen.
Er war jedoch kaum auf seinem Strohlager eingeschlafen, als er seinen Namen rufen hörte.
»Pietro, komm herunter«, rief eine Stimme.
Pietro tastete sich im Dunkeln zu der Falltür, öffnete sie und warf einen Blick in den Stall hinunter. Zwischen dem Esel und der Kuh stand Nunzio mit einer Laterne in der Hand.
»Nimm alles mit, was du brauchst«, sagte Nunzio. »Es geht gleich los.«
Als Pietro unten angelangt war, zeigte Nunzio ihm beim spärlichen Schein der Laterne ein großes Bündel mit Priesterkleidern.
»Es ist eine ziemlich komplizierte Angelegenheit«, sagte Nunzio, »und ich muß gestehen, daß ich nicht allein darauf gekommen bin.«
Pietro war betroffen. Er hatte keineswegs begriffen, daß er sich als Priester verkleiden sollte.

»Ich kann Karnevalsscherze nicht leiden«, sagte er. »Selbst als Kind habe ich mich niemals verkleidet.«

»Wir glauben, daß du in dieser Kleidung hier am wenigsten gefährdet bist«, sagte Nunzio.

Pietro schüttelte immer noch den Kopf.

»Ich betrachte mich schon seit längerer Zeit nicht mehr als zur Kirche gehörig«, sagte er. »Aber trotzdem widerstrebt es mir, mich als Priester zu verkleiden. Eine solche Unverfrorenheit liegt mir nicht.«

Es gefiel Nunzio, daß Pietro diese Bedenken hatte.

»Wenn wir nicht überzeugt wären, daß du das Priestergewand nicht mißbrauchen wirst, hätten wir es dir nicht zur Verfügung gestellt«, sagte er.

Die Einkleidung wurde sofort im Stall beim spärlichen Licht der Öllampe vorgenommen. Das Pferd schlief. Die Kuh schien die Bedeutung des Vorgangs nicht zu erfassen, sie legte sich auf ihre Streu und schloß die Augen. Der Esel dagegen blieb stehen und sah zu. Seine Aufmerksamkeit wurde dem Arzt schließlich lästig, er ergriff das Tier am Halfter und drehte es zur Wand. Der Esel ließ es geschehen, aber gleich darauf wandte er den Kopf zurück und fuhr fort, den merkwürdigen Menschen anzustarren, der vom Heuboden heruntergekommen war und sich nun ein langes schwarzes Gewand anzog, das mit einer langen Reihe von kleinen Knöpfen vorne geschlossen wurde.

»Denk daran: nicht immer machen Kleider Leute«, sagte Nunzio.

Aber Pietro war die Lust zum Scherzen vergangen, und er brummte unverständliche Worte vor sich hin. Um ihn aufzuheitern, begleitete Nunzio die Priesterweihe mit einer kleinen, halb ernsten Rede.

»Diese Gewänder«, sagte er, »stammen von früheren primitiven Religionen und wurden, wie du weißt, schon von den Priestern der Isis und Serapis getragen. Die katholische Kirche hat sie übernommen, als sich die ersten mönchischen

Gemeinschaften bildeten, die als eine Minderheit außerhalb der Gesellschaft und im Gegensatz zu ihr lebten und sich bemühten, die Werte der christlichen Lehre von weltlichen Einflüssen fernzuhalten. Manch ein Ritus überlebt die Epoche, in der er entstanden ist und geht von einer Religion auf die nächste, von einer Gesellschaft auf die nächste über. So ist nun die Reihe an dir als einem Geweihten der neuen revolutionären Mysterien, die gleichen schwarzen Gewänder anzulegen, die seit Jahrtausenden Symbole des Opfers und übernatürlicher Erleuchtung sind.«

»Nicht spotten«, sagte Pietro, aber seine Augen lächelten gegen seinen Willen.

»Ich kann nicht verstehen«, bemerkte Nunzio, »warum Lenin nicht eine ähnliche Kleidung oder wenigstens die Tonsur eingeführt hat, um den Funktionär, den Hüter und Deuter der heiligen Texte, vom einfachen Proletarier zu unterscheiden, der nur seinen Ausweis abholt und seinen Beitrag bezahlt.«

Die Zeit drängte. Cardile wartete draußen mit dem Wagen.

»Zuerst fährst du in meine Klinik«, sagte Nunzio. »Du wirst ein Bad nehmen, man wird dir die Haare schneiden, und ich werde eine Röntgenaufnahme machen. Dann geht es weiter.«

»Versprich mir, daß du mich besuchen wirst«, sagte Pietro.

»Ich verspreche es. Wie wirst du dich nennen?« fragte Nunzio.

Pietro überlegte. Dann sagte er:

»Spada«.

»Gut«, sagte Nunzio. »Don Paolo Spada«.

»Warum Don Paolo?«

»Pietro Spada würde zu sehr an deinen richtigen Namen erinnern. Also, Hochwürden Don Paolo Spada, wir müssen aufbrechen. Hast du nichts vergessen? Hast du den Hut, das Brevier und den Rosenkranz im Koffer? Und die Instruktionen für die heilige Mission?«

»Gehen wir«, sagte Don Paolo Spada. *»Procedamus in pace.«*

5

»Der Gaul ist nicht gern nachts unterwegs«, sagte der Kutscher. »Und ich muß ihm recht geben.«

»Ich auch«, sagte Don Paolo, »aber ich habe den Zug verpaßt. Ich war beim Bischof.«

»Der Bischof sollte sich eine Uhr kaufen und seine Priester nicht bei diesem Wetter nachts hinausschicken«, bemerkte der Kutscher.

Es hatte seit kurzem aufgehört zu regnen, aber es wehte ein kräftiger Wind, und die Luft war schneidend kalt wie im Winter.

»Soll ich das Verdeck hochklappen? Frieren Sie?« fragte der Kutscher.

»Solange es nicht regnet, kann es so bleiben«, sagte Don Paolo.

Es war dunkel, und kein Mensch war auf der Straße zu sehen. Wenn sie an einem Bauernhaus vorbeikamen, weckte das Rollen des Wagens die Hunde, und wo noch ein Fenster erleuchtet war, zeigte sich hinter den Scheiben ein neugieriges Gesicht. Der Kutscher rauchte seine Pfeife. Er brauchte nur von Zeit zu Zeit die Zügel zu schütteln, um das Pferd in Trab zu halten. Plötzlich wandte er sich zu Don Paolo und fragte:

»Wieviel kostet bei Ihnen ein Begräbnis?«

»Hast du vor, auf der Stelle zu sterben?« sagte Don Paolo.

»So eilig ist es nicht«, sagte der Kutscher. »Ich wollte es nur gern wissen, zum Vergleich.«

»Solche Vergleiche haben keinen Sinn«, sagte Don Paolo.

Nach einer Weile wandte der Kutscher sich wieder um.

»Kennen Sie diese Gegend?« fragte er.

Don Paolo antwortete nicht. Es war seine Heimat, aus der

er vor zehn Jahren verbannt worden war, seine verlorene Heimat. Sein Herz schlug zum Zerspringen, und trotz der Kälte war er von Schweiß bedeckt. Sie hatten die beiden schneebedeckten Gipfel des Monte Velino hinter sich gelassen, und vor ihnen breitete sich die Bergkette aus, die in weitem Bogen das Becken des Fucino umgibt. Gegen den dunklen Nachthimmel stand sie wie eine düstere Mauer, die eine abgeschlossene Welt begrenzt. Der Wagen fuhr jetzt durch einen ausgedehnten Ort, in dem kürzlich erbaute Häuser neben Trümmerhaufen und schmutzigen Baracken standen. Die Beleuchtung war dürftig, und gerade da, wo die Pfützen besonders groß und tief waren, herrschte völlige Finsternis. An einer Straßenecke wurde der Wagen von zwei Carabinieri angehalten, die aber gleich die Weiterfahrt gestatteten, als sie sahen, daß der einzige Passagier ein Geistlicher war.

»Guten Abend, Hochwürden«, sagten sie.

»Pax vobiscum«, erwiderte Don Paolo.

Am Ausgang des Ortes waren Straßenarbeiten im Gang, und das Pferd fiel in Schritt. Trotzdem schwankte der Wagen so heftig hin und her, daß Don Paolo sich an den Sitz klammern mußte, um nicht unter die Räder zu geraten. Es war anstrengend, aber immerhin eine Abwechslung. Als die Straße wieder ein Gespräch zuließ, wandte sich der Kutscher nach hinten und fragte:

»Glauben Sie an den neuen afrikanischen Krieg?«

»Wenn ein Priester an etwas glaubt, so glaubt er an Gott«, sagte Don Paolo. »Das ist schon viel.«

»Ich wollte wissen«, sagte der Kutscher, »ob er sich lohnen wird.«

»Nicht für die, die ihr Leben lassen müssen, sagte Don Paolo.

Der Kutscher nahm diese Antwort als Witz auf und lachte. Aber eigentlich hatte er etwas anderes fragen wollen, und das erklärte er nun ohne Umschweife.

»Glauben Sie, daß da unten viel zu holen ist. Gibt es dort Gold, viel Gold?«

»Du findest also«, sagte Don Paolo, »daß ein Krieg gerechtfertigt ist, wenn es viel zu holen gibt?«

»Das finden alle«, sagte der Kutscher. »Sollen die armen Jungen denn für nichts und wieder nichts ihr Leben lassen? Dürfen denn nur die Engländer sich bereichern?«

»Ich bin müde«, sagte Don Paolo. »Laß mich in Frieden.«

Inzwischen waren sie vor seinem Heimatdorf angelangt. Die Straße war frisch geschottert, und der Wagen schwankte im Raum und in der Zeit. Don Paolo kannte hier jede Brücke, jeden Weinberg, jeden Bach und jeden Baum. Am Kreuzweg kurz vor Orta befand sich eine alte Schenke. Acquasanta, die Besitzerin, ließ gerade die Rolläden herunter, und ein junges Mädchen half ihr dabei. Konnte Acquasantas Tochter schon so groß sein? Die Räder sanken tief in den Kies ein, der Wagen kam nur mühsam voran. Plötzlich, nach einer Biegung der Straße, waren die ersten Häuser von Orta in Sicht. Da war, nur wenige Schritte entfernt, die Laterne vor der schwarzen Werkstatt des Stellmachers am Eingang des Dorfes. Don Paolo schloß die Augen. Er wollte nicht hinsehen. Der Hofhund des Stellmachers bemerkte als erster die Ankunft des Wagens. Er bellte zwei oder dreimal, wie es üblich ist; dann blieb er horchend an der Tür und knurrte leise in fragendem Ton vor sich hin. Der Wagen fuhr so dicht an der Werkstatt vorüber, daß er fast die Tür streifte. In diesem Augenblick brach der Hund in ein langanhaltendes lautes Geheul aus. Die Hündin, die den Gemüsegarten hinter der Kirche bewachte, stimmte erschreckt ein. Don Paolo hielt die Augen geschlossen, aber nach dem Geräusch der Räder konnte er feststellen, daß der Wagen den Kirchplatz erreicht hatte. Die Hündin bellte wie von Sinnen und sprang, zusammen mit ihren Jungen, die nun auch aufgewacht waren, immer wieder am Gitter des Gartens hoch. Alle Hunde des Ortes wurden nacheinander von der Aufregung erfaßt. Auch die Wachhunde der Umgebung, bei der Mühle und bei den Stallungen wurden aufgestört.

»Was zum Teufel ist hier los?« schrie der Kutscher. »Wo sind wir hingeraten?«

Don Paolo antwortete nicht. Etwa dreißig bis vierzig Hunde heulten, knurrten und bellten von allen Höfen und Gärten her. Der Wagen ließ die letzten Häuser von Orta hinter sich, und die Hunde bellten immer noch; dann wurde einer nach dem anderen still. Als Don Paolo wieder die Augen öffnete, stand der Wagen bei einem Brunnen mit einer großen Tränke für das Vieh. Auf einer kleinen Bronzetafel standen die Worte: ›Gestiftet von der Familie Spina‹.

»Wart einen Augenblick«, sagte Don Paolo zu dem Kutscher, »ich steige auch ab.«

Er stieg vom Wagen, schöpfte Wasser in der hohlen Hand und trank. Dann kühlte er mit den nassen Händen seine fieberheiße Stirn. Die Straße war hier in besserem Zustand, so konnte das Pferd wieder traben. Don Paolo setzte sich mit dem Rücken zum Kutscher und sah zu den letzten Lichtern des Dorfes hinunter. Hier und da waren noch einige erleuchtete Fenster zu sehen, aber bald erlosch eines auf der Höhe, ein anderes bei der Mühle, ein weiteres in der Gegend des Flusses, noch eines wieder auf der Höhe. Don Paolo konnte jedes Haus, jeden Schornstein, jeden Garten erkennen. Wie mochte es seiner Großmutter gehen, der alten Donna Maria Vincenza? Ob sie noch am Leben war? Ob sie sich um ihn sorgte? Ob sie damals Schwierigkeiten mit den Behörden gehabt hatte? Und was machte Faustina? Erinnerte sie sich seiner? Hatte sie geheiratet? Es war fast wie eine Reise ins Jenseits.

Der Wagen fuhr an einer alten Grube vorbei, die seinem Vater gehört hatte. Als Knabe hatte er hier mit den Söhnen der Grubenarbeiter Versteck gespielt. Auf halber Höhe am Hügel erkannte er ›seinen‹ Weinberg, den letzten Rest des väterlichen Erbes. Die Feigenbäume waren noch an ihrem Platz, aber wo waren die Kirschbäume? Wo war der alte Nußbaum? Der Onkel, der den Weinberg verwaltete, hatte sie wohl fällen lassen. Don Paolos Augen füllten sich mit Tränen. Allmählich wurde die Nachtluft kühler, der Wind drehte nach Osten und wurde stärker, die Bäume rauschten. Don Paolo ließ den Kopf auf die Brust sinken und schlief nun wirklich ein.

Der Kutscher weckte ihn in Fossa dei Marsi, vor dem Gasthof. Er wurde erwartet. Eine Frau nahm den Koffer des Priesters in Empfang.

Beim Abschied brachte der Kutscher eine Bitte vor.

»Könnten Sie mir nicht ein gutes Empfehlungsschreiben ausstellen?«

»Was für eine Empfehlung? Wozu brauchst du sie?«

Nach einigem Nachdenken erwiderte der Kutscher:

»Im Augenblick kann ich das noch nicht sagen, aber es gibt genug Gelegenheiten. Es könnte vielleicht eine ganz allgemein ausgedrückte Empfehlung sein.«

»Aber ich kenne dich nicht«, sagte Don Paolo.

»Ich kenne Sie auch nicht«, sagte der Kutscher. »Und trotzdem habe ich Sie bis hierher gefahren.«

»Dafür bist du bezahlt worden«, sagte der Priester. »Gute Nacht.«

Er war benommen von der Fahrt und todmüde. So blieb ihm von seiner nächtlichen Ankunft im Gasthaus nichts anderes in Erinnerung.

6

Am nächsten Morgen erwachte Don Paolo früh, aber er genoß noch ein paar Stunden die Bequemlichkeit des Bettes. Er hatte von Nunzio ein kleines Traktat in Maschinenschrift erhalten, über das Thema: *Wie ein Geistlicher sich außer-*

halb seiner Diözese zu verhalten hat. Don Paolo gehörte zur Diözese Frascati und war zur Wiederherstellung seiner Gesundheit auf dem Wege nach dem Gebirgsdorf Pietrasecca, das der Diözese Marsi angehörte. Die Anleitung behandelte die Hauptschwierigkeiten, die ihm begegnen konnten und klärte ihn darüber auf, wie sie zu überwinden waren. Don Paolo las sie wieder und wieder. Der Fuhrmann, der die Anweisung hatte, ihn nach Pietrasecca zu bringen, sollte den Priester erst am Nachmittag abholen, also kleidete er sich in aller Ruhe an und verbrachte den ganzen Vormittag in seinem Zimmer. Er stellte erfreut fest, daß das Zimmer ein Waschbecken mit fließendem Wasser hatte. Nach dem Aufenthalt auf dem Heuboden war das ein angenehmer Anblick, und außerdem sah er darin einen Beweis für die fortschrittliche Entwicklung seiner Heimat. Bei genauerem Hinsehen entdeckte er einen Zettel, auf dem in Schönschrift zu lesen war: *Die verehrten Herrschaften werden gebeten, das Waschbecken nicht für andere Zwecke zu benutzen, weil es sonst stinkt.* Es stank tatsächlich.
Don Paolo betrachtete sich im Spiegel. Man hatte ihm in der Klinik das Haar ganz kurz geschnitten. Mit dem schwarzen Priesterkäppchen auf seinem geschorenen Kopf sah er grotesk aus. Der lange schwarze Priesterrock hatte vorne achtundzwanzig Knöpfe. Er geriet fast in Verzweiflung beim Gedanken an das Auf- und Zuknöpfen dieser achtundzwanzig Knöpfe. Er würde für nichts anderes mehr Zeit haben. Zum Glück entdeckte er, daß es genügte, den Rock vom Hals herunter bis zum Gürtel aufzuknöpfen, um ihn über den Kopf zu ziehen oder auf den Boden fallen zu lassen. Bei diesen weiblichen Verrichtungen erwachte seine gute Laune wieder. Aber es ergaben sich noch andere Schwierigkeiten. Die Vorstellung, daß er jedesmal den langen Priesterrock hochheben mußte, wenn er etwas aus der Hosentasche nehmen wollte, war ihm sehr unangenehm. Machte er sich denn nicht lächerlich, wenn er in der Öffentlichkeit

seinen Rock hoch hob? Erst später entdeckte er neben der Tasche des Priesterrocks einen Schlitz, der direkt zur Hosentasche führte. Vielleicht war es doch nicht so schwierig, den Priester zu spielen.

Als Don Paolo sein Zimmer verließ, traf er auf dem Vorplatz die Besitzerin des Gasthofes, die Witwe Berenice Girasole. Die Begrüßung, welche die alte Frau ihm zuteil werden ließ, wirkte recht beunruhigend. Sie war offenbar von einem Unglück betroffen, und ihre verweinten Augen und ihre Seufzer verhießen nichts Gutes.

»Die Vorsehung hat Sie hierhergeschickt«, sagte sie und küßte dem Priester die Hand.

»Nein, es war der Arzt«, sagte Don Paolo und ergriff schleunigst die Flucht.

Dem Gasthof gegenüber war ein Kurzwarenladen. Don Paolo steuerte darauf zu und tat, als betrachte er die Auslagen. Erst als einige junge Leute anfingen zu lachen, wurde er auf die ausgestellten Gegenstände aufmerksam: es waren Büstenhalter und Damenschlüpfer. Er entfloh von neuem und blieb erst vor dem Laden eines Hutmachers stehen. Ein großer Spiegel im Schaufenster zeigte ihm noch deutlicher als vorhin im Zimmer sein eigenes Bild. Er war entsetzt. Erschöpft und niedergeschlagen kehrte er in das Gasthaus zurück. Es war schon Mittagszeit.

»Wünschen Hochwürden Spaghetti?« fragte die Wirtin.

»Gott bewahre«, sagte Don Paolo. »Alles, nur keine Spaghetti.«

Zum Glück hatte die Wirtin noch andere Gäste zu bedienen.

Die Wände des Speisesaales waren mit farbigen Illustrationen aus einer bekannten Zeitschrift geschmückt, die ergreifende Begebenheiten darstellten: die Tochter eines Schienenwärters rettet den herannahenden Zug vor einer drohenden Katastrophe; ein Flugzeug wird von einem Adler angegriffen; Raubtiere brechen aus ihrem Käfig aus und verfolgen die entsetzten Passanten. Es waren etwa zehn Gäste in dem Speisesaal. Don Paolo hatte den Eindruck, daß alle ihn beobachteten und von ihm sprachen. Er bemühte sich, nicht von seinem Teller aufzusehen. Als er beim Kaffee angelangt war, setzte Frau Berenice sich an seinen Tisch, um ihm ihre Sorgen anzuvertrauen. Sie war aufgelöst vor Kummer und Erschöpfung; ihr fülliger Busen war durch kein Mieder gebändigt, und sie schwitzte von der Anstrengung des Servierens. Als sie wieder anfing, von der Vorsehung zu sprechen, schnitt Don Paolo ihr unfreundlich das Wort ab.

»Es tut mir leid«, sagte er, »aber ich gehöre nicht zu dieser Diözese. Ich bin nur zu meiner Erholung hier.«

Die Frau verstummte gekränkt, und Don Paolo benutzte die Gelegenheit, um etwas frische Luft zu schöpfen. Auf dem Platz vor dem Gasthof schien die Sonne. Fünf oder sechs junge Burschen saßen um einen Tisch, den Hut auf dem Kopf, die ausgegangene Zigarette im Mund, und dösten schläfrig vor sich hin. An einem anderen Tisch spielten ein paar junge Leute Karten und vergnügten sich damit, möglichst oft und kräftig in den Straßenstaub zu spucken. Fast alle trugen das Abzeichen der Regierungspartei am Rockaufschlag. Ein alter Mann mit einem breitkrempigen Hut und dem Gebaren eines abgedankten Schauspielers beteiligte sich am Kartenspiel und schlürfte dabei seinen Kaffee. Er bemerkte als erster den fremden Priester und machte schnell das Zeichen gegen den bösen Blick.

»Toi, toi, toi«, rief er.

Die Schläfer fuhren hoch und beeilten sich, es ihm nachzutun. Don Paolo, der diesen Ritus kannte, wollte gerade ein kräftiges Schimpfwort zurücksenden, als ihm klar wurde, daß das Verhalten dieser Dummköpfe die Glaubwürdigkeit seiner Erscheinung bestätigte. So schwieg er befriedigt und blieb, wo er war. Auf der anderen Seite des Platzes befanden sich das fahnengeschmückte Büro der Regierungspartei und das Rathaus. Über dem Eingang war in einem Medaillon

König Umberto mit seinem bekannten Schnauzbart zu sehen. Den gleichen gewaltigen geschwungenen Schnurrbart trug der schmächtige Amtsdiener, der von Fliegen umschwärmt vor der Tür saß. Die Anwesenheit des fremden Priesters hatte einige Bettler angelockt, die, ebenfalls von Fliegenschwärmen begleitet, auf dem Platz erschienen waren. Ein Krüppel, der sich an seinen Krücken hüpfend vorwärtsbewegte, bat im Namen aller um ein Almosen. Don Paolo zog sich in das Gasthaus zurück, aber hier stieß er auf die Wirtin, die ihn erwartete. Sie ergriff ihn am Arm, hielt ihn fest und sagte unter Tränen:

»Bitte hören Sie mich an, um der heiligen Muttergottes willen. Es ist eine Sterbende hier im Haus, meine einzige Tochter. Seien Sie nicht grausam.«

»Es tut mir leid«, sagte Don Paolo. »Ich habe Ihnen schon gesagt und wiederhole es, daß ich nicht zu dieser Diözese gehöre und nicht befugt bin, hier Seelsorge auszuüben.«

»Auch nicht in einem dringenden Fall?«

»In gar keinem Fall.«

Berenice konnte ihr Schluchzen nicht mehr zurückhalten.

»Also gut«, sagte sie verzweifelt, »aber lassen Sie mich wenigstens erzählen, worum es sich handelt. Vielleicht können Sie mir einen Rat geben. Das Mädchen liegt im Sterben und will dem hiesigen Priester nicht beichten, weil er ein Verwandter von uns ist. Können Sie das nicht verstehen? Als ich ihr erzählte, daß ein Priester von auswärts angekommen sei, war sie überglücklich. Den hat Jesus Christus zu mir geschickt, hat sie gesagt.«

»Es tut mir wirklich leid«, wiederholte Don Paolo. »Aber warum lassen sie nicht sofort den Pfarrer von der Nachbargemeinde holen, wenn es so dringend ist.«

»Es könnte schon zu spät sein«, erwiderte Berenice. »Und dann würde es auch auffallen und Gerede geben. ›Warum wird denn nicht der Pfarrer aus der Familie geholt?‹ würden die Leute sagen.«

»Es tut mir leid«, sagte Don Paolo noch einmal.

Berenice weinte herzzerbrechend.

»Wie kann man denn«, stieß sie hervor, »wie kann man denn ein Mädchen einfach so sterben lassen, ohne Arzt und ohne Priester?«

»Warum denn ohne Arzt?« fragte Don Paolo. »Was ist das für eine Geschichte?«

Berenice fürchtete zuviel gesagt zu haben und sah sich erschrocken um.

»Darf ich sprechen wie im Beichtstuhl?« fragte sie.

Don Paolo nickte. Mit unterdrückter Stimme und unter strömenden Tränen erzählte Berenice ihm die unselige Geschichte.

»Meine Tochter ist in andere Umstände gekommen, aber sie ist nicht verheiratet. Um der Schande für sich und der Familie zu entgehen, hat sie versucht, sich selbst zu helfen. Wie Sie wissen, ist das vom Gesetz verboten. Wenn ein Arzt oder eine Hebamme oder sonst jemand einem Mädchen aus der Verlegenheit hilft, wird er mit Gefängnis bestraft. Es gibt genug solcher Fälle, man braucht nur die Zeitung aufzuschlagen. Anderen Mädchen geht es ebenso schlimm. Als die Tochter des Notars im vierten Monat war, hat sie Gift genommen. Ein Mädchen, das hier beim Bürgermeister im Dienst stand, hat sich in Tivoli in den Wasserfall gestürzt. Mein armes Kind dagegen hat versucht, sich selbst zu befreien. Es gab keine andere Wahl: entweder die Schande, oder den Tod riskieren. Sie hat den Tod riskiert, und jetzt stirbt sie mir. Was soll ich tun? Ich kann keinen Arzt rufen. Er würde einen Bericht schreiben, es gäbe eine Untersuchung, ein Gerichtsverfahren, und alles käme an den Tag. Der Pfarrer von hier will das Mädchen auch nicht haben, weil er ein Verwandter ist, wie ich Ihnen schon sagte. Gewiß hat sie gesündigt, aber gibt es nicht Verzeihung für alle Sünder? Ist Christus nicht für alle Menschen am Kreuz gestorben?«

Don Paolo war bestürzt und ratlos. Einen solchen Fall hatte Nunzio in seiner Anleitung nicht vorgesehen.

»Frau Berenice«, sagte er, »ich bin voller Teilnahme für Ihr Unglück, aber ich weiß wirklich nicht, was ich Ihnen raten soll.«

Der arme Priester hatte Tränen in den Augen. Berenice erhob sich und machte ihm ein Zeichen, als wollte sie ihm noch etwas sagen. Pietro ging ohne Widerspruch hinter ihr die Treppe zum ersten Stock hinauf. Berenice öffnete vorsichtig die Tür zu einem kleinen Zimmer. Es war halbdunkel und roch nach Desinfektionsmitteln. In einer Ecke stand unter einem schwarzen Kruzifix ein schmales, eisernes Bett.

»Bianchina«, sagte Berenice halblaut. »Siehst du, wer zu dir gekommen ist?«

Im Bett bewegte sich etwas. Zwischen dichten schwarzen Haarsträhnen, die das Kopfkissen bedeckten, erschien ein blasses, schmerzverzerrtes, kindliches Gesicht. Als Don Paolo bemerkte, daß Berenice ihn mit dem Mädchen allein gelassen hatte, war es zu spät. Er blieb wie angewurzelt an der Tür stehen. So vergingen mehrere Minuten. Er versuchte, sich auf den Zehenspitzen hinauszuschleichen, aber die weit aufgerissenen Augen des todkranken Mädchens hielten ihn fest. Wie sollte er einer Sterbenden erklären, daß er kein Priester war? Don Paolo war wie gelähmt, er wußte nicht, was er tun sollte. Das Mädchen sah ihn mit ihren fieberglänzenden Augen unverwandt an.

»Nur Mut«, sagte Don Paolo und versuchte zu lächeln.

Er ging langsam auf das Bett zu, beugte sich zu dem Mädchen herunter, ergriff ihre Hand und küßte sie. Die großen Augen der Kranken füllten sich mit Tränen. Unter der leichten Decke zeichneten sich die Umrisse ihres zarten Körpers ab.

»Ich weiß alles, liebes Kind«, sagte der Priester. »Sag mir nichts, du sollst dich nicht demütigen. Du brauchst nicht mehr zu beichten. Du hast schon gebeichtet.«

»Geben Sie mir die Absolution?« fragte die Kranke.
»Dir ist verziehen«, sagte der Priester. »Wer könnte dir nicht verzeihen. Du hast schon gebüßt, und die Buße war zu schwer.«
»Wenn ich sterbe«, fragte das Mädchen, »wo komme ich dann hin?«
»Auf den Friedhof«, sagte der Priester, »wie alle anderen.«
»Werde ich die ewige Seligkeit erlangen?«
»Gewiß. Aber du hast keine Eile, du mußt versuchen, die Reise aufzuschieben«, sagte Don Paolo mit einem Versuch zu scherzen.
Er hielt eine Hand des Mädchens zwischen seinen glühenden Händen.
»Sie haben auch Fieber«, sagte das Mädchen. »Sind Sie krank?«
Don Paolo nickte.
»Ja«, sagte er lächelnd. »Ich tue auch Buße.«
In diesem Augenblick hörte man von der Straße her eine Stimme:
»Wo ist denn der Priester, der nach Pietrasecca fahren soll?«
Don Paolo wollte aufbrechen, aber das Mädchen hielt seine Hand fest.
»Gehen Sie noch nicht fort«, sagte sie. »Wann werden wir uns wiedersehen?«
»Ich werde an dich denken«, sagte Don Paolo.
»Das kann ich nicht glauben«, sagte das Mädchen. »Sie haben an anderes zu denken.«
»Du glaubst mir nicht? Warum willst du mir nicht glauben?« sagte Don Paolo. Er beugte sich über sie und sah ihr fest in die Augen. Minutenlang sahen die Beiden einander schweigend in die Augen. Don Paolo wurde von tiefem Mitleid ergriffen.
»Warum glaubst du mir nicht?« fragte er.
»Doch, ich glaube dir«, sagte das Mädchen. »Ich habe noch

keinem Menschen so geglaubt wie dir. Deine Augen lügen nicht. Ich habe noch nie solche Augen gesehen.«

»Ich werde an dich denken«, sagte Don Paolo.

»Kommt dieser Priester oder nicht?« hörte man eine ärgerliche Stimme unter dem Fenster rufen.

»Ich muß gehen«, sagte Don Paolo. »Fürchte dich nicht mehr, dir ist verziehen. Aber«, fügte er hinzu, »der Gesellschaft, die dir keine andere Wahl ließ als Tod oder Schande, wird nicht verziehen werden.«

Vor der Tür des Gasthofes saß der alte Magascià. Er hatte seine Suppe schon aufgegessen und tauchte nun Brotstücke in seinen Wein. Magascià war ein großer, breitschultriger, schwerer Mann mit einem bärtigen Gesicht. Der linke Ärmel seiner Jacke hing leer von der Schulter herab.

»Wir müssen uns aufmachen«, sagte er zu Don Paolo. »Es ist ein weiter Weg.«

Er ließ den Priester neben sich aufsitzen, und der zweirädrige Karren, der von einem Esel gezogen wurde, setzte sich langsam in Bewegung. Magascià brachte in diesem Gefährt allwöchentlich den notwendigen Bedarf an Tabak und Salz nach Pietrasecca.

»Für einen Priester«, sagte er, »ist mein Karren nicht das richtige Fuhrwerk. Und schon gar nicht für einen Priester, der sich von einer Krankheit erholen muß.«

»Das macht nichts«, sagte Don Paolo. »Ist es lange her, daß man dir den Arm abgenommen hat?«

»Zu Mariä Lichtmeß waren es zwei Jahre«, antwortete Magascià. »Was hilft das Klagen? Dem alten Esel schickt Gott die Fliegen.«

»Kennen Sie Berenice von früher?« fragte er dann. »Haben Sie auch die Tochter kennengelernt? Es wird allerlei über sie geredet.«

Der Priester antwortete nicht.

Magascià band die Zügel an der Bremse fest und zündete sich eine Pfeife an.

»Ich brauche die Zügel nicht zu halten«, sagte er. »Seit zehn Jahren macht meine Eselin jede Woche diesen Weg, und sie weiß genau Bescheid. Sie weiß, wo sie zum Trinken stehenbleiben muß, wo sie ihr Bedürfnis verrichten kann und wie lange jede Steigung dauert.«

Magascià hatte sich in Fossa einen neuen Hut gekauft und trug ihn über den alten gestülpt.

»Sie heißt Bersagliera«, sagte er, auf das arme, abgemagerte Zugtier weisen, »weil sie laufen konnte wie die Soldaten von der Bersaglieri-Truppe. Aber jetzt ist sie alt geworden.«

»Das Alter bleibt keinem erspart«, sagte Don Paolo.

»Ein Esel ist noch gut dran«, sagte Magascià. »Mit vierundzwanzig Jahren hört er gewöhnlich auf zu arbeiten, ein Maultier mit zweiundzwanzig, ein Pferd ungefähr mit fünfzehn. Aber der arme Mensch muß bis zu siebzig Jahren arbeiten oder noch länger. Warum hat Gott mehr Mitleid mit den Tieren gehabt als mit den Menschen? Aber natürlich hat er das Recht, die Welt so einzurichten, wie es ihm beliebt.«

Gleich hinter dem Dorf ging es langsam bergauf. Der Priester begrüßte die Berge, Täler, Hügel und Bäche wie alte Bekannte. Die Dörfer trugen noch die Spuren des Erdbebens. Sie erinnerten an Bienenstöcke, die von einer grausamen Hand zerschlagen worden waren und erst zu einem kleinen Teil wieder hergestellt werden konnten. Ein Cafone mit seiner Familie kam ihnen entgegen. Mann, Frau und Kind saßen zusammen auf einem Esel; die Frau hatte die Brust entblößt und stillte das Kind.

»Wie sieht es mit der Ernte aus?« fragte Magascià den Mann auf dem Esel.

»Schlecht«, bekam er zur Antwort.

»Der erwartet eine gute Ernte«, flüsterte Magascià dem Priester ins Ohr.

»Warum hat er denn das Gegenteil gesagt?«

»Um dem Neid zu entgehen«, sagte Magascià.

»Und wie sind deine Aussichten für die Ernte?« fragte der Priester.

Magascià bekreuzigte sich.

»Verheerend«, sagte er.

»Hast du Angst, daß auch ich dich beneiden könnte?« fragte Don Paolo.

»Der Neid liegt in der Luft«, sagte Magascià.

Am Straßenrand sahen sie von Zeit zu Zeit Steinklopfer, die neben niedrigen Schotterhaufen am Boden saßen und mit einem Hammer größere Steine zerklopften. Der Karren fuhr jetzt durch das Dorf Lama dei Marsi. An den ärmlichen Häusern waren Ochsenhörner angebracht, zum Schutz gegen den bösen Blick. Vor den Türschwellen sah man zu zweien und dreien schweigsame alte Leute sitzen, Scharen von halbnackten Kindern sprangen um sie herum. Am Ausgang des Dorfes befand sich eine Kapelle, die der Madonna geweiht war. Magascià bekreuzigte sich.

»Diese Kapelle wurde zur Erinnerung an ein Wunder erbaut«, erklärte er dem Priester. »Damals, es ist schon lange her, fingen plötzlich im Januar die Rosen an zu blühen, die Kirschen reiften, und die Mutterschafe bekamen Junge. Anstatt sich zu freuen, bekamen es die Leute mit der Angst zu tun. Ob diese erfreulichen Erscheinungen nicht Vorboten eines großen Unheils waren? Und tatsächlich brach im gleichen Sommer die Cholera aus.«

»Warum wurde denn die Kapelle erbaut?« fragte Don Paolo.

»Das wissen Sie besser als ich«, sagte Magascià. »Um der Madonna eine ruhige Stätte zu geben und sie von solchen Wundern abzuhalten. Auch dieses Jahr«, fuhr er fort, »läßt sich die Ernte gut an. Nicht bei mir, wohlverstanden, ich spreche von den anderen, im allgemeinen. Wer weiß, was für Unglücksfälle uns dieses Jahr noch bringen wird?«

Hinter der Kapelle schlängelte sich die Straße zwischen zwei

Hügeln durch und führte dann über eine Brücke in das Hochtal von Pietrasecca, das sich zunächst weit ausdehnte, aber gegen Ende von steilen grauen Felsen eingeengt wurde. Zwischen den Felsen, überall dort wo die Reste der Überschwemmungen ein Stückchen ebenen Boden gebildet hatten, sah man hier und da kleine Felder. Auch auf den Berghängen waren diese winzigen Stücke von bebautem Land zu sehen, die aussahen, als wären sie an die Felsen geklebt. Der Karren bewegte sich langsam vorwärts. Immer karger wurde die Vegetation auf den zerklüfteten Bergwänden. Ein paar Ziegen, die die spärlichen neuen Gräser einzeln verspeisten, wandten ihre kleinen Spitzbärte dem seltsamen Priester zu, der da auf dem Salz- und Tabak-Karren einhergefahren kam. Als der Weg steiler wurde, stieg Magascià ab, um seinem Esel die Fuhre zu erleichtern.

An einer Wegbiegung wurde eine Villa im Renaissancestil sichtbar. Sie erhob sich auf einer kleinen Plattform, die man in den Fels gehauen hatte. Tür und Fenster des Gebäudes standen offen.

»Dieses Haus gehört einem reichgewordenen Mann hier aus der Gegend. Don Simone Scaraffa«, sagte Magascià. »Haben Sie noch nicht von ihm gehört? Nachdem er dreißig Jahre lang in Brasilien Kaffee angebaut und damit ein Vermögen verdient hatte, kehrte er in die Heimat zurück, um unseren Neid zu genießen, und zu dem Zweck ließ er sich diese Villa erbauen. Aber der Neid war stärker als er. In der ersten Woche nach seinem Einzug wurde er wahnsinnig und mußte nach Aquila in die Irrenanstalt gebracht werden, wo er sich noch jetzt befindet. War das all die Mühe wert?«

Ein Stück weiter stand auf einem Steinhaufen ein hölzernes Kreuz, auf dem ein Datum eingeschnitzt war.

»An dieser Stelle wurde Don Giulio, der Notar von Lama, überfallen und ermordet«, sagte Magascià. »Man hat ihm sieben Messerstiche ins Herz versetzt. Niemand hat je erfahren, wer ihm diesen schlimmen Streich gespielt hat. Don Giulio hatte zu Wucherzinsen Geld ausgeliehen, er nahm dreißig Prozent. Nach seinem Tode hörte der Wucher auf.«

Von weitem kamen die ersten Häuser von Pietrasecca in Sicht.

»Es sieht aus wie das Ende der Welt«, sagte der Priester. Es fröstelte ihn.

»Pietrasecca ist ein Unglücksort«, sagte Magascià. »Zweimal ist es durch Überschwemmung zerstört worden und einmal durch Erdbeben.«

»Wieviele Bewohner sind noch übrig geblieben?« fragte der Priester.

»An die vierzig Familien. Aber wer die Möglichkeit hat, geht hinunter in die Ebene«, sagte Magascià. »Wer irgend kann, macht sich aus dem Staub.«

Ein Stück weiter sah man noch einen Steinhaufen mit einem hölzernen Kreuz.

»An dieser Stelle . . .«, begann Magascià.

Don Paolo unterbrach ihn.

»Das interessiert mich nicht«, sagte er abweisend. »Wahrscheinlich geschah auch hier ein Unglück.«

»Woher wissen Sie das?«

»Du erzählst ja von nichts anderem. Willst du mir eigentlich Angst machen?«

Magascià lachte.

»Nicht einmal der Teufel in Person kann einem Priester Angst machen«, sagte er. »Ihr Priester steht doch mit dem Tod auf Du und Du.«

Als der Karren Pietrasecca erreichte, war die Dämmerung hereingebrochen. Don Paolo erblickte etwa sechzig verwitterte, baufällige kleine Häuser, die zum Teil unbewohnt zu sein schienen. Das Dorf war in die trichterförmige schmale Höhlung hineingebaut, in die das Tal mündete. Nur zwei menschenwürdige Häuser waren zu sehen. Das eine, gleich nach der Brücke, war das Wirtshaus von Matalena Ricotta, in dem der Priester wohnen sollte, und das zweite, bedeutend größere und ältere lag am anderen Ende des Dorfes auf einem großen, ummauerten Platz und war das Patrizierhaus der Familie Colamartini, das einzige Haus von Pietrasecca, das die Überschwemmungen und das Erdbeben überdauert hatte. Dahinter sah man eine kleine Kirche mit einem Glockenturm.

»Wird in dieser Kirche Gottesdienst abgehalten?« fragte Don Paolo.

»Seit dreißig Jahren hat die Kirche keinen eignen Pfarrer mehr«, sagte Magascià. »Nur selten kommt einer hier herauf. Das Dorf ist arm. Wie sollten wir einen Pfarrer unterhalten?«

Auch rings um das Dorf war die geringe Erdfläche zwischen den Felsen in eine große Anzahl winziger Felder aufgeteilt. Sie waren so klein, und die Mauern, die sie abteilten, waren so hoch, daß man die Fundamente einer zerstörten Stadt zu sehen glaubte. Gleich hinter dem Dorf schloß sich die Talenge. Kein Weg führte weiter über die Felswand. Zwei schmale Wasserläufe, die von den Bergen herunterflossen, vereinigten sich zu einem Bach, der den Ort in zwei durch eine hölzerne Brücke verbundene Teile teilte. Don Paolo sah sich nach allen Seiten um und schien beunruhigt.

»Gefällt es Ihnen nicht?« fragte Magascià.

»Ich verstehe nicht, wie man in einer so ungünstigen Lage einen Ort erbauen kann«, sagte der Priester. »Wenn jemand hier heraus will, hat er keinen Ausweg. Das ist kein Dorf, sondern eine Falle.«

»Es fehlen alle Bequemlichkeiten«, sagte Magascià. »Der einzige Vorteil ist, daß auch die Behörden sich nicht um uns kümmern.«

Vor dem Wirtshaus war ein Brunnen. Ein kleiner Junge, dem die Nase blutete, wusch sich das Gesicht. Das Wasser war schon ganz rot gefärbt. Unter der Holzbrücke am Ufer

des Baches knieten einige Frauen und Mädchen und wuschen, schlugen und spülten ihre Wäsche. Beim Anblick des Priesters hielten sie wie gebannt inne.
Magascià brachte seinen Karren vor der Tür des Wirtshauses zum Stehen, wo die Wirtin, eine ältere Frau, den Gast schon erwartete. Sie war klein und untersetzt und wirkte noch unförmiger durch die zahlreichen Wollröcke, die sie übereinander trug. Gleich darauf erschien auch ein würdiger alter Herr mit einer Jagdflinte auf der Schulter und hieß den Priester in seinem bescheidenen Dorf willkommen.
Matalena übernahm die Vorstellung.
»Das ist Don Pasquale Colamartini«, sagte sie.
Don Paolo entschuldigte sich, er war todmüde.
Die Wirtin führte ihn in sein Schlafzimmer.
»Was wünschen Sie zum Abendessen?« fragte sie.
»Nichts«, sagte Don Paolo. »Ich will nur schlafen.«
Als er in seinem dunklen Zimmer im Bett lag, hörte er die Stimme einer Frau, die ihren kleinen Jungen nach Hause rief.
»Ich komme, Mutter, ich komme gleich.«

7

An einem Sonntagmorgen fand auf dem Platz vor dem Wirtshaus von Pietrasecca unter dem Fenster von Don Paolo die Taufe eines Esels statt, der auf dem letzten Viehmarkt gekauft worden war. Ein junger Bursche hielt den Esel am Halfter fest, und ein alter Bauer schlug mit einer Holzstange auf ihn ein. Nach jedem Schlag schrien die beiden Männer dem Esel ins Ohr:
»Garibaldi.«
Der Name Garibaldi war gewählt worden, weil er nach Meinung der Leute Kraft und Mut bedeutete. Die Taufe zog sich in die Länge, denn es brauchte natürlich seine Zeit, bis

der Esel sich davon überzeugen ließ, daß er Garibaldi war. Der Mann schlug den Esel ohne Wut oder Ungeduld, aber kräftig, so wie man eine Matratze ausklopft, und nach jedem Schlag schrien der Alte und der Junge dem Esel in die Ohren:

»Garibaldi.«

Der Esel sah die Männer an und schüttelte jedesmal den Kopf. Der Alte schlug ihn auf den Rücken, bei jedem Schlag rückte er eine Rippe weiter, und wenn er damit fertig war, fing er oben wieder an. Zehnmal, zwanzigmal und mehr erscholl zwischen den Stockschlägen der heroische Name Garibaldi. Endlich war der alte Mann müde und sagte zu dem Jungen:

»Jetzt ist es genug. Er wird es jetzt begriffen haben.«

Der Junge stellte ihn auf die Probe. Er nahm ein Bündel Stroh in die Hand, ging auf die Brücke, zeigte dem Esel aus der Entfernung das Stroh und rief:

»Garibaldi.«

Der Esel trabte zu ihm hin.

»Er hat es begriffen«, sagte der Junge.

Don Paolo lag fiebernd zu Bett. Die Reise hatte ihn erschöpft. Die wiederholte Anrufung von Garibaldi, die zu seinem Fenster heraufklang, überraschte ihn und schien ihm verdächtig. War es möglich, daß die republikanische Partei an diesem entlegenen Ort so stark war?

»Was geht da vor sich?« fragte er die Wirtin.

»Nichts Besonderes«, antwortete Matalena. »Sciatàp tauft seinen Esel.«

Der alte Sciatàp war unter diesem Namen im ganzen Tal bekannt. Auch er war einst mit Stockschlägen getauft worden, ebenso wie sein Esel. Als junger Mann hatte er in New York bei einem Landsmann im Dienst gestanden, einem gewissen Carlo Campanella, der im Winter Kohlen und im Sommer Eis verkaufte. Aus dem Bauern Carlo Campanella aus Pietrasecca war in New York Mister Charles

Little-Bell *Ice and Coal* geworden. Er behandelte seinen Untergebenen wie ein Arbeitstier. Jedesmal wenn das arme Tier sich beklagte, herrschte Mister Little-Bell ihn an:

»Sciatàp«.*

Wie es scheint, bedeutet Sciatàp im Englischen: halt den Mund. Als Sciatàp nach mehreren Jahren in die Heimat zurückkehrte, kannte er von der englischen Sprache nur dies eine Wort und gebrauchte es bei jeder passenden und unpassenden Gelegenheit. Seine Frau durfte nichts mehr sagen, denn er legte sofort den Finger auf den Mund und rief:

»Sciatàp.«

So fand dieses Wort Eingang in den Dialekt des Tales. Es war der einzige englische Ausdruck, der in Pietrasecca bekannt wurde, das einzige moderne und fremdländische Kulturelement in der alten bäuerlichen Tradition des bescheidenen Ortes.

Don Paolo stand vom Bett auf und trat ans Fenster, um sich den Mann anzusehen. Sciatàp und der Esel hatten einen Fußweg eingeschlagen, der neben der Brücke zum Bach hinunter führte. Am Anfang des Weges war auf einer alten Tafel zu lesen: ›Es ist verboten, an dieser Stelle Müll oder anderen Dreck abzuladen.‹ Aber gerade hier lagen Haufen von Abfällen, Scherben und Speiseresten. Don Paolo lächelte. Jede Art von Widerspruchsgeist gefiel ihm, und es war ja nicht jedermanns Sache, heimlich Flugblätter zu drucken.

Matalena hatte dem Priester ihr eigenes Zimmer im ersten Stock des Hauses abgetreten. Es enthielt ein riesiges Witwenbett, das fast drei Viertel des Raumes einnahm und kaum Platz übrig ließ für einen kleinen Tisch, einen Stuhl und einen weißlackierten eisernen Waschtisch über dem Bett hing ein Christus am Kreuz mit abgezehrten verkrümmten Gliedern und dem Gesicht eines halb verhunger-

* *Shut up*, A. d. Ü.

ten Cafone. Auf dem Nachtisch stand eine kleine weiß und blau glasierte Statue der Heiligen Jungfrau.
Don Paolos Gesundheitszustand war noch unverändert. Das Bergklima hatte ihm nicht die schnelle Besserung gebracht, die er erhofft hatte. Er lag fast den ganzen Tag im Bett, ohne wirklich Ruhe und Erholung zu finden. Die Tage und Nächte erschienen ihm endlos lang. Die Luft war heiß und stickig. Der Geruch nach Kohl und Fisch, der aus der Küche heraufdrang, verursachte ihm Übelkeit.
Um seine Ausrüstung als Priester zu vervollständigen, hatte Nunzio ihm außer dem Brevier noch ein Handbuch der Liturgie und einige Andachtsbücher mitgegeben, in denen vor allem über das Leben verschiedener Heiliger berichtet wurde. Um sich zu zerstreuen, begann Don Paolo, in diesen Büchern zu blättern und hier und da etwas zu lesen, wie er es auch mit jedem anderen gedruckten Erzeugnis getan hätte, Kriminalromane und Industrieprospekte inbegriffen. Manche dieser Bücher hatte er schon als Kind oder in den Internatsjahren in der Hand gehabt, und ihre Texte und Illustrationen ließen alte, längst vergessene Bilder in ihm aufsteigen. Aus den verborgensten Tiefen seiner Erinnerung tauchten die Symbole seiner kindlichen Ängste wieder auf. So fühlte er sich täglich mehr zu diesen heiligen Büchern hingezogen, und schließlich las er Abend für Abend darin, solange seine Augen es zuließen. In dieser Seelenverfassung schrieb er den ersten Brief an Nunzio. Wenn er auch aus Vorsicht Paolo Spada unterschreiben mußte, so war dies doch die einzige Möglichkeit, mit jemandem zu verkehren, ohne lügen zu müssen. »Ich danke dir besonders für die Bücher«, schrieb er. »Was für eine seltsame Welt sich da auftut. Mir ist, als hätte ich unter einem Ziegelstein einen Schatz gefunden.«
Auch der Schwächezustand, in den die Krankheit ihn versetzt hatte, trug dazu bei, Don Paolo in die Kindheit zurückzuführen. Er war öfters krank gewesen und als einziger

Sohn wegen seiner zarten Konstitution von seiner Mutter, der Großmutter, den Tanten und der Magd in einer warmen Atmosphäre weiblicher Zärtlichkeit ständig umsorgt worden. Das soziale Milieu, in das der Zufall ihn jetzt geführt hatte, war um einige Stufen niedriger als das, in dem er aufgewachsen war, aber auch hier in Pietrasecca waren es tagsüber, da alle Männer bei der Arbeit waren, immer die Lebensäußerungen von Frauen und Kindern, die zu ihm drangen. Don Paolo mußte alle ihm verbliebenen Kräfte dazu verwenden, um sich der ungestümen Zuneigung der alten Matalena zu erwehren.

»Ich könnte, mit allem Respekt, Ihre Mutter sein«, sagte die Alte. »Lassen Sie sich von mir pflegen, als wären Sie mein Sohn.«

»Wenn du nicht damit aufhörst, muß ich ausziehen«, sagte Don Paolo. »Ich will nicht wie ein kleines Kind bemuttert werden.«

In Matalenas Augen war die Anwesenheit eines Priesters in ihrem Gasthaus ein Segen des Himmels, und sie machte sich unter diesem oder jenem Vorwand fortwährend in seiner Nähe zu schaffen. Solange das Haus einen Priester beherbergte, war es vor Unglücksfällen geschützt. Matalena lebte in beständiger Angst vor Naturkatastrophen. Am Giebel ihres Hauses waren die großen gewundenen Hörner einer Kuh angebracht.

»Wozu dienen diese Hörner?« fragte Don Paolo.

»Sie schützen vor dem bösen Blick«, sagte Matalena und bekreuzigte sich. »Leider nur vor dem bösen Blick, gegen andere Unglücksfälle sind sie machtlos.«

Tatsächlich war trotz solcher Hörner auch Matalenas Haus wie viele andere beim Erdbeben im Jahr 1915 eingestürzt.

»Es war größer als dieses«, erzählte Matalena. »Mein seliger Mann hatte sechs Jahre lang in Argentinien schwer gearbeitet, um es erbauen zu können. Alles Geld, das er mir schickte, ging an die Maurer und an die Schreiner. Als das Haus einstürzte, war es erst seit drei Monaten fertig. Ich war eine Woche lang im Keller verschüttet und wußte nicht einmal, daß es ein Erdbeben gewesen war. Ich glaubte, es sei der böse Blick, und nur unser Haus sei zerstört. Sie können sich meine Verzweiflung vorstellen. Als nach einer Woche der Schutt über dem Keller weggeräumt war und ein Ausgang frei wurde, hatte ich nicht den Mut, meinen Zufluchtsort zu verlassen. ›Laßt mich hier sterben‹, rief ich den Leuten zu. ›Ich will nicht mehr leben.‹ Aber sie beruhigten mich. ›Fast das ganze Dorf ist zusammengestürzt. Fast die ganze Marsica ist zerstört‹, riefen sie mir durch die Öffnung zu. ›Dreißig Dörfer sind dem Erdboden gleichgemacht, fünfzigtausend Tote hat man bisher gezählt.‹ Es war also kein böser Blick, der mich allein getroffen hatte, sondern eine Geißel Gottes für alle. Geteiltes Leid ist halbes Leid, sagt das Sprichwort. Mein seliger Mann mußte den Krieg mitmachen und kam mit Gottes Hilfe heil davon. Nach dem Krieg ging er gleich wieder nach Argentinien und arbeitete noch einmal fünf Jahre, um das Geld für ein neues Haus zusammen zu bringen. Als das Haus fertig war und er zurückkehren sollte, um sich daran zu freuen, hörte er auf zu schreiben. Sechs Monate später bekam ich eine Vorladung aufs Rathaus. Ich dachte, es handle sich um eine neue Steuer. Ich gehe hin, und ein Beamter sagt mir: ›Dein Mann ist tot. Er ist von einem Auto überfahren worden.‹ Ich fange an zu weinen und sage: ›Das ist der Neid, der ihn getroffen hat, weil er sich an seinem neuen Hause freuen wollte.‹«

Auf den Bericht der armen Frau folgte jedesmal ein ausgiebiger Tränenstrom.

»Ein Autounfall«, sagte Don Paolo, »ist ein Unglück, das jedem Menschen zustoßen kann.«

»Verzeihen Sie, Hochwürden, ist Ihnen schon einer zugestoßen?«

»Nein.«

»Und warum nicht?« sagte Matalena. »Wenn Sie als Priester

wirklich nicht an den bösen Blick glauben, warum kleiden Sie sich dann in schwarz? Warum, mit Verlaub zu sagen, verhüllen Sie Ihre Beine?«

Aber selbst Matalenas wunderliche Reden vermochten es nicht, Don Paolo aus seiner gedrückten Stimmung zu befreien. Nunzio beantwortete seine Briefe nicht, aber alle zwei oder drei Tage schickte er ihm in einem geschlossenen Umschlag einige Zeitungsausschnitte mit den wichtigsten politischen Nachrichten. Das war zu wenig, um Don Paolos angstvolle Ungeduld zu beruhigen. Für wie lange war er noch verdammt, in diesem Sibirien zu bleiben? Das ununterbrochene Geschwätz der Wirtin klang in seinen Ohren bald so einförmig und der Natur zugehörig wie das Rauschen des Baches und das Wehen des Windes. Während sie redete, war Matalena trotz ihres vorgerückten Alters immer auf den Beinen; unordentlich gekleidet, ungekämmt und von der Arbeit abgerackert lief sie im Hause umher. Im übrigen war sie eine fromme Frau und hielt die Fasten- und Feiertage getreulich ein. Sie gab sich große Mühe, den Priester gut zu ernähren und wartete nach jeder Mahlzeit auf ein Lob, das leider ausblieb. Don Paolo hatte auf gutes Essen niemals viel Wert gelegt, und ohnehin konnte man in Pietrasecca kaum Abwechslung beschaffen. Brot in Wein getaucht schmeckte ihm noch am besten. Trotzdem erschien Matalena jeden Morgen in seinem Zimmer, um zu fragen, was sie dem Priester an diesem Tage kochen sollte. Eines Tages verlor er die Geduld und befahl der Wirtin, sie möge ihm bringen, was jeder Bewohner von Pietrasecca täglich zu essen pflegte. Matalena war gekränkt, und um sich zu rächen, ging sie darauf ein. Sie brachte dem Priester also am Morgen ein Stück Maisbrot mit einer Zwiebel. Zum Mittagessen setzte sie ihm wieder ein Stück von dem selben Brot vor, dazu rohe Paprikaschoten mit Öl und Salz, und am Abend bekam er eine dicke Gemüsesuppe aus Bohnen und Kartoffeln. Bei dieser Diät blieb es nur zwei Tage, denn Don Paolos Magen wurde damit, von der Suppe abgesehen, nicht fertig. Die Geschichte kam bei den Cafoni herum, und es wurde viel darüber gelacht. Ebenso leben wie die Armen, das ist leicht gesagt. Matalena nutzte ihren Sieg aus, und die allmorgendliche Qual begann von neuem. Sie hatte feststehende Ansichten über die Behandlung von Lungenleiden:

»Die beste Arznei sind frische Eier«, erklärte sie.

Im Gemüsegarten hinter dem Wirtshaus hielt sie ein Dutzend Hühner. Kaum trat ein Ei zutage, so brachte sie es dem Kranken. Wenn ein Huhn sich mit der Erfüllung seiner Pflicht verspätete, so lief Matalena ihm nach, fing es ein und befühlte es, um festzustellen, ob ein Ei da war. Nach dieser Untersuchung rief sie dem Priester vom Garten aus zu:

»Nur noch etwas Geduld, es dauert nicht mehr lange.«

Obwohl er zu Bett lag, konnte Don Paolo das Leben des Dorfes genau verfolgen. Es war ein armseliges Leben. Am Morgen erschien eine gewisse Chiarina mit ihrer Ziege. Matalena ergriff eine Schüssel und melkte selbst die Ziege bis zum letzten Milchtropfen. Um diese Zeit waren die Männer schon zur Arbeit gegangen, und die Frauen kämmten sich eilig das Haar – am Fenster oder vor der Haustür, damit die Läuse nicht im Hause blieben. Gegen Mittag kam eine gewisse Filomena Sapone, mit einem Kind auf dem Arm und Salat aus ihrem Garten. Sie setzte sich auf die Schwelle des Wirtshauses, öffnete ihr Mieder und entblößte ihre Brust; der Säugling ließ sich nicht lange bitten. Filomena hatte als erste gefragt, ob Don Paolo ihr die Beichte abnehmen könne, und er hatte geantwortet, er sei dazu nicht berechtigt. Es wurde viel darüber gesprochen, in jeder Familie, beim Backofen, beim Schuster, in der Werkstatt des Schreiners und beim Barbier. Matalena fragte auch Don Pasquale Colamarini nach seiner Meinung.

»Wenn ihr ihm lästig werdet, wird er bald abreisen«, sagte der alte Herr und brachte sie mit dieser Antwort zum Schweigen.

Auf dem Platz zwischen dem Wirtshaus und der Brücke versammelte sich die männliche Jugend des Dorfes zu militärischen Übungen und zum Marschieren. Eines Tages stritten sich die Jungen über den Namen des Feindes, der sich nach aller Meinung zu oft änderte, und drei von ihnen erschienen als Abordnung in Don Paolos Zimmer.

»Wer ist augenblicklich der Feind?«

»Was für ein Feind?« fragte der Priester überrascht.

»Der Erbfeind«, sagte einer der Knaben.

Der Priester verstand nicht oder tat, als verstünde er nicht.

»Bei den Übungen bilden wir zwei Parteien«, erklärte der Knabe. »Auf der einen Seite die Italiener, auf der anderen der Erbfeind. Lange Zeit hindurch hat die Lehrerin uns gesagt, das sind Frankreich und Jugoslawien. Dann hat sie gesagt: Deutschland. Dann war es Japan. Heute morgen hat sie zu uns gesagt: ›Kinder, der neue Erbfeind ist England‹. Aber im Schulbuch ist ein Kapitel mit der Überschrift: ›Die Jahrhunderte alte Freundschaft zwischen England und Italien‹. Jetzt begreifen wir überhaupt nichts mehr. Wer hat recht, die Lehrerin oder das Buch?«

»Die Lehrerin«, sagte Don Paolo. »Das Buch ist im vorigen Jahr gedruckt worden, und seine Angaben sind überholt.«

»Gut«, sagten die Jungen. »Dann werden wir also den englischen Erbfeind vernichten.«

»Die Engländer kämpfen nicht auf der Erde, sondern auf dem Wasser«, bemerkte der Priester.

Darauf beschlossen die Jungen, im Bach zu kämpfen. Don Paolo verfolgte den Verlauf der Schlacht von seinem Fenster aus. Der neue Erbfeind wurde schnell besiegt, aber auch die Verteidiger des Vaterlandes gingen bis auf die Haut durchnäßt aus dem Kampf hervor.

Die männliche Jugend des Dorfes bildete eine Gemeinschaft für sich, mit eigenen Gesetzen und Gebräuchen und einem eigenen Jargon. Wer am besten über den Fluß springen, Steine werfen, Eidechsen fangen und im weitesten Bogen gegen den Wind sein Wasser lassen konnte, der hatte den Vorrang. Die Mütter riefen vom Morgen bis zum Abend hinter ihren Söhnen her, und oft hallte die Luft von den gräßlichsten Verwünschungen wider, aber das war schon so zur Gewohnheit geworden, daß niemand darauf achtete.

Am Nachmittag erledigten die Frauen bei gutem Wetter ihre häuslichen Arbeiten auf der Straße. Sie hingen Wäsche auf, schälten Kartoffeln, stopften und flickten, oder sie entlausten und kratzten ihre Kinder. Die Wenigen, die gerade nichts zu tun hatten, saßen vor dem Wirtshaus auf den Steinen, barfuß, zerlumpt, mit fettigem Haar und dem törichten Gesichtsausdruck alter Ziegen. Unter ihnen befand sich eine gewisse Cesira, eine von Hunger und Wochenbetten ausgemergelte alte Frau, die immer über seltsame Schmerzen klagte. Die Frauen sprachen meistens von Geburten. Annunziata sollte bald ihr vierzehntes Kind bekommen. Lidovina hatte schon achtzehn. Am schlimmsten war es beim ersten Kind, für die nächsten war der Weg dann schon gebahnt. Annina, die auch ein Kind erwartete, zeigte auf ihren Bauch und sagte:

»Hier ist der Kopf, hier ist ein Fuß, hier ist der andere Fuß. Es muß ein Junge sein, manchmal gibt er mir richtige Fußtritte.«

»Das liegt in Gottes Hand«, erwiderte Cesira. »Gott richtet sich nach unseren Sünden. Jeder Schmerz ist eine Strafe.«

Wenn die Frauen ihre Stimmen dämpften, war es klar, daß sie vom Priester sprachen. Was mochte Matalena wohl erfinden, um die Neugier ihrer Nachbarinnen zu befriedigen? Don Paolo konnte es sich nicht vorstellen. Nur ein klagendes Gemurmel drang bis zu ihm herauf.

Die einzige Abwechslung brachte das Wetter. Die drückende Hitze wurde mehrmals von kurzen, heftigen Regenschauern unterbrochen.

In den Briefen, die Don Paolo an Nunzio schrieb, ließ er seiner schlechten Laune freien Lauf. ›Ich komme mir vor wie ein halbtotes Tier, das von Fliegen umschwärmt wird‹, schrieb er. ›Ich kann es hier unmöglich längere Zeit aushalten.‹ Er kam nicht zur Ruhe, weder im Bett noch auf den Füßen war ihm wohl, und er konnte weder lesen noch schreiben.

Von morgens bis abends spielte eine Schar halbnackter, schmutzbedeckter Kinder an einer großen Pfütze beim Brunnen, die durch das Abfließen des Wassers entstanden war. Nur wenn die Lehrerin erschien, liefen sie davon.

Bei gutem Wetter kochten die meisten Frauen die abendliche Suppe auf der Straße. Sie machten zwischen ein paar Steinen ein Feuer an, stellten einen Dreißfuß darüber und auf den Dreifuß einen Kupferkessel oder einen Blechtopf. Das ganze Tal roch nach Bohnensuppe.

Wenn es dämmerte, kam Fräulein Cristina Colamartini zum Wirtshaus herüber. Die plötzliche Stille, die bei ihrem Erscheinen entstand, zeugte von der Achtung, die sie bei den Dorfbewohnern genoß. In dieser Stille hörte Don Paolo die Stimme des Mädchens, das sich besorgt nach seiner Gesundheit erkundigte, der Wirtin Ratschläge und Verhaltungsmaßregeln gab und sich dann eilig entfernte. Don Paolo hatte Fräulein Cristina noch nie gesehen, aber von Matalena wußte er, daß sie in einem Nonnenkloster mehrere Jahre Musik studiert hatte und bald wieder dorthin zurückkehren würde, um den Schleier zu nehmen.

»Donna Cristina ist keine Frau, sondern ein Engel«, sagte Matalena, während sie die übrigen Familienmitglieder häufig mit den vergifteten Pfeilen ihrer Rede bedachte. Fräulein Cristina mußte ihren Eltern beistehen und eine neunzigjährige Großmutter pflegen, dazu noch eine Tante in ebenfalls vorgerücktem Alter. Ihr einziger Bruder war ein Tunichtgut und ließ sich fast nie zu Hause blicken. »Wenn es Sie interessiert«, sagte Matalena, »können Sie sich bei Magascià erkundigen. Der kann Ihnen allerlei erzählen.«

»Es interessiert mich nicht«, sagte Don Paolo, und damit war das Gespräch für eine Weile beendet.

Die Kräuterhexe und Zauberin Cassarola ließ sich dagegen nicht so leicht beiseite schieben. Sie hatte anfangs befürchtet, daß die Anwesenheit des Priesters ihren Machtbereich einschränken würde, aber da er nicht befugt war, die Sakramente zu erteilen, hatte sie sich bald beruhigt. Eines Tages erschien sie bei Don Paolo, um ihm ihre Zauberkräuter gegen den Husten anzubieten. Der Kranke wies sie zurück. Cassarola war ein abstoßend häßliches altes Weib mit wulstigen Negerlippen und einer eingedrückten Nase. Um dem Priester ihre Frömmigkeit zu beweisen, fing sie an, in barbarischem Latein Gebete und Beschwörungsformeln herunterzuleiern. Dann knöpfte sie ihr Hemd auf und zeigte die Medaillen und Rosenkränze, die sie auf der Brust trug, und wies ihre Arme vor, die mit heiligen Tätowierungen bedeckt waren.

»Gott ist Herr über das Gute, aber nicht über das Böse«, erklärte sie mit großer Bestimmtheit. »Sonst würde er doch seinen Priestern helfen, wenn sie krank sind. Warum betest du denn nicht zu Gott und stehst geheilt vom Bett auf?«

Don Paolo empfahl ihr, sich zum Teufel zu scheren.

Glücklicherweise hatte die Alte andere Patienten. Die Tochter der Schneiderin Antonia war krank. Cassarola ordnete an, ihr jeden Morgen ein Glas Wein zu geben.

»Das Kind ist erst drei Jahre alt«, sagte die Mutter.

»Schon drei Jahre?« sagte Cassarola. »Dann kannst du ihr abends ein zweites Glas Wein geben.«

Als Hüterin und Ernährerin des geweihten Mannes hatte Matalena vor allem die Aufgabe, den Frauen wieder und wieder zu erklären, warum Don Paolo nicht die Sakramente verabfolgen konnte.

»Auch nicht, wenn wir das Doppelte bezahlen?«

»Auch dann nicht.«

»Auch nicht, wenn wir das Dreifache bezahlen?«

»Auch nicht für jeden geforderten Preis, auf Kredit?«

»Wir geben keinen Kredit.«

Für die geringen religiösen Bedürfnisse der Bevölkerung von Pietrasecca, für die Taufen, Trauungen und Begräbnisse sollte eigentlich der Pfarrer von Lama, Don Cipriano, sorgen, aber je älter er wurde, desto seltener wurden seine Besuche. So war allmählich zwischen den Gesetzen der Natur und den bäuerlichen Instinkten ein Übereinkommen entstanden, wonach diese Zeremonien in Pietrasecca auf bestimmte kurze Zeitabschnitte zusammengelegt wurden. Im Oktober und November wurde geheiratet, zwischen Mai und Juli kamen die Kinder. Es war eine Regelung, wie die Einberufung zum Militärdienst, und nur wenige entzogen sich ihr. Aber viele der Kinder starben schon in den ersten Monaten.

Am Sonntag morgen gingen manche Frauen nach Lama zur Messe. Sie trugen schwarze Umschlagtücher, schwarze Schuhe und Strümpfe und schwarze Kopftücher, denn es galt für unzüchtig, das Haar sehen zu lassen. Von seinem Fenster aus sah Don Paolo sie hingehen und zurückkehren. Die Älteren gingen mit dem Rosenkranz in der Hand und ließen ihn langsam durch die Finger laufen. Wenn der Wagen sie überholte, mit dem Don Pasquale und Fräulein Cristina zur Messe fuhren, grüßten sie ehrfurchtsvoll.

Aber es gab auch Gelegenheiten, bei denen ein Pfarrer am gleichen Ort so sehr fehlte, daß selbst Matalenas Wächterdienste Don Paolo nicht vor unangenehmen Zwischenfällen bewahren konnten.

Eine Bäuerin, Teresa Scaraffa, erwartete ein Kind, und eines Nachts träumte ihr, es würde blind geboren werden. Am nächsten Morgen zu guter Stunde kam die arme Frau zu Don Paolo, warf sich vor seinem Bett auf die Knie und sagte:

»Ich habe geträumt, daß mein Kind blind sein wird. Nur Sie, Hochwürden, können es retten.«

»Es tut mir leid, arme Frau«, sagte Don Paolo, »aber ich kann nichts tun.«

Das gelblich-graue Schafsgesicht der Frau verzog sich, und sie fing an zu weinen und zu jammern.
»Ich will nicht, daß mein Kind blind ist. Warum sollen die anderen das Augenlicht haben, und mein Kind nicht?«
Don Paolo versuchte, ihr diese fixe Idee auszureden, aber es gelang ihm nicht.
»Ich habe es geträumt«, sagte die Frau. »Ich habe es mit eigenen Augen gesehen. Wenn Sie mir nicht helfen, wird es blind.«
Sie wollte nicht fortgehen. Aber Don Paolo wußte nur zu gut, daß er sich nicht darauf einlassen durfte, zum Schein irgendwelche Gebete oder Beschwörungen herzusagen. Wenn er in einem Fall nachgab, würde das ganze Wirtshaus bald voller Leute sein, und jeder würde ihm vorhalten: ›Sie haben Teresa Scaraffa geholfen, also können Sie auch mir helfen.‹ Das Gerücht würde sich bald verbreiten und die Aufmerksamkeit der Behörden wecken, ganz abgesehen davon, daß er sich wie ein übler Komödiant vorgekommen wäre.
Er rief also Matalena und sagte:
»Bitte entfernen Sie diese Frau aus meinem Zimmer, im Guten oder im Bösen. Ich habe kein Interesse an ihren Träumen.«
Aber Teresa sprang auf wie eine Furie und schrie:
»Warum soll mein Kind blind sein? Warum sollen die anderen Kinder sehen, und meines nicht?«
Sie erwartete eine Antwort von Don Paolo, aber er wiederholte in barschem Ton, daß er nicht zuständig sei. Die Frau warf sich von neuem auf die Knie, schlug immer wieder mit dem Kopf auf den Fußboden und raufte sich die Haare, bis sie ganze Strähnen in der Hand hielt. Dabei schrie sie wie von Sinnen:
»Warum soll mein Sohn blind sein? Warum? Sagen Sie mir warum. Ich will wenigstens wissen warum. Die anderen werden sehen, und er nicht. Die anderen werden zur Schule

gehen, und er nicht. Die anderen werden ihn bestehlen, und er wird es nicht bemerken. Die anderen werden ihn verspotten, und er wird sie nicht sehen. Wenn er groß ist, wird keine Frau etwas von ihm wissen wollen.«

Dann erhob sie sich und schien plötzlich ganz ruhig zu sein.

»Jetzt weiß ich, was ich zu tun habe«, sagte sie. »Ich werfe mich aus dem Fenster. Dann stirbt er mit mir.«

Die Frau ging zum Fenster. Don Paolo zweifelte nicht daran, daß sie in dem Erregungszustand, in dem sie sich befand, ihr Vorhaben ausführen würde. Sie stand schon auf dem Fensterbrett, als ein Ruf des Priesters sie einhalten ließ:

»Ich werde tun, was du verlangst«, sagte er dann. »Was soll ich tun?«

Matalena ging den Kirchenschlüssel holen, der im Haus der Colamartini aufbewahrt wurde, und kehrte mit einem Glas Weihwasser zurück. Don Paolo sah schweigend und niedergeschlagen vor sich hin.

Teresa näherte sich dem Priester mit ihrem schon stark vorgewölbten Bauch.

»Hier«, sagte sie, »muß der Kopf sein. Hier müssen die Augen sein.«

Der Priester machte auf die bezeichnete Stelle zwei Kreuze, für jedes Auge eines, und bewegte die Lippen, als ob er betete.

»Jetzt ist er gesund«, sagte die Frau befriedigt. »Jetzt ist er vor dem Unglück bewahrt. Danke.«

Sie ging fort und kam nach kurzer Zeit mit einem geschlachteten Huhn zurück.

»Bist du schon wieder da?« rief der Priester erzürnt.

Die Frau zeigte auf das Huhn.

»Das kann ich nicht annehmen«, sagte Don Paolo. »Ein Priester darf keine Geschenke annehmen.«

Die Frau gab nicht nach.

»Dann hat es keine Gültigkeit«, sagte sie. »Wenn Sie das Huhn nicht annehmen, hat die Gnade keine Gültigkeit, und das Kind wird blind geboren.«

»Gnade wird nicht bezahlt«, sagte Don Paolo.
»Unbezahlte Gnade gibt es nicht«, sagte die Frau. Um weitere Diskussionen abzuschneiden warf sie ihr Sühneopfer auf den Tisch und machte, daß sie davon kam.
Das geschah an einem Samstag. Es war der Tag, an dem Magascià mit seinem Karren nach Fossa fuhr, um den wöchentlichen Bedarf an Salz und Tabak einzukaufen. Don Paolo ließ ihn rufen und übergab ihm einen Brief an Nunzio, den er in Fossa zur Post bringen sollte. *»Ich habe es satt«*, schrieb er an seinen Freund. *»Hier kann ich nicht bleiben. Sobald ich kein Fieber mehr habe, gehe ich nach Rom.«*

8

Er saß auf der Bank unter dem Vogelbeerbaum und hielt als Schreibunterlage die Kiste mit drei Seitenwänden auf den Knien, die Matalena beim Waschen im Fluß benutzte, um sich nicht den Rock und die Füße naß zu machen.
»Obgleich du mir nicht antwortest«, hieß es in dem Brief an Nunzio, *»schreibe ich dir wieder, damit ich nicht anfange, mit mir selbst zu sprechen und von den Vorübergehenden für verrückt gehalten werde. Wenn es allerdings so weiter geht, werden vielleicht meine Lungen gesund werden, aber auf Kosten meines Verstandes. Die Komödie, die ich hier spiele, ist nicht ungefährlich . . .;«*
Vom Stamm des Maulbeerbaumes kamen unzählige Ameisen herunter und bildeten auf dem Boden einen langen Zug. Jede von ihnen trug eine Last. Er beobachtete die Ameisen eine Weile, dann schrieb er weiter:
»Könnte ich doch eben hier einschlafen und morgen früh dem Esel den Sattel auflegen und zur Arbeit in den Weinberg gehen. Könnte ich doch einschlafen und nicht nur mit gesunden Lungen aufwachen sondern auch, von allem abstrakten Ballast befreit, mit dem Kopf und dem Verstand

eines normalen Menschen. Könnte ich doch wieder am wirklichen, normalen Leben teilnehmen. Hacken, pflügen, säen, ernten, meinen Lebensunterhalt verdienen und sonntags mit den anderen Männern reden. Dem Gebot gehorchen, in dem es heißt: ›Im Schweiße deines Angesichts sollst du dein Brot verdienen.‹ Wenn ich es recht bedenke, liegt vielleicht der Ursprung meiner qualvollen Unruhe in der Übertretung dieses alten Gebotes, in meinem Leben zwischen Cafès, Bibliotheken und Gasthöfen, im Zerreißen der Kette, die durch Jahrhunderte meine Vorfahren mit der Erde verband. Vielleicht fühle ich mich außerhalb der menschlichen Gesellschaft, nicht weil ich die eigenmächtigen Gesetze der Partei übertrete, die gerade an der Macht ist, sondern weil ich das viel ältere Gesetz übertrete, das dem Menschen gebietet, sein Brot im Schweiße seines Angesichtes zu essen. Ich bin kein Bauer mehr, aber ich bin auch kein Städter geworden; ich kann nicht mehr zur Erde zurückkehren, aber noch viel weniger kann ich die Erde vergessen.«

Er war noch im Garten, als mit dem Karren von Magascià ein Mädchen aus Fossa ankam.

»Das Wirtshaus ist dort drüben, rechts von der Brücke«, sagte der Fuhrmann.

Das Mädchen kam zur Wirtin gelaufen und fragte sie:

»Wohnt hier ein Don Paolo Spada?«

Matalena wachte eifersüchtig über ihrem Priester, und ehe sie der Fremden Antwort gab, fragte sie zurück:

»Warum willst du das wissen?«

»Er hat mich vom Tode errettet, und ich muß ihm danken.«

»Der Don Paolo, der hier wohnt, ist kein Arzt, sondern ein Priester«, sagte Matalena.

»Vielleicht ist er weder Priester noch Arzt, sondern ein Heiliger«, sagte das Mädchen. »Ich lag im Sterben, er kam und berührte meine Hand, und ich war gerettet.«

Matalena war schon sehr stolz darauf, einen Priester in

ihrem Wirtshaus zu beherbergen, aber der Gedanke, es könne ein Heiliger sein, der bereits bei Lebzeiten Wunder tat, überwältigte sie.

»Ja, er ist ein wahrer Heiliger«, sagte sie, um nicht den Eindruck zu erwecken, als verstünde sie nichts von solchen Dingen. »Er lebt hier wie ein Büßer, wie ein wahrer Gottesmann. Auch darum weiß ich nicht, ob er dich empfangen wird. Er ist ja von einer anderen Diözese.«

»Vielleicht ist er sogar mehr als ein Heiliger«, sagte das Mädchen aus Fossa. »Vielleicht ist er Jesus Christus in Person.«

Matalena sank auf einen Schemel.

»Hast du auch alle Sinne beisammen? Wie kommst du darauf, daß er Jesus in Person sein könnte? Warum sollte Jesus gerade in mein Wirtshaus kommen? Er ist doch im Himmel, zur Rechten des Vaters.«

Matalena sprach leise, damit derjenige im ersten Stock, falls es wirklich ER war, nicht hörte, daß sie an ihm zweifelte.

»Es wäre nicht das erste Mal, daß Jesus Menschenkleider anlegt und zur Erde hinunter steigt, um zu sehen, wie die armen Menschen leben«, entgegnete das Mädchen aus Fossa. Dann sagte sie im Flüsterton: »Hast du vielleicht bemerkt, ob er Wundmale an Händen und Füßen hat? Das ist das sicherste Erkennungszeichen. Er kann sich verkleiden, soviel er will, wenn es wirklich ER ist, kann er die Wundmale nicht verbergen.«

Matalena wurde von unbeschreiblicher Erregung ergriffen. Auf ein solches Ereignis war sie nicht vorbereitet. Um des Himmels willen, was sollte sie tun? Auf dem Tisch stand schon das Abendessen bereit, zwei Eier und grüner Salat. Als ihr Blick auf diese Armseligkeit fiel, errötete sie. Zwei Eier und Salat für den Sohn des Ewigen, was für eine Schande. Man müßte doch wenigstens ein Lämmlein schlachten. Aber wenn es doch nicht ER war?

»Wie kommst du denn auf den Gedanken, daß ER es sein

könnte? Sag mir die Wahrheit, bist du auch wirklich nicht verrückt?« fragte Matalena, von Zweifeln geplagt.

»Ich habe ihn an der Stimme erkannt«, sagte das Mädchen. »Als Don Paolo bei mir erschien, ergriff er meine Hand, und ehe ich noch den Mund aufgemacht hatte, sagte er zu mir: ›Nur Mut, ich weiß alles‹. Ich wußte sofort, daß diese Stimme nicht die eines Menschen war. Ich kenne die Menschen, sie sprechen nicht so. Ich habe einen Onkel, der Priester ist, er spricht nicht so.«

»Was muß man denn tun«, fragte Matalena, »wenn er wirklich Jesus ist? Muß ich Don Cipriano benachrichtigen? Oder die Carabinieri?«

An der Tür des Wirtshauses hing eine Tafel mit polizeilichen Bestimmungen, aber die Ankunft Jesu war darin nicht vorgesehen.

Die beiden Frauen stiegen mit angehaltenem Atem und auf Zehenspitzen zum ersten Stock hinauf. Sie klopften an die Tür des Zimmers. Niemand antwortete. Sie öffneten vorsichtig die Tür: Das Zimmer war leer. Matalena war einer Ohnmacht nah.

»Er ist verschwunden«, sagte sie.

Die beiden Frauen sahen sich erschrocken an. In diesem Augenblick hörte man im Garten husten, und sie liefen eilig hinunter. Don Paolo saß auf der Bank zu Füßen des Maulbeerbaumes und hielt ein geöffnetes Buch auf den Knien.

»Wer verlangt nach mir?« fragte er.

Die Frauen näherten sich zögernd.

»Ich bin es, Bianchina«, sagte das Mädchen. »Bianchina Girasole aus Fossa, die Tochter von Berenice. Erkennen Sie mich nicht? Erinnern Sie sich nicht an mich?«

»Es freut mich, daß du am Leben bist;« sagte Don Paolo lächelnd. »Ich habe oft an dich gedacht.«

»Wirklich? Hast du dein Versprechen gehalten?« rief Bianchina strahlend.

»Glaubst du mir nicht?«

»Ich glaube dir«, sagte Bianchina. »Ich war dem Tode nah, von allen verlassen, da bist du gekommen, hast meine Hand berührt und mich gerettet.«

Don Paolo bekam wieder einen Hustenanfall. Die Sonne war untergegangen. Die kalten Schatten der Nacht stiegen aus dem Tal herauf. Er erhob sich, und die beiden Frauen folgten ihm in sein Zimmer. Don Paolo war müde und setzte sich auf den Bettrand. Bianchina war zuerst an der Tür stehen geblieben. Dann nahm sie allen Mut zusammen, trat näher und sagte mit zitternder Stimme:

»Bitte laß mich deine Hände sehen.«

»Willst du die Zukunft daraus lesen?« fragte Don Paolo.

Bianchina betrachtete die Hände genau. Kein Zeichen von Wundmalen. Kein Zeichen der Kreuzigung. Es war nicht Jesus. Don Paolo war ein Heiliger, aber nicht Jesus.

»Um so besser«, sagte Bianchina befriedigt. »Es ist mir lieber, daß du ein Mensch bist.«

»Hattest du geglaubt, ich sei ein Gespenst?« fragte Don Paolo lachend.

Auch Matalena stieß einen Seufzer der Erleichterung aus und kehrte in die Küche zurück. Die Beiden schwiegen eine Weile. Dann sagte Bianchina:

»Ich sehe, daß es dir nicht gut geht. Kann ich etwas für dich tun?«

»Danke«, sagte Don Paolo.

Gegen das dunkle Rechteck der Tür wirkte das liebliche Gesicht des Mädchens noch zarter. Vielleicht war ihr Hals etwas zu schlank und der rote Mund, wenn sie lachte, etwas zu groß, aber ihre lebhaften Augen, die raschen Bewegungen und ihre unbefangene Art zu sprechen wirkten auf reizvolle Weise kindlich.

»Meine Mutter will mich aus dem Haus jagen«, sagte Bianchina und verzog das Gesicht.

»Warum?«

Bianchina suchte nach den richtigen Worten.
»Meine Mutter findet, ich sei ein Schandfleck für die Familie. Wahrscheinlich hat sie recht. Wenn ein Mann mir gefällt, kann ich nicht widerstehen. Du findest natürlich, daß meine Mutter recht hat.«
»Ich weiß nicht«, sagte Don Paolo. »Ich bin noch niemals eine Mutter gewesen.«
Bianchina lachte, aber gleich wurde sie wieder ernst.
»Auch wenn meine Mutter es zulassen würde, könnte ich nicht mehr weiter zu Hause leben«, sagte sie. »Es ist alles zu verstaubt und muffig dort. Hast du nicht bemerkt, wie es nach Staub und Schimmel riecht?«
»Was hast du vor?« fragte der Priester.
»Könnte ich nicht etwas für dich tun?«
»Mir scheint, du solltest erst einmal an dich selbst denken«, sagte der Priester. »Was wirst du tun, wenn deine Mutter dich vor die Tür setzt?«
»Ich weiß es nicht«, sagte Bianchina. »Ich bin zu gar keiner Arbeit nütze. Wenn ich einen Strumpf stricke, fallen die Maschen, wenn ich nähe, steche ich mir in den Finger, wenn ich im Garten arbeite, schlage ich mir mit der Hacke ans Bein. Bei den Nonnen habe ich sticken und Tortenbacken gelernt. Außerdem den Gregorianischen Kirchengesang. Vielleicht könnte ich bei einer Varietè-Vorstellung das Magnifikat singen?«
»Was wolltest du denn für mich tun, wenn du gar nichts kannst?« fragte der Priester.
»Einerlei was, wenn ich nur in deiner Nähe bleiben darf.«
»Und wo wirst du heute nacht schlafen?« fragte der Priester.
Das war eine heikle Frage. Don Paolo seufzte, und Bianchina traten die Tränen in die Augen.
»Eine Schulfreundin von mir, Cristina Colamartini, lebt hier in Pietrasecca«, sagte sie. »Auch sie ist eine kleine Heilige, vielleicht wird sie mir helfen. Kennst du sie?«

Es war gerade die Stunde, zu der Cristina gewöhnlich ihren Besuch im Gasthaus machte. Matalena erzählte ihr von Bianchinas Ankunft, und Cristina erschien in der Tür des Krankenzimmers, die offen geblieben war. Bianchina fiel ihr sofort um den Hals und umarmte sie.

»Wie hübsch du geworden bist«, sagte sie immer wieder.

Matalena brachte einen zweiten Stuhl, und Cristina konnte sich hinsetzen und ihr Haar in Ordnung bringen. Don Paolo hatte bisher nur ihre Stimme gekannt. Jetzt sah er, daß alles übrige dieser Stimme vollkommen entsprach: die zarte, anmutige Gestalt und das Gesicht, das von vollkommenem Ebenmaß, wenn auch allzu schmal und abgezehrt war. Sie trug einen schwarzen Kittel, der am Hals und an den Handgelenken geschlossen war, und sah darin aus wie ein Schulmädchen. Dieser Eindruck wurde noch verstärkt durch ihre Haartracht. Das tiefschwarze Haar war in der Mitte gescheitelt, an den Schläfen leicht gewellt und im Nacken in einem Knoten aus vielen kleinen Flechten zusammengenommen.

Cristina begrüßt den Priester und bat um Entschuldigung wegen der Störung.

»Was, ihr kennt euch noch nicht?« rief Bianchina. »Das hier ist Cristina, meine erste Liebe. Wir sind drei Jahre zusammen in der Klosterschule gewesen. Sie war die Erste in der Klasse, und ich natürlich die Letzte. Aber vielleicht hatten wir uns gerade deshalb so gern. Und dieser hier«, sagte sie zu der Freundin, auf Don Paolo weisend, »ist ein Heiliger, dem ich mein Leben verdanke.«

Don Paolo achtete nicht auf ihre Worte, er war ganz bezaubert von Cristina. Wie war es nur möglich, daß es in Pietrasecca ein solches Mädchen gab? Ihr Gesicht und ihre Hände hatten die Blässe weißer Rosen, aber für das Licht ihrer Augen und die Anmut ihres Lächelns gab es in der Natur keinen Vergleich.

»Wir ermüden Don Paolo mit unserem Geschwätz«, sagte Cristina und erhob sich zum Aufbruch.

»Ich begleite dich«, sagte Bianchina. »Du wirst mich doch nicht mit einem Priester allein lassen. Morgen früh komme ich wieder«, sagte sie zu Don Paolo. »Du hast meine Frage noch nicht beantwortet.«

Es entging Matalena nicht, daß mit dem Priester eine Veränderung vor sich gegangen war, aber so sehr sie sich auch bemühte, es gelang ihr nicht, die Ursache zu erraten.

»Magascià hat mir seltsame Dinge über dieses Mädchen erzählt«, sagte sie. Aber sie sprach nicht weiter, denn er hörte ihr nicht zu.

»Ich fühle mich besser«, sagte Don Paolo. »Es ist merkwürdig, ich fühle mich fast gesund.«

Trotzdem verbrachte er eine schlaflose Nacht, und als Matalena ihm den Milchkaffee brachte, machte sie ihm Vorwürfe.

»Sie sehen aus wie ein Gespenst«, sagte sie. »Die Leute werden denken, daß ich nicht gut für Sie sorge.«

Don Paolo sah mit abwesendem Blick aus dem Fenster.

»Es wundert mich, daß Donna Cristina dieses Mädchen bei sich aufgenommen hat«, sagte die Wirtin. »Nach all dem, was über sie und Cristinas Bruder geredet wurde.«

Der Priester sah durch das Fenster, daß Cristina ihr Haus verließ. In großer Eile kleidete er sich an und ging die Treppe hinter.

»Guten Morgen«, sagte er fröhlich, »guten Morgen. Schon so früh unterwegs?«

»Es freut mich, daß ich Sie einen Augenblick sprechen kann, ehe Bianchina kommt«, sagte Cristina. »Sie können sich nicht vorstellen, wie groß der Einfluß ist, den Sie auf meine Freundin haben.«

»Bianchina hat eine allzu lebhafte Phantasie«, sagte Don Paolo.

»Sie hat schlimme Erfahrungen gemacht«, sagte Cristina. »Gestern abend hat sie mir furchtbare Dinge von sich erzählt. Ich habe die ganze Nacht kein Auge zugetan. Glauben

Sie mir, Sie sind der einzige Mensch, der sie vielleicht retten könnte.«

»Will Bianchina denn gerettet werden? Und worin sollte diese Rettung bestehen?«

»Sie können ihr den rechten Weg zeigen.«

Don Paolo verbarg seine Zweifel nicht.

»Würde Bianchina denn allein diesen Weg weiter gehen? Ich kann sie jedenfalls nicht begleiten«, sagte er.

»Sie können sie in Gedanken begleiten«, sagte Cristina. »Vielleicht wird das schon genügen. Das bloße Versprechen, manchmal an sie zu denken, das sie ihr am Krankenbett gaben, hat eine sehr starke Wirkung auf sie gehabt. Sie erzählte mir, sie habe sich seitdem immer von Ihren Gedanken umgeben gefühlt.«

»Ich habe tatsächlich oft an sie gedacht«, sagte der Priester. »Aber kann ich das fortsetzen? Sie kennen mich nicht, Fräulein Cristina, ich bin von Natur nur zu geneigt, einem bestimmten Gedanken nachzuhängen.«

Cristina geriet durch dieses Geständnis sichtlich in Verlegenheit.

»Ich meinte«, sagte sie errötend, »daß Sie ihrer im Gebet gedenken sollten.«

In diesem Augenblick kam Bianchina mit wehendem Haar angelaufen.

»Was wird hier für ein Komplott gegen mich geschmiedet?« rief sie.

»Ich muß jetzt für meine Familie den Kaffee machen«, sagte Cristina schnell. »Auf Wiedersehen, bis nachher.«

Don Paolo forderte Bianchina auf, ihm ein wenig im Garten Gesellschaft zu leisten.

»Komm, setz dich hierher«, sagte er.

»Hoffentlich hast du über meine Frage nachgedacht?« sagte das Mädchen. »Ich möchte etwas für dich tun. Ich will nicht wieder in die Leere zurückfallen, in der ich bisher gelebt habe. Ich würde dich gern wenigstens von Zeit zu Zeit wiedersehen, aber ich will nicht nur annehmen, ich will mich nützlich machen.«

»Das kannst du. Ich brauche dich«, sagte Don Paolo.

Bianchina sprang auf.

»Ist das wahr?« rief sie. »Würdest du mich zu dir nehmen, wenn du in deine Diözese zurückkehrst?«

»Jederzeit.«

»Hast du denn keine Angst vor dem Gerede? In solch einem kleinen Ort weiß jeder sofort alles.«

»Was ich von dir will, ist nicht das, woran du eben denkst.«

»Ich habe leider nichts anderes zu geben«, sagte Bianchina.

»Du hast vieles andere zu geben«, sagte Don Paolo.

»Meinst du das wirklich? Was denn zum Beispiel?«

»Bianchina«, sagte Don Paolo. »Hör mir gut zu. Ich brauche jemand, den ich zu einem Freund nach Rom schicken kann, mit einem sehr wichtigen Auftrag. Nur du kannst mir diesen Gefallen tun.«

»Warum nur ich?«

»Weil ich nur zu dir Vertrauen habe.«

»Machst du dich auch nicht über mich lustig? Verzeih mir, ich will nicht an deinen Worten zweifeln, aber noch nie hat jemand so zu mir gesprochen. Ich habe nicht erwartet, daß jemand zu mir Vertrauen haben könnte.«

»Aber ich habe dieses Vertrauen.«

»Handelt es sich bei der Reise nach Rom um wichtige Dinge?«

»Um sehr wichtige«, sagte Don Paolo. »Aber siehst du, ich kann dir leider nicht sagen, worum es sich handelt. Es gibt Geheimnisse, über die ein Priester nicht sprechen darf. Vertraust du mir?«

»Ich würde meine Hand für dich ins Feuer legen«, sagte Bianchina. Dann fragte sie: »Sind es Beichtgeheimnisse?«

Don Paolo nickte.

»Paß gut auf, Bianchina«, sagte er. »Du darfst niemandem erzählen, daß du mit einem Auftrag von mir nach Rom fährst. Nicht einmal Cristina oder deiner Mutter. Du mußt einen Vorwand erfinden.«

»Lügengeschichten ausdenken ist eine der wenigen Künste, auf die ich mich verstehe«, sagte Bianchina. »Aber es ist das erste Mal, daß ich es im Auftrag eines Priesters tue. Gibt es also auch heilige Lügen?«

»Es handelt sich nicht um richtige Lügen«, sagte Don Paolo, »sondern um eine List.«

»Wirst du an mich denken, wenn ich fort bin?«

»Ich verspreche es dir«, sagte Don Paolo.

»Wirst du mich nicht über Cristina vergessen?«

»Sprich keinen Unsinn.«

9

Don Paolo fühlte sich hin und her gerissen zwischen dem Wunsch, Cristina wiederzusehen, deren Schönheit ihn bezaubert hatte, und der Sorge um Bianchina, die nichts ahnend nach Rom gereist war, mit dem gefährlichen Auftrag, seine Verbindung zur Geheimorganisation wieder anzuknüpfen. Als Cristina sich in den nächsten Tagen nicht mehr bei Matalena sehen ließ, geriet er in Verzweiflung. Ob es ihr wohl bewußt war, daß sie eine gefährliche Flamme entzündet hatte? Wollte sie der Versuchung aus dem Wege gehen? Unter einem Vorwand sandte er Matalena aus, um die Lage zu erkunden. Er hatte sich getäuscht. Cristina hatte andere Dinge im Sinn, denn ihre Abreise ins Kloster stand nahe bevor. Die Familie schien sich mit ihrer Entscheidung abgefunden zu haben, die Aussteuer war bereit, man hatte schon die Äbtissin benachrichtigt. Aber am Vorabend der Abreise gelang es der alten Großmutter, die Cristinas Absicht immer bekämpft hatte, Don Pasquale zu ihrer Meinung zu bekehren. Es kam zu einer schwierigen Unterredung zwischen Vater und Tochter.

»Deine Großmutter hat recht«, sagte Don Pasquale. »Du weißt, wie schlecht es um uns steht. Mit deinem Bruder ist nicht mehr zu rechnen, er ist ein Müßiggänger, ein Taugenichts, wir wissen nicht einmal, wo er sich herumtreibt. Wenn auch du uns verläßt, bleibe ich allein mit deiner Großmutter, deiner Mutter und deiner Tante. Drei alte Frauen, die zu keiner Arbeit fähig sind. So werden wir auf unsere alten Tage von irgendeiner Magd versorgt werden, die das Wenige aus dem Hause tragen wird, was uns noch geblieben ist.«

Cristina weinte lange, dann fügte sie sich.

»Ich werde nichts gegen deinen Willen tun, Vater«, sagte sie.

Der Vater, der seine Tochter sehr liebte, wollte ihr nicht im Wege stehen, falls sie für ein klösterliches Leben berufen war und bat sie daher nur um einen Aufschub.

»Wenn Gott dich haben will, wird er uns den richtigen Weg zeigen«, sagte er.

Dieses eine Mal standen die Bewohner von Pietrasecca ohne Ausnahme auf der Seite der Alten. ›Eine Tochter gehört zunächst der Familie und dann erst der Kirche‹, das war die Meinung der Leute. Über Cristinas Großmutter, die tyrannische Herrin des Hauses, hatte Don Paolo schon mancherlei erzählen hören. Die Großmutter wollte Cristina verheiraten. Das Vermögen war nahezu verbraucht, und nur eine günstige Heirat konnte die Familie wieder in den früheren Stand versetzen. Aber darüber wagte Don Pasquale nicht mit seiner Tochter zu sprechen. Still und traurig, ohne sich je zu beklagen, versorgte Cristina weiter Haus und Familie. Sie fütterte die Hühner, machte die Betten, fegte die Zimmer, half der Mutter und der Tante in der Küche, bügelte die Wäsche und kümmerte sich um die Bienen im Garten. Nur selten und für wenige Minuten verließ sie das Haus. Aber eines Morgens – Don Paolo war gerade in Matalenas Garten – erschien Cristina mit einem Büschel junger Zwiebeln zum

Einpflanzen. Don Paolo war von ihrem Anblick hingerissen. Das Morgenlicht umgab sie mit einem sanft goldenen Schleier. Einige Bienen summten um ihren Kopf wie um eine Blume, und diese Blume erschien ihm schöner denn je, wenn auch etwas bleicher als früher.

Er nahm allen Mut zusammen.

»Verzeihen Sie«, sagte er, »wenn ich zudringlich erscheine, aber ich möchte Sie etwas fragen. Bekümmert es Sie, daß Sie Ihre Abreise ins Kloster aufschieben mußten?«

Cristina lächelte.

»Bitte halten Sie mich nicht für unhöflich«, sagte sie, »wenn ich Ihnen mit drei Worten antworte, die ich als Kind gelernt und nie vergessen habe: *Jesus autem tacebat.* Jesus aber schwieg. Vielleicht sind das die Worte des Evangeliums, die mir den größten Eindruck gemacht haben. Jesus hat uns gelehrt zu schweigen, wenn wir Qualen leiden.«

»Ist das Leben in dieser Welt eine Qual für Sie?« fragte Don Paolo. »Kann es nicht eine Art Flucht sein, wenn man sich von seiner Familie entfernt?«

Cristina sah den Priester ein wenig unsicher an. Wollte er sie auf die Probe stellen?

»Nur wer sich von Gott entfernt«, erwiderte sie, »ist auf der Flucht. Wer fern von Gott lebt, ist auch seinem Nächsten fern.«

»Kann man nicht auch in der Familie auf die rechte Weise leben?« fragte Don Paolo. »Kann man nicht auch zu Hause beten und meditieren?«

»Wir sollen uns nicht tollkühn auf uns selbst verlassen, sondern die Hilfe annehmen, die uns geboten wird«, sagte Cristina. »Gerade heute morgen habe ich im Buch einer französischen Nonne gelesen: ›Erhebt sich etwa das neugeborene Kind, um von sich aus zur Mutterbrust zu gelangen? Oder ist es nicht vielmehr die Mutter, die ihr Kind aufnimmt und sich liebevoll über das kleine Wesen beugt, um es zu ernähren und zu trösten?‹ Wir alle sind wie neugeborene Kinder, und die Kirche ist unsere Mutter.«

Es war ein Gespräch, das sich in den Grenzen der Konvention hielt; Don Paolo und Cristina kannten sich kaum. Auch die Antwort des Priesters war unpersönlich.
»Ich will nicht ein Streitgespräch über theologische Fragen mit Ihnen beginnen«, sagte Don Paolo. »Aber ich sehe hier ein Land in großer materieller und noch größerer geistiger Not. Wenn es einem Cafone gelingt, seine primitiven Instinkte zu bändigen, so geht er fort und wird Franziskaner. Wenn es einem Mädchen gelingt, sich von der Sklaverei der Triebe zu befreien, so wird sie Nonne. Glauben Sie nicht, daß dies die Ursache vieler Übel ist? Glauben Sie nicht, daß der Mensch, jeder Mensch, unter seinesgleichen leben und kämpfen sollte, anstatt sich in einen Elfenbeinturm zurückzuziehen?«
»Der Gläubige im Gebet ist seinem Nächsten niemals fern«, sagte Cristina. »Nur die Seele, die Gott nicht fühlt, ist ein totes Blatt am Baum, das abfällt und am Boden vertrocknet oder verfault. Die mit Gott verbundene Seele dagegen ist ein frisches, lebendes Blatt am Baum, das durch den Lebensstrom, der es ernährt, mit Zweigen, Stamm und Wurzel und mit der Erde verbunden ist. Meinen Sie nicht?«
Don Paolo lächelte. Er war in diesem Gespräch zweifellos der Unterlegene, um so mehr als er eine Ausdrucksweise annehmen mußte, die seinem geistlichen Gewand entsprach.
»Aber das alles wissen Sie ja viel besser als ich«, sagte Cristina lächelnd. »Ist das Examen beendet?«
»Es sollte kein Examen sein, das versichere ich Ihnen«, sagte Don Paolo. »Die erzwungene Einsamkeit hat mich in den ersten Tagen hier sehr bedrückt. Jetzt fange ich an, sie besser zu ertragen und habe Muße, über manche Dinge auf eine Weise nachzudenken, wie es das tätige Leben nur selten zuläßt. Ich würde mich gern mit Ihnen darüber unterhalten.«
»Man muß sich von der Stille forttragen lassen«, sagte Cristina, »so wie ein Bewußtloser sich vom strömenden Wasser tragen läßt. Nur dann spricht Gott zu uns.«

Sie drückte Don Paolo die Hand und sagte herzlich:

»Auf Wiedersehen, hoffentlich bald. Auch mir macht es Freude, mit Ihnen zu sprechen.«

Als Don Paolo in sein Zimmer zurückgekehrt war, setzte er sich an den Tisch, nahm ein Heft und schrieb darauf: *Gespräche mit Cristina.* Er dachte eine Weile nach, dann begann er zu schreiben:

»Niemals war das Lügen mir so zuwider wie eben. Solange es sich darum handelte, die Polizei zu hintergehen, war es erträglich, ich konnte sogar meinen Spaß daran haben. Aber Cristina zu betrügen, ihr eine Komödie vorspielen zu müssen und zu verschweigen, was ich ihr sagen würde, wenn ich frei sprechen könnte, das ist kaum zu ertragen. Liebe Cristina, ich werde in diesem Heft mit dir sprechen. Hier wenigstens darf ich ehrlich sein.«

Das Gespräch mit Cristina war zugleich ein Selbstgespräch.

»Mir scheint«, so schrieb er, *»jetzt kommen mehrere verwickelte Knoten ans Tageslicht, die ich schon zu lange mit mir herumgetragen habe. So wie bisher kann es nicht weiter gehen. Vielleicht ist das sogar die tiefere Ursache meiner Krankheit.«*

Er hielt inne, stand auf und ging zum Fenster. Das Haus der Colamartini sah aus, als sei es unbewohnt. Grau und massiv wie eine Festung hob es sich gegen den schwarzen Hintergrund des Berges ab. Wo mochte Cristina ihr Zimmer haben? Don Paolo kehrte zu seinem Tisch zurück und schrieb weiter:

»Der Aufenthalt in diesem kleinen Dorf, der Kontakt mit seinen einfachen Bewohnern, die Begegnung mit diesem Mädchen, das alles führt mich zurück zu mir selbst, wie ich vor fünfzehn Jahren war. In Cristina finde ich viele Züge meiner eigenen Jugend wieder, natürlich verschönt, idealisiert und in weibliche Art übertragen, aber im Grunde erkenne ich wie in einem Spiegelbild meine Gedanken und Gefühle von damals: den gleichen Glauben an das Absolute,

die gleiche Ablehnung aller Kompromisse, die das tägliche Leben mit sich bringt, auch die gleiche Bereitschaft zum Opfer. Als ich auf dem Wege hierher des Nachts durch mein Heimatdorf fuhr, habe ich die Stätten wiedergesehen, in denen Egoismus und Heuchelei sich eingenistet haben und denen ich entflohen bin. Ich fühlte mich wie ein Gestorbener, der die Stätte seines früheren Lebens wieder betritt. Es war keine Stimme zu hören, nur das Gekläff der Hunde, und das schien mir die Gedanken der schlafenden Menschen getreulich wiederzugeben. Nein, ich bedauere es nicht, mich von all dem gelöst zu haben. Was mich quält, ist die Frage: bin ich dem Versprechen treu geblieben, das ich mir selbst gegeben habe?«

Don Paolo erinnerte sich daran, wie er zum erstenmal zu der Zusammenkunft einer sozialistischen Vereinigung gegangen war. Er hatte sich von der Kirche gelöst, nicht weil er die Gültigkeit ihrer Lehre anzweifelte, sondern weil sie mit der kleinlichen, korrupten und grausamen bürgerlichen Gesellschaft gemeinsame Sache machte, anstatt sie zu bekämpfen. Nur die Enttäuschung darüber veranlaßte ihn, sich der sozialistischen Bewegung anzuschließen. Er war damals noch nicht Marxist. Den Marxismus lernte er erst bei seiner Arbeit in der Vereinigung kennen und achtete ihn als das Gesetz der neuen Gemeinschaft. Aber war diese Gemeinschaft inzwischen nicht selbst zu einer Synagoge erstarrt? *»Das ist das traurige Schicksal aller Bewegungen, die sich das Heil der Menschheit zum Ziel gesetzt haben: Sie werden zu Fallen, in denen der Mensch sich selbst verliert.«*

Seine Rückkehr in die Heimat, das erkannte Don Paolo, war ein Versuch gewesen, sich dieser Isolierung und der Parteipolitik als Beruf zu entziehen und sich wieder dort einzureihen, wo er den Problemen und ihrer Lösung näher war.

Seine Gedanken ließen ihm keine Ruhe. Beim Essen war er

zerstreut und noch schweigsamer als sonst. Vergeblich suchte Matalena ein Gespräch mit ihm anzuknüpfen. Er schien sie nicht zu hören und zu ihrer großen Enttäuschung auch nicht darauf zu achten, was er aß. Sobald er den Kaffee getrunken hatte, ging er in den Garten, setzte sich auf die Bank unter dem Vogelbeerbaum, das Heft auf den Knien, und fing wieder an zu schreiben.

»Ist es möglich, am politischen Leben teilzunehmen, sich in den Dienst einer Partei zu stellen und trotzdem ehrlich zu bleiben? Ist die Wahrheit nicht für mich eine Parteiwahrheit geworden und die Gerechtigkeit eine Parteigerechtigkeit? Steht nicht auch für mich das Interesse der Organisation als Höchstes über allen moralischen Werten, die wir als kleinbürgerliche Vorurteile verachten? Bin ich also einer dekadenten Kirche entronnen, um einer machthungrigen Sekte zu verfallen? Wenn das gefährliche Gedankengänge sind, die ein Revolutionär aus seinem Bewußtsein zu verbannen hat, wie kann ich dann noch guten Glaubens das bedrohte Leben eines Verschwörers auf mich nehmen?«

Don Paolo las die geschriebenen Seiten noch einmal durch und stellte fest, daß er eine Frage an die andere gereiht hatte. Ein paar Spatzen hüpften um die Bank, und mehrere wilde Tauben flogen hin und her wie in einem großen Vogelkäfig. Einige Frauen, die ihn von weitem beobachteten, hatten den Eindruck, daß er sich mit den Vögeln unterhielt. In Wirklichkeit sprach der arme Priester, da er keine anderen Zuhörer hatte, mit sich selbst. Die Frauen gingen sofort ins Wirtshaus, um von dem Wunder zu berichten.

»Dein Priester«, sagten sie zu Matalena, »redet mit den Vögeln, genau wie der heilige Franziskus.«

»Ja, er ist ein Heiliger«, sagte die Wirtin. »Ein echter Heiliger.«

»Wir müßten uns öfter sehen«, sagte Don Paolo, seine Schüchternheit überwindend, zu Cristina. »Glauben Sie mir, es tut mir richtig gut, mit Ihnen zu reden.«
»Mein Vater hat mir gerade dasselbe gesagt«, erwiderte Cristina lachend. »Er bedauert es, daß wir Ihnen bisher keine Gastfreundschaft erwiesen haben. Aber wenn Sie wüßten, wieviel Sorgen wir in der Familie haben, würden Sie uns sicher entschuldigen.«
»Bisher habe ich fast immer zu Bett liegen müssen«, sagte Don Paolo, »aber für die Zeit, die mir hier noch bleibt, bin ich sehr bereit, mich verwöhnen zu lassen, wenn nicht von Ihrer Familie, so doch von Ihnen.«
In der Luft von Pietrasecca hatte das Gesicht des Priesters inzwischen sein natürliches Aussehen fast wiedergewonnen. Es war zwar noch dunkel und wie verschattet, aber die Runzeln waren verschwunden.
»Ich will mich nicht loben«, sagte die Wirtin, »aber Sie sind in meinem Hause um zwanzig Jahre jünger geworden.«
Cristina vereinbarte mit Matalena einige Verbesserungen in der Unterbringung des Gastes. Das Mädchen hatte das Talent, aus dem Nichts etwas Schönes zu schaffen, und es war erstaunlich zu sehen, wie frisch und freundlich Don Paolos Zimmer unter ihren Händen wurde. Je öfter Don Paolo und Cristina sich trafen, desto freier und offenherziger verkehrten sie miteinander. Anfangs hatte Don Paolo sich noch gehemmt gefühlt und ständig an die Einhaltung seiner Priesterrolle gedacht, um bei Cristina keine Zweifel aufkommen zu lassen, aber ihre Arglosigkeit ließ diese Sorge bald in den Hintergrund treten. So fühlte er sich freier und fing an, von seiner Jugend zu erzählen, von seinem Heimatdorf, von der Schulzeit, den ersten religiösen Erfahrungen

und den ersten Schritten in das wirkliche Leben, wobei er nur darauf bedacht war, den Hintergrund seiner Erinnerungen in die Diözese zu verlegen, der er angeblich angehörte. Ohne es selbst zu merken, erfüllte er seine Rolle mit echtem Leben, indem er sie mit den noch frischen Bildern seiner Jugendzeit umgab. Es war soviel Unmittelbarkeit und Wärme in seinen Erzählungen, daß Cristina ganz begeistert zuhörte.

»Wenn ich aufschreiben würde, was Sie erzählen«, sagte sie einmal, »und es ohne nähere Angaben jemanden zu lesen gäbe, würde er bestimmt sagen: ›Das hat ein Achtzehnjähriger geschrieben.‹«

Die gegenseitige Sympathie trug dazu bei, die Diskussionen, die sich noch manchmal zwischen ihnen entzündeten, versöhnlicher zu gestalten. Und alles, was Don Paolo nicht auszusprechen wagte, vertraute er in den zärtlichen Ausdrücken eines Verliebten dem Tagebuch an. Oft saß er bis in die Nacht hinein über dem Heft. Er schrieb einen Satz, strich ihn aus, schrieb ihn neu und strich in wieder aus.

Als er eines Morgens das Fenster öffnete, erblickte Don Paolo Cristina, die sich auf einem kleinen Balkon am zweiten Stock ihres Hauses zu schaffen machte. Sie lächelte, grüßte mit einem leichten Neigen des Kopfes und zog sich wieder zurück. Er hatte den Eindruck, daß sie auf sein Erscheinen gewartet hatte. Auf diesem Balkon, der seinem Fenster genau gegenüber lag, hatte Don Paolo noch nie jemand gesehen; die Tür war immer verschlossen gewesen. Aber vielleicht begann jetzt ein neues Leben für den kleinen Balkon. Cristina hatte nämlich an diesem Morgen zwei Töpfe mit Geranien hingestellt. Auch Matalena entging diese Neuerung nicht, aber sie wurde von ihr kurzerhand als Unfug gerügt.

»Ich kann nicht verstehen«, sagte sie, »warum Donna Cristina die Geranien auf einen Balkon gestellt hat, wo nie ein Sonnenstrahl hinkommt.«

»Wahrscheinlich handelt es sich um einen Versuch«, sagte Don Paolo. »Man darf sie nicht entmutigen.«

»Donna Cristina gehörte bisher nicht zu den Mädchen, die sich auf merkwürdige Versuche einlassen«, bemerkte die Wirtin.

Ihre Besorgnis verschärfte sich noch, als sie feststellen mußte, daß Cristina die beiden Geranientöpfe auffallend häufig begoß.

»Was ist ihr nur in den Sinn gekommen?« sagte sie. »Mit soviel Wasser und ohne Sonne werden die Geranien bald eingehen.«

Als die Wirtin aber entdeckte, daß Don Paolo seinen Arbeitstisch dicht ans Fenster gerückt hatte, stockte ihr fast der Atem.

»Sie haben sich doch bisher immer über den Zugwind beklagt«, sagte sie. Matalena hatte nun begriffen, worum es sich handelte, aber sie wagte nicht, die Neuigkeit beim Namen zu nennen. Sie sagte nur: »Ich hätte nicht gedacht, daß ein Geistlicher gewissen Launen Vorschub leisten würde.«

Matalena war nicht so sehr eifersüchtig als vielmehr gekränkt und beunruhigt. Sie empfand ihrem Priester gegenüber den höchsten Respekt und hätte sich nicht im Traum ein zweideutiges Gefühl gestattet. Außerdem war sie alt und hatte sich damit abgefunden, alt zu sein. Aber Don Paolo war ›ihr‹ Priester, ›ihr‹ Beschützer und gehörte niemand anderem, auch nicht der Familie Colamartini. Sie begann zu fürchten, daß die Beziehungen zu Cristina den Priester eines Tages dazu bewegen könnten, die Gastfreundschaft des Hauses Colamartini anzunehmen. Als ihr diese Gefahr klar geworden war, rüstete sie zu einem Kampf mit allen Mitteln. So wies sie noch am selben Tag einen Hasen zurück, den Cristina für Don Paolo gebracht hatte. Sie wollte damit zeigen, daß sie das Spiel durchschaut hatte.

»Danke«, sagte sie kühl, ohne das Geschenk anzunehmen. »Don Paolo ißt keinen Hasenbraten.«

Cristina fiel aus allen Wolken.
»Vielleicht irrst du dich«, sagte sie. »Kannst du ihn nicht fragen?«
»Das ist nicht nötig«, entgegnete die Wirtin. »Im übrigen ist er ja mein Gast, und wenn er etwas braucht, ist es meine Sache, das Nötige zu beschaffen.«
»Er ist bei dir in Pension und nichts weiter«, sagte Cristina gekränkt. »Und mein Vater wird wohl das Recht haben, jemandem ein Geschenk zu machen.«
Sie fühlte aber, daß es ihrer nicht würdig war, diese Unterhaltung fortzusetzen und ging eilig fort, ehe Don Paolo, dessen Schritte sie auf der Treppe gehört hatte, in der Wirtsstube erschien.
Cristina hatte, wenn auch unwissentlich, der alten Wirtin Unrecht getan. Es entsprach nicht der Wahrheit, daß Don Paolo in Matalenas Augen ein Pensionär war wie jeder andere. Ohne es zu bemerken, hatte er von Tag zu Tag für sie an Bedeutung zugenommen. Ihrer Meinung nach schadete es nichts, daß er sein Amt in Pietrasecca nicht ausübte, das tat der Heiligkeit seiner Person keinen Abbruch. Im Gegenteil, da er nicht die Sakramente verwaltete, war die ihm verliehene göttliche Kraft den Bewohnern von Pietrasecca unerreichbar und blieb ihm ungeschmälert erhalten. Die geisterbannende Wirkung seiner bloßen Gegenwart konnte dadurch nur verstärkt werden.
Matalena fühlte sich in ihrem Verhältnis zu Don Paolo in stetem Wechsel als Pflegerin, als Waise, oder als Witwe, in den letzten Tagen jedoch immer öfter als verlassene Waise, denn Don Paolo tat aus Vorsicht, als ob er nicht verstünde, was um ihn vor sich ging.
»Ich kann mir dieses Haus nicht mehr ohne Sie vorstellen«, sagte sie immer öfter. »Ach, ich werde ohne Ihren Schutz nicht mehr leben können. Ich weiß genau, daß der böse Blick und die Mißgunst sofort wieder über mich herfallen würden, während sie sich jetzt aus Respekt vor Ihrer heiligen Person nicht hereintrauen.«

Aber Matalena sah ein, daß der Priester nicht mehr lange unbeschäftigt in diesem ärmlichen Gebirgsdorf bleiben würde. Ein tollkühner Plan war im Lauf der Zeit in ihr gereift: sie wollte »ihren« Priester in Pietrasecca behalten und durch ihn das ganze Tal beherrschen.

»Warum lassen Sie sich nicht vom Papst hierher versetzen?« sagte sie am Abend nach dem Wortwechsel mit Cristina. »Kennen Sie den Papst persönlich?«

»Warum sollte ich mich versetzen lassen?« fragte Don Paolo.

»Das Klima ist gut. Wenn Sie von hier fortgehen, werden Sie bestimmt wieder krank«, sagte Matalena. »Dann ist es schon besser, sich gleich hierher versetzen zu lassen. Sie könnten die Sakramente spenden, die Beichte hören, Taufen und Beerdigungen abhalten. Es macht nichts, daß die Gemeinde arm ist. Wenn Sie bei mir wohnen bleiben, komme ich für alles auf.«

»Noch ein einziges Wort«, sagte Don Paolo eisig, »und ich reise morgen früh ab.«

»Sie haben mich nicht verstanden«, rief Matalena. »Ich denke doch vor allem an Ihre Gesundheit. Wir können ein anderes Mal darüber sprechen, wir haben ja Zeit.«

»Weniger als du glaubst«, sagte Don Paolo.

Die Wirtin blieb vor Schreck mit offenem Mund stehen, schwer atmend und mit dem Gesichtsausdruck einer verdursteten Hündin.

Am nächsten Tag weckte ein ungewöhnliches Ereignis die Neugier der ganzen Bevölkerung: ein herrschaftlicher Wagen hielt auf dem Platz vor dem Wirtshaus. War es ein Besuch für Don Paolo? Nein, dem Wagen entstieg ein unbekannter Geistlicher, eine hochgewachsene, schlanke, fast elegante Erscheinung, und wandte sich dem Hause Colamartini zu. Der Kutscher in Livré, der bei dem Wagen zurückgeblieben war, wurde sofort von Neugierigen umringt und ausgefragt. Er erklärte, der Prälat sei in der Klosterschule

Fräulein Cristinas Beichtvater und geistlicher Berater gewesen. War er also gekommen, um das Fräulein abzuholen? Das wußte der Kutscher nicht. Nach einigen Stunden erschien der Geistliche wieder, nur von Don Pasquale begleitet, und äußerte den Wunsch, vor seiner Abfahrt Don Paolo zu begrüßen. Die Unterhaltung ging an der Tür des Wirtshauses vor sich. Don Pasquale hielt sich ehrerbietig abseits.

»Fräulein Colamartini hat mit großer Achtung von Ihnen gesprochen«, sagte der Fremde zu Don Paolo. »Ich bin auf der Durchfahrt in der Marsica und habe Pietrasecca aufgesucht, um dem Wunsch der Frau Oberin und der Klosterschwestern zu entsprechen, die Fräulein Cristina sehr ins Herz geschlossen haben und betrübt sind, sie noch nicht in ihrer Mitte zu sehen.«

Don Paolo stand verlegen an der Hauswand und drückte sein Brevier ans Herz.

»Ich habe mich nicht in die Auseinandersetzungen im Hause Colamartini eingemischt«, sagte er vorsichtig.

»Sie haben recht getan«, sagte der Prälat. »Auch ich wollte mit meinem Besuch keineswegs einen Druck auf das junge Mädchen ausüben. Ich hielt es aber für meine Pflicht zu ergründen, warum sie einer ohne Zweifel vorliegenden Berufung nicht Folge leistet.«

»Fräulein Cristina hat auch hier eine große Aufgabe zu erfüllen«, sagte Don Paolo.

»Das ist richtig, wenn man nur ihre gewöhnlichen menschlichen Eigenschaften in Betracht zieht«, sagte der geistliche Herr. »Wenn ich auch nicht weiß, wie ihre Feinfühligkeit und ihre hohe Intelligenz sich in dieser primitiven Umgebung entfalten könnten. Aber ihr ist Größeres verliehen. Haben Sie das nicht auch empfunden? Fräulein Cristina gehört zu der kleinen Zahl der Auserwählten, die schon hier auf Erden das himmlische Zeichen auf der Stirn tragen.«

»Auch auf mich hat Fräulein Cristina einen tiefen Eindruck

gemacht«, sagte Don Paolo. »Trotzdem würde ich nicht sagen, daß es ein Unglück ist, wenn sie unter Menschen bleibt, die sie so notwendig brauchen. Nichts hindert sie, auch hier einen Teil ihrer Zeit dem Gebet und der Meditation zu widmen. Die religiöse Berufung muß nicht notwendigerweise den Eintritt in ein Kloster zur Folge haben.«

Der Geistliche fühlte sich an einem empfindlichen Punkt getroffen und setzte gerade zu einer Entgegnung an, als der Kutscher ihm respektvoll zu bedenken gab, daß es spät geworden sei.

Nach der Abfahrt des Prälaten kam Don Pasquale ins Wirtshaus zurück, um Don Paolo für seine verständnisvollen Worte zu danken. Er beging die Unvorsichtigkeit, in Matalenas Gegenwart mit dem Priester zu sprechen. Unter anderem bedauerte er in aufrichtig betrübtem Ton, daß er ihn nicht in seinem Hause hatte aufnehmen könne. »Aber wenn sie die Verhältnisse in unserer Familie kennen würden ...« sagte er. Don Paolo fühlte sich veranlaßt, ihn zu unterbechen.

»Sie machen sich ganz unbegründete Vorwürfe«, sagte er. »Ich bin nicht als Gast hierher gekommen, sondern als Patient auf ärztliche Verordnung.«

Aber Don Pasquale fuhr fort sich zu entschuldigen.

»Sie kennen die Sitten unseres Landes nicht«, sagte er. »In den Abruzzen, besonders in den kleinen Orten, sind die Gasthäuser nur für Handlungsreisende bestimmt. Andere Besucher, auch unbekannte, werden fast immer in Privathäusern untergebracht.«

»Ich weiß diese Sitte sehr zu schätzen«, sagte Don Paolo, »aber sie betrifft mich nicht. Ich bin ja nicht für zwei oder drei Tage hergekommen.«

»Die Schwierigkeit, das versichere ich Ihnen, liegt nicht in der Dauer Ihres Aufenthaltes«, erwiderte Don Pasquale. »Wir haben in früheren Zeiten Gäste aufgenommen, die monatelang bei uns geblieben sind. Aber jetzt haben wir drei alte kranke Frauen im Hause und sind ohne Bedienung.«

Die Unterhaltung wurde noch eine Weile im gleichen höflichen Ton weiter geführt und endete mit einer Einladung für den nächsten Tag, die Don Paolo gern annahm.

Aber kaum hatte Don Pasquale sich entfernt, so bekam der Priester es mit Matalena zu tun. Er hatte sie noch nie so außer sich gesehen.

»Ich hoffe,« sagte sie mit vor Erregung zitternder Stimme, »sie haben diesem Schwätzer kein Wort geglaubt.«

»Er machte auf mich den Eindruck eines untadeligen alten Herrn«, sagte Don Paolo.

»So sieht es sich von außen an«, sagte Matalena, »aber Sie wissen ja nicht, was dahinter steckt.«

Obgleich Don Paolo sie nicht zu vertraulichen Mitteilungen ermutigte, wurde sein bescheidenes Mahl an diesem Abend mit pikanten Klatschgeschichten reichlich gewürzt. Von den drei alten Frauen, die im Hause Colamartini lebten, war, nach dem Bericht der Wirtin, die älteste, Cristinas Großmutter, eine skrupellose Tyrannin. »Das ist keine Frau, sondern eine Teufelin«, erklärte Matalena. In ihrer Jugend war sie der Schrecken der ganzen Gegend gewesen. Don Paolo hörte nicht zum ersten Mal in dieser Art von ihr reden. Die Schwiegertochter, Cristinas Stiefmutter, war in Wirklichkeit gar nicht krank, sondern – laut Matalena – einfach schwachsinnig. Sie hatte nicht mehr Verstand als ein fünfjähriges Kind. Don Pasquale hatte sie, nach dem Tod seiner ersten Frau, nur wegen ihrer Mitgift geheiratet. Von dieser Mitgift lebte die ganze Familie. Die dritte alte Frau, Don Pasquales Schwester, mochte tatsächlich krank sein. Jedenfalls hatte man seit Jahren nichts mehr von ihr gehört; es war, als sei sie lebendig begraben. Matalena war ebenso alt wie die Unglückliche, und sie konnte sich noch gut daran erinnern, daß sie in ihrer Jugend sehr hübsch und umschwärmt gewesen war. Es fehlte nicht an jungen Leuten von guter Familie aus den Nachbardörfern, die um ihre Hand anhielten. Aber ihre Mutter, diese Teufelin in Menschengestalt, stellte eine Bedingung: ohne Mitgift. Das Vermögen der Familie sollte ungeteilt dem Erstgeborenen, Don Pasquale, zufallen. Manche der verliebten Bewerber erklärten sich bereit, auf die Mitgift zu verzichten, aber das Mädchen war zu stolz, um sich unter solchen Bedingungen zu verheiraten. Und so ging es immer weiter. Matalena schüttete alles aus, was die armen Leute gegen die Colamartini auf dem Herzen hatten. Don Paolo hörte angewidert zu, aber er wagte nicht, sie zu unterbrechen.

»Kennt Fräulein Cristina diese Geschichten?« fragte er schließlich.

»Ob sie alle Einzelheiten kennt, weiß ich nicht«, sagte Matalena. »Aber die kleine Heilige atmet immerhin diese Luft, und die wenig erbaulichen Geschichten ihres Bruders Alberto muß sie jedenfalls kennen.«

Der junge Colamartini war nach Ansicht der Leute ein übler Herumtreiber. Er war nicht mehr in Pietrasecca erschienen, seit der Vater sich geweigert hatte, seine Unterschrift anzuerkennen, die der Sohn auf mehreren Wechseln gefälscht hatte. In dem ganzen Gewirr von unkontrollierbaren Gerüchten tauchte zu Don Paolos Überraschung auch der Name von Bianchina Girasole auf. Als Bianchina im Wirtshaus erschienen war, um sich nach Don Paolo zu erkundigen, hatte Matalena nicht gewußt, wen sie vor sich hatte. Erst einige Stunden später hatte Magascià ihr erzählt, daß dieses Mädchen die Geliebte von Alberto Colamartini gewesen sei. Magascià kannte viele Geheimnisse. Das war nicht zu verwundern, denn er war beständig mit seinem Karren zwischen Pietrasecca und Fossa unterwegs. Wenn der listige alte Mann scheinbar apathisch im Wirtshaus Girasole saß, kam ihm allerhand zu Ohren. Laut Magascià hatte der junge Colamartini längere Zeit hindurch bei Berenice das Leben eines Pascha geführt: freie Wohnung und

Verpflegung und die Tochter standen ihm zur Verfügung. Berenice hatte ihn überredet, Bianchina zu heiraten, aber die Familie Colamartini war nicht darauf eingegangen. Danach hatte es viel Gerede anläßlich einer geheimnisvollen Krankheit gegeben. Nachdem sie längere Zeit zu Bett gelegen hatte, war Bianchina sehr elend und abgemagert wieder zum Vorschein gekommen.

»Das genügt für meine Kopfschmerzen«, sagte Don Paolo und erhob sich. »Gute Nacht.«

Am nächsten Tag zur angegebenen Zeit betrat er zögernd das Haus Colamartini. Don Pasquale und Cristina empfingen ihn in einem großen, halb dunklen Raum im ersten Stock. Drei kleine abgezehrte alte Frauen in altmodischer Kleidung saßen um einen schweren Nußbaumtisch, als hätte man sie zu seinem Empfang dort ausgestellt. Es roch nach Honig und nach Totengruft. Don Paolo brach der kalte Schweiß aus, obwohl Cristina ihm zulächelte. Sie übernahm die Vorstellung:

»Meine Großmutter, meine Tante, meine Mutter.«

Gleich danach half sie der Tante und der Mutter, ins Nebenzimmer umzuziehen. Die Großmutter blieb. Ihr Kopf unter der weißen Haube erinnerte an den eines Geiers, der seine Federn verloren hat. Das Gesicht war runzlig und verschrumpft wie ein Mumiengesicht.

»Wo sind Sie zu Hause?« fragte sie mit einer schrillen, unsicheren Stimme.

Don Paolo überlief ein Schauder.

»In Frascati«, antwortete er.

»Haben Sie Geschwister?«

»Nein, ich bin der einzige Sohn meiner Eltern.«

»Dann war es nicht recht, daß Sie Priester wurden«, sagte sie sehr entschieden. »Es war ein großes Unrecht.«

»Die Berufung ...«, sagte Don Paolo entschuldigend.

»Es kann der Kirche nicht daran liegen, die Familien zu zerstören; ohne die Familie gibt es weder Kirche noch sonst etwas.«

Die alte Frau hob den Kopf und sah ihn an:
»Warum lesen Sie nicht die Messe?« fragte sie. »Ist es Ihnen vielleicht untersagt? Auch Don Benedetto ist es untersagt worden.«
Don Paolo war in großer Verlegenheit. Cristina sah ihn freundlich und mitleidig an, aber das half ihm nicht weiter.
»Was haben Sie gesagt?« fragte die Alte.
»Nichts«, sagte er.
Sie gab ihrer Enkelin ein Zeichen, und Cristina beeilte sich, sie ins andere Zimmer zu führen.
»Entschuldigen Sie«, sagte Don Pasquale und lud seinen Gast mit einer Handbewegung ein, auf einem Sessel Platz zu nehmen. Er selbst setzte sich neben ihn.
»Seit wir keine Dienstboten mehr haben«, sagte Don Pasquale, »benutzen wir diesen Raum als Wohnzimmer, Küche und Eßzimmer.«
Eine ganze Wand war behängt mit Kupfergeschirr, mit Kochtöpfen, Pfannen, Kesseln und Kuchenformen. Durch zwei große vergitterte Fenster sah man in einen Garten, in dem einige Bienenkörbe standen.
Cristina brachte ein Tablett mit einer Flasche Marsala und zwei Gläsern. Dann nahm sie an einem Ende des Tisches ihre durch die Ankunft des Gastes unterbrochene Arbeit wieder auf. Sie bügelte Servietten und Kragen, faltete sie zusammen und legte sie in einen Korb.
Don Pasquale goß den Wein ein.
»Letzten Sonntag haben Cristina und ich in Rocca mit Don Benedetto gesprochen«, sagte Don Pasquale. »Er hat sich eingehend nach Ihnen erkundigt.«
»Nach mir?« sagte Don Paolo. »Wie merkwürdig.«
»Warum wundert Sie das?« fragte Cristina. »Hat nicht gerade Don Benedetto Ihnen Pietrasecca als Erholungsort empfohlen?«
»Ja, das hat er«, antwortete Don Paolo. Dann überlegte er einen Augenblick und fügte unsicher hinzu: »Es wundert

mich nur, daß er mir die Ehre erweist, sich meiner zu erinnern.«

»Und ob«, sagte Cristina. »Ihr Wohlergehen schien im Augenblick seine größte Sorge zu sein.«

»Leider nicht die einzige«, bemerkte Don Pasquale. »Es waren noch mehrere andere Gäste bei ihm, und das Gespräch kam auf einen seiner früheren Schüler, einen gewissen Pietro Spina, der sich viel hat zu Schulden kommen lassen. Don Benedetto hatte den Mut, ihn zu verteidigen. Aber Sie können nicht ermessen, was das bedeutet, da Sie den berüchtigten jungen Mann nicht kennen.«

»Er hat ihn nicht nur verteidigt«, sagte Cristina, »er hat sogar sein Lob gesungen.«

»In ganz übertriebener Weise und mit Argumenten, die Anstoß erregen mußten«, fügte Don Pasquale hinzu. »Ich bedaure das um so mehr, als Don Benedetto ein alter Freund unserer Familie und ein untadeliger Mensch ist.«

Cristina hatte inzwischen ihre Arbeit beendet und bemühte sich, das Feuer anzumachen. Sie kniete vor dem Kamin und blies mit vollen Backen in die Flamme, die auszulöschen drohte. Das Holz war zu frisch und rauchte.

Don Pasquale versuchte, das Gespräch auf Cristinas Zukunft zu bringen. Der Standpunkt der Familie war natürlich einseitig. Aber wie würde ein uninteressiertes Urteil lauten?

»Mein Urteil wäre das jedenfalls nicht«, sagte Don Paolo. »Ich bin auch daran interessiert, daß Ihre Tochter in Pietrasecca bleibt.«

Cristina lachte. In diesem Augenblick hatte das Holz Feuer gefangen, und es hätte auch der Widerschein der Flamme sein können, der ihre Wangen rötete.

»Mich bringen nicht einmal die Wölfe von hier fort«, sagte sie heiter.

»Echte oder Märchenwölfe?« fragte Don Paolo.

Darauf berichtete der Vater von einem merkwürdigen Vorfall aus der Kindheit seiner Tochter.

»Cristina konnte noch nicht allein laufen, und da sie die kleinen Lämmchen gern hatte und es im Stall warm genug war, ließen wir sie eines Abends einige Stunden in ihrem Kinderwagen allein bei den Schafen. Da gelang es einem Wolf, in den Stall einzudringen. Auf das laute Blöken der ganzen Herde eilte ich mit meiner Flinte und den Hunden hinzu, aber der Wolf entkam.«

»Und Cristina schlief?« fragte Don Paolo.

»Nein, sie schlief nicht, sie saß in ihrem Wagen und rief nach der Mutter. Sie hatte den Wolf gesehen, ohne sich zu erschrecken. Wahrscheinlich hielt sie ihn für einen bösen Hund, der die Schafe beißen wollte.«

»Vielleicht fand der Wolf, daß sie noch zu klein war«, sagte Don Paolo, »und nahm sich vor, noch einmal wiederzukommen, wenn sie größer sein würde.«

»Wenn er noch etwas wartet, wird er mich nicht mehr erwischen«, sagte Cristina lachend. »Die Fenster im Kloster sind gut vergittert.«

Bei dieser Anspielung auf das Kloster schlug Don Pasquales Stimmung um.

»Das ist das Ende der Familie Colamartini«, sagte er bitter. »Der Sohn ein Taugenichts, die Tochter Nonne.«

Sie saßen eine Weile schweigend in der halbdunklen Küche. Dann erhob sich Cristina, um die gebügelte Wäsche nach oben zu tragen und einzuordnen.

»Es ist traurig, das Ende der eigenen Familie zu erleben«, sagte Don Pasquale.

Es war wohl kaum möglich, in diesem Raum an etwas anderes zu denken, von etwas anderem zu sprechen.

»Mir scheint eigentlich nicht, daß das Schicksal der Familie von Fräulein Cristinas Entscheidung abhängt«, sagte Don Paolo.

»Sie haben ganz recht«, sagte Don Pasquale. »Es ist so weit mit uns gekommen, daß das Ende unvermeidlich ist.«

»Aber es kann ein würdiges Ende sein.«

»Die Colamartini enden schlechter, als Sie sich vorstellen können.«
»Vielleicht ist es nicht richtig, das Gute und das Schlechte als unabänderlich hinzunehmen.«
»In unserem Fall kann man nichts tun. Ich kann kaum noch den letzten Rest an äußerer Würde wahren.«
»In verzweifelten Fällen sollte man vielleicht auf diese äußere Würde verzichten.«
»Wenn ich allein wäre«, sagte Don Pasquale mit erhobener Stimme, »weiß Gott, ich wäre gern dazu bereit. Aber ich kann die drei alten Frauen, die Sie eben gesehen haben, doch nicht auf die Weide schicken, damit sie sich von Gras ernähren.«
Bei diesen Worten traten ihm Tränen in die Augen.
»Verzeihen Sie«, sagte Don Paolo.
»Ich besitze jetzt noch zwei Weinberge und zwei Stück Ackerland«, sagte Don Pasquale. »Bis vor wenigen Jahren konnte ich für siebentausend Lire Wein verkaufen. Jetzt, nach der Reblaus und anderen Schäden, bringen die mit großen Opfern wieder in Stand gesetzten Weinberge nur noch einige hundert Lire ein. Wenn ich auf dem Markt Wein kaufen würde, anstatt meinen Weinberg zu bestellen, bekäme ich ihn für ein Drittel der Kosten.«
Don Pasquale erhob sich und nahm aus einer Schublade sein Ausgabenbuch, ein altes schmieriges zerschlissenes Heft, zwischen dessen Seiten viele Rechnungen und Wechsel lagen.
»Sehen Sie«, sagte er, »die Felder bringen nicht mehr ein als die Löhne, obwohl sie nur noch vier bis fünf Lire pro Tag betragen, und das ist nicht viel. Die Steuern muß ich aus meiner Tasche bezahlen. Seit Jahren frage ich mich, warum ich dieses Land noch bebaue.«
»Die Wirtschaftskrise«, sagte Don Paolo, nur um etwas zu sagen. »Überall wird davon gesprochen.«
»Es ist der totale Bankrott«, sagte Don Pasquale. »Wenn

der Familienstolz mich nicht davon abhielte, das Land zu verkaufen, das seit Jahrhunderten den Colamartini gehört, hätte ich es schon vor Jahren abstoßen müssen. Der Grundbesitz bringt nichts mehr ein. In der Nähe von Lama habe ich ein altes Haus, das jetzt als Stall dient und das ich vermietet habe. Wollen Sie wissen, Reverendo, wieviel mich die Legalisierung des Mietvertrages gekostet hat? Genau sechsmal so viel wie die jämmerliche Einnahme beträgt. Ich übertreibe nicht, es waren vierzehn verschiedene Zahlungen zu leisten: Notargebühren, Steuer, Einschreibegebühr, Umschreibegebühr, Kanzleikosten für die unzähligen Abschriften und so weiter.«

»Was Sie mir erzählen, bestärkt mich in der Meinung, daß der Privatbesitz sich überlebt hat«, sagte Don Paolo. »Sind Sie nicht auch dieser Ansicht? Was könnte jemand in Ihrer Lage denn tun?«

»Ich weiß es nicht«, sagte Don Pasquale. »Ich habe die verschiedensten Wege versucht, von denen manche meiner unwürdig waren, ich habe Tag und Nacht darüber nachgedacht. Ich weiß nicht, was ich tun soll.«

»Wie geht es denn den kleinen Besitzern?«

»Ebenso wie mir. Mit dem Unterschied, daß sie und ihre Angehörigen das ganze Jahr hindurch auf ihren Feldern Blut schwitzen. Und dennoch strebt jeder Cafone danach, ein kleines Stück Land zu erwerben, obgleich die wenigen, die dieses Ziel erreichen, schlechter leben als zuvor. Denn in Wirklichkeit braucht der Boden hier Geld und wieder Geld.«

»Aber wenn es nicht mehr lohnt, das Land zu bebauen«, sagte Don Paolo, »warum wurden dann die sozialistischen Arbeiter erschossen, die für die Enteignung eintraten?«

Don Pasquales Miene verdüsterte sich für einen Augenblick.

»Diese Schüsse waren notwendig«, sagte er, »aber das bedeutet nicht, daß durch sie das Problem gelöst wäre. Die Besitzer, die fortwährend Geld in ihr Land stecken, um es weiter bebauen zu können, sind wie von einer fixen Idee besessen. Aber was sollen sie sonst anfangen? Ein bezahlter Tagelöhner kann Industriearbeiter werden, für einen Grundbesitzer gibt es keinen Ausweg.«

»Geht es den Tagelöhnern besser?«

»Ehrlich gesagt, es geht ihnen auch schlecht. Sie bleiben nur hier, weil die Auswanderung gesperrt ist«, sagte Don Pasquale. »Aber es geht ihnen immer noch besser als mir, denn sie kennen es nicht anders. Wer gewöhnt ist zu leiden, fühlt keinen Schmerz mehr.«

»Ich habe den Eindruck«, sagte Don Paolo, »daß die Zeiten immer härter werden und daß nur Menschen dieser Art sie überstehen werden. Aus dem Grunde, den Sie nannten: weil sie Leiden gewöhnt sind.«

Inzwischen war Cristina mit dem Einräumen der Wäsche fertig geworden und kehrte zu den Männern zurück. Jetzt erhob sich Don Pasquale. Er hatte hinter dem Haus einen Stall mit zwei Kühen, einem Kalb und einem Pferd und entschuldigte sich für einige Minuten, da er die Tiere versorgen mußte.

»Noch einen Tropfen Marsala?« fragte Cristina.

»Danke«, sagte Don Paolo. »Er ist vortrefflich.«

»Sie haben sicherlich von meinem Vater ein Klagelied über die Lage des Grundbesitzers zu hören bekommen«, sagte Cristina.

»Fräulein Cristina«, sagte Don Paolo, »ich kann Ihnen nicht sagen, wie leid es mir tut, daß Sie ein so schweres Leben haben.«

»Denken Sie vielleicht, daß ich mich aus diesem Grunde entschlossen habe, Nonne zu werden?«

Don Paolo antwortete nicht.

»Nein«, sagte Cristina. »Ich versichere Ihnen, daß es sich um eine echte Berufung handelt. Aber um ehrlich zu sein, muß ich zugeben, daß diese Berufung gelegen kommt. Was sollte hier aus mir werden, wenn Jesus mich nicht gerufen hätte?«

»Es wäre Ihnen noch die andere Möglichkeit geblieben, die sich der Mehrzahl aller Frauen bietet. Sie könnten eine gute Ehefrau und eine aufopfernde Mutter werden.«

»Bei dem Zustand, in dem sich die guten Familien hier befinden«, sagte Cristina, »kommt mir das schwieriger vor als der Tod auf dem Scheiterhaufen.«

»Sie haben keine hohe Meinug von den guten Familien.«

»Ich wollte sagen, daß es in dieser Zeit besonders schwierig ist, das, was man seinem Stand schuldig ist mit dem zu vereinen, was man seiner Seele schuldig ist.«

»Eine gute Christin sollte die Pflichten gegenüber dem Stand nicht mit den Pflichten gegenüber der Seele auf eine Stufe stellen.«

»Gewiß nicht, wenn sie das Leben in der Welt aufgibt. Aber jeder, der in der Welt bleibt, nimmt einen Platz in einem bestimmten Rang ein, der ihm Pflichten auferlegt.«

»Aber wenn der Anspruch des Ranges mit dem Anspruch der Seele nicht mehr vereinbar ist, muß man sich ohne viel Umstände über ihn hinwegsetzen.«

»Und vielleicht dem Beispiel von Pietro Spina folgen?« rief Cristina. »Sie sprechen genau so wie Don Benedetto am letzten Sonntag.«

»Es wird Sie wahrscheinlich in Erstaunen versetzen, Fräulein Cristina«, sagte Don Paolo, »aber ich sehe es nicht als Beleidigung an, mit Pietro Spina verglichen zu werden.«

»Trotzdem scheint mir die offizielle Lehre der Kirche eine andere zu sein«, sagte Cristina. »Auch die sozialen Unterschiede sind von Gott geschaffen, und wir haben sie zu respektieren ... Aber ich weiß nicht, warum wir uns immer streiten müssen. Es ist gewiß meine Schuld, ich bin eigensinnig und anmaßend. Sprechen wir lieber von etwas anderem.«

Der Waffenstillstand war von kurzer Dauer.

»Was hört man Neues von Bianchina?« fragte Cristina.

»Eine merkwürdige Nachricht«, sagte Don Paolo. »Man

hat mir erzählt, daß zwischen dem Mädchen und Ihrem Bruder Alberto ein Liebesverhältnis besteht.«

»Immer noch?« rief Cristina aufgebracht. »Diese Geschichte war doch schon vor längerer Zeit zu Ende. Es ist wirklich ein Skandal.«

Es kam wieder zu einer Auseinandersetzung. Don Paolo, der seine Gereiztheit nur mit Mühe unterdrückte, hielt mit seiner Meinung nicht zurück.

»Es gäbe ein sehr einfaches Mittel, um diesen Skandal aus der Welt zu schaffen«, sagte er. »Die beiden sollten heiraten, dann wäre alles in Ordnung.«

Cristina zog die Brauen zusammen, ihr Gesicht wurde hart.

»Das ist unmöglich«, sagte sie scharf.

Der Priester tat, als verstünde er sie nicht.

»Unmöglich? Warum denn?«

»Meine Großmutter und mein Vater würden es als eine Schande ansehen. Nicht nur für sich, sondern auch für die Vorfahren.« Cristina war entschlossen, die Diskussion abzuschneiden. »Bitte, wollen wir von anderen Dingen reden«, sagte sie.

»Es handelt sich nicht um die Vorfahren, sondern um Alberto und Bianchina«, sagte Don Paolo hartnäckig. »Wenn die beiden sich lieben, ist es das Ehrlichste und Anständigste, was sie tun können.«

»Die Ehre der Familie ist nicht etwas, über das man einfach hinweggehen kann«, sagte Cristina gequält.

»Auch Sie haben diese mittelalterlichen Grillen?« sagte der Priester mit gespieltem Erstaunen. »Sogar Sie?«

Das Mädchen nahm die Herausforderung an.

»Allerdings. Auch ich«, sagte sie. »Wer sind die Girasole? Wo kommen sie her? Und was Bianchina betrifft, so erlaube ich mir nur, Sie an die etwas seltsamen Umstände zu erinnern, unter denen Sie ihre Bekanntschaft gemacht haben.«

»Die habe ich durchaus nicht vergessen«, sagte Don Paolo. »Aber was würden Sie dazu sagen, wenn Ihr Bruder an der Krankheit des Mädchens nicht unbeteiligt wäre?«

»Was erlauben Sie sich?« rief Cristina und sprang auf, wie um eine persönliche Beleidigung zurückzuweisen.
»Entschuldigen Sie«, sagte Don Paolo, machte eine leichte Verbeugung und wandte sich zur Tür.
Cristina blieb bleich und zitternd stehen. Sie machte keine Bewegung, um ihn zurückzuhalten.

11

Während der Abwesenheit des Priesters hatte Matalena heimlich die Kräuterhexe Cassarola rufen lassen. Die alte Frau kam schleppenden Ganges herbei und klagte über unbestimmte Schmerzen an den verschiedensten Stellen des Körpers.
»Ich brauche dringend deine Hilfe«, sagte die Wirtin. »Der Neid will mir meinen Priester rauben.«
»Ich verstehe dich nicht«, sagte Cassarola. »Besitzt du einen Priester?«
Matalena erklärte ihr im Flüsterton, was sie befürchtete.
»Ich verstehe dich nicht«, wiederholte die Kräuterfrau. »Vielleicht liegt es daran, daß ich noch nichts gegessen habe.«
Die Wirtin brachte ihr Brot und Käse und ein Glas Wein. Sie ließ ihr etwas Zeit, dann fragte sie:
»Gibt es ein sicheres Mittel, Don Paolo hier festzuhalten?«
»Dein Käse ist sehr salzig«, sagte die Kräuterfrau und spuckte auf den Boden.
Matalena beeilte sich, ihr noch ein Glas Wein zu bringen.
»Jetzt mußt du aber endlich etwas sagen«, drängte sie. »Don Paolo kann jeden Augenblick nach Hause kommen.«
»Als gut«, begann Cassarola. »Wie ist es, schlaft ihr miteinander?«
Die Wirtin war ehrlich entrüstet.
»Wo denkst du hin?« rief sie. »In meinem Alter und noch dazu mit einer geweihten Person.«

»Ganz meine Meinung«, sagte Cassarola. »In dem Fall hätte er sich auch schon längst aus dem Staube gemacht. Aber warum willst du ihn denn an deine Matratze binden? Weil er ein gutes Kostgeld zahlt?«
»Nein, weil ich seinen Schutz brauche. Ohne ihn wird dieses Haus nicht mehr lange stehen. Was soll ich tun?«
»Laß mich nachdenken, einen Augenblick.«
Matalena füllte das leere Glas und ermahnte die Alte, gut und schnell nachzudenken.
»Ich kann nicht mehr ohne ihn leben«, sagte sie nachdrücklich. »Ich habe Angst wie ein kleines Kind.«
»Wovor hast du Angst?«
»Vor allem.«
Cassarola schloß die Augen. Sie atmete mühsam und klagte über ihre geheimnisvollen Schmerzen.
»Gib mir zu trinken«, murmelte sie. »Es brennt mir in den Eingeweiden.«
»Willst du etwas kaltes Wasser haben?«
»Hältst du mich für eine Kuh? Leider bin ich keine Kuh.«
Matalena brachte einen mit Wein gefüllten Krug und stellte ihn auf den Tisch neben das Glas. Aber die Kräuterfrau bediente sich direkt aus dem Krug. Sie tat mehrere lange Züge, dann sagte sie grinsend:
»Wir werden ihn einwickeln wie eine Preßwurst.«
»Wenn er nur hierbleibt, das genügt mir.«
»Du wirst sehen: er wird uns beiden gehorchen wie ein unmündiges Kind. Durch ihn werden wir das ganze Tal beherrschen, die Seelen im Fegefeuer und die Geisterbeschwörer.«
»Und die unterirdischen Mächte und die Erdbeben«, fügte Matalena hinzu.
»Zunächst tust du sieben Haare von dir in jeden Teller Suppe«, sagte die Kräuterhexe. »Das ist nur der Anfang. Natürlich müssen die Haare schwarz und ungefärbt sein.«
»Ich glaube nicht, daß sie ihm schmecken werden.«

»Es genügt, daß sie mit der Suppe gekocht werden. Er braucht sie nicht zu essen.«
»Muß man besondere Worte sagen, während sie kochen?«
»Das ist meine Sache. Hast du ein Bild von irgendeiner Frau?«
»Nein. Aber geht es vielleicht mit der Madonna vom Rosenkranz?«
Cassarola verzog angewidert das Gesicht und klagte wieder über ihre Schmerzen. Sie ergriff den Krug und tat mehrere kräftige Züge daraus.
»Dann nimmst du also ein Stück Papier und machst dir selbst ein Bild von einer Frau. Es braucht kein richtiges Bild zu sein, es genügt, wenn du die Löcher zeichnest. Paß auf, unterbrich mich nicht. Du malst auf das Papier neunmal ein O, um die neun Löcher des Körpers zu bezeichnen. Dann legst du die Zeichnung unter sein Kopfkissen.«
»Er wird sie finden und eine Erklärung verlangen.«
»Dann versteck sie unter seiner Matratze. Könntest du mir nicht auch ein Haar von ihm besorgen?«
»Ich werde morgen früh seinen Kamm untersuchen«, sagte Matalena. Nachdem Cassarola gegangen war, beschloß die Wirtin, sich zur Sicherheit auch an die Madonna zu wenden. Sie stieg zitternd vor Aufregung auf einen Stuhl und näherte ihre Lippen dem Ohr der Jungfrau.
»Heilige Mutter Gottes«, sagte sie. »Ich lege dir meinen armen Priester ans Herz. Mach, daß er hierbleibt. Wenn du bewirkst, daß er hierbleibt, lasse ich dein Lämpchen das ganze Jahr hindurch brennen.«
Diese Maßnahmen hatten sie etwas beruhigt. Sie trug einen Stuhl vor die Haustür und setzte sich hin, um Don Paolos Rückkehr zu erwarten. Die Hitze des Tages begann nachzulassen. Von den Bergen her wehte ein leichter Wind und brachte Heuduft und den angenehmen Geruch von Holunderholz mit. Matalena brauchte zum Glück nicht so lange zu warten, wie sie befürchtet hatte.

»Wie war es?« fragte sie Don Paolo mit so schüchterner Stimme, als bäte sie um ein Almosen.
Der Priester antwortete nicht. Sein Gesichtsausdruck war seltsam. Er wirkte gleichzeitig befriedigt und ärgerlich. Hinter ihm tauchte der Bettlermönch Fra Gioachino auf. Er war über und über mit Staub und Schmutz bedeckt, und sein Bettelsack schien fast leer zu sein.
»Wenig Almosen?« fragte Don Paolo.
»Nicht einmal genug für die Schuhsohlen«, antwortete der Kapuziner.
Er blieb bescheiden an der Tür stehen. Seine Füße in den abgetretenen Sandalen sahen schwarz und geschwollen aus und waren ganz mit Narben bedeckt. Matalena bot ihm ein Glas Wein an, aber er wies es zurück. Die Anwesenheit des Priesters machte ihn befangen; er wußte nicht, ob er gehen oder bleiben und was er sagen sollte. Mehrere Priester hatten sich schon über seinen allzu vertraulichen Umgang mit den Cafoni und seine Liebe zum Wein beschwert.
»Trink nur, trink, du brauchst dich nicht zu schämen«, sagte Matalena, aber ihr Zureden erhöhte nur seine Verlegenheit.
»Jeder dient dem Herrn, wie er kann«, sagte er. »Der eine mit dem Wort, der andere mit der Nächstenliebe, der dritte mit der Heiligkeit. Mir ist das Los zugefallen, immer unterwegs zu sein. Ich bin ein Esel des Herrn, sagt unser Bruder Pförtner.«
Don Paolo lachte. Der Kapuziner sah ihn von unten her an, mit dem Blick eines unterwürfigen Cafone.
»Warum geben die Leute weniger Almosen?« fragte der Priester. »Sind sie weniger fromm?«
»In der Ebene gibt es jetzt die Versicherung, eine Erfindung des Teufels«, sagte der Mönch. »Wenn ich um eine Gabe für den heiligen Franziskus bitte, damit er die Ernte vor Hagelschlag behüte, wird mir geantwortet: ›Die Ernte ist schon versichert‹. ›Dann wird er euch vor Feuerschaden be-

wahren‹, sage ich. Darauf heißt es, sie seien auch gegen Feuerschaden versichert. Aber wie kommt es, daß die Menschen trotz all dieser Versicherungen so verängstigt sind? Wovor haben sie Angst?«

»Wer arm ist, hat immer Angst«, sagte Matalena. »Man hat ein Haus, und schon kommt ein Erdbeben. Man ist gesund, und schon kommt eine Krankheit. Man hat ein Stück Land, und schon kommt eine Überschwemmung. Es liegt Neid und böser Blick in der Luft.«

»Früher hatte jedes Handwerk seinen Heiligen«, sagte der Mönch. »Die Schuster hatten den heiligen Crispin, die Schreiner den heiligen Joseph, und so weiter. Jetzt hat jedes Handwerk seine Gewerkschaft. Aber die Leute fühlen sich nicht sicherer als zuvor. Die Angst ist dieselbe geblieben.«

»Lebt man im Kloster besser?« fragte Matalena.

»Man lebt dort auch schlecht, aber man fühlt sich sicher«, sagte der Kapuziner. »Die Familie fehlt einem, aber es fehlt auch die Angst. Und dann hat man ja die Hoffnung.«

»Welche Hoffnung?« fragte Don Paolo.

Der Mönch wies zum Himmel.

»Aber dieser Weg ist nicht für alle bestimmt«, sagte Matalena. »Wir können ja nicht alle Mönche oder Nonnen werden.«

»Wißt ihr, was euch zurückhält?« sagte der Mönch. »Die Gier nach Besitz. Die hält euch fest wie die Kette den Hofhund. Früher verkörperte der Teufel sich in der Frau, jetzt im Besitz.«

»Und nicht mehr in der Frau?« fragte Matalena. »Vielleicht bist du schlecht unterrichtet.«

»Die Frau ist abgesetzt«, wiederholte der Mönch. »Jetzt ist es der Besitz, der zur Verdammnis der Seelen führt.«

»Und die Armen erlangen das Heil?« fragte Matalena zweifelnd.

»Nur wenn sie auf die richtige Weise arm sind«, sagte der Mönch. »Sie dürfen nicht gierig nach Besitz sein. Wohin das führt, habe ich in meiner eigenen Familie erlebt. Nach einem schlechten Jahr, in dem die ganze Ernte verloren ging, mußte mein Vater seinen Weinberg verkaufen. Er hat sich den Rest seines Lebens vergällt, weil er ihn um jeden Preis zurückkaufen wollte. Er wurde geizig, böse und zänkisch, und schließlich starb er, ohne sein Ziel erreicht zu haben. Auch mein Bruder wollte diesen Weinberg zurückkaufen; um des Weinberges willen hat er einen Menschen erschlagen und ist im Zuchthaus geendet. Mein anderer Bruder ging nach Brasilien und hoffte dort genug Geld zu verdienen, um bei seiner Rückkehr den Weinberg zurückzukaufen, aber er verdient kaum soviel, wie er zum Leben braucht. Inzwischen geht der Weinberg von Hand zu Hand. Alle drei oder vier Jahre wechselt er seinen Besitzer. All diese Seelen hat er schon verdorben.«

»Was ist denn das für ein Weinberg?« fragte Matalena. »Ist er verhext?«

»Nein, er hat nichts Besonderes an sich«, sagte der Mönch.

»Bringt er mehr ein als die anderen?« fragte Matalena. »Warum will deine Familie gerade diesen Weinberg haben?«

»Er hat unseren Großeltern gehört«, sagte der Mönch. »Davon abgesehen ist er wie alle anderen. Aber wenn ich jetzt beim Almosensammeln in diese Gegend komme und den Weinberg von weitem sehe, bekreuzige ich mich, als sähe ich den Teufel.«

»Kommst du oft in diese Gegend?« fragte Don Paolo.

Der Mönch nickte.

»Ich weiß, daß es nicht gut ist«, sagte er. »Wenn man die Kutte anlegt und die Welt verläßt, sollte man auch die Heimat verlassen. Es genügt nicht, einen anderen Namen anzunehmen, wenn das Wasser, die Steine, die Pflanzen, der Staub der Straßen dem Land zugehören, in dem man geboren ist. Man sollte weit fort gehen.«

»Ich bin einmal weit fort gegangen«, sagte Don Paolo mit

gedämpfter Stimme, »aber ich habe es nicht ausgehalten und bin wieder zurückgekommen.«
»Man sollte vielleicht an einen Ort gehen, von dem man nicht zurückkehren kann.«
Das sagte der Mönch mit so trauriger Stimme, daß Don Paolo ihn am liebsten umarmt hätte.
»Trink«, sagte er und reichte ihm ein Glas Wein. Diesmal wies der Mönch den Wein nicht zurück. Er trank langsam, nachdem er sich mit dem Handrücken über die rauhen Lippen gefahren war.
»Dieser Wein muß aus Fossa sein«, sagte er zu Matalena.
»Er ist aus Fossa«, sagte die Wirtin.
»Er muß auf halber Höhe gewachsen sein, in der Gegend oberhalb der Grube.«
»Trink noch mehr, wenn er dir schmeckt«, sagte der Priester lächelnd und füllte ihm das Glas.
»Danke«, sagte der Mönch. »Das ist ein Wein, mit dem man sich einlassen kann.«
Der arme Mönch rührte Don Paolo, und er fühlte sich wohl in seiner Gesellschaft.
»Komm«, sagte er. »Warum stehst du da an der Tür, setz dich an meinen Tisch. Matalena, bring uns eine Flasche von diesem Wein.«
»Eine ganze Flasche?« sagte der Mönch überrascht.
»Warum nicht?« sagte der Priester. »Es sind doch nur zwei Liter. Wenn wir Lust haben, werden wir nach der ersten Flasche eine zweite trinken. Ich übernehme die Verantwortung.«
Matalena stellte die bauchige Strohflasche auf den Tisch.
»Zur Gesundheit«, sagte der Mönch und hob das Glas. »Frau Wirtin, könnte ich ein Stück Brot bekommen? Dann trinkt es sich besser«, erklärte er dem Priester.
Er brach das Brot und reichte Don Paolo ein Stück.
»Weizenbrot mit Rotwein, etwas Besseres gibt es nicht«, sagte er. »Aber man muß ruhigen Herzens sein«, fügte er lächelnd hinzu.

Don Paolo wurde fröhlich. Matalena hatte ihn noch nie so gesehen.

»Worüber lachst du?« fragte ihn der Mönch.

»Eines Tages werden wir dem Teufel eins auswischen«, flüsterte Don Paolo ihm ins Ohr. »Ja, dem Teufel, diesem alten Schmutzfink und Menschenfeind.«

»Auf welche Weise?«

»Wir werden den privaten Grundbesitz abschaffen.«

»Soll das heißen, daß der Boden dann allen gemeinsam gehören wird? Auch die Weinberge?«

»Die Felder, die Weinberge, die Wälder und die Kanäle.«

»Willst du damit sagen, daß du an eine Revolution glaubst?«

Paolo beugte sich näher zu dem Mönch herüber.

»Es ist das Einzige, woran ich glaube«, flüsterte er ihm ins Ohr. »Aber trink, Bruder, sei lustig.«

»Dann glaubst du an das Himmelreich auf Erden?«

»Wie im Himmel also auch auf Erden, steht geschrieben.«

»Was meinst du, wer wird die Revolution machen? Die Kirche?«

»Nein. Die Kirche wird, wie gewöhnlich, die Revolution segnen, aber erst nachdem andere sie gemacht haben.«

»Aber wer wird sie denn machen? Gott selbst ganz direkt?«

»Nein. Du kennst doch die alte Regel: Hilf dir selbst, dann hilft dir Gott.«

»Also wer denn?«

»Die Armen werden sie machen«, sagte der Priester ernst. »Natürlich die Armen, die nicht von der Besitzgier angesteckt sind.«

Der Mönch sah sich nach allen Seiten um, dann flüsterte er ihm ins Ohr:

»Kennst du vielleicht einen gewissen Pietro Spina?«

»Warum fragst du mich das?«

»Der denkt ebenso wie du«, erwiderte der Mönch. »So heißt es jedenfalls.«

»Wenn du so von Haus zu Haus wanderst, triffst du da zuweilen noch andere, die ebenso denken?«

»Ja«, sagte der Mönch, »aber sie tun es heimlich.«
»Zur Gesundheit«, sagte Don Paolo heiter. »Trink, Bruder, und sei fröhlich. Wir werden eine Revolution machen und dem Teufel, diesem alten dreckigen Kerl, eins auswischen.«
Matalena hörte mit offenem Mund zu. Was diese Kirchenmänner für seltsame Reden führten! Sie wartete auf eine Gesprächspause, um eine Frage anzubringen. Der Mönch sollte ihr sagen, ob eine Überschwemmung zu befürchten sei.
»Mein Mann lebt nicht mehr«, sagte sie. »Wer wird mir dies Haus wieder aufbauen, wenn die Wasserflut es fortträgt.«
»Es wird Schlimmeres kommen«, sagte der Mönch.
Sein Gesicht verfinsterte sich, und er sprach nicht weiter. Matalena bekreuzigte sich und flüsterte erschrocken:
»Noch Schlimmeres?«
»Was wird es denn geben?« fragte Don Paolo freundlich, um den Kapuziner zum Sprechen zu bringen.
»Als ich einmal nachts in meiner Zelle betete«, sagte der Mönch, ohne Don Paolo anzusehen, »habe ich am Himmel in der Richtung nach Rom hin ein rotes Gespenst erblickt, das zwischen den pechschwarzen Wolken hervorsah.«
»Das kann gut sein«, bekräftigte Don Paolo lächelnd.
Matalena beruhigte sich: die Bedrohung richtete sich nicht gegen Pietrasecca, sondern gegen Rom. Inzwischen war die Flasche leer geworden. Der Mönch verabschiedete sich, denn es wurde Abend, und er hoffte, im Stall der Colamartini Unterkunft zu finden, wo er schon früher gelegentlich eine Nacht verbracht hatte.
»Auf Wiedersehen«, sagte er zu Don Paolo. »Wenn nicht hier, so da oben.«
»Wo oben? Im Wald? In den Bergen?«
»Im Himmel«, sagte der Mönch lächelnd.
»Wenn ich dich brauche«, sagte der Priester, »werde ich dich schon früher aufsuchen.«

»Du wirst mich auf der Straße finden«, sagte der Mönch.
Don Paolo sah ihm nach. Der Mönch ging mit leichten schnellen Schritten als bewegte er sich nach einer Tanzweise. Das Hoftor der Colamartini war geöffnet. Er ging die Stufen zur Eingangstür hinauf und zog die Klingelschnur. Da sich nichts regte, setzte er sich geduldig auf die Treppenstufe. Ein kleines Mäuschen lugte aus einem Rosenbusch hervor. Es war ebenso braun wie die Kutte des Mönches. Die beiden sahen einander freundlich an, bis das Knarren der Tür sie aufschreckte.
»Entschuldige«, sagte Don Pasquale. »Meine Tochter hatte vorhin einen leichten Schwächeanfall.«

12

Ein Brief von Bianchina aus Rom versetzte Don Paolo in einen Zustand ungewohnter Erregung, obwohl keine sensationellen Nachrichten darin enthalten waren. Es war ein ganz alltäglicher Bericht. Bianchina schrieb, sie sei gut gereist und habe die Person, die sie aufsuchen sollte, gleich gefunden. Mit anderen Menschen sei sie nicht zusammengekommen und habe daher Zeit gehabt, die Stadt zu besichtigen. Sie würde bald zurückkommen und ihm allerlei zum Lesen mitbringen. Diese kurze Botschaft hatte eine geradezu wundertätige Wirkung auf Don Paolo. Plötzlich fühlte er seine Kräfte wiederkehren. Das Ende seiner erzwungenen Isolierung war in Sicht.
Von diesem Augenblick an entzog er sich so oft wie möglich der allzu weichen Atmosphäre weiblicher Fürsorge, die ihn umgab, vergaß Cristina und suchte die Gesellschaft der Männer. Ehe er Pietrasecca verließ, wollte er sie wenigstens näher kennenlernen. Aber die Männer waren tagsüber im Tal bei der Arbeit, erst abends nach Sonnenuntergang kehrten sie in kleinen Gruppen mit ihren schwer beladenen

Eseln ins Dorf zurück. Von Matalenas Garten aus konnte Don Paolo sehen, wie sie in ihren Lumpen erschöpft die Straße heraufkamen, in der ihnen eigenen vorgebeugten Haltung, die von der Arbeit mit der Hacke herrührte, aber auch von der Gewohnheit, sich zu ducken, von der Gewohnheit ununterbrochener Knechtschaft. Dann verließ Don Paolo, dem es jetzt besser ging, das Haus, um den Klagen der Wirtin zu entgehen, die seine Abreise befürchtete, und den Klagen der anderen Frauen, die vor dem Wirtshaus strickten und sich lausten, auch um dem Brevier zu entgehen und den Gespenstern seiner Jugendzeit, die er für besiegt gehalten hatte und die sich in der Zeit seiner Einsamkeit und körperlichen Schwäche wieder um ihn versammelt hatten.

Eines Nachmittags ging Don Paolo über die Holzbrücke und schlug den Weg ein, der ins Tal hinunter führte. Er fühlte sich wie eine Maschine, die gerade repariert worden war und nun von selbst die gewohnten Bewegungen wieder aufnahm. Jetzt wurde er wieder von dem eingeborenen Instinkt getrieben, dem Instinkt des sozialen Menschen, der menschliche Gesellschaft sucht. In der Einsamkeit war er seinem Element entzogen gewesen, wie ein Fisch dem Wasser. Er setzte sich auf einen Meilenstein und wartete. Warten war für ihn etwas Natürliches. Als Knabe hatte er abends nach dem Unterricht beim Pfarrer auf dem Marktplatz von Orta auf die anderen Jungen gewartet, fast alles Kinder armer Leute, mit denen er Räuber und Gendarm oder Krieg spielte. Später in Rom, als Mitglied der sozialistischen Studentengruppe, hatte er oft am Ausgang einer Fabrik oder am Gaswerk auf einen der Arbeiter gewartet, um den Abend mit ihm zu verbringen. In L'Estaque hatte er auf Cardile gewartet. Er konnte warten.

An diesem Abend erschien als erster der alte Sciatàp mit seinem Sohn. Sie gingen hinter dem Esel her, der mit Reisigbündeln beladen war. Beim Anblick des Priesters blieb der Alte stehen.

»Ich hätte schon seit langem gern mit Ihnen gesprochen«, begann er, »aber man sagte mir, Sie hätten Husten, und ich wollte nicht stören.«

»Jetzt hat der Husten nachgelassen«, sagte Don Paolo.

»Es handelt sich um meinen Sohn«, sagte der Alte. »Er hat sich bei den Carabinieri gemeldet, aber sie haben ihn nicht genommen. Könnten Sie ihm nicht einen Empfehlungsbrief schreiben?«

»Hast du wirklich Lust, Carabiniere zu werden?« fragte der Priester den jungen Mann.

»Freilich. Wer schlecht über sie redet, tut es nur aus Neid. Man arbeitet wenig und verdient gut.«

»Du mußt aber etwas anderes bedenken«, sagte der Priester. »Du gehörst zu den Arbeitern. Wenn du Carabiniere wirst, könnten deine Vorgesetzten dir befehlen, auf unzufriedene Cafoni zu schießen. Das ist schon vorgekommen, wie du vielleicht gehört hast. Gar nicht weit von hier: in Sulmona, in Pratola, in Prezza.«

Sciatàp stimmte dem Priester bei.

»Don Paolo hat recht«, sagte er. »Wer besser leben will, muß seine Seele verkaufen. Es gibt keinen anderen Weg.«

Der Junge lachte über die Worte seines Vaters.

»Gibt es wirklich keinen anderen Weg?« fragte Don Paolo. »Kann man nicht gut leben und ein reines Gewissen bewahren?«

»Kennen Sie die Geschichte vom Teufel und von der Katze?« fragte Sciatàp. »Es war einmal ein Teufel in einer Höhle. Er trug einen schwarzen Anzug und einen Zylinderhut und hatte lauter Ringe an den Fingern, wie ein Bankier. Drei Cafoni gehen zu dem Teufel in die Höhle und fragen ihn: ›Was müssen wir tun, um ohne Arbeit ein gutes Leben zu haben?‹ Der Teufel antwortet: ›Ihr müßt mir eine Seele bringen, eine unschuldige Seele.‹ Die Cafoni machen sich auf, fangen eine Katze, wickeln sie in Windeln wie ein neugeborenes Kind und bringen sie dem Teufel: ›Hier ist eine Seele, eine wirklich unschuldige Seele‹, sagen sie. Dafür erhalten sie vom Teufel ein Büchlein, in dem geschrieben steht, wie man gut leben kann, ohne zu arbeiten. Aber als sie gerade damit fortgehen wollen, fängt das Kätzchen an zu miauen, und der Teufel entdeckt den Betrug. Das Zauberbuch geht in den Händen der Bauern in Flammen auf. Eine Katze genügt nicht. Es muß eine Seele sein, eine wirkliche Seele.«

»Schon gut,« sagte der Sohn, »ich würde einfach immer dasselbe tun wie die anderen. Aber mein Gesuch ist ja nicht angenommen worden, es haben sich zu viele gemeldet.«

»Das ist das Unglück«, sagte Sciatàp, »es gibt zu viele Seelen. Das Erdbeben, die Epidemien und der Krieg haben wenig genützt. Es gibt immer noch zu viele Menschen.«

»Aber was bleibt dem Menschen, der seine Seele verkauft hat?« fragte Don Paolo.

Die beiden Cafoni sahen sich erstaunt an. Was für eine merkwürdige Frage aus dem Munde eines Priesters.

»Solange man lebt, gibt es immer eine Möglichkeit, die Dinge ins Reine zu bringen«, sagte Sciatàp. »Wozu ist denn die Kirche da? Verbietet die Kirche etwa den Carabinieri, auf Menschen zu schießen? Bei der Fronleichnamsprozession in Fossa folgen dem Sakrament immer vier Carabinieri in großer Uniform. Wenn die Carabinieri in Pratola auf die armen Leute geschossen haben, werden sie wohl nachher zur Beichte gegangen sein. Aber die Cafoni, die erschossen wurden, hatten keine Zeit mehr für die Beichte. In diesem Leben mußten sie die Kälte ertragen, im anderen ertragen sie jetzt das Feuer.«

»Es tut mir leid«, sagte Don Paolo, »ich weiß wirklich nicht, wem ich dich empfehlen könnte. Ich bin mit keinem Offizier der Carabinieri bekannt.«

Inzwischen hatte der Esel sich entfernt.

»Garibaldi«, rief der Alte zornig.

Aber der Esel kümmerte sich nicht um ihn und ging ruhig weiter.

»Er hört mich nicht«, sagte Sciatàp, »weil er Hunger hat und weiß, daß es nicht mehr weit bis zum Stall ist. Wenn er hungrig ist, vergißt er sogar, wie er heißt.«
Sciatàp und sein Sohn wünschten dem Priester einen guten Abend und eilten dem Esel nach. Don Paolo setzte sich wieder hin.
Als nächster erschien ein betrunkener Cafone auf einem Esel. Der Mann rutschte bald nach der einen, bald nach der anderen Seite vom Sattel, erhob sich wieder und versetzte seinem Esel tüchtige Faustschläge und Fußtritte.
»Willst du jetzt endlich geradeaus gehen«, sagte er wütend.
Gleich darauf kam eine Gruppe von Cafoni, unter ihnen Magascià mit seinem Karren.
Magascià brachte das Pferd zum Stehen.
»Wir sind auf dem Markt gewesen«, sagte er.
»Habt ihr gut verkauft?« fragte Don Paolo.
»Die Preise sind gesenkt worden«, sagte Magascià. »Wir wollten nicht so billig verkaufen, aber wir wurden dazu gezwungen, man hätte uns sonst die Ware beschlagnahmt.«
»Für die landwirtschaftlichen Erzeugnisse haben sie Höchstpreise festgesetzt, aber nicht für die Waren aus der Stadt, die sind sogar noch teurer geworden«, sagte ein Cafone, der neben dem Karren stand.
»Giacinto ist von den Carabinieri verhaftet worden«, berichtete Magascià. »Wegen Widerstand gegen die Obrigkeit. Als er von der Preisbeschränkung erfuhr, wollte er nach Pietrasecca zurückkehren, ohne zu verkaufen.«
Der Karren setzte sich wieder in Bewegung, und Don Paolo folgte ihm mit den anderen Männern. Neben Magascià ging ein gewisser Daniele, ein großer Mann mit einem alten zerbeulten Hut über dem bärtigen Gesicht.
»Daniele hatte einen kranken Esel, der bestimmt nur noch einen Monat zu leben hat«, vertraute Magascià dem Priester an. »Den hat er auf den Markt gebracht und einer Frau aus Fossa als gesund verkauft.«

»Nächste Ostern geh ich zur Beichte«, sagte Daniele. »Gott wird mir verzeihen.«
Alle lachten erfreut über Danieles Schlauheit. Hinter dem Karren ging auch ein junger Bursche, ein gewisser Banduccia, der offenbar betrunken war und sich am Karren festhielt, um nicht zu fallen.
»Banduccia ist in Fossa in einer Schenke gewesen«, vertraute Magascià dem Priester an. »Er hat gegessen, getrunken und die Anwesenden zum Trinken eingeladen, dann ist er in den Garten gegangen, unter dem Vorwand, ein Bedürfnis zu verrichten, ist über die Mauer geklettert und fortgelaufen, ohne zu bezahlen.«
»Ich gehe auch nächste Ostern zur Beichte«, sagte Balduccia. »Gott wird mir verzeihen.«
Und wieder lachten alle. Don Paolo war verstummt, es fröstelte ihn.
»Als die Wirtin meine Flucht bemerkte«, erzählte Banduccia, »wollte sie, daß Biagio meinen Anteil bezahle, mit der Begründung, daß er auch aus Pietrasecca sei. Da war sie aber an den Falschen geraten. Wenn die anderen Gäste nicht dazwischen getreten wären, hätte er alles kurz und klein geschlagen. Er hat einen Holzklotz aufgehoben und gegen die Frau geschleudert. Wenn er sie getroffen hätte, wäre sie erledigt gewesen.«
Biagio war der stärkste und gewalttätigste unter allen Cafoni des Tales, und Don Paolo hatte schon oft gehört, wie sein Name mit großer Bewunderung erwähnt wurde.
»Biagio ist schon dreimal wegen Körperverletzung im Gefängnis gewesen«, sagte ein anderer Cafone voller Anerkennung. »Das ist ein Mann, der sich Respekt verschafft.«
»Schläge austeilen ist keine Schande, nur Schläge einstecken ist eine Schande«, sagte Banduccia.
»Zum erstenmal kam Biagio ins Gefängnis, weil er seinem Vater mit der Axt den Arm zerschlagen hatte«, erzählte Magascià. »Damals sagte der Alte zu mir: ›Er hat mir zwar

den Arm zerschlagen, aber es freut mich, daß mein Sohn so stark ist. Er wird sich im Leben Respekt verschaffen, wenigstens unter seinesgleichen‹.«

Es wurden noch mehr Heldentaten von Biagio erzählt, aber Don Paolo hörte nicht mehr zu. Unter den Cafoni war ihm ein junger Mensch mit einem seltsamen Blick aufgefallen, der sich nicht an den groben Späßen der anderen beteiligte. Er war barfuß, schlecht gekleidet, groß und mager. Sein dichtes Haar fiel ihm in die Stirn und gab ihm ein verwildertes Aussehen, aber darunter blickten zwei gute sanfte Hundeaugen hervor. Don Paolo sah ihn lächelnd an. Der junge Mann lächelte ebenfalls und näherte sich ihm. Als sie die Holzbrücke überschritten hatten und die Gruppe sich auflöste, hielt Don Paolo ihn am Arm zurück.

»Ich möchte mit dir sprechen«, sagte er halblaut. »Ich möchte gern wissen, wie du über einige Fragen denkst.«

Der junge Mann lächelte wieder und ging in Richtung zu seiner Hütte weiter. Don Paolo folgte ihm. Die Hütte lag im hintersten Winkel des Dorfes zwischen einigen Ställen. Der schmale Weg, der zu ihr führte, war nichts anderes als ein schmutziger Graben, in dem der Mist abfloß. Hin und wieder wandte der junge Mensch sich um und sah den Priester bewegt an, ohne etwas zu sagen.

»Bitte vergiß für einen Augenblick, daß ich ein Priestergewand trage und du nur ein Cafone bist«, sagte Don Paolo. »Ich möchte von Mensch zu Mensch mit dir sprechen.«

Die Behausung des jungen Mannes ähnelte einem Schweinestall. Man mußte sich bücken, um einzutreten. Die Tür diente zugleich als Rauchfang. Im Inneren konnte man auf dem gepflasterten Boden nur mit Mühe eine Matratze erkennen und daneben eine Ziege, die auf schmutzigem Stroh lag. Don Paolo konnte den Gestank nach Mist und alten Lumpen, der die Luft dieser Höhle verpestete, nicht ertragen. Er setzte sich auf die Türschwelle, während der junge Cafone sein Abendessen bereitete.

»Es gibt ein Land«, begann Don Paolo mit leiser Stimme, »ein großes Land im Osten von Europa, eine große fruchtbare Ebene, wo Millionen von Cafoni leben. In diesem Land, im Jahre 1917 ...«

Der junge Mann hatte einige Scheiben Maisbrot aufgeschnitten, zwei Tomaten und eine Zwiebel zerkleinert und reichte Don Paolo ein Stück Brot, das er damit belegt hatte. Seine Hände waren geschwollen und mit Narben bedeckt, es klebte noch Erde daran. Das Messer, mit dem er das Brot geschnitten hatte, diente gewiß zu allen erdenklichen Zwecken. Don Paolo schloß die Augen und biß in das Brot, um ihn nicht zu kränken.

»Es gibt ein Land«, fuhr er nach einer Weile fort, »in dem die Cafoni vom Land und die Arbeiter aus der Stadt sich verbündet haben.«

Inzwischen ging Matalena auf der Suche nach ihrem Priester von Haus zu Haus.

»Habt ihr ihn gesehen?« fragte sie immer wieder. Endlich fand sie ihn.

»Seit einer Stunde ist das Abendessen fertig«, sagte sie. »Ich fürchtete schon, es sei ein Unglück geschehen.«

»Ich habe keinen Hunger«, sagte Don Paolo. »Geh nur nach Hause zurück, ich habe noch mit diesem Freund zu sprechen.«

»Sprechen?« sagte Matalena. »Haben Sie denn gar nicht bemerkt, daß der Arme taubstumm ist?«

Der Taubstumme saß neben dem Priester auf der Schwelle. Don Paolo blickte ihn aufmerksam an und sah, wie in den Augen des anderen langsam das Verständnis für den Irrtum aufdämmerte, zu dem er Anlaß gegeben hatte.

»Das macht nichts«, sagte der Priester zu Matalena. »Geh nur nach Hause, ich habe keinen Hunger.«

Die beiden Männer blieben auf der Schwelle sitzen, und nun schwieg auch der, dem die Sprache verliehen war. Von Zeit zu Zeit sahen sie einander an und lächelten. Auf das Grau der Dämmerung folgte die Schwärze der Nacht, und mit dem Eintritt der Dunkelheit versank das Dorf mit einem Schlage in totenähnlichen Schlaf. Wenn der starke Geruch aus den Hütten und Ställen nicht gewesen wäre, hätte man glauben können, in einem unbewohnten Tal zu sein. Nach einer Weile stand Don Paolo auf, drückte dem Taubstummen die Hand und wünschte ihm eine gute Nacht. Er mußte sich in der Dunkelheit vorwärts tasten wie ein Blinder.

Nur die Tür des Wirtshauses war noch geöffnet und erleuchtet. Abends kam immer noch der eine oder der andere, um zu trinken oder zu spielen, und oft wurde es spät. Es gab keinen anderen Ort, wo man sich treffen konnte. Zwei schmierige Tische, einige ausgefranste Stühle und eine Holzbank neben dem Herd, das war die ganze Ausstattung. In der Ecke unter der Treppe zum ersten Stock waren die Vorräte für das ganze Jahr angehäuft, mehrere Säcke mit Kartoffeln, Bohnen und Linsen. Um den Durst der Gäst anzuregen, stand fast immer ein Tellerchen mit in Salz gerösteten Bohnen auf dem Tisch. Die Madonna hing schon seit vielen Jahren an der Wand der Gaststube und hatte sich daran gewöhnt. Die Gäste kauten Bohnen, tranken, kauten Tabak, tranken wieder und spuckten unaufhörlich auf den Boden, so daß Don Paolo acht geben mußte, um nicht auszugleiten.

Neben dem Herd kauerte immer ein alter Mann, ein gewisser Fava. Stumpfsinnig und traurig starrte er zu Boden, bewegte stetig und langsam seine Kinnbacken wie ein Wiederkäuer und sprach mit niemandem ein Wort. Er erschien als erster und ging als letzter fort, so betrunken, daß er sich nicht mehr auf den Beinen halten konnte. Seine Töchter kamen, um ihn abzuholen, dann kamen die Söhne, schließlich die Frau, er hörte nicht auf sie.

»Zu Hause gibt es auch Wein«, sagte seine Frau. »Warum trinkst du nicht den Wein von unserem Weinberg?«

»Der schmeckt mir nicht«, sagte Fava mit angeekeltem Gesicht.

Matalena tauschte eine gewisse Menge Wein mit Favas Frau.

»Jetzt haben wir den Wein zu Hause, der dir schmeckt«, sagte die Frau. »Du brauchst nicht mehr auszugehen.«

»Er schmeckt mir nicht«, sagte Fava.

Jeden Abend erschien er im Wirtshaus und gab dort das wenige Geld aus, das er verdiente. Schließlich fing die Frau an, Matalena Vorwürfe zu machen.

»Du darfst ihm keinen Wein mehr geben«, sagte sie. »Wenn er trinken will, soll er nach Hause kommen.«

Es half nichts. Jeden Abend hockte Fava im Wirtshaus, immer am gleichen Platz.

Als Don Paolo nach seiner Unterhaltung mit dem jungen Mann die Gaststube betrat, saßen dort nur noch zwei Bauern beim Kartenspiel.

»Ich sah Sie mit dem Taubstummen sprechen und glaubte schon an ein Wunder«, sagte einer der Spieler. »Statt dessen war es nur ein Irrtum.«

Don Paolo setzte sich zu den beiden Männern an den Tisch.

»Es war kein Wunder, aber auch kein Irrtum«, sagte er.

»Der Taubstumme ist sehr intelligent«, sagte der andere Bauer. »Vielleicht hat Gott ihm die Sprache und das Gehör genommen, um ihn zu strafen.«

Die beiden Männer setzten ihr Spiel fort.

Dem Priester war an diesem Abend nicht nach Schlafen zumute. Eine merkwürdige Unruhe machte ihn redselig.

»Seit die Welt besteht«, sagte er, »beklagen sich die Cafoni, aber sie ergeben sich in ihr Schicksal. Wird das immer so bleiben?«

»Wenn man vor Hunger sterben könnte, wären wir schon tot«, sagte der eine Spieler.

»Glaubt ihr nicht, daß die Dinge sich einmal ändern könnten?« fragte Don Paolo.

»Ja, wenn der Kranke im Jenseits ist, dann erscheint der Arzt«, sagte der andere.

Don Paolo ließ alle Vorsicht beiseite.
»Habt ihr nie gehört«, sagte er, »daß es Länder gibt, in denen es anders zugeht.«
Diesmal antwortete Matalena.
»Gewiß gibt es Länder, die anders sind«, sagte sie. »Gott hat nun einmal das Gras dorthin gesetzt, wo keine Schafe sind und die Schafe dorthin, wo kein Gras ist.«
»Ich verstehe«, sagte Don Paolo. »Gute Nacht.«
Die beiden Männer fingen wieder an zu spielen. Nach einer Weile sagte der eine zu Matalena:
»Dein Priester scheint ein braver Mann zu sein, aber etwas verrückt ist er doch.«
»Ihr könnt ihn nicht verstehen«, sagte Matalena. »Er ist zu gelehrt für euch.«
»Ja, er ist gelehrt«, sagte der Mann hartnäckig, »aber außerdem ist er etwas verrückt. Warum liest er nicht die Messe?«
»Er gehört einer anderen Diözese an.«
»Was hat das zu sagen? Die Messe ist überall dieselbe. Er ist eben etwas verrückt.«

13

Der nächste Tag war ein Feiertag, und die Schenke war gedrängt voll von spielenden und trinkenden Gästen. Viele Männer tranken stehend, denn es fehlte an Stühlen, andere spielten Morra vor dem Hause. Don Paolo war in seinem Zimmer geblieben. Er saß am Tisch, über einige Blätter gebeugt, die die Überschrift trugen: *Von der Unzugänglichkeit der Cafoni für politische Probleme*. Bei dem Lärm, der aus der Schenke heraufdrang, gelang es ihm aber nicht, seine Gedanken zusammenzuhalten. Er hörte das Kommen und Gehen der Leute, das Rücken der Stühle, die Rufe der Spieler, das plötzliche Aufflammen eines Streites, Geschrei und Flüche und das Umwerfen von Tischen und Stühlen.

»Seid doch leiser«, bat Matalena. »Don Paolo ist oben und will schlafen.« Aber sie bat umsonst. Wie kann man vergnügt sein, ohne Lärm zu machen?
Ein paar junge Burschen gerieten in Streit über den Wert einer Karte. In dem Spiel, daß sie gerade begonnen hatten, war der Karo-König die höchste Karte. Aber Matalena besaß nur zwei Kartenspiele, und in beiden war der Karo-König so beschädigt, daß die Rückseite leicht zu erkennen war; ein korrektes Spiel war also nicht möglich. Um Zänkereien zu vermeiden, hatte einer der Spieler, Daniele, vorgeschlagen, den Karo-König durch eine andere Karte, zum Beispiel die Pique Drei, zu ersetzen.
»Seid ihr einverstanden?« fragte er. »Der Karo-König, den man erkennen kann, wird den Wert der Pique Drei haben, und die Pique Drei, die sich nicht von den anderen Karten unterscheidet, gilt soviel wie ein Karo-König.«
»Das geht nicht,« hatte sofort ein anderer Spieler, ein gewisser Michele, gerufen. »Auch wenn wir alle einverstanden wären, würde es nicht gehen.«
»Warum denn nicht?«
»Das ist doch klar«, sagte ein dritter, Mascolo. »Der Karo-König bleibt immer der Karo-König. Er kann schmutzig, bekritzelt, durchlöchert sein, aber er bleibt doch immer, was er ist.«
»Wir brauchen uns nur auf etwas anderes zu einigen«, sagte Daniele. »Wir können besser spielen, wenn keiner weiß, wer den Karo-König in der Hand hat.«
»Nein, es genügt nicht, daß wir uns einigen«, wiederholte Michele.
»Du sagst, wir könnten besser spielen. Mag sein, aber es wäre falsch gespielt«, erklärte Mascolo.
Sciatàp, der an dem anderen Tisch saß, dem Tisch der Alten, war der Unterhaltung gefolgt.
»Man müßte Don Paolo fragen«, sagte er. »Ein Priester ist so schlau wie der Teufel.«

»Das geht nicht«, sagte Matalena. »Don Paolo hat sich hingelegt.«
Aber Don Paolo hatte gehört, daß sein Name genannt wurde, und erschien oben an der Treppe.
»Hat jemand nach mir verlangt?« fragte er.
Mit einem Schlage hielten die Streitenden inne, und alle boten dem Priester zu trinken an. Er dankte, versuchte sich zu entschuldigen, aber schließlich mußte er doch im ganzen Raum die Runde machen und jedes Glas mit den Lippen berühren, wie der Brauch es verlangte.
»Wer wollte mich denn sprechen?« fragte er, als diese Zeremonie beendet war.
Sciatàp erklärte ihm, worum es sich handelte.
»Und nun sagen Sie uns, wer recht hat«, schloß er.
»Aber es handelt sich ja nicht um Heiligenbilder«, sagte der Priester lachend.
Sciatàp ließ ihm keinen Ausweg.
»Ein Priester ist so schlau wie der Teufel«, sagte er.
Darauf nahm Don Paolo den Karo-König in die Hand und wandte sich an Michele.
»Glaubst du«, fragte er, »daß diese Karte einen Wert an sich hat oder daß man ihr diesen Wert beigelegt hat?«
»Sie hat von sich aus einen höheren Wert als die anderen, weil sie der Karo-König ist«, antwortete Michele.
»Hat diese Karte einen gleichbleibenden oder einen veränderlichen Wert?« fragte Don Paolo. »Gilt der Karo-König in allen Kartenspielen gleich viel, oder manchmal mehr und manchmal weniger?«
»Der Wert ändert sich, je nach dem Spiel, das man spielt«, sagte Michele.
»Und wer hat die Spiele erfunden?« fragte der Priester.
Niemand antwortete.
»Glaubt ihr nicht, daß die Spiele von den Spielern erfunden worden sind?« fragte der Priester.
Einige Männer stimmten sofort zu. Ganz bestimmt waren die Spiele von den Spielern erfunden worden.

»Wenn der Wert der Karten sich ändern kann, je nachdem was die Phantasie der Spieler beschließt, so meine ich, daß ihr daraus machen könnt, was ihr wollt«, schloß der Priester.

»Bravo, gut gesagt«, riefen viele der Zuhörer.

Don Paolo fühlte sich durch seinen Erfolg geschmeichelt. Er wandte sich an Sciatàp:

»Hier in Pietrasecca gab es einmal einen Mann, der Carlo Campanella hieß«, sagte er, »und in New York gibt es einen Mann, der heißt Mr. Charles Little-Bell, *Ice and Coal.* Handelt es sich um ein und dieselbe Person, oder sind es zwei?«

»Es ist ein und dieselbe Person«, antworteten mehrere Stimmen.

»Wenn ein Mensch seinen Namen ändern kann, warum nicht auch eine Spielkarte?« fragte der Priester.

»Ein König bleibt immer ein König«, sagte Michele.

»Ein König ist ein König, solange er regiert«, sagte Don Paolo. »Ein König, der nicht mehr regiert, ist ein ehemaliger König, er ist kein König mehr. Es gibt ein Land, ein großes Land, nach Sonnenaufgang zu, das hatte einen König, einen mächtigen König, sagen wir einen Treff-König, der Millionen von Cafoni beherrschte. Von dem Augenblick an, als die Cafoni aufhörten, ihm zu gehorchen, regierte er nicht mehr und war kein König mehr. Nicht weit von uns, nach Sonnenuntergang zu, gibt es ein Land, wo ein anderer König herrschte, sagen wir ein Karo-König oder ein Pique-König. Von dem Augenblick an, wo seine Untertanen ihm nicht mehr gehorchten, hörte er auf zu regieren und war kein König mehr. Jetzt ist er ein Emigrant, was jeder von euch auch sein kann. Spielt also euer Spiel, wie ihr Lust habt, und macht euch keine Gedanken.«

Don Paolo gab Daniele die Karte zurück, wünschte allen gute Nacht und ging wieder in sein Zimmer hinauf, von den Zurufen der betrunkenen Gäste begleitet.

Aber in den nächsten Tagen wurde die Absetzung des Karo-Königs in den Gesprächen der Cafoni ausführlich behandelt.

Die Lehrerin des Dorfes, Fräulein Patrignani, beklagte sich darüber bei dem Priester.

»In der Oberklasse«, sagte sie, »habe ich heute den Unterricht gar nicht durchführen können. Die Schüler redeten nur über diese Geschichte vom Karo-König und wiederholten, ohne etwas verstanden zu haben, was Sie gestern abend in der Schenke gesagt haben.«

Die Lehrerin trug auf der Brust, direkt über dem Herzen, das Abzeichen der Regierungspartei. Nach jedem Satz seufzte sie tief, und dann schwankte das Abzeichen wie ein Schifflein auf bewegter See.

»Diese Leute hier«, erklärte sie, »sind äußerst unwissend, und wenn ein gebildeter Mensch wie Sie oder ich etwas sagt, verstehen sie fast immer das Gegenteil.«

Die Lehrerin hatte die neueste Nummer der Zeitung *Nachrichten aus Rom* erhalten, die wie üblich am Eingang der Schule aufgehängt werden sollte. Vorher pflegte sie den im Wirtshaus versammelten Cafoni die wichtigsten Nachrichten vorzulesen und zu erklären. An diesem Abend hatte sich das Gerücht verbreitet, daß auch der Priester zugegen sein würde, und die Schenke füllte sich daher mehr als gewöhnlich. Es kamen Leute, die der Priester noch nie gesehen hatte. In kurzer Zeit waren etwa dreißig zerlumpte Männer versammelt, die dicht aneinander gedrängt am Boden hockten. Don Paolo saß am Fuß der Treppe, die zum ersten Stock führte, und konnte fast allen ins Gesicht sehen. Ein atemberaubender Gestank nach Stallmist und schmutzigen Kleidern schlug ihm entgegen. Es waren unterdrückte mißtrauische Menschen, ausdruckslose Gesichter auf verkrümmten Körpern, von Hunger und Krankheit gezeichnete Gesichter, und dazwischen ein paar wilde, rauflustige junge Burschen. Die angesehensten Bauern wie Magascià, Sciatàp und Grascia waren in der Nähe der Tür stehengeblieben.

Die Lehrerin war durch die Anwesenheit des fremden Priesters etwas erregt und besonders wortreich. Sie ermahnte die Zuhörer, gut aufzupassen und ohne Scheu bei schwierigen Ausdrücken Fragen zu stellen. Dann begann sie mit lauter, schriller Stimme die *Nachrichten aus Rom* vorzulesen.

›An der Spitze unseres Volkes‹, las sie, ›steht ein Mann, um den alle Völker der Erde uns beneiden. Sie würden wer weiß was dafür geben, um ihn in ihrem Lande zu haben.‹

Magascià unterbrach die Vorlesung. Da ihm allgemein gehaltene Ausdrücke nicht gefielen, wollte er die genaue Summe wissen, die die anderen Völker bezahlen würden, um unseren Regierungschef zu erwerben.

»Das ist nur eine Redewendung«, sagte die Lehrerin.

»Wenn es sich um Einkauf und Verkauf handelt, gibt es keine Redewendungen«, widersprach Magascià. »Wollen sie zahlen oder nicht? Und wenn sie zahlen wollen, wieviel bieten sie?«

Die Lehrerin wiederholte ärgerlich, es sei nur eine Redewendung.

»Dann stimmt es also nicht, daß sie ihn kaufen wollen«, sagte Magascià. »Und wenn es nicht stimmt, warum steht denn da, daß sie wer weiß wieviel bezahlen würden.«

Auch Sciatàp wünschte eine genaue Auskunft.

»Würden sie in bar bezahlen oder mit einem Wechsel?« fragte er.

Die Lehrerin warf dem Priester einen Blick zu, wie um zu sagen: ›Sehen Sie, mit was für Menschen man es hier zu tun hat?‹

Der nächste Abschnitt behandelte die Agrarbevölkerung.

»Wer ist die Agrarbevölkerung?« wollte einer der Zuhörer wissen.

»Ihr selbst«, sagte die Lehrerin ungeduldig. »Das habe ich euch doch schon hundertmal erklärt.«

Mehrere Männer lachten.

»Wir sind die Agrarbevölkerung und wissen es gar nicht«, sagten sie.

Die Lehrerin las weiter:

»Die Revolution der Agrarbevölkerung hat ihre Ziele auf der ganzen Linie erreicht ...«

»Auf was für einer Linie?« fragte einer. »Auf der Eisenbahnlinie?«

»Wenn wir die Agrarbevölkerung sind«, fragte Sciatàp, »haben wir dann diese Revolution gemacht?«

»Jawohl«, sagte die Lehrerin. »Du hast einen guten Verstand.«

»Aber was haben wir denn für eine Revolution gemacht?«

»Das ist hier im geistigen Sinne gemeint«, sagte die Lehrerin.

Sciatàp wollte nicht unwissend erscheinen und tat, als hätte er alles verstanden, aber Magascià gab sich nicht zufrieden.

»Das ist doch eine Zeitung, die uns von der Regierung geschickt wird«, sagte er. »Und da steht drin, daß die Cafoni eine Revolution gemacht haben und daß diese Revolution ihr Ziel erreicht hat. Was für ein Ziel haben wir denn erreicht?«

»Ein geistiges Ziel«, sagte die Lehrerin.

»Was für ein geistiges Ziel?«

Die Lehrerin wurde rot, verhaspelte sich, und keiner verstand, was sie sagen wollte. Endlich kam ihr eine Erleuchtung, sie bat sich Ruhe aus und sagte in die erwartungsvolle Stille hinein:

»Die Revolution der Agrarbevölkerung hat das Land vor der Gefahr des Kommunismus gerettet.«

»Wer sind die Kommunisten?« fragte Grascia.

Nun fühlte die Lehrerin sich wieder auf sicherem Boden. Sie brauchte nicht mehr nachzudenken.

»Ich habe es euch schon mehrmals erklärt, aber ich kann es noch einmal wiederholen«, sagte sie. »Die Kommunisten sind Verbrecher, die sich mit Vorliebe nachts in den Kloaken der Städte versammeln. Wer zu ihnen gehört, muß das heilige Kreuz mit Füßen treten, Christus ins Gesicht spukken und sich verpflichten, am Karfreitag Fleisch zu essen.«

»Wer gibt ihnen das Fleisch?« fragte Sciatàp. »Bekommen sie es umsonst, oder müssen sie es bezahlen?«

»Das ist mir nicht bekannt«, sagte die Lehrerin.

»Das Wichtigste wissen Sie ja nie«, sagte der alte Grascia.

Die Lehrerin wandte sich Don Paolo zu, als sei es an ihm, das Wort zu ergreifen und sie aus der Verlegenheit zu ziehen, aber der Priester schien in die Betrachtung der Spinnweben an der Decke vertieft zu sein.

»Da ich nicht einverstanden bin, gehe ich nach Hause«, sagte Grascia.

Die Lehrerin forderte ihn auf, zu erklären, womit er nicht einverstanden sei, aber der alte Mann ging fort, ohne zu antworten.

Don Paolo holte ihn auf dem Platz vor dem Wirtshaus ein.

»Bravo, das haben Sie gut gemacht«, sagte er.

»Ich habe das nur gesagt, um die Lehrerin zu ärgern«, sagte Grascia.

Er konnte es nicht vertragen, daß Männer von einer Frau belehrt werden sollten.

»Wo die Frau die Hosen anhat, kommen die Kinder bucklig zur Welt«, erklärte er.

Es war eine warme Nacht. Vom Tal herauf kam ein lauer Südwind. Die kleine Schar, die sich um die Lehrerin versammelt hatte, zerstreute sich rasch. An der hölzernen Brükke, wo Don Paolo und Grascia stehen geblieben waren, wurden sie von Sciatàp, Magascià und Daniele eingeholt.

»Ehe wir schlafen gehen, müssen wir uns noch die Kehle anfeuchten«, sagte der Priester.

»Wenn wir damit ein Gebot der Kirche erfüllen, sind wir einverstanden«, sagte Magascià.

Don Paolo sagte zu Sciatàp, er solle sich von Matalena

eine Flasche Wein geben lassen und gab ihm das Geld dafür. Inzwischen fing Grascia wieder an, gegen die Lehrerin zu wettern.
»Es gibt nichts Unglückseligeres als eine Henne, die den Hahn spielen will«, sagte er.
Sciatàp erschien mit einer großen Strohflasche. Für Don Paolo hatte er ein Glas mitgebracht, aber der Priester wies es zurück.
»Aus der Flasche trinkt es sich besser«, sagte er.
Grascia war immer noch bei seiner fixen Idee.
»Einer von uns sollte sich erbarmen und ihr ein Kind machen«, sagte er. »Wir könnten ja losen.«
»Von wem redest du?« fragte Magascià.
»Von der Lehrerin.«
»Laß doch die arme Frau in Ruhe«, sagte Magascià. »Jeder verdient sich sein Brot, so gut er kann.«
»Trink und gib die Flasche weiter«, sagte Daniele. »Wir können ein anderes Mal losen, du wirst ja nicht solche Eile haben.«
»Also gut, ich werde mich gedulden«, sagte Grascia.
»Ich werde vielleicht nach einigen Tagen abreisen«, sagte Don Paolo. »Es geht mir sehr viel besser. Aber bevor ich fortgehe, würde ich gern genauer von euch erfahren, was ihr über verschiedene Dinge denkt.«
»Das ist schnell gesagt«, sagte Daniele. »Wir hacken die Erde, da gibt es nichts zu denken.«
»Auch ein Cafone macht sich manchmal seine Gedanken«, sagte Don Paolo. »Könntest du, Daniele, mir nicht sagen, was du über die Lage denkst?«
»Über was für eine Lage? Über die Lage von Pietrasecca? Wollen Sie wissen, ob ich finde, daß Pietrasecca lieber irgendwo anders gelegen sein sollte? Ich muß gestehen, daß ich darüber noch nie nachgedacht habe. Pietrasecca war immer hier an dieser Stelle.«
»Du hast meine Frage mißverstanden«, sagte der Priester.

»Ich meinte die allgemeine Lage, die Lebensbedingungen in Italien, hier und anderswo. Was denkst du darüber?«

»Gar nichts«, sagte Daniele. »Jeder hat seine eigenen Sorgen.«

»Jeder hat seine eigenen Flöhe«, sagte Sciatàp. »Soll man sich auch noch um die der anderen kümmern?«

»Jeder hat sein kleines Stück Land«, sagte Grascia. »Jeder denkt Tag und Nacht an sein Stückchen Land. Wenn es zuviel regnet, wenn es hagelt, wenn es gar nicht regnet. Aber Italien besteht aus unendlich viel Land, Italien hat Berge, Hügel, Ebenen, Wälder, Seen, Sümpfe und Sandküsten. Man würde ja verrückt werden, wenn man an das alles denken wollte. Der Kopf des Menschen ist dafür zu klein. Unser kleiner Kopf kann nur an ein kleines Stück. Land denken.«

»Manchmal genügt unser Kopf nicht einmal für unser kleines Stück Land«, sagte Sciatàp. »Und was nützen die Gedanken? Der Hagel kehrt sich nicht daran.«

»Ihr habt mich nicht verstanden«, sagte der Priester. Ich wollte wissen, was ihr über die Regierung denkt.«

»Nichts«, sagte Daniele.

»Nichts«, wiederholten die anderen zustimmend.

»Aber ihr beklagt euch doch fortwährend«, sagte der Priester.

»Jeder hat seine Sorgen«, sagte Magascià. »Das übrige geht uns nichts an. Höchstens beschäftigt man sich noch mit dem Nachbarn: man sieht sein Feld oder seinen Weinberg; man sieht durch die Tür oder das Fenster in sein Haus, wenn Tür oder Fenster offen stehen; man sieht ihm auf den Teller, wenn er auf der Schwelle seine Suppe ißt.«

»Jeder hat seine Flöhe«, sagte Sciatàp. »Auch die Regierung wird nicht frei davon sein. Sollen sie es doch halten wie wir: wen's juckt, der kratze sich. Was können wir ihnen anderes raten?«

»Ihr habt mich nicht verstanden«, sagte der Priester. »Ich

möchte wissen, was ihr über die Steuern, die Preise, den Militärdienst und die anderen Gesetze denkt.«

»Trinken Sie einen Schluck«, sagte Magascià. »Man sieht, daß Sie viel Zeit haben. Verzeihung, ich wollte Sie nicht kränken, ich wollte nur sagen, daß das müßige Fragen sind. Jeder weiß, was wir über gewisse Dinge denken.«

»Über die Steuern, den Militärdienst, über die Pachten denken wir alle dasselbe«, sagte Daniele. »Sogar die Allerängstlichsten und die Allerfrömmsten. Das ist kein Geheimnis, kein verborgener oder neuer Gedanke. Es wäre wirklich seltsam, wenn wir anders darüber denken würden.«

»Trink und gib die Flasche weiter«, sagte Grascia.

»Sie ist leer«, sagte Daniele.

Don Paolo wollte noch eine Flasche bezahlen, aber die anderen ließen es nicht zu. »Jetzt sind wir an der Reihe«, sagten sie. »Wir wissen, was sich gehört.« Sie legten das Geld zusammen, und Daniele ging zur Schenke und kam mit einer gefüllten Flasche zurück.

»Trinken Sie zuerst«, sagte er zu dem Priester. »Das wird uns zum Segen gereichen.«

Don Paolo nahm das Gespräch wieder auf.

»Ihr beklagt euch«, sagte er, »Aber ihr bleibt gebückt und ergeben.«

»Man wird damit geboren und wächst damit auf«, sagte Sciatàp. »Was sind unsere frühesten Erinnerungen? Unsere Eltern und Großeltern, die sich beklagten. Was werden unsere Kinder von ihrer Jugend im Gedächtnis behalten? Uns, wie wir uns beklagten. Man glaubte, schlimmer könnte es nicht kommen, und es ist doch noch schlimmer gekommen. Sogar die Blinden, sogar die Taubstummen wissen das. Ich bin noch nie jemandem begegnet, der anders darüber dachte.«

»Die Behörden wissen es auch«, sagte Magascià. »Haben Sie gehört, was der Bürgermeister von Fossa bei seiner letzten Ansprache auf dem Marktplatz gesagt hat? ›Ich verlange ja nicht, daß ihr aufhört, euch zu beklagen‹, hat er gesagt, ›aber tut es wenigstens zu Hause, nicht auf der Straße oder in den Gängen des Rathauses. Was macht denn das für einen Eindruck? Habt doch etwas Anstandsgefühl.‹ Und im Grunde hat er recht. Ein gewisser Anstand muß gewahrt werden. Und das Jammern nützt ja auch gar nichts.«

»Da bin ich anderer Meinung«, sagte Grascia. »Es ändert nichts, aber es ist doch eine Erleichterung. Sonst würde man platzen.«

»Trink und gib die Flasche weiter«, sagte Daniele.

»Aber glaubt ihr nicht, daß eure Not eines Tages ein Ende haben könnte?« fragte der Priester.

»Sprechen Sie vom Leben nach dem Tod?« fragte Grascia. »Sprechen Sie vom Paradies?«

»Nein, ich spreche von diesem Leben«, sagte Don Paolo. »Glaubt ihr nicht, daß eines Tages der Grund und Boden den großen Besitzern fortgenommen und den Armen gegeben werden könnte? Daß Menschen wie ihr unser Land verwalten könnten? Daß eure Söhne, eure Enkel als freie Menschen geboren werden könnten?«

»Diesen Traum kennen wir«, sagte Grascia. »Hin und wieder hört man davon reden. Ein schöner Traum, es kann keinen schöneren geben.«

»Aber leider ist es nur ein Traum«, sagte Magascià.

»Ein schöner Traum«, sagte Sciatàp. »Die Wölfe und die Schafe werden miteinander auf der selben Wiese grasen. Die großen Fische werden nicht mehr die kleinen Fische fressen. Ein schönes Märchen. Hin und wieder hört man davon reden.«

»Glaubt ihr, daß auf Erden eure Leiden bis in alle Ewigkeit dauern müssen?« sagte der Priester. »Glaubt ihr nicht, daß die Gesetze eines Tages von euch gemacht werden könnten, zum Nutzen für alle?«

»Nein«, sagte Magascià. »Das nicht. Man darf sich nichts vormachen.«

»Wenn es nach mir ginge«, sagte Grascia, »würde ich sämtliche Gesetze abschaffen. Von daher kommt alles Übel.«
»Es ist ein Traum«, sagte Sciatàp. »Ein schöner Traum.«
»Anstatt der aufgehobenen Gesetze würde ich ein einziges erlassen, wenn es von mir abhinge«, sagte Grascia. »Glaubt mir, damit sich niemand mehr beklagt, ist nur dies eine Gesetz nötig: Jeder Italiener hat das Recht auszuwandern.«
»Unmöglich«, sagte Daniele. »Wer würde dann hierbleiben?«
»Es ist ein Traum«, sagte Sciatàp. »Ein schöner Traum. Es wäre so, als ob man die Stalltüren abschaffte.«
»Trink und gib die Flasche weiter«, sagte Magascià.
»Es ist nichts mehr übrig«, sagte Sciatàp. »Soll ich noch eine Flasche holen?«
»Nein, es ist schon zu spät«, sagte Don Paolo, »und ich bin müde.«
In seinem Zimmer entnahm er dem Koffer die Papiere mit der Überschrift *Von der Unzugänglichkeit der Cafoni* und setzte sich an seinen Tisch. Lange saß er, den Kopf in die Hände gestützt, in Gedanken versunken. Endlich begann er zu schreiben. *»Vielleicht haben sie recht.«*

14

Als Don Paolo der Wirtin mitteilte, daß er am nächsten Tag nach Fossa fahren werde, nahm sie die Nachricht wie die Ankündigung einer Katastrophe auf. Sie fand kaum die Kraft, ihn zu fragen, wann er zurückkommen werde.
»Das weiß ich nicht«, antwortete Don Paolo mit betonter Gleichgültigkeit. »Vielleicht komme ich nur wieder, um die Sachen abzuholen, die ich jetzt nicht mitnehme.«
In diesem Augenblick ging Teresa Scaraffa mit ihrem Wasserkrug am Wirtshaus vorüber.
»Teresa«, rief Matalena, »um Gottes Willen, bleib hier und gib auf das Haus acht, ich bin gleich wieder da.«

»Was ist geschehen?« rief Teresa erschreckt, aber sie erhielt keine Antwort.

So wie sie war, ungekämmt und in Pantoffeln, lief die Wirtin keuchend den schmalen, steilen Weg hinauf, der hinter den Ställen zur Höhle der Kräuterhexe führte. Die alte Cassarola lag auf einem mit Maisblättern gefüllten Sack und streute einer Ziege Brotkrümel hin, dabei klagte sie wie gewöhnlich über ihre Schmerzen.

»Was ist geschehen?« fragte sie die Wirtin, die atemlos hereinstürzte. »Steht dein Haus in Flammen?«

»Er reist ab«, keuchte Matalena.

»Das ist deine Schuld«, rief die Kräuterhexe vorwurfsvoll. »Was ich angefacht habe, löschst du wieder aus. Warum hast du versucht, zwischen ihm und Donna Cristina Unfrieden zu stiften?«

»Du weißt ja, warum. Ganz gewiß nicht aus Eifersucht.«

»Nur in deinem Spatzenhirn konnte der Verdacht entstehen, daß Don Pasquale den Priester bei sich aufnehmen würde. Du mußt doch wissen, wer in seinem Hause das Kommando führt.«

Matalena gab zu, daß es ihre Schuld war.

»Und was machen wir jetzt?« fragte sie weinerlich.

»Wir müssen den Fehler wieder gutmachen, wenn noch Zeit dazu ist. Wenn man jemanden festhalten will, darf man nicht gegen seine Natur angehen. Auch ein Priester ist ein Mensch aus Fleisch und Blut.«

Matalena lief ins Wirtshaus zurück, band in aller Eile eine frische Schürze um, kämmte sich das Haar und zog sich Schuhe an.

»Tu mir den Gefallen, Teresa«, sagte sie in flehendem Ton, »bleib noch ein wenig hier. Ich muß zu Donna Cristina.«

Es war der Wirtin nicht angenehm, so unvorbereitet im Hause Colamartini vorzusprechen, denn beim letzten Zusammentreffen mit Cristina was sie sehr unhöflich gewesen. Zum Glück war es der Vater, der die Tür öffnete. Sie fragte ihn, ob er vielleicht wüßte, aus welchem Grunde der Priester seine Abreise aus Pietrasecca beschleunigen wolle. Don Pasquale wußte nichts darüber und Cristina, die inzwischen dazugekommen war, wußte erst recht nichts, denn sie hatte in den letzten Tagen das Bett hüten müssen.

»Auch ich fahre morgen nach Fossa«, sagte Don Pasquale. »Du kannst Don Paolo ausrichten, daß ich ihm gern einen Platz in meinem Wagen anbieten würde.«

Cristina begleitete die Wirtin bis zum Tor.

»Vielleicht haben wir etwas versäumt«, sagte Matalena demütig. »Vielleicht hätten wir mit vereinten Kräften noch mehr dazu tun können, um Don Paolo bei uns zu behalten.«

»Was hätten wir denn tun können?« sagte Cristina.

»Vielleicht haben Sie ihn gekränkt, ohne es zu wollen«, sagte Matalena. »Er war Ihnen sehr zugetan und ist es noch.«

»Wie steht es mit seiner Gesundheit?« fragte Cristina.

»In den letzten Tagen hat er alles wieder eingebüßt, was er vorher gewonnen hatte«, sagte Matalena.

»Das betrübt mich sehr«, sagte Cristina.

Am nächsten Morgen war Don Paolo pünktlich zur Stelle. Die Luft war frisch, und es duftete nach feuchtem Gras. Seit langem hatte es keinen so klaren Morgen gegeben. Während der alte Colamartini das Pferd vor den Wagen spannte und mit langsamen Bewegungen die Zügel und die Scheuklappen richtete, erschien Cristina, um Don Paolo zu begrüßen.

»Sie reisen schon ab?« sagte sie. »Für immer?«

»Das weiß ich noch nicht«, antwortete Don Paolo verlegen. »Ich habe einen Teil meiner Sachen hier gelassen. Vielleicht komme ich noch einmal wieder, oder ich lasse sie abholen.«

Don Paolos Ärger über Cristina war verflogen. Nur eine leise Enttäuschung war übrig geblieben. Aber im Grunde waren seine Gedanken anderswo. Er fühlte sich nicht mehr als Kranker. Cristina dagegen sah elend aus.

»Donna Cristina ist krank gewesen«, hatte Matalena gesagt,

als sie dem Priester an diesem Morgen den Kaffee brachte. »Es ist ihr gar nicht gut gegangen.«
»Davon wußte ich nichts«, hatte Don Paolo erwidert.
»Sie hat eine Woche zu Bett liegen müssen«, hatte Matalena berichtet. »Ich hoffe, es war nicht Ihre Schuld.«
»Meine Schuld?«
»Donna Cristina ist zart und feinfühlig, und sie ist Ihnen sehr zugetan. Haben Sie nicht bemerkt, daß die Geranien auf dem Balkon verwelkt sind?«
Don Paolo hatte dieses Gerede ärgerlich angehört.
»Der Wagen ist bereit«, sagte Don Pasquale.
»Gute Reise« sagte Cristina. »Hoffentlich auf Wiedersehen.«
»Auf Wiedersehen«, sagte Don Paolo.
Cristina wollte noch etwas hinzufügen, aber der Wagen setzte sich schon in Bewegung.
Eine Weile schwiegen die beiden Männer in einem Anflug von Verlegenheit.
»Die Stute heißt Diana«, sagte Don Pasquale. »Ich habe sie vor fünfzehn Jahren gekauft, um damit zur Jagd zu fahren. Schöne Zeiten, die nicht mehr wiederkehren.«
Der Wagen mit seinen hohen Sitzen und den großen Hinterrädern, das Geschirr der Stute, die gestrickten Sitzkissen, sogar die Kleidung der beiden Männer, das alles gehörte einer vergangenen Zeit an.
Eine Reihe von Eseln kam ihnen entgegen. Auf dem letzten Esel saß ein Mann, dessen Füße fast die Erde berührten. Er sah zum Fluß hin und schien den vorüberfahrenden Wagen nicht zu bemerken.
»Er hat ein Stück Land von mir in Pacht, und seit drei Jahren zahlt er nicht mehr«, sagte Don Pasquale. »Wenn er mich trifft, dreht er jedesmal den Kopf zur Seite.«
Der Wagen überholte einen Karren, der mit Kornsäcken beladen ins Tal hinunterfuhr. Der Fuhrmann hatte die Bremse angezogen und sich als Gegengewicht hinten an den Karren angehängt.

»Gute Ernte?« fragte Don Pasquale.

»Das hier ist alles, was ich geerntet habe«, sagte der Cafone, »und ich muß es meinem Pachtherrn bringen, ehe der Gerichtsvollzieher kommt, um es zu pfänden.«

Während sie sich der Fucino-Ebene näherten, nahm der rötliche Talboden allmählich eine graue Färbung an. Die vor kurzem abgeernteten Felder zogen sich als gelbe Streifen über die dunklen Abhänge. In der Ferne sah man hohe kegelförmige Strohhaufen, um die sich Menschen wie Ameisen durcheinander bewegten. Frauen, die ihr Kind auf dem Arm trugen wie die Madonna in der Kirche, dunkle, strenge Madonnen brachten ihren Männern das Essen aufs Feld. Die Hitze begann fühlbar zu werden. Der Kopf des Pferdes war von einem Fliegenschwarm umgeben.

Auf einer Wiese saßen vor einem Zelt einige Milizsoldaten, das Gewehr zwischen den Knien. Ein kleiner Esel stand unbeweglich mitten auf der Straße in der prallen Sonne und schien all ihre glühenden Strahlen auf sich zu ziehen. »Gleich fängt er an zu brennen«, sagte Don Paolo. Mit Mehlsäcken beladene Esel kamen aus Fossa von der Mühle zurück. Einige Cafoni waren auf dem Weg zum Bahnhof, jeder mit einem Bündel unter dem Arm. Auch bei der größten Hitze zogen die Leute, die ein Stück mit der Eisenbahn fahren mußten, alle Kleider übereinander, die sie besaßen, als würden sie niemals zurückkehren, als wären sie auf der Flucht.

An der Tür eines Ladens bemerkte Don Pasquale einen guten Bekannten, er hielt an und ließ ihn einsteigen. Es war Don Genesio, ein Steuerbeamter.

»Dieser Beruf wird im allgemeinen nicht sehr geschätzt«, sagte Don Paolo.

»Das ist wahr«, sagte Don Genesio. »Für die Bauern, besonders für die armen Cafoni in den abgelegenen Bergtälern, ist jeder Beamte ein großes schmarotzendes Insekt.«

»Sie haben nicht ganz unrecht«, sagte Don Pasquale. »Was

tut Rom, um unsere Lage zu bessern? Es schafft immer neue Ämter, und zu diesen Ämtern drängen sich die auswärtigen Kapitalisten, die eure Herren Vorgesetzten sind.«

»Mit den Priestern steht es nicht anders«, sagte Don Genesio. »Auch die Priester werden mehr oder weniger als Schmarotzer angesehen, ebenso wie die Beamten. Trotzdem wissen die Leute, daß sie weder die einen noch die anderen entbehren können.«

»In welchem Sinn halten sie uns für Schmarotzer?« fragte Don Paolo. »Nach Art der Mücken und der Flöhe? Dann könnten sie doch sehr gut ohne uns auskommen.«

»Das ist schwer zu sagen«, erwiderte Don Genesio. »Eher nach Art der Kuhhörner, die sie gegen den bösen Blick an ihren Häusern anbringen. Wie dem auch sei, wir brauchen uns keine Sorgen zu machen: sie sind davon überzeugt, daß sie nicht ohne uns auskommen.«

Es entspann sich nun ein lebhaftes Gespräch zwischen Don Pasquale und Don Genesio über persönliche Fragen, über Grundstücksverkäufe und Hypotheken, während Don Paolo in andere Gedanken versunken war. Von Zeit zu Zeit trug der Wind Bruchstücke eines liturgischen Gesanges herüber, und man sah Gruppen von Pilgern, die auf schmalen Pfaden von den Bergen herunterkamen und sich auf der großen Straße vereinigten.

»Sie ziehen zu den heiligen Märtyrern von Celano«, sagte Don Genesio. »Sie werden den ganzen Tag unterwegs sein.«

Als der Wagen in Fossa angekommen war, ließ Don Pasquale den Priester vor dem Wirtshaus Girasole aussteigen und fuhr sofort weiter. Wahrscheinlich wollte er eine Begegnung mit Frau Berenice vermeiden. Diese lief dem Priester entgegen und küßte ihm ehrfurchtsvoll die Hand.

»In der Wirtsstube wartet schon jemand auf Sie«, sagte Berenice.

»Wo ist Ihre Tochter?« fragte Don Paolo.

»Ich werde sie gleich rufen lassen«, sagte Berenice. »Sie ist gestern aus Rom zurückgekehrt, wo sie, Gott sei Dank, eine gute Stellung gefunden hat.«

»Das freut mich«, sagte Don Paolo.

In der Wirtsstube fand er Cardile, der vor einem halben Liter Wein am Tisch saß. Die Begrüßung war sehr herzlich.

»Ich erwartete auch den Doktor«, sagte Don Paolo.

»Leider hat er nicht kommen können«, sagte Cardile.

»Kommt er heute abend? Oder morgen früh?«

»Ich glaube nicht«, sagte Cardile.

»Wenn er sich nicht frei machen kann, werde ich zu ihm fahren«, sagte Don Paolo. »Ich brauche seine Hilfe, um mich anderswo einzurichten. In Pietrasecca gehe ich vor lauter Nichtstun zu Grunde. Ich habe einen Plan, den ich ihm vorlegen will.«

»Ich muß dir etwas sagen«, begann Cardile verlegen. »Wir können nicht mehr mit dem Doktor rechnen.«

»Warum nicht? Hat er selbst es dir gesagt?«

»Ja.«

»Hat er Angst?«

Berenice brachte neuen Wein und kehrte wieder in die Küche zurück.

»Der Doktor ist in einer schwierigen Lage«, sagte Cardile. »Zwischen ihm und den anderen Ärzten des Ortes ist ein Kampf bis aufs Messer entbrannt, es handelt sich um die Leitung des Krankenhauses. Man muß ihn verstehen, seine ganze Zukunft hängt davon ab. Der leiseste Verdacht würde genügen, um ihn ins Unglück zu stürzen.«

Plötzlich erschien Bianchina in der Eingangstür, eine unerwartete lichte Erscheinung in ihrem weißen Kleid.

»Don Paolo«, rief sie fröhlich.

Der Priester ging ihr rasch entgegen.

»Wie geht es dir?« fragte er. »Wie ist die Reise verlaufen?«

»Punkt für Punkt nach dem Programm«, sagte Bianchina.

Die Mutter, die gerade die Tische deckte, blickte wohlgefällig herüber.

»Du wirst mir später davon erzählen«, sagte Don Paolo mit einem Blick auf die Mutter.

Es war ihm nicht bekannt, welchen Vorwand Bianchina erfunden hatte, um ihre Reise nach Rom zu rechtfertigen. Sie wirkte in jeder Beziehung verfeinert und hatte das Zigeunerhafte ganz verloren, das noch bei ihrem Besuch in Pietrasecca hervorgetreten war. Mit Nachdruck begann sie – so laut, daß auch die Mutter es hören konnte – dem Priester von den römischen Kirchen und Museen zu erzählen, aber kaum war Berenice in der Küche verschwunden, sagte sie leise zu ihm:

»Ich habe Schriftstücke für dich mitgebracht, sie sind auf dem Dachboden versteckt.«

»Um was handelt es sich?« fragte Don Paolo.

»Das weiß ich nicht, sie sind versiegelt«, sagte Bianchina. »Da du mir Vertrauen geschenkt hast, habe ich ausnahmsweise das Geheimnis respektiert. Ich werde sie dir in dein Zimmer bringen.«

»Gut«, sagte Don Paolo. Zu Cardile gewandt fügte er hinzu: »Bestell das Essen für uns beide, aber für mich keine Spaghetti. Ich bin gleich wieder da.«

Auf dem Vorplatz im ersten Stock übergab Bianchina ihm einen großen, gelben Umschlag.

»Danke«, sagte er. »Wir sehen uns später.« Er betrat das für ihn bestimmte Zimmer und schloß die Tür ab. Seine Hände zitterten, als er den Umschlag öffnete. Es war die erste Nachricht von der Auslandsstelle, die ihn seit seiner Rückkehr nach Italien erreichte. Der Umschlag enthielt Kopien von drei umfangreichen Abhandlungen und ein kurzes Begleitschreiben, in dem er aufgefordert wurde, unverzüglich seine Meinung darüber zu äußern. Er begnügte sich damit, die Titel der Abhandlungen zu lesen: ›Die Krise in der Leitung der kommunistischen Partei Rußlands und die Pflichten der Schwesterparteien.‹ ›Die verbrecherische Mitschuld der Opposition von rechts und links am imperialistischen Faschismus.‹ ›Die Solidarität aller Parteien der Internationale und die Majorität der russischen kommunistischen Partei.‹ Er verschloß die Schriftstücke in seinem Koffer und ging hinunter in die Wirtsstube.

Während der ganzen Mahlzeit sprach er kaum ein Wort.

»Schlechte Nachrichten?« fragte Cardile.

Don Paolo verzog das Gesicht.

»Sehr schlechte«, sagte er. »Sonderbericht aus Byzanz.«

»Das verstehe ich nicht«, sagte Cardile.

»Ich auch nicht«, sagte Don Paolo. »Aber ich sehe zu meinem Erstaunen, daß du dir Spaghetti bestellt hast.«

»Sind sie dir wirklich so zuwider?« fragte Cardile. »Warum eigentlich?«

Der Rest der Mahlzeit verlief schweigend. Nur am Schluß sagte Don Paolo:

»Wahrscheinlich fahre ich morgen nach Rom zurück.«

»Alles in allem«, sagte Cardile, »hat dir diese Zeit doch etwas genützt.«

»Nichtstun bringt einen nicht weiter, es bekommt nur der Gesundheit«, sagte Don Paolo. »Wo hast du deinen Wagen stehen?«

»Hier nebenan«, sagte Cardile. »Ich muß leider gleich wieder zurückfahren, damit meine Angehörigen keinen Verdacht schöpfen. Wann werden wir uns wiedersehen?«

Don Paolo begleitete ihn zum Wagen. Vor der Abfahrt umarmte Cardile den Priester.

»Du weißt ja, wo ich wohne«, sagte er. »Und meinen Heuboden kennst du auch.«

Vor dem Wirtshaus versammelten sich die üblichen Nichtstuer, um zum Nachtisch bei Berenice ihren Kaffee zu trinken: ältere Männer in Hemdsärmeln und Pantoffeln mit aufgeknöpften Kragen und Hosen und langen Bartstoppeln und junge Leute, die ihr üppiges Haar sorgfältig mit Brillantine frisiert hatten. Einige von ihnen umringten einen lebhaft gestikulierenden alten Herrn, der das ausdrucksvolle Gesicht eines Provinzschauspielers hatte.

»Wer ist das?« fragte Don Paolo die Wirtin.
»Das ist Don Zabaglia, genannt Zabaglione, der berühmteste Advokat der ganzen Gegend.«
Der Name war dem Priester nicht unbekannt.
»Ist das nicht der ehemalige Führer der hiesigen Sozialisten?« fragte er.
»Ja, aber er hat nie etwas Schlechtes getan.«
Zabaglione bemerkte den Priester an der Tür des Wirtshauses und stellte sich vor:
»Rechtsanwalt Zabaglia. Sehr erfreut. Frau Berenice hat mir bereits ihr Lob gesungen. Ich weiß alles über Sie. Entschuldigen Sie die Frage, gehören Sie vielleicht der Kurie an?«
»Welcher Kurie?« fragte Don Paolo.
»Der bischöflichen Kurie. Ich frage das, weil ich wissen möchte, ob die geistlichen Redner für die Abschiedsfeier der Einberufenen schon bestimmt sind, und wer zu uns kommen wird.«
»Sie werden in diesen Tagen bestimmt«, sagte Don Paolo.
»Und wer die Auserwählten sein werden? Mehr oder weniger immer dieselben.«
Don Paolo hatte den Mann vor sich, von dem er als Knabe viel hatte sprechen hören, mit Abscheu von seiten der wohlhabenden Besitzer, mit Liebe von seiten der armen Leute. Zabaglione war in der ganzen Provinz berühmt gewesen wegen seiner Rednergabe. Wenn vor Gerichtstagen bekannt wurde, daß Zabaglione sprechen würde, standen Läden und Werkstätten leer: wer irgend konnte, ging hin, um ihn zu hören. Viele seiner treffenden Formulierungen waren noch heute in aller Munde. In den ersten Jahren der Diktatur hatte Zabaglione sich viel Mühe geben müssen, um seine Vergangenheit als Volkstribun vergessen zu machen. Er änderte den Mazzini-Bart, den er seit seiner Jugend getragen hatte, in ein Spitzbärtchen à la Balbo und ließ sein Haar kürzen, er band seine Krawatte auf eine neue Art und versuchte, wenn auch vergeblich, schlanker zu werden. Das

waren die sichtbaren und daher besonders peinlichen Opfer, die der alte Tribun zu bringen hatte, aber dazu gab es unzählige, täglich wiederkehrende Demütigungen: den Verzicht auf eigene Meinungen, den Bruch mit alten Freunden, die beständige Vorsicht, wenn er von der Regierung sprach. Zabaglione hatte sein Möglichstes getan, das leugnete niemand, aber es war ihm trotzdem nicht gelungen, sich ganz zu rehabilitieren, und man hatte ihn nicht aufgefordert, sich am politischen Leben der Nation aktiv zu beteiligen.
Sein größter Kummer war es, daß er hatte schweigen müssen, obwohl sich so oft die Gelegenheit geboten hätte, zu sprechen, die Gemüter zu bewegen, um sie, wie er sagte, ›auf die Höhe des Geschehens zu erheben‹. Historische Augenblicke waren auf diese Weise sang- und klanglos vorübergegangen, und das war in den Augen des Advokaten das Schlimmste, was einem Kulturvolk zustoßen konnte.
»Wollen Sie mir die Ehre erweisen, den Kaffee in meinem Hause zu trinken?« sagte Zabaglione zu dem Priester.
»Danke, das ist leider nicht möglich«, sagte Don Paolo. Er wollte auf sein Zimmer gehen, aber plötzlich kehrte er wieder um. »Es ist noch nicht so spät, wie ich dachte«, sagte er zu Zabaglione. »Ich begleite Sie gern.«

15

Der Weg zum Hause des Advokaten führte zunächst durch den alten Teil der Stadt, durch enge, finstere Gassen, die nach Wohltätern und Heiligen der Gegend benannt waren, und über stille kleine Plätze zwischen altersgrauen Mauern. Dann folgte das neue Viertel, das nach dem Erdbeben als eine Art Gartenstadt geplant worden war. Die Straßen und Alleen waren zu breit für den geringen Verkehr. Ihre Namen verherrlichten wichtige Daten der Parteigeschichte. An den Häusern, an den Brunnen, Bäumen und Gartenzäunen waren mit Kohle, Kreide oder Farbe heroische Inschriften angebracht, hier und da las man sie sogar auf Bronzetafeln oder in Holz geschnitzt.

»Da sind wir«, sagte der Advokat.

Vor seinem Hause saßen einige Arbeiter auf der Erde und aßen ihr Brot mit gelben und grünen Paprikaschoten als Beilage. Sie grüßten den Advokaten mit freundschaftlichem Respekt. Das Grundstück war von einer Mauer umgeben, die mit einer Reihe von spitzen Glasscherben besetzt war. Im Garten arbeitete ein kleiner alter Mann kniend an einem Beet, das in den italienischen Nationalfarben prangte. Zabagliones Gattin, eine zarte hübsche, etwas verblühte Frau, kam ihnen an der Haustür entgegen.

»Küß Hochwürden die Hand und mach uns Kaffee«, befahl Zabaglione.

Die Frau küßte dem Priester die Hand und zog sich in die Küche zurück. In der Diele erschienen drei junge Mädchen in dunklen Kleidern, dünn und blaß wie Pflanzen, die im Schatten gewachsen sind. Das waren Zabagliones Töchter.

»Küßt Hochwürden die Hand und laßt uns allein«, sagte der Vater.

Die jungen Mädchen küßten dem Priester die Hand, machten einen Knicks und verschwanden ebenfalls.

»Ich schicke meine Töchter jeden Sonntag zur Messe«, sagte Zabaglione. »Don Angelo, unser Pfarrer, kann es bezeugen. Was würde aus den Frauen werden ohne den Halt der Religion? Selbstverständlich gehen die Mädchen in Begleitung ihrer Mutter hin.«

Im Wohnzimmer roch es nach Katzen. Hellblaue, zerknitterte Gardinen hingen an den Fenstern. Verstaubte Regale voller Bücher bedeckten fast alle Wände. Auf dem Schreibtisch thronte, von zahlreichen vergilbten Photographien umgeben, die Gipsbüste eines unbekannten Mannes. Wahrscheinlich war es ein Vorfahre des Hausherrn.

»Nehmen Sie Platz«, sagte der Rechtsanwalt freundlich. »Sie

sind mir kein Fremder, ich habe, wie gesagt, schon viel Gutes von Ihnen gehört!«

Don Paolo kam ohne viel Umschweife auf das Thema zu sprechen, das ihm am Herzen lag.

»Vor etwa fünfzehn Jahren«, sagte er, »habe ich mich mit den katholischen Jugendgruppen auf dem Lande beschäftigt. Bald darauf wurden unsere gesamten Organisationen aufgelöst, ebenso wie die sozialistischen Gruppen. Wir befinden uns also in dieser Hinsicht in der gleichen Lage. Wie ist denn in dieser Gegend jetzt die Stimmung unter den früheren Sozialisten?«

Zabaglione wurde plötzlich sehr zurückhaltend und fing an, die Papiere auf dem Schreibtisch zu ordnen. Es trat ein peinliches Schweigen ein.

Um dem Rechtsanwalt die Zunge zu lösen, erfand Don Paolo etwas über die Lage in seiner Diözese. Er sprach von einer Krise im Weinbau und von der wachsenden Unruhe in der Bevölkerung. Die ständischen Korporationen waren Trugbilder, an die niemand mehr glaubte.

»Und hier?« fragte der Priester. »Was halten die ehemaligen Roten davon? Sind sie Sozialisten geblieben?«

»Sie sind es nie gewesen«, sagte der Advokat.

»Aber soweit ich mich erinnere, hatten die sozialistischen Verbände damals doch die Hälfte aller Gemeinden erobert«, sagte Don Paolo. »Oder täuscht mich mein Gedächtnis?«

»Ihr Gedächtnis täuscht Sie nicht«, sagte der Advokat. »Aber es handelte sich gar nicht um Politik, das ist der springende Punkt. Die armen Bauern, die wir hier Cafoni nennen, traten den Parteigruppen bei, um nicht ganz ungeschützt dazustehen. Sozialismus bedeutete für sie: nicht allein sein. Arbeiten und sich satt essen können, das war der Traum der Allerkühnsten. Arbeiten und ruhig schlafen können, ohne Angst vor der Zukunft. In unserem Parteilokal in Fossa hing neben dem bärtigen Karl Marx ein Christus im roten Gewand, der Erlöser der Armen. Am Samstagabend kamen die Cafoni zu uns, um die Internationale zu singen, und am Sonntagmorgen gingen sie zur Messe und sagten Amen. Die wichtigste Beschäftigung eines Sozialistenführers war das Ausstellen von Empfehlungsschreiben. Heute sind meine Empfehlungen nichts mehr wert, darum haben die Cafoni kein Interesse mehr an mir. Die Briefe werden jetzt von anderen Personen verfaßt, und in diesem Wechsel besteht für die Cafoni der Regierungsumschwung.«

»Gab es denn gar keine Sozialisten?« wollte der Priester wissen.

»Der einzige richtige Sozialist in dieser Gegend war ich selbst«, sagte Zabaglione. »Es gab wohl unter den Cafoni ein paar aufsässige junge Leute, aber sie haben es schwer büßen müssen. Die Überlebenden gehen einander aus dem Weg, um nicht zusammen gesehen zu werden.«

»Hier hat es doch keine ernsten Zwischenfälle gegeben wie an manchen anderen Orten«, sagte Don Paolo. »Warum ist man denn so vorsichtig?«

Zabaglione schwieg eine Weile. Dann sagte er mit gedämpfter Stimme:

»Auch hier sind furchtbare Dinge vorgefallen. Am 19. Januar 1923 – ich werde dieses Datum nicht vergessen – drangen zweiundzwanzig Neuerer in das Haus des Sozialistenführers von Rivisondoli ein, um gemeinsam seine Frau zu vergewaltigen. Die Arbeit dauerte von 11 Uhr abends bis 2 Uhr früh. Die Sache wurde als Zwischenfall abgetan. Damals haben sich manche Cafoni nach Frankreich oder nach Amerika geflüchtet. Die Zurückgebliebenen sind keine Cafoni mehr, sie haben den schönen Namen ›Agrarbevölkerung‹ erhalten.«

»Aber es müssen doch noch Widerstandselemente vorhanden sein«, sagte Don Paolo. »Manch einer wird mit Sehnsucht an die Zeit zurückdenken, in der man frei und ohne Angst zusammen sein und miteinander reden konnte.«

»Unter uns gesagt«, erwiderte Zabaglione, »auch mir gefiel

der Sozialismus. Sie sind Priester, also kann ich Ihnen eine Schwäche beichten: Die sozialistische Bewegung gefiel mir, wie mir Frauen gefallen. Die Theorien waren mir im Grunde gleichgültig. Ich habe die schönsten Reden meines Lebens über den Sozialismus gehalten.«

Zum großen Bedauern des Priesters erschienen gerade in diesem Augenblick, als die Unterhaltung einen vertraulichen Charakter annahm, die anderen Gäste: der Steuerbeamte Don Genesio, den der Priester schon kannte, der Oberwachtmeister der Stadtpolizei und Don Luigi, der Apotheker. Der Oberwachtmeister trug eine so prächtige Uniform wie ein General aus der Vorkriegszeit.

»Wieviele Polizisten stehen unter Ihrem Kommando?« fragte Don Paolo.

»Zur Zeit nur einer«, war die Antwort. »Sie verstehen, die Gemeinde ist arm und vergrößert sich nur langsam.«

Der Apotheker Don Luigi war ein schöner Mann. Er trug einen großen Schnurrbart wie König Umberto.

»Ich versichere Ihnen, Hochwürden«, sagte er, »daß ich meine Frau jeden Sonntag zur Messe schicke. Unser Pfarrer kann es bezeugen. Meiner Ansicht nach hat die Religion bei den Frauen die gleiche Funktion wie das Salz beim Schweinefleisch: es erhält die Frische und den Wohlgeschmack.«

Don Genesio hatte sich fein gemacht, auch er war sorgfältig mit Brillantine frisiert. Wie zu erwarten, schickte auch er seine Frau jeden Sonntag zur Messe.

»Was gibt es Neues?« fragte Zabaglione.

»Die Nachricht, daß die Bank ihre Schalter geschlossen hat, ist nun auch bei den auswärtigen Kontoinhabern angelangt«, sagte Don Luigi. »Ich traf eben Don Pasquale Colamartini aus Pietrasecca, der ganz außer sich ist. Er hatte alles, was ihm von der Aussteuer seiner schwachsinnigen Frau noch übriggeblieben war, auf der hiesigen Bank und ahnte nicht, daß sie zwischen Minen manövrierte.«

Zabaglione seufzte.

»In früheren Zeiten«, sagte er, »hätte der Bankrott einer Bank zu einem schönen Prozeß geführt.«
»Habt ihr jemals von einem gewissen Pietro Spina reden hören?« fragte der Oberwachtmeister.
Don Paolo nahm ein Postkartenalbum zur Hand und fing an darin zu blättern.
»Es handelt sich um einen halb verrückten Revolutionär, einen Sohn der Familie Spina aus Rocca dei Marsi«, sagte der Oberwachtmeister. »Er soll sich im Ausland aufgehalten haben und vor einiger Zeit zurückgekehrt sein, mit der Absicht, hier Attentate zu verüben. Die Polizei hat ihn drei Monate lang gesucht. Auch uns wurde er signalisiert, denn er hatte anscheinend vor, in dieser Gegend das Korn auf den Tennen in Brand zu setzen. Heute kam die Nachricht, daß man ihn in Rom verhaftet hat.«
»Wieder ein schöner Prozeß, der uns entgeht«, seufzte Zabaglione.
»Was meintest du?« fragte der Oberwachtmeister.
»Ein wenig Einzelhaft wird ihm gut tun«, sagte Zabaglione.
»Die Familie Spina aus Rocca dei Marsi kenne ich«, sagte Don Luigi. »Ich war auf der Universität mit Ignazio Spina zusammen, dem Vater dieses jungen Menschen. Ignazio war ein rechtschaffener tüchtiger Mann, er ist damals beim Erdbeben umgekommen. Wieder eine alte Familie, mit der es abwärts geht.«
»Woher weiß man denn, daß der junge Spina das Getreide verbrennen wollte?« fragte Don Paolo. »Hat man ihn zur Erntezeit in dieser Gegend gesehen?«
»Nein, man hat ihn hier nie gesehen, weder jetzt noch in den vergangenen Jahren. Er betrieb seine Propaganda immer in der Stadt. Aber zur Zeit der letzten Ernte fand man zum erstenmal hier und da auf den Mauern rote Inschriften: ›Es lebe Pietro Spina‹. Das beweist, daß er hier gewesen ist.«
»Glauben Sie, daß er hergekommen ist, um seinen Namen auf die Mauern zu schreiben?« fragte der Priester.

»Das haben natürlich seine Anhänger getan.«
»Seine Anhänger?«, entfuhr es dem Priester. »Gibt es denn hier Cafoni, die so denken wie er?«
Er war im Begriff, alle Vorsicht zu vergessen.
Eine der Töchter des Advokaten erschien mit dem Kaffee.
»Für mich bitte ohne Zucker«, sagte Don Paolo.
»Es ist viel Gärungsstoff vorhanden, nicht unter den älteren Leuten, aber in der Jugend«, sagte der Oberwachtmeister. »Wenn über die ständischen Korporationen diskutiert wird, hört man Reden, daß einem die Haare zu Berge stehen.«
»Die junge Generation ist gefährlich«, sagte Don Luigi. »Es ist, wie soll ich sagen, die Generation, die die Rechnung präsentiert. Die jungen Leute haben es wörtlich genommen, daß die ständischen Korporationen das Ende des Kapitalismus bedeuten, also wollen sie den Kapitalismus abschaffen.«
»Da haben wir die Wurzel allen Übels«, sagte Zabaglione. »Eine Theorie wörtlich nehmen. Kein Regierungsprogramm darf wörtlich genommen werden. Wo käme man sonst hin? Habt ihr die heutige Zeitung gelesen? In Rußland ist die Todesstrafe für Jugendliche wieder eingeführt worden. Wahrscheinlich, weil es Jugendliche gibt, die die Verfassung des Sowjetstaates buchstäblich genommen haben. Man sollte bestimmen, daß die Verfassung eines Landes eine Angelegenheit ist, die nur die Juristen und einige ältere vertrauenswürdige Personen etwas angeht und von der die Jugend gar nichts wissen darf.«
Der Oberwachtmeister stimmte ihm zu.
»Wie euch bekannt ist, bin ich damit beauftragt, die städtische Bibliothek zu überwachen«, sagte er. »Wozu wir eine Bibliothek brauchen, begreife ich allerdings nicht. Wer Bücher lesen will, soll sie sich selbst kaufen, finde ich. Aber der Befehl lag vor, und die Bibliothek wurde eröffnet. Die Bücher kamen aus Rom, man durfte also annehmen, daß sie eine strenge Zensur passiert hatten. Aber was geschieht? Die Halbwüchsigen erscheinen, verlangen die frühen Schrif-

ten des Regierungschefs und erklären mit schallender Stimme: ›Hier steht geschrieben, daß Kirche, Königtum und Kapitalismus abgeschafft werden müssen‹. Ich habe versucht, ihnen zu sagen, daß diese Bücher für Erwachsene geschrieben sind und daß sie in ihrem Alter lieber Märchen lesen sollen. Aber sie waren nicht davon abzubringen. Schließlich blieb mir nichts anderes übrig, als die Bücher mit Zustimmung der Behörde einzuziehen und in einem verschlossenen Schrank unterzubringen.«

»Zu spät«, sagte Don Luigi. »Mein Sohn hat mir erzählt, daß jemand Auszüge gemacht hat, die jetzt von Hand zu Hand gehen. Einige junge Leute treffen sich regelmäßig in einer alten halb verfallenen Villa jenseits des Flusses, um die Schriften gemeinsam zu lesen und darüber zu sprechen. ›Es wird eine zweite Revolution geben, in der das durchgeführt wird, was in diesen Büchern steht‹, sagt mein Sohn.«

»Sind das junge Bauern?« fragte Don Paolo.

»Vor allem sind es ältere Schüler«, sagte der Oberwachtmeister. »Die Behörde weiß Bescheid und wird im rechten Augenblick dem Spaß ein Ende machen.«

Don Zabaglione schüttelte den Kopf.

»Es ist eines der schlimmsten Übel, wenn halbe Kinder anfangen, die Dinge ernstzunehmen, die sie in Büchern lesen.«

Don Paolo und der Apotheker verließen zusammen das Haus des Advokaten.

»Sie sprachen davon, daß sie Pietro Spinas Vater gekannt haben, als er Student war«, sagte Don Paolo. »War er auch so verrückt wie sein Sohn?«

»Wir haben uns in Neapel kennengelernt«, erzählte Don Luigi. »Wie fast alle damaligen Studenten waren wir Republikaner. Giuseppe Mazzini war unser Gott, und Alberto Mario sein Prophet. Dann kehrten wir in die Marsica zurück, und er heiratete bald darauf. Als er mich einige Jahre später besuchte, war er kaum wiederzuerkennen. ›Es ist aus mit der Poesie, jetzt hat die Prosa begonnen‹, sagte er damals zu mir. Diese Worte sind mir unvergeßlich geblieben. Es tut mir sehr leid um seinen Sohn.«

»Haben Sie auch Don Ignazios Frau gekannt?« fragte der Priester.

»Ich habe sie einige Male mit ihrem Mann getroffen«, sagte Don Luigi. »Eine liebenswürdige und sympathische Frau.«

Der Priester schien überrascht zu sein.

»Worüber beklagte sich denn Ihr Freund?«

»Ganz gewiß nicht über seine Frau«, sagte Don Luigi, »sondern über das Gewirr von kleinlichen Rivalitäten, Profitgier, Neid und Eifersucht, aus dem das Leben in der Provinz besteht.«

»Sie rechtfertigen ja beinahe seinen rebellischen Sohn«, sagte der Priester lachend.

»Nein«, sagte Don Luigi. »Seine Auflehnung ist sinnlos und darum zu beklagen, ich habe nur Mitleid mit dem bedauernswerten jungen Menschen. Neuerdings beschwert man sich auch über meinen Sohn Pompeo, weil er seine Gefährten aufhetzt und von einer zweiten Revolution faselt. Ich kann sein Verhalten nicht billigen, aber ich möchte auch nicht, daß man es tragisch nimmt und den Jungen zu schwer bestraft. Augenblicklich ist er noch bei der Poesie, später wird er einen Beruf haben und heiraten, und dann kommt die Prosa ganz von selbst.«

»Was würde wohl geschehen, wenn die Menschen den Idealen ihrer Jugend treu blieben?« fragte Don Paolo.

Don Luigi hob die Arme zum Himmel, als wollte er sagen: ›Das wäre der Weltuntergang‹.

»Alle jungen Menschen«, sagte er, »machen eine Zeit durch, in der Brot und Wein des Elternhauses ihnen schal erscheinen und in der sie anderswo ihre Nahrung suchen. Dann glauben sie, daß nur das Brot und der Wein der Schenken an den großen Straßenkreuzungen ihren Hunger und Durst stillen können. Aber der Mensch kann nicht sein ganzes Leben im Wirtshaus verbringen.«

16

Der Priester sah von weitem einen alten Herrn, der sich an einen Laternenpfahl lehnte, als hätten ihn seine Kräfte verlassen: es war Don Pasquale Colamartini. Don Paolo verabschiedete sich eilig von dem Apotheker und lief zu dem alten Mann hin, der halb ohnmächtig zu sein schien. Als er den Priester schließlich erkannte, fiel er ihm in die Arme.

»Nur Mut«, sagte Don Paolo.

Don Pasquale atmete mühsam, er war leichenblaß und konnte kein Wort hervorbringen. Es gelang dem Priester nur mit großer Anstrengung, ihn Schritt vor Schritt bis zu seinem Wagen zu führen und, was noch schwieriger war, ihn auf den Sitz zu heben und die Zügel in seine zitternden Hände zu legen.

Der alte Mann hatte Tränen in den Augen.

»Das ist das Ende, wirklich das Ende«, brachte er mühsam hervor.

»Gibt es niemand, der Sie nach Pietrasecca begleiten könnte?« fragte Don Paolo. »Haben Sie keinen Freund hier, der sich neben Sie setzen und mitfahren könnte?«

Don Pasquale schüttelte den Kopf.

»Niemand, niemand«, wimmerte er.

Don Paolo folgte dem Wagen mit den Augen, bis er an der Biegung der Straße verschwand. Vor dem Wirtshaus war ein Menschenauflauf, alle sprachen über den Bankrott der Bank.

»Was Don Pasquale angeht«, erklärte Berenice, »so handelt es sich um eine wohlverdiente Strafe Gottes. Er hat in zweiter Ehe eine alte schwachsinnige Frau geheiratet, nur um ihrer Mitgift willen. Jetzt hat er das Geld verloren, die Kinder aus erster Ehe gehen fort, und ihm bleibt die alte Idiotin.«

Don Paolo war gerade im Begriff, der Wirtin zu widersprechen, als er fühlte, daß jemand ihn am Arm faßte. Es war Bianchina.

»Komm, ärgere dich nicht«, sagte sie. »Wir wollen lieber fortgehen.«

»Wie kann deine Mutter so gehässig sein«, sagte der Priester.

»Vielleicht um meinetwillen«, sagte Bianchina. »Vielleicht glaubt sie, es sei ihre Pflicht als gute Mutter. Dafür hält sie sich nämlich, die Ärmste.«

»Die guten Mütter sind eine unheilvolle Institution«, sagte Don Paolo. Dann fügte er hinzu: »Ich bereue es sehr, daß ich nicht mit Don Pasquale gefahren bin. Ich habe eine schlimme Vorahnung.«

»Der arme alte Mann«, sagte Bianchina. »Ich könnte versuchen ihn einzuholen, ich könnte ihm beistehen und Cristina helfen, aber er würde meine Absicht mißdeuten. Man kann hier keinen Atemzug tun, ohne daß er mißdeutet wird. Don Paolo ich bitte dich, bring mich fort von hier, ich flehe dich an, ich kann hier nicht mehr leben.«

»Darüber reden wir später«, sagte Don Paolo. »Kennst du den Sohn des Apothekers?«

»Pompeo?« sagte Bianchina. »Das ist ein guter Freund von mir. Es freut mich, daß du dich für ihn interessierst. Ich habe ihm schon von dir erzählt. Wenn du mich zur Sommervilla begleitest, mache ich euch miteinander bekannt.«

Die Sommervilla war ein altes herrschaftliches Gebäude, das im Laufe der Zeit verfallen war und jetzt als Pächterwohnung diente. Seinerzeit hatte sie einem Baron als Sommersitz gedient, der schwer verschuldet in Rom gestorben war.

Unterwegs sagte Bianchina:

»Wahrscheinlich wirst du in der Villa auch Alberto Colamartini, Cristinas Bruder, kennenlernen.«

»In Pietrasecca habe ich einiges über euch beide gehört«, sagte Don Paolo.

»Von Cristina?«

»Nein. Du weißt ja, wie zurückhaltend sie ist.«

»Es wäre mir lieber, wenn Cristina es dir erzählt hätte«, sagte das Mädchen. »Sie hätte den Bericht wenigstens nicht mit Klatschgeschichten ausgeschmückt.«

»Aber auch Cristina ist gegen eure Heirat«, sagte Don Paolo.

»Ich auch«, sagte Bianchina. »Es war nicht recht von Alberto, daß er mit seinem Vater darüber gesprochen hat, ohne es mir vorher zu sagen. Weißt du, was ich bei dieser Gelegenheit an Don Pasquale geschrieben habe? Hat man es dir nicht erzählt? Ich schrieb ihm, ich hätte nicht den Wunsch zu heiraten. Sollte ich aber einmal schwach werden, so würde ich einen anderen Mann unglücklich machen. Sein Sohn sei der Letzte auf der Liste der in Frage kommenden jungen Leute.«

»So sehr liebst du ihn?« fragte Don Paolo.

»Das ist nicht entscheidend«, sagte Bianchina. »Vor allem sind wir einander zu ähnlich.«

Sie waren inzwischen bei der Villa angelangt. Bianchina führte den Priester durch ein großes Einfahrtstor, dessen Flügel ausgehoben und gegen die Mauer gelehnt waren. Der Park war verwildert, an den Seiten des Weges wuchsen Brennesseln und Mohnblumen. Ein efeubewachsener Pavillon im Renaissancestil war zum Heuschober geworden, und der Pfauenkäfig diente als Hühnerstall. Das Wohnhaus bestand aus zwei Gebäuden, die im rechten Winkel aneinander stießen. Zu ebener Erde war in dem einen Flügel der Stall für die Pferde und Kühe eingerichtet, im anderen die Wohnung des Bauern. Das obere Stockwerk, dessen große Fenster ohne Läden waren, schien unbenutzt zu sein oder als Speicher zu dienen. Auf der rissigen, mit feuchten Flecken bedeckten Mauer stand mit roten Buchstaben geschrieben: *Es lebe die zweite Revolution.* In einer Ecke spielte ein junger Mann für sich allein mit einem Fußball.

»Alberto«, rief Bianchina. »Das ist also der berühmte Alberto«, sagte sie zu dem Priester.

»Kommen Sie eben aus Pietrasecca?« fragte Alberto. »Wie geht es Cristina?«

»Ich mache mir Sorgen um Ihren Vater«, sagte Don Paolo ernst. »Haben Sie vom Zusammenbruch der Bank gehört? Ihr Vater hatte alles, was er besaß, auf dieser Bank, und die Nachricht hat ihm einen Schlag versetzt, der tödlich wirken kann. Er war so schwach, daß ich ihn stützen mußte, er konnte nur mit meiner Hilfe den Wagen besteigen. Ich habe eine traurige Vorahnung.«

»Der Mann, den Sie meinen Vater nennen, hat mich aus dem Hause gejagt«, sagte Alberto. »Er betrachtet mich nicht mehr als seinen Sohn.«

»Wenn Sie ihn eben gesehen hätten«, sagte Don Paolo, »dann hätten Sie gewiß alle Auseinandersetzungen vergessen. Er war nur noch ein alter Mann, der sich nicht mehr auf den Füßen halten konnte, ein zu Tode getroffener alter Mann.«

»Willst du dich nicht gleich nach Pietrasecca aufmachen?« fragte Bianchina. »Ich könnte dir ein Pferd verschaffen.«

»Wenn ich ihn noch lebend vorfände, könnte mein bloßer Anblick ihn töten«, sagte Alberto. »Und wenn ich zu spät käme, würde meine Großmutter mich aus dem Haus jagen. Haben Sie diese schreckliche Megäre kennengelernt? Es tut mir nur leid um Cristina.«

Es erschien ein zweiter junger Mann, etwa im selben Alter wie Alberto, aber kräftiger und männlicher. Er trug ein Sporthemd und kurze Hosen.

»Das ist Pompeo«, sagte Bianchina.

»Bianchina hat uns schon von Ihnen erzählt«, sagte Pompeo.

»Ich glaube, ihr werdet euch verstehen«, sagte Bianchina.

»Wahrscheinlich sind wir in den wichtigsten Fragen einer Meinung«, sagte Don Paolo. »Ich denke dabei nicht so sehr an Dogmen als vielmehr an unsere Auffassung von dem, was man aus seinem Leben machen sollte. Aber das ist eine Übereinstimmung, die sich nicht leicht ausdrücken läßt.«

»Woran liegt das?« fragte Pompeo.

»Es gibt einiges, was uns trennt, wenn auch nur an der Oberfläche«, sagte Don Paolo. »Um uns zu verstehen, müßten wir bereit sein, alle hergebrachten Einteilungen und Gemeinplätze beiseite zu lassen.«

»Dazu sind wir gern bereit«, sagte Pompeo.

»Wir sind an einem Punkt angelangt«, fuhr Don Paolo fort, »an dem ein überzeugter Faschist sich vor einem offenen Gespräch mit einem Kommunisten oder einem Anarchisten nicht scheuen sollte, ebenso wie ein Intellektueller es nicht für sinnlos halten dürfte, mit einem Cafone zu reden.«

»Wollen Sie damit sagen, daß alle Schranken zwischen den Menschen künstlich sind und daß der Kampf unnötig ist«, fragte Pompeo.

»Gewiß nicht«, sagte Don Paolo. »Aber es gibt künstliche Schranken, die absichtlich errichtet worden sind, um die wesentlichen Gegensätze zu verschleiern. Es gibt getrennte Kräfte, die vereint werden müssen und andere, künstlich vereinte, die getrennt werden müssen. Viele Gegensätze sind nur durch mißverstandene Formulierungen entstanden, und manch ein Bündnis besteht nur aus leeren Worten.«

»Wollen wir uns nicht hinsetzen?« sagte Bianchina. »Im Sitzen kann man besser denken.«

Aus einem Raum im Erdgeschoß des Hauses wurden zwei Holzbänke herausgetragen und an die Mauer gestellt. In diesem Augenblick erschien ein junger Bauer und öffnete die Stalltür. Die Kühe kamen langsam paarweise heraus, um zur Tränke zu gehen, die sich in einer Ecke des Hofes befand. Es waren schwarzweiße magere Arbeitskühe mit großen gebogenen Hörnern. Sie tranken langsam und beäugten dabei von der Seite die Menschen, die auf der Bank saßen. Der Kuhhirt schloß die Stalltür und setzte sich zu den anderen.

»Es gab einen Mann«, sagte Pompeo, »der das Land vor dem Untergang gerettet und den Weg zur Erneuerung gewiesen hat. Seine Worte waren klar und ließen keine Zweifel bestehen. Aber als der Mann an die Macht kam, mußten wir zu unserem Erstaunen feststellen, daß von einem gewissen Augenblick an seine Taten im Gegensatz zu seinen Worten standen. ›Ist es möglich, daß er die gute Sache verraten hat?‹ so fragten wir uns. Vor einigen Tagen kam nun jemand aus der Hauptstadt und hat uns die Wahrheit mitgeteilt. ›Er ist in den Händen der Bank, sie halten ihn gefangen‹, hat uns dieser Reisende gesagt. Näheres hat er uns nicht verraten. Aber wie ist das zu verstehen? Hält man ihn buchstäblich in Ketten im Keller einer Bank gefangen? Oder war es bildlich gemeint?«

»Wie denken Sie darüber?« fragte der Kuhhirt.

»Daß der Mann, von dem ihr sprecht, tatsächlich in einer Bank gefangen gehalten wird, kann ich nicht mit Sicherheit behaupten«, sagte Don Paolo. »Manche Leute glauben es. Aber es handelt sich ja nicht nur um diesen einen Mann. Ganz sicher ist – und jeder der die Augen aufmacht, kann sich leicht davon überzeugen –, daß unser ganzes Land sich in den Händen der Banken, das heißt der Finanzmächte befindet.«

»Was kann man denn dagegen tun?« fragte Bianchina.

»Ich bin, ebenso wie ihr, der Überzeugung, daß man eine zweite Revolution vorbereiten muß«, sagte Don Paolo. »Das Land muß von der Herrschaft des Kapitals befreit werden. Es wird ein langer, schwieriger Kampf sein gegen einen Feind, der sich im Hinterhalt zu verbergen versteht. Aber es ist der Mühe wert.«

Don Paolo hatte ruhig und ohne besonderen Nachdruck gesprochen, aber mit einer Festigkeit, die keine Zweifel aufkommen ließ. Bianchina fiel ihm um den Hals und umarmte ihn.

»Wer hätte gedacht, daß sich ein Priester zu uns gesellen

würde, um die zweite Revolution vorzubereiten?« sagte Alberto lachend.

»Don Paolo ist kein Priester, sondern ein Heiliger«, rief Bianchina. »Hab ich es euch nicht gesagt?«

»In allen Revolutionen hat es Priester gegeben, die die Sache des Volkes zu der ihren gemacht haben«, sagte Pompeo.

»Ich muß euch gestehen«, erklärte Don Paolo, »daß ich auf meinen Priesterrock nicht allzu großen Wert lege.«

»Aber es ist vorsichtiger, daß Sie Priester bleiben«, sagte Pompeo.

»Gehorchen wir also der Vorsicht«, sagte der Priester heiter.

»Was können wir denn tun?« fragte der Kuhhirt. »Womit könnten wir anfangen?«

»Darüber möchte ich, wenn ihr erlaubt, zuerst unter vier Augen mit Pompeo sprechen«, sagte Don Paolo.

Der Priester und der Sohn des Apothekers verließen den Park, sprangen über einen kleinen Bach und folgten einem Fußweg, der neben einer hohen Weißdornhecke leicht bergauf führte.

»Wir gehören nicht zu derselben Generation«, sagte Don Paolo, »wohl aber zu derselben Art von Menschen. Zu denen nämlich, die die Grundsätze ernst nehmen, die Eltern, Lehrer oder Priester ihnen verkünden. Auf diesen Grundsätzen soll angeblich unsere Gesellschaft aufgebaut sein, aber es ist leicht festzustellen, daß sie ihnen in Wirklichkeit widerspricht oder sie zum mindesten nicht beachtet. Die meisten Menschen sind Skeptiker und finden sich damit ab, die anderen werden Revolutionäre.«

»Die Skeptiker behaupten, der Widerspruch zwischen Lehre und Wirklichkeit sei eine Tatsache, an der nichts zu ändern ist«, sagte Pompeo. »Was soll man ihnen antworten?«

»Auch Revolutionen sind Tatsachen«, sagte Don Paolo. »Jeder muß seine Wahl treffen.«

»Sie haben recht«, sagte Pompeo. »Die Frage ist: was will man aus seinem Leben machen?«

Der Weg führte zwischen verbrannten Stoppelfeldern an einer Reihe von Mandelbäumen entlang. Es war sehr heiß. Hin und wieder kamen die beiden jungen Leute an einem Brombeerbusch vorbei, dann blieben sie stehen, um sich ein paar Beeren zu pflücken. Am Ende mündete der Fußweg in die Landstraße, auf der um diese Tageszeit zahlreiche Bauern mit Karren und Eseln vom Felde zurückkehrten.

»Was sollen wir tun?« fragte Pompeo.

»Wir wollen es bedenken und dann darüber sprechen«, sagte Don Paolo.

»Ich bin froh darüber, daß ich einen Priester wie Sie kennengelernt habe«, sagte Pompeo. »Ich habe in jedem Dorf hier in der Gegend ein paar Freunde und werde Sie mit allen zusammenbringen.«

»Ich glaube, die lästige Krankheit, die mich hierher verschlagen hat, bekommt jetzt einen Sinn«, sagte Don Paolo.

Ehe sie Fossa erreichten, trennten sich die beiden Freunde, um nicht zusammen gesehen zu werden.

In der Hauptstraße von Fossa drängten sich die jungen Leute, von dem Lautsprecher eines Kinos angelockt, dessen heisere Stimme den Priester bis in sein Zimmer verfolgte. Don Paolo war müde und glücklich. Bevor er sich entkleidete, packte er seinen Koffer für die Abreise. Die Schriften, die er am Tag zuvor aus Rom erhalten hatte, verbrannte er ohne Bedenken im Kamin des Zimmers. Als er gerade seine Schuhe ausziehen wollte, hörte er ein Rascheln an der Tür.

»Darf man eintreten?«

Es war Bianchina, vergnügt und frisch parfümiert.

»Weißt du, daß Pompeo ganz begeistert von dir ist?« sagte sie.

»Ich hoffe, wir werden Freundschaft schließen«, sagte Don Paolo lächelnd. »Ich bin dir sehr dankbar dafür, daß du uns zusammengebracht hast. Es war ein Ereignis für mich.«

»Tatsächlich?« sagte Bianchina. »Also eine richtige Liebe auf den ersten Blick.«

Sie sah ihn lächelnd an.
»Je länger ich dich beobachte, desto liebenswerter und seltsamer finde ich dich«, sagte sie.
»Du solltest mich nicht zu viel beobachten«, sagte Don Paolo. »Das macht mich verlegen und könnte dazu führen, daß ich mich mehr verstelle als notwendig ist.«
»Darf ich dir etwas sagen?« fragte Bianchina. »Ich würde meine Hand nicht dafür ins Feuer legen, daß du ein echter Priester bist.«
»Was verstehst du unter einem echten Priester?«
»Ein langweiliges Wesen, daß statt eigener Gedanken nur fromme Sprüche im Kopf hat. So wie mein Onkel, der Pfarrer von Fossa, und all die anderen.«
»Du hast recht«, sagte Don Paolo. »Zu dieser Art von Priestern gehöre ich nicht. Der Hauptunterschied zwischen ihnen und mir besteht wahrscheinlich darin, daß sie an einen Gott glauben, der uralt ist und auf einem goldenen Stuhl hoch über den Wolken thront. Ich dagegen bin davon überzeugt, daß er jung und unternehmungslustig ist und daß man ihn überall in der Welt antreffen kann.«
»Dein Gott gefällt mir besser«, sagte Bianchina lachend. »Aber kannst du mir versprechen, daß er nicht auch eines Tages alt werden wird?«
»So einfach ist das nicht«, sagte Don Paolo. »Es ist leider ein Naturgesetz, daß die Jugend dahinschwindet.«
»Sei nicht traurig«, sagte Bianchina. »Man kann immerhin hoffen, daß die Jugend der Götter länger anhält als unsere. Wie steht es mit meiner nächsten Reise nach Rom?«
»Diesmal fahre ich selbst«, sagte Don Paolo. »Ich nehme morgen früh den ersten Zug. Deiner Mutter habe ich schon Bescheid gesagt.«
Bianchina hatte plötzlich Tränen in den Augen.
»Und mich läßt du hier?« sagte sie.
»Du bleibst hier, um Pompeo zu helfen«, sagte Don Paolo. »Man muß so schnell wie möglich mit den Nachbardörfern

Verbindung aufnehmen. Der Augenblick zum Handeln kann früher da sein, als wir denken. Ich lasse dir etwas Geld hier für die Auslagen.«

»Kommst du bald zurück?« fragte Bianchina. »Wirst du mich nicht vergessen?«

»Hör auf mit diesen sinnlosen Fragen«, sagte Don Paolo. »Du weißt ganz gut, daß ich oft an dich denke.«

»Ich werde den Wecker stellen und dich zum Bahnhof begleiten«, sagte Bianchina.

»Um Gottes willen, schlag dir das aus dem Kopf«, sagte Don Paolo.

»Schämst du dich meiner?«

»Das sind eheliche Gebräuche, die sich für einen Geistlichen nicht schicken.«

17

Während der Eisenbahnfahrt fühlte sich Don Paolo in seiner Verkleidung sehr unbehaglich. Die Mitreisenden schienen ihn mit forschenden Blicken zu mustern und benutzten jeden Vorwand, um mit ihm ins Gespräch zu kommen. Er flüchtete in den Gang und glaubte dort, das Gesicht zum Fenster gekehrt, einen geeigneten Platz gefunden zu haben. Aber beim ersten Halten des Zuges trat er schnell zurück, denn er hatte auf dem Bahnsteig die bekannten Gesichter einiger Bauern gesehen. Schließlich setzte er sich in eine Ecke des Abteils, zog seinen Priesterhut tief in die Stirn und hielt das Brevier beim Lesen so dicht vor die Augen, als sei er kurzsichtig. Er las Psalmen, Litaneien und Heiligengeschichten und tat nach jeder Haltestelle einen unauffälligen Blick in die Runde, um zu sehen, wer zugestiegen war. Zum Glück war die Fahrt bald zu Ende.

Dank seinem Priestergewand passierte er unbelästigt die strenge Polizeikontrolle auf dem Hauptbahnhof in Rom.

Zur Sicherheit hatte er sich einer Gruppe von ausländischen Priestern angeschlossen, die aus einem anderen Zug ausgestiegen waren. Auf dem Bahnhofsplatz wandte er sich sofort den öffentlichen Bädern zu, die unter der Erde gelegen waren.

»Ein Bad«, sagte er zu der Kassiererin.

Das Mädchen gab ihm das Wechselgeld heraus, ohne ihn anzusehen, denn im selben Augenblick klingelte das Telephon.

Der lange Gang, an dem die Kabinen lagen, war niedrig und feucht. Die alte Frau, die ihm das Wasser einließ, musterte ihn neugierig und sagte etwas, was Don Paolo nicht verstand. Er gab ihr ein reichliches Trinkgeld. In seinem kleinen Koffer hatte er eine Jacke, eine Krawatte und eine Mütze, alles was er brauchte, um sich in einen Laien zu verwandeln. Aber das Bad nahm er nicht nur zum Schein, er hatte es wirklich nötig und blieb lange im warmen Wasser. Ehe er die Kabine verließ, horchte er eine Weile auf die Geräusche im Gang, und nachdem er sich vergewissert hatte, daß die Alte in einer anderen Kabine beschäftigt war, verließ er unbemerkt die Anstalt. Nun war er wieder Pietro Spina. Er ging zum Bahnhof zurück, um seinen Koffer in die Aufbewahrung zu geben. Wie seltsam war es, sich ohne Priesterrock auf der Straße zu bewegen. Ihm war, als starrten alle Menschen auf seine Beine. Er ging immer schneller, fast lief er, und mehrmals überzeugte er sich, daß seine Hosen richtig zugeknöpft waren. Schließlich sprang er auf eine Straßenbahn, die ihn zum Lateransviertel brachte. Der große, sonnenbeschienene Platz zwischen der Basilika und der Heiligen Treppe war voller Stände, die gerade abgebrochen wurden. Die Karussels und die Vergnügungszelte waren schon ihres Schmuckes beraubt. Einige Arbeiter bauten die Gerüste ab, während Stoffbahnen, Lampen, Holzpferde und bunte Plakate auf mehrere Lastwagen gestapelt wurden. Auf dem Boden lagen einige Pfeifen aus Gips,

das Fell des bengalischen Tigers und das farbenfreudige Bild eines Gespensterschiffes auf tobendem Meer.
Pietro überquerte den staubigen, lärmerfüllten Platz und trat in das kühle Halbdunkel der Kirche zur Heiligen Treppe. Einige schwarzgekleidete Frauen schoben sich auf den Knien die große Treppe hinauf. Auf jeder Stufe hielten sie an, sanken in sich zusammen, seufzten schmerzlich und murmelten unzählige Gebete. Pietro blieb neben einer Marmorgruppe stehen, die Pilatus und die Geißelung Christi darstellt. Er brauchte nicht lange zu warten. Ein junger Mann, dem Anschein nach ein Arbeitsloser, näherte sich und sah ihn mit besonderer Aufmerksamkeit an.
»Entschuldigen Sie«, sagte er. »Sind Sie der Pilger aus Assisi?«
»Der bin ich«, sagte Pietro. »Und Sie?«
»Ein Freund des Lastwagenfahrers.«
»Ich habe ihm einen Gruß zu überbringen«, sagte Pietro und reichte dem Fremden einen Brief.
»Haben Sie ein Unterkommen für heute abend?«
»Ja«, sagte Pietro. »Ich kann mich einrichten.«
Er ging zur Via Appia nuova, bog in eine Seitenstraße ein und gelangte in eine Gegend, wo ein neues Stadtviertel im Entstehen begriffen war. Hinter einer kleinen, kürzlich erbauten Kirche erstreckte sich eine weite Grasfläche, in der streunende Hunde, Katzen und Bettler hausten. Die Grasfläche war von Gräben durchzogen und diente als Ablagestelle für allerlei Schrott, alte Röhren, Balken und zerbrochene Ziegelsteine.
Vor einigen Monaten hatte Pietro auf der Flucht vor der Polizei hier in einer Baracke ein Unterkommen gefunden. Die ärmliche Hütte gehörte einem alten Mann namens Managgia Lamorra, der aus Pietros Heimat stammte und in seiner Jugend im Hause Spina in Orta als Knecht gedient hatte. Später war er, wie so viele seiner Landsleute, ins Ausland gegangen, um sein Glück zu machen. Er hatte in

Buenos Aires Limonaden verkauft, in der Nähe von Marseille in einer Ziegelei gearbeitet und war nach einigen Jahren nach Italien zurückgekehrt, ohne etwas erspart zu haben. Aus diesem Grunde erlaubte sein Stolz es ihm nicht, sich in seinem Heimatdorf sehen zu lassen, und so fristete er sein Leben als Arbeiter in einer Kiesgrube. Pietro fand die hölzerne Hütte mit dem Dach aus Wellblech ohne Mühe wieder, und Lamorra kam ihm erfreut und diensteifrig entgegen.

»Guten Tag, junger Herr, sind Sie wieder in unsere Gegend gekommen?« sagte er.

»Für ein paar Tage«, sagte Pietro. »Warum bist du denn nicht bei der Arbeit?«

»Das Unternehmen hat Bankrott gemacht«, sagte Lamorra. »Ich muß mir etwas anderes suchen.«

»Ein paar Tage kannst du für mich arbeiten«, sagte Pietro. Er gab ihm eine Adresse und trug ihm auf, sich zu erkundigen, ob dort noch ein gewisser Romeo wohne. »Sieh zu, daß du herausbringst, ob er Arbeit hat und wo seine Arbeitsstelle ist, aber nur beiläufig, du darfst keinen Verdacht erregen.«

Lamorra machte sich gleich auf den Weg, und Spina trat in die Hütte, in der eine Glut herrschte wie in einem Ofen. Beim Warten wurde er müde und schlief ein.

Lamorra kam spät zurück, betrunken, aber mit genauen Angaben. Pietro hatte inzwischen zwei Lagerstätten in der Hütte vorbereitet, aber der Alte wurde plötzlich von Respekt ergriffen und wollte durchaus nicht eintreten.

»Die Hütte ist klein«, sagte er und legte sich vor der Tür ins Gras. »Ich kann doch nicht neben meinem Herrn schlafen.«

»Mach keine Geschichten«, sagte Pietro. »Hier bist du der Herr, und ich bin dein Gast.«

»Dann erst recht nicht«, sagte Lamorra. »Wenn das Schicksal es will, daß mein Herr bei mir zu Gast ist, kann ich nicht neben ihm schlafen.«

Er hatte keine allzu schlechte Erinnerung an die weit zurückliegende Zeit, in der er bei der Familie Spina diente.

»Dein Vater war ein guter Mensch«, sagte er. »Wenn er schlechter Laune war, bekam ich Prügel, aber er war trotzdem gut. Einmal hat er mir zu Ostern ein Zicklein geschenkt.«

Pietro streckte sich in der Hütte auf einem Feldbett aus, und Lamorra lag draußen bei der Tür auf dem Boden. Aber das Bett wimmelte von Wanzen und Flöhen. Pietro warf sich ruhelos hin und her und wagte nicht sich zu beklagen, um den alten Mann nicht zu kränken. Lamorra bemerkte es trotzdem.

»In dem Bett sind wohl einige Insekten«, sagte er. »Aber wenn du sie nicht beachtest, lassen sie dich in Frieden.«

»Gute Nacht«, sagte Pietro.

Unter dem Einfluß des Weines stiegen in Lamorra alle schönen Erinnerungen seines Lebens auf.

»Einmal hat dein Vater mir eine Zigarre geschenkt«, erzählte er. »Das war eine Zigarre! Es war an einem Samstagabend, und ich rauchte sie am Sonntagmorgen auf dem Platz vor der Kirche, während die Frauen aus der Messe kamen. Solche Zigarren werden gar nicht mehr gemacht.«

Pietro schlummerte ein, während Lamorra den freudigen Ereignissen seines langen Lebens nachhing.

»In Buenos Aires gibt es einen kleinen Fluß, der heißt Riachuelo. An diesem Fluß leben die Italiener, man nennt sie dort *gringos* oder auch *tanos*. Da war einmal ein Mädchen: hübsch und fett, mit pechschwarzem Haar . . .«

Am nächsten Morgen ging Pietro in aller Frühe zur Porta San Giovanni. Es dauerte nicht lange, bis Romeo erschien, aber da er mit anderen Arbeitern zusammen war, ging Pietro nicht auf ihn zu, sondern folgte ihm in einiger Entfernung. Die Arbeiter strömten scharenweise von allen Seiten herbei. Rom war so schön in der Morgenfrische, daß es Pietro ans Herz griff. Es war die Stunde, in der die Straßen voller Leute sind, die eilig zur Arbeit gehen und wenig sprechen. Romeo trennte sich an der Porta Metronia von seiner Gruppe und ging allein weiter. Pietro folgte ihm und pfiff ein Lied, das Romeo oft gesungen hatte, als sie zusammen auf der Insel Ustica in der Verbannung gewesen waren.

Romeo wandte sich um, tat, als erkenne er ihn nicht und ging weiter bis zu einer nahegelegenen Baustelle, wo er als Maurermeister arbeitete und wo die Maurer und Handlanger ihn schon erwarteten. Die Arbeit hatte erst vor kurzem begonnen. Die Mauer reichte den Arbeitern bis an die Brust, und als nächstes mußten die Gerüste erhöht werden. Romeo gab seine Anordnungen. Als Pietro erschien, rief er ihn mit lauter Stimme an:

»Sind Sie der Besitzer des Balkons, der repariert werden soll?«

»Ja, der bin ich«, sagte Pietro. »Ich möchte mich nach den Kosten erkundigen.«

Die beiden Männer gingen in den Geräteschuppen, um die Angelegenheit zu besprechen. Pietro zeichnete den Grundriß eines Balkons auf ein Blatt Papier, dann sagte er:

»Heute nachmittag treffe ich mich mit Battipaglia, es ist schon ausgemacht. Aber für die praktische Arbeit im Fucino-Gebiet muß ich hier in einer der römischen Gruppen einen zuverlässigen Mann finden, möglichst einen Arbeiter, der von dort stammt und noch mit seinem Heimatdorf in Verbindung steht. Er müßte nach Hause zurückkehren und im Kontakt mit mir dort für uns arbeiten. Ohne ein Element aus dem Arbeiterstand werde ich schwerlich etwas Dauerhaftes aufbauen können.«

»Du verlangst zu viel«, sagte Romeo.

»Man muß nach einem solchen Mann suchen«, sagte Pietro. »Die Arbeitsmöglichkeiten im Fucino-Gebiet sind sehr günstig, aber die Mitarbeiter, über die ich verfüge, sind jung und unerfahren. Ohne eine zuverlässige Unterstützung kann

ich nichts tun. Aber ich kann nur jemanden gebrauchen, der dort zu Hause ist.«
Romeo überlegte eine Weile. »Du verlangst zu viel«, wiederholte er.
»Die Genossen aus Apulien und den Abruzzen«, fügte er zur Erklärung hinzu, »sind erbarmungslos verfolgt worden. Wie du weißt, stammen die meisten Polizisten vom Lande, und du kannst dir nicht vorstellen, was für eine Wut sie jedesmal packt, wenn ihnen ein Staatsfeind in die Hände fällt, der kein Städter ist. Daß ein Städter für die Freiheit eintritt, ist in ihren Augen natürlich ein Verbrechen, aber daß ein früherer Cafone den Mut aufbringt, gegen die Regierung zu kämpfen, ist geradezu eine Todsünde. Solch ein Mann wird fast immer gefoltert. Wenn er überhaupt mit dem Leben davonkommt, verläßt er das Gefängnis in einem so trostlosen Zustand, daß sogar seine Landsleute ihm verängstigt aus dem Wege gehen.«
»Was ist aus Chelucci geworden?« fragte Pietro.
»Er ist seit einem Monat wieder im Gefängnis. Sie haben ihn erwischt, als er Flugblätter gegen den Krieg verteilte. Er ist jetzt fast blind geworden.«
»Und was macht Pozzi?«
»Gegen Pozzi liegt ein Verdacht vor«, sagte Romeo. »Niemand begreift nämlich, warum Chelucci verhaftet wurde und er nicht, obwohl die Polizei sie zusammen angetroffen hat. Die Polizisten können aber auch absichtlich so vorgegangen sein, um bei uns Verdacht gegen ihn zu wecken und ihn zu isolieren. Wie soll man das durchschauen? Es gibt mehrere solche Fälle, und das sind die traurigsten.«
»Habt ihr nicht noch andere Genossen aus den Abruzzen?«
»Wir hatten Diproia, solange er unverheiratet war. Nach seiner Heirat wollte er nichts mehr davon wissen. Jetzt geht er jeden Sonntag mit seiner Frau Gemahlin zur Messe. Wir hatten auch einen gewissen Luigi Murica, einen Studenten, aber der ist spurlos verschwunden. Murica war ein

ordentlicher Mann, darum habe ich mehrmals Nachforschungen angestellt, aber man hat ihn nicht gefunden.«

»Was macht denn die Schneiderin Annina?«

»Die hatte sich mit Murica zusammengetan.«

»Das weiß ich, darum frage ich nach ihr.«

»Vielleicht ist sie bei ihm geblieben. Du könntest in ihrer früheren Wohnung nachfragen. Wenn sie umgezogen ist, wird man dir vielleicht ihre neue Adresse geben. Aber was hilft dir das? Sie stammt ja nicht aus den Abruzzen.«

»Durch sie könnte man vielleicht Murica finden.«

»Komm morgen nachmittag wieder, gleich nach Arbeitsschluß«, sagte Romeo. »Ich werde sehen, was ich tun kann.«

Pietro ging durch die Via Claudia in Richtung zur Stadtmitte, um Rom wiederzusehen, aber die Schönheit der Stadt war schon getrübt. Auf den Straßen sah man nur noch Männer in Parteiuniform, kleine Beamte, Polizisten und Nonnen. Es war nicht mehr die gleiche Stadt. Und als zwischen zehn und elf Uhr die großen Schmarotzer erschienen, die Parteibonzen, die hohen Staatsbeamten und die Geistlichen mit violetten Strümpfen, wurde Rom ihm zuwider. Er bog in eine Seitenstraße ein und kehrte in die Vorstadt zurück, nachdem er eine Büchse Insektenpulver gekauft hatte.

»Was macht man damit?« fragte Lamorra.

Pietro erklärte es ihm.

»Wenn du die Tierchen so wichtig nimmst«, sagte Lamorra, »dann werden sie sich geschmeichelt fühlen und erst recht dableiben.«

»Lamorra, würdest du nach Orta zurückgehen?« fragte Pietro. »Ich könnte dir einen kleinen geheimen Auftrag geben.«

»Überall hin, nur nicht nach Orta«, antwortete der Alte. »Ich würde nur zurückgehen, wenn ich reich genug geworden wäre, um mir ein Haus und ein Stück Land zu kaufen. Aber so . . .«

»Anderswo kann ich dich leider nicht einsetzen«, erklärte

Pietro. »Wenn du nach Orta gingest, würde ich natürlich die Kosten tragen. Überlege es dir.«
»Nach Orta gehe ich nicht zurück«, sagte Lamorra mit großer Bestimmtheit.
Am Nachmittag sollte Pietro mit dem Parteisekretär Battipaglia zusammenkommen. Als Treffpunkt war eine kleine Kirche auf dem Aventin ausgemacht.
Als Pietro bei der Kirche anlangte, fand er den Sekretär schon vor. Er schien in das Studium der kirchlichen Bekanntmachungen vertieft, die neben der Tür ausgehängt waren. Pietro hatte ihn seit vielen Jahren nicht mehr gesehen. Battipaglia war durch die Gefängnishaft vorzeitig gealtert, er ging gebeugt und war grau geworden. Pietro blieb neben ihm stehen und trat nah an den Anschlag heran, als sei er kurzsichtig. Nachdem er sich auf diese Weise bemerkbar gemacht hatte, trat er in die Kirche ein, in der er noch nie gewesen war. Das Kirchenschiff wurde durch zwei Reihen von antiken Säulen in drei Teile geteilt. Die Säulen waren ungleich stark und wuchsen ohne Basis aus dem Fußboden, auch die Kapitelle waren verschieden geformt und nur roh behauen. Fast der ganze Boden war mit Grabplatten bedeckt. Der Hauptaltar im Hintergrund sah aus wie ein schlichtes steinernes Grabmal mit einem schwarzen Holzkreuz und vier Kandelabern. Der Raum war halbdunkel und menschenleer. Nur zwei Frauen knieten am Sakramentsaltar unter dem brennenden Lämpchen. Pietro blieb nahe dem Eingang neben dem Weihwasserbecken stehen. Nach ihm trat Battipaglia ein und machte langsam die Runde. Endlich näherte er sich Pietro.
»Ich habe schon seit einem Monat eine Geldsumme erhalten, die dir zur Verfügung steht«, sagte er leise, »und auch einen neuen Auslandspaß. Wie steht es mit deiner Gesundheit?«
»Den Paß brauche ich vorläufig nicht«, sagte Pietro. »Ich gehe nicht wieder ins Ausland.«
»Das ist deine Sache«, sagte Battipaglia. »Wie du weißt, bist

du nicht mir unterstellt, sondern unmittelbar der Auslandsstelle. Ich werde dir den Paß durch Fenicottero schicken, und dann kannst du damit machen, was du willst. Wer ist die Frau, die uns neulich Nachrichten von dir aus Fossa gebracht hat?«

»Sie heißt Bianchina und ist die Tochter einer Gastwirtin.«

»Eine Genossin? Seit wann ist sie in der Bewegung?«

»Sie ist keine Genossin, aber man kann sich trotzdem auf sie verlassen. Sie weiß nicht, wer ich wirklich bin, und kannte auch nicht den Zweck ihrer Reise.«

»Ist das nicht gefährlich?«

»Selbst wenn sie entdecken sollte, wer ich bin, würde sie mich nicht verraten.«

»Das ist deine Sache. Es ist nicht an mir, dir Lehren zu erteilen. Ist sie deine Geliebte?«

»Nein.«

»Das ist deine Sache. Du bist ja nicht mir unterstellt, wie du weißt. Dieses Mädchen hat von einem revolutionär gesinnten Priester gesprochen, der bei euch in den Bergen leben soll. Ein gewisser Don Paolo, kennst du ihn?«

»Nein«, sagte Pietro.

»Du solltest Verbindung mit ihm anknüpfen. Er könnte uns nützlich sein. Dein Bericht ist an die Auslandsstelle weitergeleitet worden.«

Durch eine kleine Nebentür war der Sakristan eingetreten und hatte zwei Kerzen auf dem Hauptaltar angezündet. Ein Glöckchen klingelte, und es erschien ein Priester im Ornat. Er kniete auf der untersten Altarstufe nieder und betete. Man hörte ein Füßescharren draußen vor der Kirchentür, und einige Nonnen traten ein. Sie tauchten die Fingerspitzen in das Weihwasser, bekreuzigten sich und eilten zum Altar.

»Hast du arbeiten können?« fragte Battipaglia.

»Es ist schwierig, unter den Cafoni zu arbeiten«, sagte Pietro. »Die Geschichte eines freundlichen Heiligen interessiert sie mehr als jeder politische Gedankengang. Die Hoffnung auf den Süden ist eine bürgerliche Utopie. Aber darüber habe ich in meinem Bericht gesprochen.«

»Da wir keine direkte Verbindung mit dir hatten«, sagte Battipaglia leise, »soll ich dich im Namen der Auslandsstelle auffordern, möglichst umgehend zu der letzten politischen Resolution Stellung zu nehmen. Es handelt sich mehr oder weniger um eine Formalität.«

»Ich habe anderes im Sinn als Formalitäten«, sagte Pietro. »Das mußt du verstehen.«

»Selbstverständlich bezweifelt niemand, daß du dich ohne die geringsten Bedenken mit der Mehrheit der kommunistischen Partei in Rußland solidarisch erklären wirst«, sagte Battipaglia. »Du bist ein alter Genosse, etwas sonderlich, aber wir alle schätzen dich.«

»Ehrlich gesagt, ich verstehe nichts davon«, sagte Pietro. »Wenn es mir schon Mühe macht, die Probleme meiner Umgebung, selbst die meines kleinen Heimatdorfes, richtig zu erfassen, wie soll ich da die russische Agrarpolitik beurteilen, gewisse Meinungen zurückweisen und andere billigen. Das wären doch leere Worte.«

»Hat Bianchina dir die drei Berichte übergeben?«

»Ja, aber ich habe sie noch nicht gelesen.«

»Wann wirst du sie lesen? Die Auslandsstelle will so bald wie möglich deine Antwort haben.«

»Ich weiß nicht, wann ich dazu kommen werde, diesen Aktenkram durchzuarbeiten«, sagte Pietro. »Ich weiß auch nicht, ob ich imstande sein werde, den Inhalt zu verstehen, und mir ein Urteil darüber zu bilden. Ich habe andere Dinge im Kopf, mich beschäftigt die Lage hier bei uns.«

Dann überwand er sich und sagte:

»Ich will dir nichts vormachen: ich habe die Papiere verbrannt. Sie mitzunehmen, wäre gefährlich gewesen, und außerdem hatte ich, offen gestanden, kein Interesse daran.«

»Das ist eine sehr ernste Sache«, sagte Battipaglia. »Bist du dir darüber klar?«

»Ich mag nicht über Dinge urteilen, die sich meiner Einsicht entziehen«, sagte Pietro. »Ich kann mich keiner Art von Konformismus beugen, ich kann nicht in blindem Glauben zustimmen oder ablehnen.«

»Du wagst es, unsere Verurteilung Bucharins und der anderen Verräter Konformismus zu nennen? Hast du den Verstand verloren?«

»Ein Konformist ist ein Mensch, der auf jeden Fall mit der Mehrheit geht«, sagte Pietro. »Oder bist du anderer Meinung? Ihr seid für Bucharin gewesen, solange er die Mehrheit hatte; ihr würdet noch jetzt für ihn sein, wenn er die Mehrheit hätte. Wie soll es uns gelingen, die servile faschistische Gesinnung auszurotten, wenn wir selbst darauf verzichten, unseren kritischen Verstand zu benutzen? Kannst du mir darauf eine Antwort geben?«

»Behauptest du, Bucharin sei kein Verräter?«

»Wenn ich ehrlich sein soll: ich weiß es nicht«, sagte Pietro. »Ich weiß nur, daß er jetzt in der Minderheit ist. Ich weiß auch, daß ihr es nur deshalb wagt, euch gegen ihn zu stellen. Beantworte mir, wenn du kannst, eine Frage: Würdet ihr auch gegen ihn sein, wenn er die Mehrheit hätte?«

»Du gehst zu weit«, sagte Battipaglia, der sich nur mühsam beherrschte.

»Du hast meine Frage noch nicht beantwortet«, sagte Pietro.

»Wenn es von mir abhinge, würde ich dich augenblicklich aus der Partei ausschließen.«

Battipaglia bebte vor Zorn, aber der Ort, an dem er sich befand, zwang ihn zur Mäßigung. Er schwieg eine Weile, dann entfernte er sich ohne Gruß. Pietro blieb unbeweglich stehen, den Rücken an das Weihwasserbecken gelehnt. Inzwischen nahm der Gottesdienst seinen Fortgang. Der spärliche Kerzenschein ließ das Gold der Monstranz auf dem Altar aufleuchten und umgab den weißhaarigen Kopf des Priesters mit einem Strahlenkranz. Schließlich war die Zeremonie beendet, und die kleine Schar der Gläubigen wandte sich dem Ausgang zu. Während eine der Nonnen ihre Hand ins Weihwasserbecken tauchte, fiel ihr Blick auf Pietro. Sie blieb neben ihm stehen und sah ihn aufmerksam an.

»Verzagen Sie nicht«, flüsterte sie mit einem freundlichen Lächeln.

»Was wollen Sie?« fragte Pietro.

»Fassen Sie Mut«, sagte die Nonne. »Kämpfen Sie gegen die Verzweiflung an.«

»Wer sind Sie?« fragte Pietro. »Was wollen Sie von mir?«

»Sie dürfen nicht den Mut verlieren«, sagte die Nonne. »Der Herr prüft niemand über seine Kraft. Können Sie nicht beten?«

»Nein.«

»Ich werde für Sie beten. Glauben Sie an Gott?«

»Nein.«

»Ich werde an Ihrer Stelle zu Gott beten. Er ist der Vater aller Menschen, auch derer, die nicht an Ihn glauben.«

Die Nonne eilte ihren Gefährtinnen nach. Etwas später verließ auch Pietro die Kirche.

Es war Abend geworden. Er hatte vorgehabt, den Tag in einem Kino zu beschließen, aber er gab es auf. Sein Landsmann Lamorra erwartete ihn vor der Baracke und hatte ihm etwas zum Essen besorgt. Pietros Aussehen fiel ihm auf.

»Was ist geschehen?« fragte er. »Ein Unglück?«

»Ja«, sagte Pietro in einem Ton, der weitere Fragen unmöglich machte.

»Willst du nichts essen?«

»Nein.«

In der Nacht schloß Pietro kein Auge, und Lamorra bemerkte es.

»Darf man fragen, was dir zugestoßen ist?« erkundigte er sich. »Hast du Liebeskummer?«

»Ja«, sagte Pietro. »Laß mich in Frieden.«

»Hat dich eine Frau betrogen?«

»Ja.«

»Man darf nicht zu sehr lieben. Auch dein Vater war ein leidenschaftlicher Mensch.«

Am nächsten Tag kam Pietro verspätet zu der Besprechung mit Romeo. Seine Augenlider waren geschwollen, und er wirkte um Jahre gealtert. Der Bauplatz war schon leer. Romeo war mit einem jungen Menschen zusammen, sie erwarteten Pietro hinter dem Geräteschuppen. Offensichtlich wußte er nichts von dem Zusammenstoß mit Battipaglia.

»Das ist Fenicottero«, sagte Romeo.

»Vor einem Monat«, sagte der junge Mann zu Pietro, »ist von der Auslandsstelle Geld für dich angekommen und ein tschechoslowakischer Paß.«

»Woher weißt du, daß es ein tschechoslowakischer Paß ist?«

»Ich habe den Umschlag geöffnet.«

»Das war nicht recht von dir«, sagte Pietro.

»Gestern haben wir in S. Lorenzo die Flugblätter mit dem Aufruf gegen den Krieg verteilt«, sagte Fenicottero, um den ungünstigen Eindruck wieder gutzumachen.

»Was steht in dem Aufruf?«

»Ich habe keine Zeit gehabt, ihn zu lesen.«

»Hast du auch Flugblätter verteilt?« fragte Romeo.

»Ja. Wir sind jetzt so wenige, daß jeder überall mitmachen muß.«

Romeo wurde zornig.

»Wie kommst du dazu?« rief er. »Du bist zum Verbindungsmann bestimmt, und da beteiligst du dich an der Propaganda? Noch jedesmal, wenn die beiden Dinge durcheinander gebracht wurden, ist alles aufgeflogen, das weißt du doch.«

Der junge Mann war beschämt und verwirrt.

»Was für ein Handwerk hast du gelernt?« fragte Romeo.

»Von allem etwas«, sagte der junge Mann. »Ich habe keinen richtigen Beruf.«

»Das ist das Unglück«, sagte der Maurermeister. »Wer nicht

irgendeine Arbeit von Grund auf gelernt hat, begreift auch nicht, wie er sich als Verschwörer verhalten muß. Wenn ein Maurer ein Gerüst errichtet, stellt er zuerst die Pfosten auf, dann verbindet er sie durch die waagerechten Tragbalken und stützt sie mit Querstangen gegen die Mauer ab. Ein Maurer kennt den Unterschied zwischen Pfosten und Tragbalken. So ist es in jedem Handwerk, und auch das Verschwörerhandwerk hat seine Gesetze. Wer sie nicht kennt oder sie mißachtet, zahlt dafür mit jahrelanger Gefängnishaft und manchmal mit dem Leben.«

Romeos Empörung war echt, denn er selbst war mit betroffen.

»Ich habe keine Lust, durch deine Schuld wieder ins Gefängnis zu kommen«, sagte er. »Ab heute bist du nicht mehr Verbindungsmann, hast du verstanden? Du läßt dich nicht mehr in dieser Gegend sehen, und wenn wir uns treffen, tust du, als kennst du mich nicht.«

Der junge Mann machte sich beschämt davon.

Romeo gab Pietro die Adresse einiger Landsleute aus den Abruzzen, die seit einigen Jahren den Gruppen ferngeblieben waren.

»Du wärest der geeignete Mann dafür, sie wieder heranzuziehen«, sagte er. »Aber ich weiß nicht, ob es vorsichtig ist. Das mußt du selbst beurteilen.«

»Die Schwierigkeit ist eine andere«, sagte Pietro. Er wollte etwas hinzufügen, dann gab er es auf. »Vielleicht reden wir ein anderes Mal darüber«, sagte er.

18

Mit Hilfe der Angaben, die er von Romeo erhalten hatte, gelang es Pietro, die Wohnung des Geigers Uliva ausfindig zu machen, mit dem er vor vielen Jahren in der kommunistischen Studentengruppe zusammen gewesen war. Seitdem hatten sie einander nicht mehr gesehen. Pietro wußte nur, daß auch Uliva eine Gefängnisstrafe von mehreren Monaten abgebüßt und sich danach abseits gehalten hatte, wie so viele andere auch. Er wohnte jetzt mit seiner Frau im vierten Stock eines Hauses in der Via Panisperna im Viminalviertel.

Eine junge Frau führte Pietro in Ulivas Zimmer. Sie hatte rote, verschwollene Augen, als ob sie den ganzen Tag geweint hätte, und war hoch in Umständen. Uliva war ein abgezehrter, buckliger, kleiner Mann, der in seinem schmutzigen schwarzen Anzug einen heruntergekommenen, trübseligen Eindruck machte. Er empfing seinen alten Freund, ohne Freude oder Überraschung zu zeigen. Auch nach Pietros Ankunft blieb er auf dem Sofa liegen, rauchte und spuckte in die Richtung eines Waschbeckens, wobei er das gewünschte Ziel nicht immer erreichte. Das Zimmer war unordentlich, ungelüftet und halb dunkel.

»Wir haben uns lange nicht gesehen«, sagte Pietro. »Ich hatte nicht erwartet, dich so wieder zu finden.«

Uliva antwortete mit einem spöttischen Lachen.

»Hast du erwartet, mich als Staatsbeamten begrüßen zu können? Oder als Offizier der Miliz?«

»Gibt es denn keinen anderen Ausweg?«

»Anscheinend nicht.«

»Man braucht sich nur umzusehen«, sagte Pietro. »Vielleicht lebst du zu isoliert. Es gibt noch Menschen, die Widerstand leisten, die kämpfen.«

»Alles Illusionen«, sagte Uliva. »Erinnerst du dich an unsere Studentengruppe? Wer nicht im Gefängnis oder vor Hunger gestorben ist, der ist noch schlimmer dran als ich.«

»Das Schlimmste ist Kapitulieren. Man kann die Herausforderung annehmen, sich widersetzen, kämpfen.«

»Wie lange?«

»Zehn Jahre lang, zwanzig Jahre, zweihundert Jahre, bis in alle Ewigkeit. Es gibt kein Leben ohne Kampf.«

»Hältst du sinnloses Gerede für einen Kampf?« sagte Uliva. »Warum berauschst du dich an leeren Worten. Mir ist der Geschmack an diesen Dingen vergangen. Ich war zehn Monate im Gefängnis, weil ich auf der Piazza Venezia ›Es lebe die Freiheit‹ gerufen hatte. Danach habe ich eine Zeitlang im Winter in Nachtasylen und im Sommer unter einer Tiberbrücke geschlafen. Immer wieder hatte ich Unannehmlichkeiten mit der Polizeistreife. ›Wer bist du? Wo arbeitest du? Wovon lebst du?‹ fragten sie mich. Du hättest das Hohngelächter hören sollen, wenn ich in Ermangelung eines Ausweises mein Abgangszeugnis vom Gymnasium und mein Diplom von der Musikakademie hervorholte. Ich habe dann den Versuch gemacht, mich in meinem Heimatdorf in der Provinz Chieti niederzulassen, aber ich mußte mich in Nacht und Nebel davonmachen. Meine Verwandten haben mich in Acht und Bann getan. ›Du bist unser Ruin‹, sagten sie. ›Du hast Unehre über uns gebracht.‹«

»Trotzdem darf man nicht kapitulieren«, sagte Pietro. »Wir müssen uns mit den Arbeitergruppen zusammen tun.«

»Davon sprich mir nicht«, sagte Uliva. »Ich kannte mehrere Drucker, die früher gelegentlich für die Gruppen tätig waren. Sie haben es alle aufgegeben und sich so gut wie möglich mit den Machthabern gestellt. Auch die Arbeiterschaft ist verstaatlicht oder eingeschüchtert. Sogar der Hunger ist bürokratisiert. Der offizielle Hunger gibt das Recht auf Unterstützung und eine staatliche Mittagssuppe, der private Hunger gibt nur das Recht, sich in den Tiber zu stürzen.«

»Laß dich nicht durch den Anschein täuschen«, sagte Pietro. »Die Stärke der Diktatur liegt in den Muskeln, nicht im Herzen.«

»Das ist wahr. Sie ist etwas Totes. Seit langem ist sie nicht mehr eine Bewegung, sondern eine Bürokratie. Aber was ist die Opposition? Was seid ihr? Eine Bürokratie im Werden. Im Namen anderer Ideen, was einfach bedeutet mit anderen Worten und für andere Interessen, erstrebt auch ihr die totalitäre Macht. Wenn ihr siegt, und wahrscheinlich wird euch dieses Unglück zustoßen, bedeutet das für uns Untertanen den Übergang von einer Tyrannei zur nächsten.«

»Du lebst in Wahnvorstellungen«, sagte Pietro. »Wie kannst du im voraus die Zukunft verdammen.«

»Unsere Zukunft ist die Vergangenheit anderer Länder«, sagte Uliva. »Es wird technische und wirtschaftliche Veränderungen geben, das leugne ich nicht. Wie wir jetzt die staatlichen Eisenbahnen und Salz, Tabak und Streichhölzer vom Staat haben, so werden wir dann staatliches Brot, staatliche Schuhe und Hemden, staatliche Kartoffeln und Erbsen haben. Wird das ein technischer Fortschritt sein? Nehmen wir es an, aber auf diesen Fortschritt wird sich eine offizielle, für alle verbindliche, allein seligmachende Weltanschauung stützen, und ihre Verfechter werden sich aller Mittel vom Kino bis zum Terror bedienen, um jede Ketzerei auszurotten und das Denken des Einzelnen gewaltsam zu lenken. Auf die jetzige schwarze Inquisition wird eine rote Inquisition folgen, auf die jetzige Zensur eine rote Zensur. Den jetzigen Deportationen werden rote Deportationen folgen, deren Opfer vor allem die Revolutionäre sein werden, die von der vorgeschriebenen Linie abweichen. Ebenso wie die heutige Bürokratie sich mit dem Vaterland identifiziert und ihre Gegner ausrottet, weil sie angeblich im Solde des Auslands stehen, so wird eure zukünftige Bürokratie sich mit der Arbeiterschaft und dem Sozialismus identifizieren und jeden, der noch eigene Gedanken hat, als bezahlten Agenten der Industrie und der Großgrundbesitzer verfolgen.«

»Uliva, du redest irre«, rief Pietro. »Du hast zu uns gehört, du kennst uns, du weißt doch, daß das nicht unser Ideal ist.«

»Es ist nicht euer Ideal«, sagte Uliva, »aber es ist euer Schicksal. Ihr könnt ihm nicht entgehen.«

»Das Schicksal ist eine Erfindung der Mutlosen und Schwächlinge«, sagte Pietro.

Uliva machte eine Handbewegung, als wollte er sagen, es lohne nicht, das Gespräch weiter zu führen.

»Du bist intelligent, aber feige«, sagte er. »Du begreifst nicht, weil du nicht begreifen willst. Du hast Angst vor der Wahrheit.«

Pietro erhob sich.

»In meinem Leben gibt es nichts, was dir das Recht gibt, mich zu beleidigen«, sagte er von der Tür aus zu Uliva, der ungerührt auf dem Sofa liegen geblieben war.

»Geh fort und komm nicht wieder«, sagte Uliva. »Einem Parteiangestellten habe ich nichts zu sagen.«

Pietro hatte die Tür schon geöffnet, aber er schloß sie wieder, kam noch einmal zurück und setzte sich an das Fußende des Sofas, auf dem Uliva lag.

»Ich werde nicht fortgehen, ehe ich verstanden habe, warum du so geworden bist«, sagte er. »Was ist dir zugestoßen, daß du dich in solchem Maße verändert hast? War es das Gefängnis, die Arbeitslosigkeit, der Hunger?«

»Ich habe mich in den Jahren der Entbehrung viel mit der Geschichte der Vergangenheit beschäftigt, in der Hoffnung, darin einen Ausweg für die Zukunft zu entdecken«, sagte Uliva. »Es ist mir nicht gelungen. Lange hat mich die Frage gequält, warum alle Revolutionen, alle, ohne eine einzige Ausnahme, als Freiheitsbewegung begonnen und als Tyrannei geendet haben. Warum ist keine Revolution diesem Verhängnis entgangen?«

»Selbst wenn das richtig wäre, müßte man einen anderen Schluß daraus ziehen«, sagte Pietro. »Alle Revolutionen sind von ihrem Weg abgewichen, müßte man sagen, aber unsere Revolution soll sich selbst treu bleiben.«

»Illusionen, Illusionen«, sagte Uliva. »Ihr habt noch nicht gesiegt, ihr seid noch eine Verschwörung und seid schon verdorben. Aus dem leidenschaftlichen Drang zur Erneuerung, der uns in der Studentengruppe beseelte, ist schon eine Ideologie geworden, ein Gewebe von festgefrorenen Ideen, ein Spinnengewebe, in dem man sich verfängt, ohne es selbst zu bemerken. Das beweist, daß es auch für euch keinen Ausweg gibt. Und vergiß nicht, ihr seid erst am Anfang des Niederganges.«

»Es ist vielleicht nicht eure Schuld«, fuhr Uliva fort, »sondern eine unvermeidliche Entwicklung, eine Kette, bei der ein Glied ins andere greift. Damit eine neue Idee sich verbreiten kann, muß sie sich zu einer Formel kristallisieren; damit sie erhalten bleibt, wird sie einer Anzahl von Vermittlern anvertraut, die sorgsam ausgewählt und manchmal auch bezahlt werden und ihrerseits einer höheren Autorität unterstehen, deren Aufgabe es ist, Zweifel zu zerstreuen und Abweichungen wieder ins rechte Gleis zu bringen. So wird schließlich aus jeder neuen Idee ein festgelegtes, erstarrtes Gebilde. Wird diese Idee eines Tages zur offiziellen Staatsdoktrin, dann gibt es keine Rettung mehr. Ein Tischler und ein Tagelöhner können vielleicht noch unter einem totalitären Regime ihr Leben weiterführen, in Frieden essen, verdauen und sich fortpflanzen, aber ein Intellektueller hat keinen Ausweg. Er muß sich beugen, er muß die Tonart des Regimes zu der seinen machen und zu den herrschenden Kreisen gehören oder darauf gefaßt sein, Hunger zu leiden und bei der nächsten Gelegenheit beseitigt zu werden.«

Pietro fuhr zornig auf und ergriff Uliva am Jackenkragen.

»Aber warum soll das unser Schicksal sein?« schrie er ihm ins Gesicht. »Sind wir denn Hühner, die man in einen Hühnerstall eingesperrt hat? Warum willst du eine Staatsform verdammen, die noch gar nicht existiert und die wir nach dem Bedürfnis des Menschen schaffen wollen?«

»Schrei nicht«, sagte Uliva gleichmütig. »Bei mir brauchst du nicht den Propagandisten zu spielen. Du hast recht gut verstanden, was ich gesagt habe, aber du tust so, als verstündest du mich nicht, weil du Angst vor den Konsequenzen hast.«

»Unsinn«, sagte Pietro.

»Weißt du«, sagte Uliva, »ich habe dich genau beobachtet, als wir zusammen in der Gruppe waren, und schon damals wurde mir klar, daß du aus Angst Revolutionär geworden bist. Du hast dich gezwungen, an den Fortschritt zu glauben, du hast dich gezwungen, optimistisch zu sein, du hast dir Mühe gegeben, an den freien Willen zu glauben, weil das Gegenteil dir Angst einflößte und dich bedrückte. Und so bist du noch heute.«

»In einem Punkt hast du recht«, sagte Pietro. »Wenn ich nicht an die Freiheit des Menschen oder wenigstens an die Möglichkeit dieser Freiheit glauben könnte, würde ich mich tatsächlich vor dem Leben fürchten.«

»Mir macht das Leben keine Angst, und doch glaube ich nicht mehr an den Fortschritt«, sagte Uliva.

»Das ist schrecklich«, sagte Pietro. »Wie hast du dich damit abfinden können.«

»Ich habe mich nicht abgefunden«, sagte Uliva. »Das Leben schreckt mich nicht, aber noch weniger der Tod. Gegen dieses von Gesetzen erstickte Pseudo-Leben ist dem Menschen nur eine Waffe zur freien Verfügung geblieben: das Anti-Leben, die Zerstörung des Lebens.«

»Ich fürchte, ich habe verstanden«, sagte Pietro.

Er hatte tatsächlich verstanden, und plötzlich überkam ihn eine große Traurigkeit. Es hatte keinen Sinn, weiter zu reden.

Die junge Frau, die ihm die Tür geöffnet hatte, trat ins Zimmer, um etwas zu holen. Uliva wartete, bis sie wieder hinausgegangen war, dann sagte er:

»Trotz allem habe ich eine Art Achtung vor dir. Seit vielen Jahren sehe ich dich einen ritterlichen Kampf mit dem Leben oder, wenn du so willst, mit dem Schöpfer ausfechten: den Kampf der Kreatur, die über ihre Grenzen hinaus will. Es ist ein edler Kampf, ich sage das ohne Ironie, aber es gehört eine Einfalt dazu, die mir fehlt.«

»Der Mensch lebt nur wirklich, wenn er gegen seine Grenzen ankämpft«, sagte Pietro.

»Einmal hast du mir erzählt, wovon du im Geheimen träumst«, sagte Uliva. »Du drücktest dich in bäuerlich bildhafter Weise aus: Das Fucinobecken zu einem Sowjetstaat machen und Jesus zum Vorsitzenden ernennen. Das wäre kein schlechter Gedanke, wenn der Sohn des Tischlers von Nazareth noch wirklich auf dieser Erde lebte und das Amt persönlich ausüben könnte. Aber nachdem die Ernennung erfolgt und seine Abwesenheit festgestellt wäre, müßtest du einen Stellvertreter bestimmen. Wie aber die Stellvertreter Christi ihre Laufbahn beginnen und wie sie enden, das wissen wir in diesem Land nur allzu gut. Die armen Neger und die frisch bekehrten Indianer wissen es noch nicht, aber wir können wahrhaftig nicht so tun, als sei es uns unbekannt. Wo sind deine historischen Kenntnisse geblieben, Pietro?«

»Im Straßengraben«, sagte Pietro. »Wenn Jesus jemals gelebt hat, dann lebt er auch heute noch.«

Uliva lächelte.

»Du bist unverbesserlich«, sagte er. »Deine Fähigkeit zur Selbsttäuschung ist außerordentlich. Mir gelingt das nicht.«

Dann fuhr er fort:

»Mein Vater starb mit vierzig Jahren als Alkoholiker. Er hinterließ uns nichts als Schulden. Einige Wochen vor seinem Tode rief er mich eines Abends zu sich, um mir die Geschichte seines Lebens zu erzählen, die Geschichte eines Gescheiterten. Er begann mit dem Tode seines Vaters, meines Großvaters. ›Ich sterbe arm und enttäuscht‹, hatte ihm sein Vater gesagt, ›aber ich setze all meine Hoffnungen auf dich, mögest du im Leben alles erreichen, was mir versagt geblieben ist.‹ Nun, da auch er sein Ende herannahen fühlte, sagte mein Vater mir, er könne nichts anderes tun als die Worte des Großvaters wiederholen: ›Auch ich, mein lieber Sohn, sterbe arm und enttäuscht, aber du bist ein Künstler, und ich hoffe und wünsche dir, daß du im Leben erreichen mögest, was ich vergeblich ersehnt habe.‹ So werden von Generation zu Generation mit den Schulden auch die Illusionen weitergegeben. Ich bin jetzt fünfunddreißig Jahre alt und schon am gleichen Punkt angelangt wie seinerzeit mein Großvater und mein Vater. Ich bin schon ein endgültig Gescheiterter, und meine Frau erwartet ein Kind. Aber ich bin nicht so töricht zu glauben, daß dieses Kind vom Leben erhalten wird, was ich nicht gehabt habe. Mein Sohn wird Hungers sterben oder, was noch schlimmer ist, als unfreier Mensch leben.«

Pietro erhob sich.

»Ich weiß nicht, ob ich wiederkommen werde«, sagte er. »Aber wenn du oder deine Frau mich brauchen solltet . . .«

»Es hat keinen Sinn«, sagte Uliva. »Wir werden niemanden brauchen.«

In der Via Panisperna traf Pietro auf einen lärmenden Zug von etwa fünfzig Studenten, die eine große Fahne trugen und ein Plakat mit der Aufschrift: »Hoch der Krieg«. Sie waren von einigen Polizisten begleitet, schrien durcheinander, belästigten die Passanten und sangen ein neues Lied, in dem es hieß: »Aus dem Bart des Negus werden wir uns Schuhbürsten machen«. An allen Fenstern und Ladentüren standen Neugierige und sahen schweigend zu. Zwei Straßen weiter begegnete Pietro einer anderen Gruppe von Studenten mit der gleichen Fahne, dem gleichen Plakat, den gleichen Polizisten, die dasselbe Schuhputzerlied sangen. In der Menge erkannte Pietro die unsicheren, schleppenden Schritte der Arbeitslosen, die Schritte derer, die kein Ziel hatten und sich schließlich dem lärmenden Zug der Studenten anschlossen.

In der Nähe des Kolosseums hielt Pietro inne, um den militärischen Übungen einer Jugendgruppe zuzusehen. Knaben von fünfzehn bis siebzehn Jahren lernten das Auseinandernehmen und Zusammensetzen von Maschinengewehren und den Übergang von der Marschposition zur Schußbereitschaft. Sie waren dabei so ernst und aufmerksam wie kleine

Männer und führten die Übungen mit großer Schnelligkeit aus.
Einer alten Frau war Pietros Aussehen aufgefallen.
»Warum weinen Sie?« fragte sie. »Ist Ihnen nicht gut?«
Pietro schüttelte den Kopf und entfernte sich eilig. Den ganzen Nachmittag lang irrte er ziellos umher.
Der Treffpunkt mit Romeo war eine Wirtschaft im Tiburtino-Viertel, unweit der Eisenbahn. Der Rost alter Eisenbahnteile und der Rauch der Lokomotiven gaben der Straße ihre Färbung, und die Mauern rochen nach Kohle und Maschinenöl. Als Pietro das Lokal betrat, war es fast menschenleer. Nur ein Carabiniere saß in einer Ecke und aß seine Spaghetti mit so finsterer Miene, als seien es die Eingeweide eines Anarchisten. Der Fußboden war mit einer dicken Lage von Sägespänen bedeckt, die den Schmutz aufnehmen sollten. An einer Wand hing ein Bild, das einen großartigen Überseedampfer darstellte, der mit hell erleuchteten Kabinen auf einem mondbeschienenem Ozean schwamm. Später erschienen einige Gepäckträger und Eisenbahnarbeiter, und jeder bestellte seinen halben Liter Wein. Beim Trinken schielten sie auf den Ozeandampfer – in aller Vorsicht, damit der Carabiniere es nicht bemerkte – und schifften sich im Geist nach Amerika ein. Dann bezahlten sie ihren Wein, gingen wieder an Land, spuckten auf den Boden und machten sich mißgelaunt auf den Heimweg.
Romeo traf verspätet ein, trank an der Theke ein Viertel Wein, hustete und verließ das Lokal, ohne sich Pietro genähert zu haben. Dieser ging ebenfalls hinaus und folgte ihm in einiger Entfernung, nicht ohne Mühe, denn Romeo wechselte an jeder Straßenecke die Richtung, offenbar um sich davon zu überzeugen, daß er nicht verfolgt wurde. Erst nach einer ganzen Weile ging er langsamer und ließ sich von Pietro einholen.
»Hast du schon von der Explosion in der Via Panisperna gehört?« fragte Romeo.

Pietro wußte nichts davon.
»Ulivas Wohnung ist in die Luft geflogen und hat ihn mit seiner Frau und die Einwohner des unteren Stockwerks unter den Trümmern begraben. Der Presse ist befohlen worden, nichts darüber zu bringen, aber da es im Zentrum der Stadt geschehen ist, hat die Nachricht von der Explosion sich sofort verbreitet. Es scheint, daß Uliva ein großes Attentat vorhatte. Offenbar wollte er die Kirche S. Maria degli Angeli während einer bevorstehenden Zeremonie, an der die ganze Regierung teilnehmen sollte, in die Luft sprengen. Ein uns befreundeter Feuerwehrmann hat beim Wegräumen der Trümmer mitgearbeitet und uns berichtet, daß man unter Ulivas Papieren einen genauen Plan der Kirche mit vielen technischen Einzelheiten gefunden hat.
»Ich bin heute morgen bei Uliva gewesen«, sagte Pietro, »und hatte schon den Eindruck, daß er eine große Totenfeier vorbereitete.«
»Wenn der Portier des Hauses dich gesehen hat, wird er sich ganz sicher deiner erinnern«, sagte Romeo. »Du hast ein Gesicht, das man nicht so leicht vergißt. Ein Grund mehr für dich, bald abzureisen.«
Auf der Piazza Tiburtina war eine große Menschenmenge versammelt, darunter Gruppen von Soldaten, Carabinieri und Angehörige der Miliz. »Was gibt es denn?« fragte Pietro.
»Morgen ist die Mobilmachung«, bekam er zur Antwort. »Morgen beginnt der neue Afrikakrieg.«
Morgen? Seit langer Zeit hatte man immer wieder von dieser Möglichkeit gesprochen, aber gerade deswegen schien der Krieg unwahrscheinlich und fern gerückt. Und nun sollte das Unwahrscheinliche sich ereignen, es wartete schon hinter der Bühne, und ab morgen würde es die Szene beherrschen.
»Ich vergaß dir zu erzählen, daß der junge Verbindungsmann verhaftet worden ist«, sagte Romeo. »Sie werden ihn

bestimmt schlagen, um ihn zum Sprechen zu bringen. In solchen Fällen gebietet einem die Vorsicht, mit dem Schlimmsten zu rechnen. Nimm dich also in acht. Hier ist das Geld, das vor einem Monat für dich angekommen ist, und hier ist der Paß. In den nächsten Wochen dürfen wir uns nicht zusammen sehen lassen.«

»Ich habe keine Zeit mehr zu verlieren«, sagte Pietro. »Seit sechs Monaten bin ich wieder im Lande, und noch habe ich nichts getan. Ich habe genug vom Warten. Ich brauche einen zuverlässigen Mitarbeiter für die Aktion in der Marsica.«

»Eine illegale Organisation ist wie ein Netz, das fortwährend aufgelöst und wieder neu geknüpft wird«, sagte Romeo. »Diese Arbeit kostet Blut und Geduld. Die Organisation der Gruppen in Rom ist mehrmals zerstört und wieder neu aufgebaut worden. Nur mit großer Mühe gelingt es, neue Verbindungen anzuknüpfen, und oft halten sie nur kurze Zeit. Viele Kameraden sind ins Gefängnis gekommen, andere sind spurlos verschwunden, noch andere mußten wir ausschließen, weil sie verdächtig sind. Aber durchhalten müssen wir trotzdem.«

»Also gut«, sagte Pietro. »Ich werde mir allein helfen.«

»Da ist noch etwas«, sagte Romeo, sichtlich verlegen.

»Was denn?«

»Ich habe Battipaglia getroffen.«

»Was hat er dir gesagt?«

»Er hat mir mitgeteilt, daß du möglicherweise aus der Partei ausgeschlossen wirst.«

»Das hängt nicht von ihm ab.«

»Es würde mich sehr betrüben, wenn das geschähe«, sagte Romeo. »Tu alles, um es zu vermeiden. Sei nicht eigensinnig.«

»Sie sollen mich in Frieden lassen«, sagte Pietro. »Sie sollen nicht Unmögliches von mir verlangen. Ich kann der Partei doch nicht heute die Anschauungen opfern, die mich gestern bewogen haben, ihr beizutreten.«

Romeo drang weiter in ihn.
»Die Partei verlassen, bedeutet der Idee untreu werden«, sagte er.
»Das ist nicht richtig gedacht«, erwiderte Pietro. »Demnach wäre die Kirche wichtiger als Christus.«
»Also gut«, sagte Romeo. »Aber sei nicht eigensinnig.«
Die beiden Männer drückten sich fest die Hand und entfernten sich, jeder in einer anderen Richtung.

19

Ehe er in die Marsica zurückkehrte, wollte Pietro noch einmal versuchen, wenigstens einen erfahren Genossen zu finden, den er als Mitarbeiter mitnehmen könnte. Er wollte der Gefahr vorbeugen, daß Pompeo und seine jungen Freunde sich selbst überlassen blieben, falls er verhaftet würde. Darum teilte er dem alten Lamorra mit, daß er noch einige Tage in seiner Baracke zu bleiben gedenke. Der Alte benutzte die Gelegenheit, um ihm einen Vorschlag zu unterbreiten.
»Nach Orta kann ich nicht wieder zurück, ich habe dir den Grund ja schon gesagt. Es ist der einzige Ort der Welt, in den ich keinen Fuß mehr setzen will, und du selber gehst ja auch nicht nach Orta. Aber warum nimmst du mich nicht mit? Ich mag nicht mehr in der Grube arbeiten.«
»Was würdest du denn bei mir tun?« fragte Pietro.
»Jede Dienstleistung, auch die niedrigste«, sagte Lamorra. »Ich kann deine Koffer tragen. Ich kann dich rasieren, wenn du es nicht selber tust. Ich kann deiner Verlobten die Briefe bringen. Und ich würde nicht viel Kosten verursachen, ich würde essen, was du übrig läßt.«
»Du bist verrückt«, sagte Pietro. »Ich hasse es, mich bedienen zu lassen.«
Lamorra war betrübt.

»Du darfst nicht glauben, daß ich irgend einem anderen Menschen dies Angebot machen würde«, sagte er. »Aber du bist der Sohn meines Herrn und, nimm es mir nicht übel, manchmal kommt es mir vor, als seist du noch ein richtiges Kind.«

»Verlier nicht deine Zeit mit unnötigen Reden«, sagte Pietro. »Versuch lieber die Person aufzufinden, von der ich dir gesprochen habe.«

Lamorra fand Murica nicht, aber er fand Annina, Muricas Freundin, die nach Trastevere gezogen war. Pietro machte sich sofort auf den Weg dorthin. Annina wohnte in einer Mietskaserne, wo es nach Schmutz und Elend roch. In einem kleinen, unordentlichen Zimmer, das zugleich als Schlafraum und als Werkstatt diente, traf er das Mädchen bei der Arbeit an der Nähmaschine.

»Du wirst durch Romeo von mir gehört haben«, sagte Pietro. »Ich bin hergekommen, um etwas über Murica zu erfahren.«

Annina empfing den Eindringling mit sichtlichem Unwillen. Sie war noch sehr jung und hatte ein schmales regelmäßiges Gesicht und schöne, wenn auch feindselig blickende Augen. Pietro blieb verlegen an der Tür stehen, bis das Mädchen ihm endlich einen Stuhl anbot. Als er sich zu ihr gesetzt hatte, sah sie ihn mit einem traurigen Lächeln an.

»Sie haben eine merkwürdige Ähnlichkeit mit dem, den Sie suchen«, sagte sie. »Auch Ihre ungestüme Art, Besuche zu machen, erinnert an ihn. Er ist übrigens in Rocca dei Marsi geboren. Wie er mir einmal erzählt hat, ist das nicht weit von Ihrem Heimatdorf.«

»Kaum zehn Kilometer«, sagte Pietro. »Aber wo ist er jetzt? Ich muß ihn unbedingt sprechen.«

»Er hat mir oft von Ihnen erzählt«, sagte Annina. »Es tat ihm leid, daß er Sie nicht persönlich kannte. Aber jede Gruppe arbeitete so isoliert, daß es schwierig war, die anderen Genossen kennenzulernen.«

»Seit wann haben Sie ihn nicht mehr gesehen?«

»Es ist bald ein Jahr her. Ich bin in dieser Zeit schon mehrmals nach ihm gefragt worden.«

»Könnte es sein, daß er im Gefängnis ist?«

»Nein«, antwortete Annina mit großer Bestimmtheit. »Er wurde im vergangenen Jahr mit einigen anderen Kameraden bei der Razzia am 1. Mai verhaftet und verbrachte einige Monate im Gefängnis. Als er herauskam, hat er mir geschworen, daß er eher Selbstmord begehen als noch einmal dorthin zurückkehren würde.«

Man hörte Schritte auf der Treppe. Ein kleines Mädchen öffnete die Tür, gab ein Kleid zum Ausbessern ab und entfernte sich wieder.

»Kannten Sie ihn schon lange?« fragte Pietro.

»Warum soll man alte Wunden wieder aufreißen?« entgegnete Annina.

»Entschuldigen Sie«, sagte Pietro, »ich frage nicht aus Neugier. Wenn Sie mich besser kennen würden, dann wüßten Sie, daß Sie Vertrauen zu mir haben können.«

»Ich weiß es«, sagte Annina.

Sie räumte die Sachen auf dem Tisch und auf der Nähmaschine zusammen.

»Wir lernten uns vor etwa vier Jahren in der Gruppe kennen und hatten uns gleich sehr gern«, erzählte sie. »Es war kein Abenteuer, sondern eine wirkliche Liebe. Ich lebte damals noch bei meinen Eltern, und meine Mutter schalt mich den ganzen Tag, weil ich alle anderen Pflichten vergaß und nur noch Gedanken für ihn hatte. Er war mein erster Freund und war mir Sohn, Bruder und Geliebter zugleich. Und er hat mich auch sehr lieb gehabt.«

Sie stand auf und trat ans Fenster, um ihre Tränen zu verbergen.

»Es tut mir leid, daß Sie meinetwegen traurige Erinnerungen wachrufen müssen«, sagte Pietro.

»Es handelt sich leider nicht um vergessene Dinge«, sagte

Annina. »Es ist eine schmerzliche Wirklichkeit, die ich immer vor Augen habe. Sie beherrscht mein ganzes Leben.«
»Das Leben als Widerstandskämpfer ist hart«, sagte Pietro. »Man müßte ohne Herz sein, um standhalten zu können und nicht zu verzweifeln.«
»Unsere Freundschaft hatte unsere Teilnahme an der Gruppenarbeit nicht beeinträchtigt«, fuhr Annina fort. »Im Gegenteil, wir waren aktiver als zuvor. Wir organisierten Ausflüge und Leseabende und wählten Romane aus, die soziale Probleme behandelten, um darüber zu diskutieren. Nur wegen der Parteiarbeit verzichteten wir darauf, zu heiraten und Kinder zu haben.«
»Und wie ging es zu Ende?« fragte Pietro. »Entschuldigen Sie, aber es wundert mich, daß es zu einem vollständigen, sowohl politischen wie persönlichen Bruch gekommen ist?«
Annina zögerte.
»Es gibt Dinge, die man eigentlich nicht erzählen kann«, sagte sie. »Aber vielleicht habe ich die Pflicht, es zu tun, und Sie sind der Mensch, dem ich es am ehesten anvertrauen kann. Sie stammen aus seiner Heimat, Sie sehen ihm ähnlich, wahrscheinlich haben Sie dieselben Ansichten, vielleicht auch dieselben Fehler.«
Sie brach wieder in Tränen aus, dann begann sie, sich mühsam beherrschend, ihren Bericht.
»Als er im vergangenen Jahr in Haft war«, sagte sie, »wurde er oft mißhandelt, aber mehr als die Schläge wirkten auf ihn die Ohrfeigen, das Angespucktwerden, die moralische Erniedrigung. Er verließ das Gefängnis niedergedrückt und ganz verändert. Ich schob es auf seine körperliche Schwäche, aber auch im Laufe der nächsten Wochen konnte er sich von dem Alpdruck der Polizei und der Angst vor einer nochmaligen Verhaftung nicht freimachen. ›Ehe ich wieder ins Gefängnis gehe, nehme ich mir das Leben‹, sagte er immer wieder. Die Polizei hatte ihn vor dem Umgang mit mir gewarnt, da auch ich politisch verdächtig sei, und er war in

meiner Gegenwart immer unruhig. Wenn ein Lastwagen vorbeifuhr, wurde er bleich. Wir wußten nicht mehr, wo wir uns treffen sollten. Er liebte mich immer noch, wollte oft mit mir zusammen sein, und wenn er mich zwei Tage nicht gesehen hatte, quälte ihn die Eifersucht. Aber wenn er bei mir war, fühlte er sich in Gefahr, und so kam es, daß er mich beinahe haßte. Die frühere Unbeschwertheit war dahin. Das Zusammensein wurde zu einer Qual. ›Die Polizei kann mich jeden Augenblick überraschen‹, sagte er. Auch seine Gesundheit war gestört: sein Herz war nicht in Ordnung, ebensowenig sein Magen, und er hatte Anfälle von Asthma. Mehrmals erschien ein Polizist bei mir, um nach Luigi zu fragen. Der Mann stammte aus Apulien, war rothaarig und besonders unsympathisch. Er kam zu den unwahrscheinlichsten Zeiten, mit Vorliebe nachts, wenn ich im Bett lag, und bald wurde mir klar, daß er es mehr auf mich abgesehen hatte als auf meinen Freund. Ich mußte mich mehr als einmal zur Wehr setzen und verabredete schließlich, um mich sicherer zu fühlen, mit einer Cousine, daß sie bei mir schlafen sollte. Am Weihnachtstag des vergangenen Jahres hatten Luigi und ich in einem Restaurant vor der Porta S. Paolo zu Mittag gegessen. Er war an diesem Tag ungewöhnlich guter Stimmung, fast so unbeschwert und fröhlich wie früher. Da wir lange nicht allein zusammen gewesen waren, bat ich ihn, den Nachmittag bei mir zu verbringen; ich hatte damals eine kleine Wohnung in der Via del Governo Vecchio. Unterwegs kauften wir Blumen, Obst, Süßigkeiten und eine Flasche Marsala. Er half mir gerade, die Blumen in eine Vase zu stellen, als an die Tür geklopft wurde. ›Wer ist da?‹ fragte ich. ›Polizei‹, war die Antwort. Luigi fing an zu zittern und mußte sich setzen, denn er konnte sich nicht mehr auf den Füßen halten. Er machte mir ein Zeichen, ich solle nicht öffnen, aber die Schläge wurden immer heftiger. ›Ich geh nicht wieder ins Gefängnis‹, murmelte er. ›Ich werfe mich aus dem Fenster, aber ins Gefängnis gehe ich nicht.‹ Inzwischen drohte die Tür unter den Schlägen der Polizisten nachzugeben. Zu meiner Wohnung gehörte ein kleiner Balkon, von dem aus man leicht auf das Dach klettern konnte. Ich bedeutete Luigi, sich dorthin zu flüchten, und als er verschwunden war, öffnete ich die Tür. Zwei Polizisten traten ein, der Apulier und ein jüngerer, den ich nicht kannte. Mein Leugnen nützte nichts. Sie wußten, daß mein Freund bei mir war, denn sie hatten uns zusammen ins Haus eintreten sehen. Sie suchten unter dem Bett und im Schrank. Der Apulier sagte: ›Wenn er nicht im Zimmer ist, muß er auf dem Dach sein.‹ Ich stellte mich vor die Balkontür. ›Ihr werdet ihn nicht verhaften‹, sagte ich. ›Verhaftet mich, aber nicht ihn.‹ Sie versuchten, mich mit Gewalt von der Balkontür fortzubringen, aber ich wehrte mich mit Händen und Füßen. ›Ihr werdet ihn nicht verhaften‹, sagte ich immer wieder. ›Einverstanden‹, sagte der Apulier, ›aber unter einer Bedingung.‹ ›Jede Bedingung ist mir recht‹, sagte ich. Ich hätte mit Freuden mein Leben hingegeben, um Luigi zu retten, aber die Polizisten verlangten mehr. Ich weiß nicht, wie lange sie bei mir blieben. Ich weiß nur, daß ich viel später die Stimme meines Freundes vom Balkon her hörte. ›Sind sie fort?‹ fragte er. Er trat ins Zimmer. ›Was machst du? Schläfst du?‹ fragte er mich. Er ging ans Fenster und beugte sich hinaus, um zu sehen, ob das Haus bewacht war. ›Es ist niemand auf der Straße‹, sagte er erleichtert. Er nahm ein Stück Kuchen vom Tisch und aß es. Er ging zur Tür und horchte, ob jemand auf der Treppe wäre. Dann kam er an mein Bett. ›Was machst du? Schläfst du?‹ fragte er noch einmal. Ich war mit einem Leintuch zugedeckt, er zog es fort. Er sah mich nackt, und auf dem Laken sah er die Spuren der beiden Männer. Er verzog angeekelt das Gesicht. ›Hure‹, schrie er, spuckte auf das Bett, warf alles zu Boden, was wir zusammen eingekauft hatten, um Weihnachten zu feiern, warf die Nähmaschine um und schleuderte die Weinflasche gegen den großen Spiegel, der in Scherben zersprang. Und dann ging er hinaus und schlug die Tür hinter sich zu. Ich rührte mich nicht, ich sagte kein Wort. Was geschehen war, war geschehen.«

Sie schwieg. Ihre Erzählung war beendet. Man hörte Schritte hinter der Tür.

Pietro sprang auf.

»Wenn es der Apulier ist, dann wirst du es diesmal sein, die auf den Balkon geht, und ich werde mit ihm abrechnen«, sagte er.

Aber es war nur ein Bote, der ein Paket abgab und gleich wieder fortging.

»Der Apulier hat sich aus Vorsicht nicht mehr blicken lassen«, sagte Annina, »und ebensowenig sein Kollege. Manchmal habe ich sie von weitem auf der Straße gesehen, aber sie gingen mir jedesmal aus dem Weg.«

»Wo mag Murica hingegangen sein?« fragte Pietro.

»Wahrscheinlich ist er bei seiner Familie, in Rocca dei Marsi«, sagte Annina.

»Hast du nie daran gedacht, dich mit ihm auszusprechen?«

»Was hätte das für einen Sinn? Was geschehen ist, ist geschehen.«

»Ich werde ihn aufsuchen und mit ihm reden«, sagte Pietro.

»Ich könnte nicht mehr mit ihm leben«, sagte Annina mit großer Bestimmtheit. »Auch mit keinem anderen Mann. Alles ekelt mich an.«

»Annina«, sagte Pietro, »ich danke dir für das Vertrauen, das du mir geschenkt hast. Vielleicht war es nicht umsonst.«

20

Der Eisenbahnwagen war gedrängt voll von jungen Leuten, die gerade ihre Einberufung erhalten hatten. Zwischen ihnen saßen zwei Herren mit Parteiabzeichen und redeten

über den Krieg. Die anderen Reisenden schwiegen und hörten zu.
»Dank der neuen Erfindung, über die unsere Heeresleitung verfügt, wird der zweite Afrikakrieg in wenigen Tagen beendet sein«, sagte der eine. »Der ›Todesstrahl‹ wird den Feind restlos vernichten.«
Um zu zeigen, wie man den Feind in alle Winde zerstreuen werde, pustete er mit aufgeblasenen Backen über die flache Hand, als wollte er ein Stäubchen fortblasen.
»Hast du gelesen, daß der Bischof heute in Avezzano die Einberufenen segnen wird«, sagte der andere. »Kein Wunder, der ›Todesstrahl‹ wird ja auch den Missionaren den Weg ebnen.«
Inmitten der jungen Männer saß ein alter Bauer mit einer Drehorgel. Sein Sohn lag mit dem Kopf an die Schulter des Vaters gelegt und schlief. ›Spiel uns doch was vor‹, hatten die Zunächstsitzenden gesagt, aber der Alte hatte den Kopf geschüttelt. Vielleicht wollte er der Unterhaltung der beiden Herren folgen, die vom Krieg und von dem geheimnisvollen ›Todesstrahl‹ redeten. Die Herren trugen Jagdflinten und gefüllte Patronentaschen am Gürtel, sie waren auf dem Weg zum Fucino, um Wachteln zu schießen.
»In diesem Jahr sind die Wachteln verspätet gekommen«, sagte der eine, »aber sie sind fetter als voriges Jahr.«
»Es gibt immer einen Ausgleich«, sagte der andere lachend.
Mit einiger Verspätung stimmten die Nachbarn, die nicht für dumm gelten wollten, in sein Gelächter ein.
Auf jeder kleinen Station stiegen noch mehr Einberufene zu. Fast alle rochen nach Branntwein und Viehstall. Wer keinen Sitzplatz fand, hockte sich auf sein Bündel, und manche holten sofort Maisbrot aus ihrem Sack und fingen an zu essen. Der alte Mann ließ eine Strohflasche mit Landwein in die Runde gehen. »Spiel doch etwas«, wiederholten seine Nachbarn. Aber er schüttelte den Kopf, er hatte keine Lust.
Don Paolo hatte sich in eine Ecke gedrückt. Mit seinem

abgeschabten Hut und dem alten zerknüllten Priesterrock sah er aus wie ein armer Landpfarrer aus den Bergen. An vielen kleinen Zeichen erkannte er, ob die Mitfahrenden aus den Dörfern oder aus den Tälern kamen oder von den Bergen. Die einen wie die anderen waren arme Leute, die mit großer Ergebenheit ihre Leiden trugen und ein einsames Leben in Unwissenheit, Mißtrauen und Sippenhaß gewöhnt waren.

Immer wenn Don Paolo unter den Reisenden jemand aus Orta zu erkennen glaubte, drückte er den Hut tiefer in die Stirn und hob sein Brevier dicht vor die Augen.

Das ganze Land hatte Uniform angelegt. Überall, am Zug, in den Stationen, an den Telegraphenstangen, auf den Mauern, an den Kirchtürmen, längs der Gartenzäune und an den Brückengeländern, waren Inschriften zu lesen, die den Krieg verherrlichten.

Die Fahrt bis Fossa verlief ohne Zwischenfall. Der kleine Ort war kaum wiederzuerkennen im überreichen Schmuck der bunten Girlanden und Fahnen, der Plakate, die den Aufmarsch regeln sollten und der kriegerischen Parolen, die in Kreide, Pech, Kohle und Farbe auf allen Mauern prangten.

Das Gasthaus Girasole hatte sich in eine Mobilmachungsstelle verwandelt. Berenice lief in großer Aufregung ungekämmt und halb aufgelöst hin und her. Trotzdem fand sie noch Zeit, Don Paolo willkommen zu heißen und ihm immer wieder die Hand zu küssen.

»Welch ein Glück, daß auch Sie an diesem glorreichen Tage bei uns sind, welch ein Glück.«

»Wo ist Bianchina?« fragte der Priester. »Und wo könnte ich Pompeo finden, den Sohn des Apothekers?«

Aber Berenice war schon weitergeeilt.

In der Wirtsstube und auf der Treppe war ein unaufhörliches Kommen und Gehen. Einige Männer, mit Parteiabzeichen versehen und schon heiser vom vielen Reden, saßen um einen Tisch und besprachen die Einzelheiten der spontanen Kundgebung, die am Nachmittag stattfinden sollte. Durch allerstrengste Maßnahmen mußte man sich die begeisterte Teilnahme der gesamten Bevölkerung von Fossa und Umgebung sichern. Fossa durfte auf keinen Fall schlecht abschneiden.

»Sollen wir auch Lastwagen nach Pietrasecca schicken?« fragte einer der Männer.

»Freilich, auch nach Pietrasecca«, antwortete ein anderer, »aber es müssen ein paar Carabinieri mitfahren, damit die Bevölkerung begreift, daß sie sich aus eigenem Antrieb hier einzufinden hat.«

An einem anderen Tisch verhandelten einige Bauern und Ladenbesitzer, fette, speckbäuchige Männer, unter der Leitung des Advokaten Zabaglia seit Stunden mit Erbitterung über die Speisenfolge des abendlichen Festessens. Zabaglione war so in Eifer geraten, daß er Don Paolos Ankunft nicht bemerkte. Es bestand eine grundsätzliche, ernste Meinungsverschiedenheit, aus der Zabaglia in seinem Eifer eine Frage des persönlichen Ansehens gemacht hatte: welcher Wein sollte zuerst getrunken werden, der weiße oder der rote?

In Berenices Zimmer im ersten Stock war der Ausschuß für die Freiwilligenwerbung versammelt. Die Mitglieder, die keinen Stuhl mehr gefunden hatten, saßen oder lagen auf dem Bett der Wirtin. Auf dem bestickten Kissen war ein freundlicher Wunsch zu lesen: *Glückliche Träume.* Über dem Bett hing eine farbige Lithographie, die den Schutzengel darstellte, wie er eine Taube streichelte.

Der Kurzwarenhändler, der seinen Laden gegenüber dem Wirtshaus hatte schließen müssen, weil er bankrott war, hatte ihn an diesem Morgen wieder geöffnet. Seine Frau saß an der Kasse, und an der Tür hing ein Anschlag, auf dem geschrieben stand: ›Es wird den Gläubigern mitgeteilt, daß der Besitzer dieses Ladens sich freiwillig zum Kriegsdienst gemeldet hat.‹ Als der Leiter des Meldeamtes, Don

Genesio, die Liste der Freiwilligen durchsah, hatte er ausgerufen: »Das wird ein Krieg der Bankrotteure.«
Dieser Ausspruch hatte großen Erfolg und wurde jedem Neuhinzukommenden mitgeteilt. Der Apotheker Don Luigi suchte überall seinen Sohn und fand ihn nicht. Er war verzweifelt. Die Söhne der anderen meldeten sich als Freiwillige, sollte sein Sohn denn zurückstehen? Auch er war Geschäftsmann, auch er mußte fällige Wechsel bezahlen.
»Habt ihr Pompeo gesehen?« fragte er voller Aufregung alle Leute, die ihm begegneten. »Wenn ich ihn finde und er nicht bereit ist, sich als Freiwilliger zu melden, dann passiert ein Unglück, so wahr Gott lebt.«
Nicht weniger besorgt, wenn auch aus anderen Gründen, war Don Paolo. Ohne dem Vater etwas davon zu sagen, ging er zur Villa, wo alles still war. In der Nähe des Brunnens fand er Bianchina, die mit einem Ball spielte und dabei ein Liedchen vor sich hin trällerte. Sie fiel ihm fröhlich um den Hals.
»Wo ist Pompeo?« fragte er.
»Nach Rom gefahren«, sagte Bianchina. »Er bekam einen Anruf.«
»Einen Anruf von wem?«
Das wußte sie nicht genau.
»Ich glaube, es handelt sich um die zweite Revolution«, sagte sie.
»Wo ist Alberto?«
»In Pietrasecca, er ist wieder in den Schoß der Familie zurückgekehrt. Sein Vater ist gestorben. Alberto hat mich verlassen, weil er eifersüchtig war, auf Pompeo, auf dich, auf alle.«
»Und was macht der Kuhhirt?«
»Das weiß ich nicht. Er hat sich verlobt und will heiraten.«
»Bianchina, ich habe eine dringende Bitte an dich«, sagte Don Paolo.
Das Mädchen machte einen tiefen Knicks und sagte:
»Ich bin die Magd des Herrn.«

»Du müßtest nach Rocca gehen und einen gewissen Luigi Murica suchen. Sag ihm nur, ein Bekannter aus Rom wolle ihn gern besuchen, ob er kommen könne. Sag ihm nichts weiter, auch nicht, wenn er in dich dringt.«

»Ich nehme das Rad«, sagte Bianchina.

Das Fahrrad befand sich in einem Raum der Villa, in dem verschiedene Geräte aufbewahrt wurden.

Don Paolo sah Bianchina in der Richtung nach Rocca davonfahren, dann kehrte er zum Wirtshaus Girasole zurück.

Je mehr sich die Stunde näherte, zu der das Radio die Kriegsproklamation übermitteln sollte, um so größer wurde das Gedränge auf den Straßen, wo es schon von Menschen wimmelte. Von allen Seiten kamen Motorräder, Autos und Lastwagen mit Polizisten, Carabinieri, Milizsoldaten, Amtssoldaten, Amtswaltern der Partei und Vertretern der ständischen Korporationen. Von den Bergdörfern kamen Esel, Karren, Fahrräder und Lastautos voller Cafoni. Zwei Musikkapellen zogen durch die Straßen und spielten immer wieder die Nationalhymne, bis zum Überdruß, bis zur Besessenheit. Die Musiker trugen Uniformen wie Tierbändiger im Zirkus oder Portiers in großen Hotels, mit prächtigen Schnüren und einer doppelten Reihe glänzender Metallknöpfe auf der Brust. Neben einem Barbierladen war ein großes Plakat ausgestellt, das einige abessinische Frauen zeigte, deren Brüste fast bis zu den Knien hingen. Eine Gruppe junger Burschen hatte sich davor versammelt, sie lachten und betrachteten das Bild mit lüsternen Augen.

Im Hintergrund des Platzes, zwischen dem Parteibüro und dem Rathaus, war ein mit Fahnen geschmückter Lautsprecher angebracht worden. Von dort sollte die Stimme des Krieges ertönen. Unter dem kleinen Zauberkasten, von dem ihrer aller Schicksal abhing, versammelte man die armen Leute, die nach und nach herbeiströmten. Die Frauen hockten am Boden wie in der Kirche oder auf dem Markt, die Männer saßen auf ihren Säcken oder auf dem Sattel ihres

Esels. Sie hatten nur eine recht unbestimmte Vorstellung davon, weshalb sie hier zusammen gekommen waren und fühlten sich bedrückt und unsicher. Mißtrauisch sahen sie zu dem kleinen Kasten hinauf.

Der Platz und die anliegenden Straßen waren schon voller Menschen, aber der Zustrom aus der Umgegend dauerte unvermindert an. Es kamen die Lahmen aus den Steinbrüchen, die Blinden von den Hochöfen, die Weinbauern, deren Hände von Schwefel und Kalk zerfressen waren, und die Landarbeiter, deren Rücken vom Umgang mit Hacke und Sense gebeugt war. Da der Nachbar sich aufmachte, hatte keiner zurückbleiben wollen. Wenn der Krieg zum Unglück ausschlug, war es ein Unglück für alle, und geteiltes Leid ist halbes Leid. Brachte er dagegen Glück, so mußte man versuchen, wenigstens einen kleinen Teil davon zu erwischen. So hatten sich alle in Bewegung gesetzt. Sie hatten das Keltern der Trauben, das Reinigen der Fässer, die Vorbereitungen zur Saat unterbrochen und waren herbeigeeilt, um die Kundgebung mitzuerleben. Schließlich erschienen auch die Einwohner von Pietrasecca und wurden neben dem Wirtshaus aufgestellt. »Rührt euch nicht von der Stelle«, mahnte ein Polizist.

Die Lehrerin aus Pietrasecca erklärte ihrer Gruppe wieder und wieder, wie man sich zu benehmen hatte, wann man rufen und wann man singen mußte, aber ihre Stimme verlor sich im allgemeinen Durcheinander. Grascia wurde ärgerlich.

»Lassen Sie uns in Frieden«, rief er. »Wir sind keine Kinder.«

Don Paolo unterhielt sich mit Magascià und dem alten Gerametta über die Dinge, die sich nach seiner Abreise in Pietrasecca ereignet hatten. Magascià erzählte ihm von dem traurigen Ende des alten Herrn Colamartini.

»An dem Tage, an dem er mit Ihnen nach Fossa gefahren war, ist er abends als Toter zurückgekehrt«, sagte Magascià. »Die Stute brachte den Wagen mit dem Leichnam bis vor die Haustür. Mehrere Personen sind ihm unterwegs begegnet und haben ihn gegrüßt, aber niemand hat bemerkt, daß er schon tot war. Er saß etwas schräg auf dem Sitz, und der Kopf war ihm auf die Brust gesunken wie bei einem Schlafenden, aber seine Hände umklammerten noch die Zügel.«

»Donna Cristina hat mehrmals nach Ihnen gefragt«, fuhr Magascià fort. »Sie wollte wissen, wann Sie zurückkommen. Alberto ist jetzt dort, aber sie hat keine Hilfe an ihm.«

Die Männer aus Pietrasecca warteten schweigend auf den Beginn der Zeremonie, aber die Frauen waren neugieriger und nicht so geduldig. Cesira schlug vor, in die Kirche zu gehen, ›ehe die Maschine anfängt zu sprechen‹. Filomena und Teresa waren dagegen, denn sie wollten ihren Platz nicht aufgeben, aber da die anderen sich aufmachten, gingen sie mit. Die Männer ließen unterdessen eine Strohflasche in die Runde gehen.

»Wann wird der Kasten sprechen?« fragte Giacinto den Priester.

»Es kann jeden Augenblick losgehen, glaube ich«, sagte Don Paolo.

Diese Nachricht ging von Mund zu Mund und erhöhte die Spannung.

»Er kann jeden Augenblick anfangen zu sprechen«, wiederholten die Leute.

Nur die Kräuterhexe Cassarola hatte Magasciàs Karren nicht verlassen wollen. Die Frauen, die aus der Kirche zurückgekehrt waren, versuchten vergeblich, sie zum Aussteigen zu bewegen.

»Komm doch mit«, sagten sie zu ihr. »Komm, setz dich zwischen uns.«

Die Zauberin antwortete nicht.

»Was siehst du?« fragte eine der Frauen.

Die Alte sah sie mißtrauisch an.

»Es ist ein gelber Komet in der Luft«, sagte sie. »Der Krieg wird kommen, und nach ihm die Pest.«

Die anderen Frauen konnten den gelben Kometen nicht sehen, aber sie schlugen dennoch das Kreuz.
»Zu welchem Heiligen sollen wir beten?« fragte Cesira.
»Das Beten nützt nichts«, sagte die Zauberin. »Gott herrscht auf der Erde, im Wasser und im Himmel, aber der gelbe Komet kommt von jenseits des Himmels.«
Sciatàp stieg auf den Karren und flüsterte ihr ins Ohr:
»Sag mir die Wahrheit, was siehst du wirklich?«
»Einen gelben Kometen«, antwortete sie. »Mit einem langen gelben Schwanz.«
In der aufgeregten und verängstigten Menge machten inzwischen einige blasse junge Mädchen die Runde mit Körben, die dreifarbige Kokarden enthielten. Don Paolo erkannte die Töchter des Advokaten Zabaglione. Sie waren atemlos vor Erregung und geradezu überwältigt.
»Hochwürden«, riefen sie und eilten auf ihn zu, »was für ein schöner Tag. Was für ein unvergeßlicher Tag.«
Sie wollten auch Don Paolo eine Kokarde anstecken, aber er gab ihnen das Abzeichen zurück.
»Es tut mir leid«, sagte er. »Das kann ich nicht.«
Einige Neuankömmlinge verursachten eine Bewegung in der Menschenmenge, die die Mädchen davontrug.
Das Geknatter eines Motorrades übertönte das unbestimmte Summen der wartenden Menge: es war Don Concettino Ragù, in der Uniform eines Milizoffiziers. Um ihm nicht zu begegnen, flüchtete Don Paolo in sein Zimmer, das sich im zweiten Stock des Gasthauses befand, und stellte sich hinter den halbgeschlossenen Läden ans Fenster. Von hier aus gesehen, erinnerte der Menschenauflauf um den Lautsprecher an eine Versammlung von Pilgern um ein Gnadenbild. Über den Dächern konnte Don Paolo zwei oder drei Kirchtürme sehen, auf denen sich Kinder und junge Burschen zusammendrängten wie Tauben in einem überfüllten Taubenschlag. Plötzlich fingen die Glocken an zu läuten. Die führenden Persönlichkeiten der Partei bahnten sich einen Weg

durch die Menge, um vor dem verhängnisvollen Apparat die patriotischen Fetische niederzulegen: die Fahnen, die Wimpel und ein Bild des Regierungschefs mit dem übertrieben starken Unterkiefer. Rufe wie ›Eja, eja‹, und andere Worte ohne verständlichen Sinn erschollen aus der Gruppe der Parteihäupter, während die Menge schweigend Spalier bildete.

Dann wurde unter dem Lautsprecher Platz gemacht für die ›Mütter der Gefallenen‹, die bei solchen Gelegenheiten nicht fehlen durften. Es waren armselige, medaillengeschmückte Frauen, die seit fünfzehn Jahren schwarz gekleidet gingen und das Trauern als Beruf ausübten. Gegen eine kleine Unterstützung waren sie dazu verdammt, sich jedesmal zur Verfügung zu stellen, wenn man ihrer bei öffentlichen Feierstunden bedurfte. Neben den Müttern gruppierten sich um den Pfarrer von Fossa, Don Angelo Girasole, die Pfarrer der umliegenden Ortschaften. Die meisten sahen gutmütig und ängstlich aus, aber auch einige finster blickende Gesichter und ein paar imposante hochgewachsene Gestalten waren darunter, und in ihrer Mitte ein Kanonikus, der so weiß und rosig aussah wie eine wohlgenährte Amme.

»Was für ein schönes Fest«, sagte der Kanonikus. »Was für ein wohlgelungenes Fest.«

Unter dem Balkon des Rathauses hatten sich einige wohlhabende Grundbesitzer aufgestellt, dicke, bärtige Männer mit buschigen Augenbrauen in Jagdanzügen aus gutem Stoff. Die Glocken läuteten unausgesetzt, denn die Knaben auf den Türmen wechselten sich an den Stricken ab. In einem bestimmten Augenblick wurden aus der Gruppe der Parteileute abwehrende Zeichen nach oben gemacht, da die Radioübertragung gleich beginnen sollte. Aber die Knaben verstanden die Zeichen nicht, oder sie taten so, als verstünden sie sie nicht. Es waren im ganzen etwa zehn Glocken, die mit aller Kraft geläutet wurden und die Straßen mit ohrenbetäubendem Lärm erfüllten. Endlich erschienen einige Milizsoldaten auf dem nächstgelegenen Turm und befahlen den Knaben, die Stricke loszulassen. Aber das Läuten von den anderen Türmen dauerte fort, und die ersten heiseren Laute aus dem Apparat blieben unbemerkt. Aus der Gruppe der Parteibeamten und Milizsoldaten erscholl nun ein lauter Schrei, ein Schrei, der sich in scharfem Rhythmus gleichmäßig fortsetzte, eine leidenschaftliche Anrufung: »CE DU, CE DU, CE DU, CE DU.«

Der Ruf wurde von den Frauen und Kindern aufgenommen und von der ganzen Menge gehört und wiederholt, auch von den Allerfernsten, auch von den Zuschauern an den Fenstern. »CE DU, CE DU, CE DU, CE DU«, schrien alle mit religiöser Inbrunst. Vom Radio her wurde durch Zeichen um Ruhe gebeten, damit man die Rede hören könne, aber die Menschenmassen, die in die Seitenstraßen abgedrängt waren, fuhren fort mit dem heilbringenden Geschrei, sie riefen den Magier, den Hexenmeister, der über ihrer aller Leben und Zukunft gebot. Die beiden Silben verloren schließlich jeden Sinn, sie wurden wiederholt wie eine Beschwörung, verschmolzen mit den heiligen Glockentönen und übertönten die Worte aus dem Lautsprecher, so daß die Rede für die meisten Anwesenden unverständlich blieb.

Nach einiger Zeit gaben die dem Radio Zunächststehenden durch Gebärden zu verstehen, daß die Übertragung beendet sei.

»Der Krieg ist erklärt«, rief Zabaglione.

Er bat durch Zeichen um Ruhe und setzte zum Sprechen an, aber seine Worte ertranken im Lärmen der Menge, die immer noch die Rettung und das Heil erflehte. Erst ein lautes Motorengeknatter brach den Bann. Die Autos und die Motorräder der Parteigrößen bahnten sich ihren Weg durch die Menge und fuhren nach allen Richtungen davon. Als auch Don Concettino verschwunden war, verließ Don Paolo seinen Zufluchtsort und begab sich hinunter auf die Straße. Zabaglione kam ihm mit offenen Armen entgegen.

»Haben Sie meine Töchter gesehen?« fragte er voller Stolz. »Haben Sie gesehen, wie sie die Abzeichen verteilten? Die Vaterlandsliebe hatte sie völlig verwandelt.«
»Sie waren schön wie Engel«, sagte Don Paolo.
Bei diesem Kompliment wurde Zabaglione von Rührung erfaßt. Don Paolo fügte hinzu:
»Ich habe Ihretwegen mit dem Bischof gesprochen und hoffe, Ihnen genützt zu haben.«
Zabaglione wollte ihn umarmen. Obwohl der Priester sich wehrte, wurde ihm ein Kuß auf die Wange gedrückt.
»Danke, danke«, sagte Zabaglione. »Ich hatte schon von Ihnen sprechen gehört wie von einem Heiligen, aber ich wußte nicht, daß die Kirche so gütige Heilige hat.«
Der Advokat schob seinen Arm in den des Priesters und führte ihn durch die fahnengeschmückten Straßen zu seinem Hause. Seine Frau öffnete die Tür, sie war sehr bleich und zitterte vor Erregung.
»Küß Hochwürden die Hand und laß uns allein«, sagte Zabaglione.
Die Frau küßte dem Priester die Hand, aber ehe sie sich zurückzog, flüsterte sie ihrem Mann zu: »Die Mädchen sind noch nicht nach Hause gekommen.«
Der Advokat runzelte die Stirn.
»Schick sofort die Magd auf die Suche«, sagte er.
Dann führte er seinen Gast ins Wohnzimmer und bot ihm zu trinken an.
»Der Herr hat mich strafen wollen«, sagte er. »Warum hat er mir Töchter geschenkt und keine Söhne? Die würden jetzt schon in Afrika sein. In Ermangelung von Söhnen habe ich wenigstens die Klienten, deren Prozesse ich führen soll, veranlaßt, sich freiwillig zu melden. Die meisten werden nicht angenommen werden, aber es macht einen guten Eindruck.«
Der Priester sah ihn gutmütig lächelnd an, als wollte er sagen: unter Freunden könnte man doch offener reden, warum bin ich denn mitgekommen?

»Es wird ein harter Krieg werden«, sagte er.
»Das tut nichts«, meinte der Advokat. »Irgend etwas wird schon dabei herausspringen. Glauben Sie nicht? Nach jedem Krieg und besonders nach jeder Niederlage hat unser Land sich bisher vergrößert.«
»Sie hatten die Absicht, nach der Übertragung eine Rede zu halten«, sagte der Priester.
»Es war im Programm vorgesehen«, sagte der Advokat, »aber die Begeisterung der Menge ließ es nicht dazu kommen. Ich hatte übrigens nur den Hauptredner einzuführen, einen gewissen Concettino Ragù. Das Thema, über das er sprechen sollte, lautete: ›Das Erwachen der bäuerlichen Massen und die römische Tradition‹.«
»Also ein völliger Unsinn«, sagte der Priester mit ungewohnter Offenheit. »Wenn die Cafoni sich in den Krieg schicken lassen, so tun sie es jedenfalls nicht zu Ehren einer altrömischen Tradition, von der sie nicht das Geringste wissen.«
Die Enttäuschung, nicht zum offiziellen Festredner bestimmt worden zu sein, ging dem Advokaten noch nach, und in seiner Verbitterung war er froh, jemand zu haben, mit dem er sich aussprechen konnte.
»Sie haben recht«, sagte er. »Es ist wirklich ein Unsinn, heute von der römischen Tradition zu sprechen. Unsere Tradition geht nicht weiter zurück als bis zu den Bourbonen und den Spaniern, auf einem Untergrund von christlichen Legenden. Übrigens reichte auch in den alten Zeiten der römische Einfluß nicht bis hierher. Religion, Sprache, Alphabet, Rasse und Sitten waren anders als bei den Lateinern.«
»Glauben Sie, daß es unter den Cafoni Kriegsgegner gibt?« fragte Don Paolo.
»Die Cafoni haben nichts zu essen, wie kann man da erwarten, daß sie sich mit Politik beschäftigen«, sagte Zabaglione. »Die Politik ist ein Luxus, den sich nur gut genährte Leute erlauben können. Unter den Jungen gibt es allerdings unruhige Elemente.«

Don Paolo verabschiedete sich rasch und ging wieder zur Villa zurück. Als er den Park betrat, sah er hinter dem Pfauenhaus ein Mädchen im Stroh liegen. Er näherte sich langsam und bemerkte zu spät, daß es nicht Bianchina war, sondern eine der Töchter des Advokaten mit einem Soldaten. Gleich darauf bemerkte er zu beiden Seiten des kleinen Venustempels zwei Mädchen in zärtlicher Unterhaltung mit zwei weiteren Soldaten, und durch Erfahrung aufmerksam geworden, erkannte er schon von weitem die beiden anderen Töchter des Advokaten. Die Villa dagegen lag still und verlassen da. In dem großen leeren Hof flogen einige Schwalben dicht am Boden hin und her. Auch die Schwalben waren unterwegs nach Afrika.

Don Paolo kehrte ungeduldig und niedergeschlagen nach Fossa zurück. Auf den Straßen herrschte lebhafter Verkehr, besonders in der Nähe der Wirtshäuser. Berenice hatte vor ihrem Hause ein gebratenes Spanferkel zum Verkauf ausgestellt. Das Ferkel lag auf einem Tisch; der Spieß, an dem es gebraten war, ging längs durch seinen Körper, am Hals und am Schwanz sahen die beiden Enden heraus. Aus der Öffnung des Bauches quoll die Füllung aus Rosmarin, Fenchel, Thymian und Salbei heraus. Viele Menschen drängten sich um den Tisch, aber außer den Soldaten, die schon ihren ersten Lohn erhalten hatten, gab es wenig Käufer. Einige junge Cafoni starrten wie gebannt auf das Ferkel, der Mund stand ihnen halb offen und sie ließen wie hungrige Wölfe die Zähne sehen. Ein Unteroffizier der Miliz ließ sich ein schönes Stück Braten auf eine Scheibe Weißbrot geben und zerteilte es mit einem neu erstandenen Messer. Es war eines jener verlockenden Instrumente mit mehreren Klingen, Schere und Korkenzieher und erregte die Bewunderung der ganzen Menge.

Vor dem Rathaus war eine Bude aufgeschlagen worden, in der farbige Bilder aus Abessinien gezeigt wurden. Die Besichtigung kostete zehn Centesimi. Zehn Centesimi konnte jeder zahlen. Auch Don Paolo bezahlte und schloß sich den Schaulustigen an, die sich an einer Reihe von Gucklöchern entlang bewegten. Wenn man ein Auge dicht an das Vergrößerungsglas hielt, sah man abessinische Frauen mit nackten Beinen und üppigen Brüsten. Das letzte Bild stellte die Kaiserin dar. Die Reihe der Beschauer schob sich sehr viel langsamer vorwärts als es Don Paolo lieb war, aber das Gedränge machte ein Entweichen unmöglich. Einige der Männer, die vor ihm an der Reihe waren, verweilten längere Zeit in Betrachtung vertieft vor jedem Bild, und seine schüchterne Aufforderung, sich etwas zu beeilen, trug ihm Proteste und spöttische Zurufe von allen Seiten ein. Als es ihm endlich gelungen war, diesem Kunstgenuß zu entkommen, war seine Geduld erschöpft. Müde und bedrückt irrte er ziellos umher. Noch zweimal kehrte er in die Villa zurück, und beide Male sah er von weitem im Stroh und im Gras die weißen Unterkleider der Rechtsanwaltstöchter, aber keine Spur von seinen jungen Freunden. Inzwischen hätte auch Bianchina aus Rocca zurück sein müssen.

So verging der Nachmittag. Die gute Gesellschaft versammelte sich bei Berenice zum Festessen, während die kleinen Leute – Handwerker, Ladenbesitzer und Cafoni, die noch nicht nach Hause gehen wollten – sich auf der Wiese am Fluß, neben der Schenke zur guten Hoffnung, niederließen. Der Wirt hatte für diese Gelegenheit Bänke und Tische herausgestellt und schenkte zu ermäßigten Preisen apulischen Rotwein aus. Unter einer Pappel stand ein großes Faß, und dort füllte der Schankwirt die Halbliterflaschen, die ein paar Mägde zu den Tischen trugen. Don Paolo entdeckte eine Gruppe aus Pietrasecca: Magascià, Sciatàp und einige andere Männer, die meisten waren schon tüchtig betrunken. Endlich Leute, mit denen er sprechen konnte; er gehörte ja beinahe zu ihrem Dorf.

»Habt ihr verstanden, was geschehen ist?« fragte er.

»Das fehlte noch«, sagte Sciatàp. »Kein Mensch hat verlangt, daß wir etwas verstehen.«

»Die Dinge nehmen ihren Lauf«, sagte Magascià. »Wie das Wasser des Flusses. Es nützt nichts, daß man sie versteht.«
»Und wenn du in den Fluß fällst? Läßt du dich dann einfach vom Wasser forttragen?« fragte der Priester.
Magascià zuckte die Achseln. Ein gewisser Pasquandra behauptete, das Auswandern würde bald wieder gestattet werden, und das sei die Hauptsache. Ein anderer, ein gewisser Campobasso, meinte, es würden sicherlich Pferde und Maultiere beschlagnahmt werden, aber wer nur einen Esel besitze, habe nichts zu befürchten, und so fühle er sich sicher. Sciatàp wollte von Don Paolo hören, ob der ›Todesstrahl‹ auch den Samen in der Erde zerstören könne. Die anderen hörten stumpfsinnig schweigend zu und tranken.
»Sie sollten auch trinken«, sagte Magascià zu Don Paolo, »anstatt uns nach Dingen zu fragen, die wir nicht verstehen. Sehen Sie, bei uns in Pietrasecca leben Wortspiele oder Witze viele Jahre lang, der Vater gibt sie dem Sohn weiter, und sie werden immer wieder erzählt. Aber hier hört man an einem Tag soviel Neues, daß man Kopfschmerzen bekommt. Wie soll man das alles begreifen?«
»Die Dinge nehmen ihren Lauf«, sagte Sciatàp. »Ob man sie versteht oder nicht.«
Vom Fluß her sah Don Paolo Zabaglione auf sich zukommen. Der Advokat nahm den Priester beiseite und fragte ihn ängstlich:
»Haben Sie zufällig meine Töchter gesehen? Ich fürchte, daß ihnen ein Unglück zugestoßen ist.«
Zabaglione wurde erkannt und umringt, man bot ihm zu trinken an, und mehrere Leute riefen:
»Sprechen Sie, sprechen Sie. Wir wollen eine Rede hören.«
Die Menge verlangte eine Rede, so wie sie Musik verlangt hätte, ein Lied oder einen Tanz, je nach Laune und Können der Musikanten. Zabaglione weigerte sich zuerst, aber schließlich gab er nach. Einige junge Leute hoben ihn fast mit Gewalt auf einen Tisch neben dem Weinfaß. Er glätte-

te sich das Haar, strich die Spitzen seines Schnurrbarts nach oben, ließ seinen Blick über die Menge schweifen und lächelte mit verklärtem Gesicht. Dann hob er die Arme zum Sternenhimmel empor und begann mit seiner warmen wohlklingenden Stimme:

»Ihr Nachkommen Roms, der ewigen Stadt, oh du mein Volk.«

Der Redner begrüßte die betrunkenen Handwerker und Cafoni wie eine Versammlung von Königen im Exil. Im Weindunst ließ er die Erinnerungen an ruhmreiche Zeiten wieder erstehen.

»Sagt mir: wer hat die Kultur und die Zivilisation in den Süden und nach Afrika gebracht?«

»Wir«, riefen einige Stimmen.

»Aber die Früchte sind von anderen geerntet worden«, rief der Redner. »Und nun sagt mir: wer hat die Kultur nach ganz Europa gebracht, bis an die nebligen Küsten von England, und wer gründete Dörfer und Städte, wo vorher Menschen im Urzustand mit Hirschen und Wildschweinen auf die Weide gingen?«

»Wir«, riefen einige Stimmen.

»Aber die Früchte sind von anderen geerntet worden. Und nun sagt mir noch: wer hat Amerika entdeckt?«

Diesmal sprangen alle auf und riefen:

»Wir, wir, wir.«

»Aber die anderen haben den Vorteil davon. Und sagt mir noch: wer hat die Elektrizität entdeckt und die drahtlose Übertragung und die anderen Wunder der modernen Technik?«

»Wir«, riefen einige Stimmen.

»Aber die anderen haben den Vorteil davon. Und sagt mir schließlich: wer ist in alle Länder der Welt hinausgezogen, um Brücken zu bauen, Sümpfe trocken zu legen und Bergwerke zu erschließen?«

Wieder sprangen alle auf und schrien:

»Wir, wir, wir.«
»Und das ist die Ursache unserer ehrenvollen Armut. Aber nach Jahrhunderten der Demütigung und Ungerechtigkeit hat die Vorsehung unserem Lande den Mann gesandt, der uns alles wiedergewinnen wird, was die anderen sich zu Unrecht angeeignet haben.«
»Auf nach Tunis, nach Malta, nach Nizza«, riefen einige Stimmen.
»Auf nach Amerika, nach New York, nach Kalifornien«, riefen andere Stimmen.
»Nach San Paolo, Avenida Paulista«, rief ein alter Mann.
»Nach Buenos Aires«, riefen andere.
Sciatàp, der neben Don Paolo saß, wurde von einer großen Erregung ergriffen, und obwohl er sich vor Betrunkenheit kaum auf den Beinen halten konnte, wollte er durchaus auf den Tisch steigen. Er gebot seinen Nachbarn Schweigen und rief:
»Nach New York, in die 42. Straße, die 42. Straße, hört auf mich, folgt meinem Rat.«
Die Zuhörer drängten sich um Zabaglione und forderten ihn auf weiter zu reden, aber dieser hatte in der Ferne auf dem Fußweg am Fluß drei Mädchen, Arm in Arm mit Soldaten, entdeckt. Er sprang vom Tisch, drängte sich durch die Menge und lief seinen Töchtern nach. Der Abgang des Redners wirkte wie das Verklingen einer angenehmen Musik, nach der jeder für sich das Motiv wiederholt, das ihm am besten gefallen hat.
»In New York«, sagte Sciatàp zu seinen Nachbarn, »gibt es in der Mulbery Street einen unverschämten Kerl, der sich Mister Charles Little-Bell, *Ice and Coal,* nennen läßt. Den muß man als ersten bestrafen. Mein Plan, vielleicht habt ihr noch einen besseren, aber mein Plan wäre jedenfalls ...«
Campobasso nahm ihn beiseite und fragte:
»Was gibt es in der 42. Straße?«
»Vergnügungslokale«, sagte Sciatàp. »Dort vergnügen sich

die Reichen. Dort gehen schöne Frauen spazieren, fein parfümierte Frauen.«

Mit halb geschlossenen Augen schien er den fernen Duft jener Frauen einzuatmen. Er sprach nicht weiter, denn sein Sohn erschien in einer viel zu großen Soldatenuniform mit umgeschlagenen Ärmeln und herunterhängenden Hosen.

»Trink«, sagte der Vater. Der Sohn trank. »Trink noch einmal«, befahl der Vater. Der Sohn trank noch einmal.

»Und jetzt paß auf«, fuhr der Vater fort, »und vergiß nicht, was ich dir hier vor allen Leuten sage. Wenn die Regierung beschließt, die Soldaten mit dem ›Todesstrahl‹ auch nach New York zu schicken, so melde dich sofort. Sag der Regierung, daß dein Vater dort gewesen ist und dir alles erklärt hat. Wenn ihr an Land kommt, gehst du nach rechts ...«

Der Sohn lachte mit offenem Mund, sah den Vater dankbar an und nickte zu jedem Satz mit dem Kopf.

Während einige betrunkene Cafoni ein altes Auswandererlied angestimmt hatten, machten ein paar Soldaten sich davon, ohne ihre Zeche bezahlt zu haben. Die Kellnerinnen riefen ihnen nach, und der Wirt bedrohte sie mit einem Küchenmesser. Aber die Soldaten waren schon zu weit fort.

»Laß dich von der Regierung bezahlen«, riefen sie ihm aus sicherer Entfernung zu.

Rund um das beinahe geleerte Weinfaß standen etwa zehn Cafoni und sangen immer noch das Auswandererlied. Einige waren auf das Faß geklettert und klammerten sich dort aneinander fest, als wären sie auf einem schwankendem Schiff. Ihre weinseligen Stimmen klangen falsch und mißtönend, jeder lange Ton wurde ausgehalten, bis die Sänger keine Luft mehr hatten, dabei deuteten sie durch seltsame, ungeschickte Bewegungen an, daß sie Schiffsreisende waren und daß ihr Dampfer gerade in diesem Augenblick die große Fahrt angetreten hatte.

21

Der Priester stand mühsam auf und ging mit schleppenden Schritten zum Dorf zurück. Es war schon dunkel. Er wollte sein Zimmer aufsuchen, sich aufs Bett legen. Aber die Tür des Wirtshauses war von lachenden und schwatzenden Menschen versperrt. Er blieb zögernd beiseite stehen, bis jemand ihn bemerkte und nach der Wirtin rief.

»Kommen Sie doch auch zum Festessen, bitte kommen Sie«, sagte Berenice. »Mehrere Herren würden gern Ihre Bekanntschaft machen.«

»Danke, ich habe schon gegessen«, sagte Don Paolo. »Ist Bianchina zu Hause?«

»Sie ist noch nicht zurückgekehrt«, antwortete Berenice. »Ich weiß nicht, wo sie steckt.«

Don Paolo ging ohne Ziel weiter. Nachdem er eine Weile herumgeirrt war, schlug er wieder den Weg zur Villa ein. Außerhalb der Ortschaft war es stockdunkel. Don Paolo blieb stehen, dann machte er wieder ein paar Schritte, er wußte nicht, was er tun sollte. Jenseits der Brücke ging er auf einem Fußweg zwischen Gemüsegärten weiter. Von weitem erklangen einige Töne des Emigrantenliedes. In der Nähe der Villa wurde er plötzlich von einem großen Hund angefallen, der aus einem Loch in der Hecke hervorstürzte. Zum Glück kam ihm ein Mann zu Hilfe. Es war Pompeos Freund, der Stallknecht.

»Was machen Sie denn hier um diese Stunde?« fragte der junge Mann erstaunt.

»Ich suche Pompeo«, sagte Don Paolo.

»Er mußte nach Rom fahren und ist noch nicht zurückgekehrt«, sagte der junge Mann.

»Und Bianchina?« fragte Don Paolo.

»Ich habe sie nicht gesehen. Guten Abend, ich muß gehen.«

»Haben Sie nicht einen Augenblick Zeit für mich?« fragte Don Paolo. »Ich würde gern ein wenig mit Ihnen sprechen.«

»Leider nein«, sagte der Stallknecht. »Meine Verlobte wartet schon auf mich.«

Der Priester machte sich unlustig auf den Heimweg. Die Straßen von Fossa waren jetzt fast menschenleer, und in der spärlichen Beleuchtung wirkten die Fahnen, Girlanden und Spruchbänder wie die Überreste einer Karnevalsdekoration. Don Paolo konnte kaum mehr gehen, seine Füße waren schwer wie Blei, sein Priesterrock war staubig und voller Flecken. Aber auch diesmal blieb er am Eingang des Wirtshauses stehen. Aus der Wirtsstube drang Stimmengewirr und Gesang, die letzten Teilnehmer des patriotischen Festessens saßen dort noch beisammen. Er konnte sein Zimmer nicht erreichen, ohne durch die Wirtsstube zu gehen. Um nicht von diesen ihm verhaßten Leuten angesprochen zu werden, ging Don Paolo um das Haus herum und suchte nach dem Kücheneingang. Er gelangte auf einen kleinen Hof, in dem Reisigbündel, Kohlen, Kisten und Körbe aufgestapelt waren. In der Küche hörte man Geschirr klappern.

Don Paolos Blick blieb an den Kohlen haften. Es war gute weiche Holzkohle. Er nahm sich einige Stücke und steckte sie in die Tasche, dann schlich er auf Zehenspitzen aus dem Hof und unternahm einen kleinen Streifzug durch die benachbarten Straßen. Alle Müdigkeit war vergessen. Auf der Straße, die zum Bahnhof führte, war kein Mensch zu sehen, auch auf dem Bahnhof war alles still. Im Wartesaal schlief ein Bettler mit seinem Hund. Der letzte Zug war schon durchgefahren. Don Paolo nahm ein Stück Kohle aus der Tasche und schrieb auf die Schaltertür des Fahrkartenverkäufers: ›Nieder mit dem Krieg‹, ›Es lebe die Freiheit‹. Dann überquerte er den Bahnhofsplatz und ging durch eine dunkle gewundene Gasse bis zur St. Josephskirche. Die Mauern der Kirche waren rissig und für seine Schreibübungen ungeeignet, aber die drei breiten Stufen, die zum Portal führten, waren so glatt, als hätte man sie poliert. »Ausgezeichnet«, sagte Don Paolo. Es war, als hätten Generationen von Christen Tag für Tag durch mehrere Jahrhunderte diese Stufen für ihn und sein Stück Kohle blank gerieben. Don Paolo schrieb mit schönen Druckbuchstaben: ›Es lebe die Freiheit‹, ›Es lebe der Friede‹. Im Fortgehen wandte er sich mehrmals um und betrachtete sein Werk. Er war befriedigt. Die Inschrift nahm sich vor der Kirche wirklich gut aus. Über dem Portal war der heilige Joseph mit dem blühenden Stab dargestellt. Don Paolo lächelte ihm zu, zog seinen Hut und setzte seine Wanderung fort. An einer Straßenecke stieß er auf einen Betrunkenen, der sich in Zickzacklinien vorwärts bewegte. Er starrte den Priester verdutzt an, lachte blöde vor sich hin und entschloß sich dann, ihm zu folgen.

»Gevatterin, liebes Frauchen, bleib doch stehen«, flüsterte er.

Der Priester beschleunigte seine Schritte, aber da der Betrunkene ihm weiter folgte, blieb er unter einer Laterne stehen und erwartete den Mann, um ihn mit ein paar Ohrfeigen zum Schweigen zu bringen. Im letzten Augenblick bemerkte der Betrunkene, wen er vor sich hatte, machte eine komisch entsetzte Bewegung und murmelte eine Entschuldigung.

»Um Himmels willen«, sagte er. »Fast hätte ich mich an einem Diener Gottes vergriffen.«

Don Paolo ging weiter und kam zum Steueramt. Es war ein stattliches Gebäude mit Eisengittern vor den Fenstern und dem Staatswappen an der Tür. Dieses Ornament erschien ihm überflüssig, dagegen stellte er mit Befriedigung fest, daß das Haus kürzlich geweißt worden war. Sorgfältig und mit großen Buchstaben schrieb Don Paolo auf die weiße Fläche: ›Es lebe die Unabhängigkeit der afrikanischen Völker‹, ›Es lebe die Internationale‹.

Aus einer Nebenstraße hörte er andere betrunkene Stimmen,

und um einem Zusammentreffen zu entgehen, kehrte Don Paolo zum Wirtshaus zurück. Durch die Küche, die in diesem Augenblick leer war, gelangte er unbemerkt in sein Zimmer. Dort fand er zu seiner Überraschung Pompeo vor.

»Ich bin heute abend mit dem letzten Zug aus Rom zurückgekehrt«, sagte Pompeo. »Als ich erfuhr, daß du hier bist, bin ich gleich hergekommen. Ich habe auf dich gewartet, denn ich muß dich sprechen.«

»Auch ich habe den ganzen Tag auf dich gewartet und dich gesucht«, sagte Don Paolo. »Pompeo«, fügte er hinzu, »der verfluchte Krieg hat begonnen, der Krieg der Banken gegen die armen Leute. Was sollen wir jetzt tun?«

Pompeo erschrak.

»Du irrst dich, Don Paolo«, rief er. »Dies ist ein Krieg für das Volk und für den Sozialismus.«

»Bist du verrückt? Wie kannst du das glauben?«

Pompeo erzählte von der Reise nach Rom, die er mit einem Freund unternommen hatte, der ebenfalls ein Vorkämpfer der zweiten Revolution war. Sie hatten den Abend im Hause einer befreundeten Familie verbracht, und natürlich war vom Krieg die Rede gewesen, und zwar vom Standpunkt der Reichen aus, denn Gastgeber und Gäste waren wohlhabende Leute. Zu seinem großen Erstaunen hatte Pompeo einen Bankier sehr zurückhaltend über den wirtschaftlichen Nutzen des Krieges sprechen hören. Er hielt ihn vielmehr für ein kostspieliges politisches Unternehmen, und mehrere der Anwesenden hatten ihm beigestimmt. ›Warum wird denn dieser Krieg geführt?‹ hatten die beiden jungen Leute gefragt. Sie erhielten anfangs nur unbestimmte Antworten. Niemand wagte, seinen Namen zu nennen oder gar eine Kritik zu äußern. Aber schließlich hatte der Bankier mit vielen vorsichtigen Umschreibungen seine Meinung zum Ausdruck gebracht. In unserer Zeit, so hatte er gesagt, führt jeder Krieg unweigerlich zum Staatssozialismus und zur Vernichtung des Privateigentums. Das genügt mir, hatte

Pompeo ihm geantwortet. Wenn es so ist, will ich mitkämpfen für den sozialen Staat.«

Don Paolo zögerte mit der Antwort. Er hielt die noch von Kohle geschwärzte Hand in der Tasche.

»Der Krieg wird unseren Arbeitslosen fruchtbares Land verschaffen«, fuhr Pompeo fort. »Sie werden es als freie Besitzer bewirtschaften.«

Er nahm ein Stück Papier aus seiner Brieftasche und zeigte es Don Paolo.

»Ich habe mich heute als Freiwilliger gemeldet«, sagte er.

»Dann haben wir uns nichts mehr zu sagen«, antwortete Don Paolo mit erstickter Stimme.

Aber Pompeo hatte noch etwas auf dem Herzen, was ihm wichtig war, und brachte es nach einigem Zögern vor.

»Versprich mir«, sagte er, »daß du nichts von dem unternehmen wirst, was wir verabredet haben.«

Don Paolo antwortete nicht sofort. Vielleicht wollte er nicht lügen.

»Versprich es mir«, wiederholte Pompeo.

»Ich verspreche es«, sagte Don Paolo. »Gute Reise«, fügte er hinzu. »Ich wünsche dir aufrichtig, daß du heil und gesund aus dem Krieg zurückkehrst. Dann werden wir uns weiter sprechen.«

Pompeo umarmte den Priester.

»Ich schreibe dir aus Afrika«, sagte er und verließ das Zimmer.

Don Paolo wusch seine kohlengeschwärzten Hände. Der schmutzige, trübe Spiegel zeigte ihm sein düsteres Bild im schwarzen Priesterrock. An diesem einen Tag war er um Jahre gealtert. Als er anfing sich auszukleiden, bekam er einen hartnäckigen Hustenanfall und hatte plötzlich leichten rötlichen Schaum im Mund. Er spuckte ins Waschbecken. Es war Blut, daran war nicht zu zweifeln. Langsam ging er zu seinem Bett und legte sich angekleidet hin.

Er war noch wach, als jemand sich auf Fußspitzen der Tür

näherte und zu horchen schien. »Herein«, sagte er. Bianchina trat ein.

Sie war stark geschminkt und roch nach Schnaps.

»Auch in Rocca wurde der Kriegsbeginn gefeiert«, erzählte sie lachend, »und natürlich waren einige Freunde, die ich dort habe, nur zu gern bereit, mich einzuladen. Dein Murica dagegen ist ein langweiliger Kerl. Nach langem Suchen fand ich ihn schließlich in einem Gemüsegarten, wo er mit irgendwelchen Pflanzen beschäftigt war. Ich sagte ihm mein Sprüchlein auf. Ein Freund aus Rom, sagte ich, hat mich hergeschickt, um Ihnen mitzuteilen, daß er Sie sprechen möchte. Wenn es Ihnen recht ist, wird er herkommen. Dieser Murica hat mir nicht einmal gedankt oder ein Glas Wasser angeboten. Er hat mir sehr unfreundlich geantwortet, daß er niemanden sehen will.«

Don Paolo atmete mühsam und befürchtete einen neuen Hustenanfall.

»Warum sagst du nichts?« fragte Bianchina. »Wie kommt es, daß du noch nicht im Bett bist? Du hast dir ja nicht einmal die Schuhe ausgezogen. Was hast du? Bist du traurig?«

Don Paolo nickte.

»Warum bist du traurig? Hast du Schulden? Bist du verliebt?«

Don Paolo wurde wieder von heftigem Husten geschüttelt. Er neigte den Kopf zur Seite, und ein dünner warmer Blutstrahl floß ihm aus dem Mundwinkel über das Kinn. Bianchina wurde blaß vor Schreck und war im Begriff, Hilfe herbeizurufen, aber es gelang ihm, sie am Arm zurückzuhalten. Er lächelte ihr zu und sagte leise:

»Hab keine Angst, es hat nichts zu bedeuten. Es vergeht von selbst.«

Bianchina tauchte Taschentücher in kaltes Wasser und legte sie ihm auf die Stirn und auf die Brust.

»Du darfst dich nicht aufregen«, sagte sie. »Die Hauptsache ist, daß du ruhig bleibst.«

Sie nahm ein leichtes blaues Tuch von ihrem Gürtel und hängte es vor die elektrische Birne, um das Licht zu dämpfen. Von Zeit zu Zeit erneuerte sie die kalten Umschläge.
»Ich habe eine Tante gepflegt, die dieselbe Krankheit hatte«, sagte sie. »Ich weiß, was man tun muß. Es kommt alles darauf an, daß du dich ruhig hältst. Laß mich nur machen.«
Mit aller Vorsicht, ohne daß er sich zu bewegen brauchte, entkleidete sie ihn und deckte ihn gut zu. Dann entfernte sie sorgfältig die Blutspuren von Mund und Kinn.
»Lieber Don Paolo«, flüsterte sie. »Du wirst sehen, es ist bestimmt nichts Ernstes.«
Sie verbot dem Kranken zu sprechen und gab ihm Bleistift und Papier für den Fall, daß er einen Wunsch haben sollte.
»Und jetzt ist es Zeit zu schlafen«, sagte sie schließlich. »Gute Nacht.«
Sie legte eine Decke auf den Fußboden und streckte sich darauf aus, aber sie konnten beide nicht einschlafen.
Nach einer Weile sagte Don Paolo:
»Also du hast auch die Kriegserklärung gefeiert?«
»Ja.«
»Und warum?«
»Weil die anderen es taten. Ist es dir nicht recht?«
»Nein.«
»Schlaf und denk nicht mehr daran«, sagte Bianchina.
Am nächsten Morgen ging Bianchina zu ihrer Mutter, um ihr von Don Paolos Erkrankung zu berichten. Sie kam aber gleich wieder zurück, um ihm zu erzählen, daß der ganze Ort in Aufruhr sei wegen gewisser infamer kriegsfeindlicher Sprüche, die jemand in der Nacht mit Kohle an verschiedene öffentliche Gebäude geschrieben hatte. Als Bianchina das Zimmer aufräumte, entdeckte sie auf dem Handtuch große schwarze Flecken, die aussahen, als hätte ein Köhler sich damit die Hände abgetrocknet.
»Was ist das?« fragte sie den Kranken.
Aber anstatt eine Antwort abzuwarten, wusch sie das Hand-

tuch in großer Eile gründlich aus. Dann trat sie an das Bett und sagte vorwurfsvoll:

»Du bist ein Kind. Ein unverbesserlich leichtsinniges Kind.«

Don Paolos Blick rührte sie jedoch und sie fügte schnell hinzu:

»Aber trotzdem ein lieber Mensch.«

»Bianchina«, sagte Don Paolo, »was für ein Glück, daß es auf der Welt außer diesen unanständigen, berechnenden Männern auch noch Frauen gibt.«

22

»Sobald ich reisefähig bin, gehe ich ins Ausland«, sagte Don Paolo zu Bianchina. »In diesem Land kann ich nicht mehr leben.«

»Such mir eine Stellung, dann komme ich nach«, sagte sie.

Dieser Gedanke erheiterte den Priester.

»Wenn du ins Ausland kommst, erzähle ich dir ein Geheimnis, über das du lachen wirst«, sagte er.

»Kannst du es mir nicht gleich erzählen?« sagte Bianchina.

Aber Don Paolo ließ sich nicht überreden.

Berenice hatte den Arzt kommen lassen und pflegte den Kranken nach seinen Anweisungen. Der Arzt hatte betont, daß es wichtig sei, Don Paolo zu zerstreuen und von traurigen Gedanken abzulenken, und diese Aufgabe hatte Bianchina übernommen. Da es sich um einen Kranken handelte, war sie allerdings in der Wahl ihrer Mittel beschränkt und mußte auf eine ganze Reihe von Scherzen und Spielen verzichten, die Don Paolo ohne Zweifel erheitert hätten, aber auf Kosten seiner Gesundheit. Doch es fehlte ihr nicht an Einfällen, und sie erinnerte sich aus ihrer Schulzeit an manchen harmlosen Zeitvertreib, mit dem sie Don Paolos trübe Stimmung bekämpfte, so zum Beispiel das Fliegenwettren-

nen. Dieser Sport war besonders während der Schulstunden eifrig geübt worden. Es handelte sich darum, die Fliegen zu fangen, ohne sie zu verletzen und ohne daß die Lehrerin es bemerkte. Den eingefangenen Tieren wurde von hinten eine Stecknadel oder eine Stahlfeder in den Leib gebohrt, dann wurden sie an einem Ende der Schulbank aufgereiht und zu einem Fußmarsch aufgefordert, der als der »Wettlauf der Lastenschlepper« bekannt war. Bianchina hatte sich seinerzeit in diesem Sport hervorgetan, aber jetzt konnte es geschehen, daß sie die Fliegen beim Fangen beschädigte.
»Mir fehlt die Übung«, sagte sie entschuldigend. »Man lernt so viele Dinge in der Klosterschule, aber wenn man sie später im Leben brauchen könnte, hat man sie vergessen.«
Der Wettlauf der Lastenschlepper spielte sich auf Don Paolos Bett ab. Als Rennbahn diente der schwarze Lederdeckel seines Breviers. Einige Fliegen setzten sich sofort in Bewegung und marschierten geradeaus bis zum Ziel, andere bewegten sich diagonal vorwärts oder blieben nach den ersten Schritten stehen. Don Paolo entdeckte, daß ein solcher Wettlauf der Fliegen aus der Nähe besehen ebenso viele Überraschungen bot wie ein Pferderennen.
Trotz Bianchinas Bemühungen war es jedoch nicht zu vermeiden, daß ein Echo der allgemeinen Erregung über die kriegsfeindlichen Aufschriften an den Häusern bis zu dem Kranken gelangte.
»Man hat noch nie soviele Polizisten in Fossa gesehen«, erzählte Berenice. »Als wenn hier lauter Verbrecher lebten.«
Bianchina schwieg oder versuchte, das Gespräch auf andere Dinge zu bringen.
Die Kaufmannsfrau, deren Mann sich als Freiwilliger gemeldet hatte, stand in der Ladentür und hielt die Vorübergehenden an.
»Habt ihr etwas Neues gehört?« fragte sie. »Es war bestimmt jemand von auswärts.«
Vor der Tür des Wirtshauses bildeten sich immer wieder Gruppen von Neugierigen, die von nichts anderem sprachen.

Die Aussprüche der angesehenen Bürger wurden von Haus zu Haus weitergetragen und besprochen.
»So ein schönes Fest, alle waren zufrieden, alle waren einig«, sagte Berenice. »Wer kann nur auf den Gedanken gekommen sein, diese Dummheiten an die Mauer zu schreiben?«
»Auch bei uns gibt es neidische Leute«, sagte der Apotheker. »Einer, der nicht mitgehen kann und auch keinen Sohn hat, der sich freiwillig melden könnte, wird seinem Ärger auf diese Weise Luft gemacht haben.«
»Es gibt keine Leichenfeier ohne Scherze und keine Hochzeit ohne Tränen«, sagte Zabaglione. »Wir dürfen die Bedeutung dieses Vorfalls nicht überschätzen.«
»Nachtvogel, Unglücksvogel«, zitierte Don Genesio. »Man sieht jedenfalls, daß nicht alles so ist, wie es von außen aussieht.«
»Das ist richtig«, sagte Berenice. »Unter den Cafoni schwelt das Feuer. Bei Tage sieht man es nicht, aber in der Nacht leuchtet es auf.«
»Die Cafoni haben damit nichts zu tun«, sagte der Apotheker. »Sie können weder lesen noch schreiben, und die Parolen waren sogar in Druckbuchstaben aufgemalt. Da scheiden die Cafoni wahrhaftig aus.«
»Man muß zugeben, daß hier in Fossa einige junge Leute den Kopf verloren haben«, sagte Zabaglione. »Ich meine natürlich niemand Bestimmtes.«
Aber Don Luigi hatte die Anspielung verstanden.
»Damit du es weißt«, sagte er in aufgebrachtem Ton, »mein Sohn hat sich als Freiwilliger gemeldet, und die Ehre eines Freiwilligen ist unantastbar. Im übrigen, da wir schon dabei sind: weder ich noch mein Sohn waren jemals Sozialisten.«
Zabaglione fühlte sich getroffen, das war seine Achillesferse.
»Diese Anspielung berührt mich nicht«, sagte er, bleich vor Wut. »Alle wissen, daß ich meine Ansichten längst aufgegeben habe. Wer ist nicht einmal in seinem Leben Sozialist gewesen? Auch der Regierungschef war Sozialist.«

»Warum ereifert ihr euch denn so?« rief Bianchina. »Wegen ein paar Kohlenstriche auf einer Mauer? Das ist doch wirklich übertrieben.«
Diesmal war die Harmlosigkeit des Mädchens nicht gespielt.
»Ich begreife nicht«, sagte sie auch zu Don Paolo, »warum von diesem Gekritzel soviel Aufhebens gemacht wird.«
Don Paolo dagegen war zufrieden und versuchte, ihr die tiefere Ursache der anhaltenden Unruhe zu erklären.
»Eine Diktatur braucht Einstimmigkeit«, sagte er. »Wenn auch nur Einer NEIN sagt, ist der Bann gebrochen.«
»Auch wenn es ein armer Kranker ist?« fragte Bianchina.
»Auch dann.«
»Auch wenn es ein friedfertiger Mensch ist, der seine eigenen Ideen hat, aber sonst nichts Schlechtes tut?«
»Auch dann.«
Dieser Gedanke beunruhigte das Mädchen, aber für Don Paolo war er ein Trost.
»Ein einziger Mensch, und sei er noch so unbedeutend, der an seiner Überzeugung festhält, ist in jeder Diktatur eine Gefahr für die öffentliche Ordnung«, sagte er zu Bianchina. »Viele Zentner Papier werden gedruckt, um die Parolen der Regierung zu verbreiten. Tausende von Lautsprechern, Hunderttausende von Plakaten und Flugblättern, Scharen von Rednern auf allen Plätzen, unzählige Pfarrer von der Kanzel herunter wiederholen diese Parolen bis zur allgemeinen Verdummung. Aber es genügt, daß ein Mensch, ein einziger, unbedeutender Mensch NEIN sagt, und die ganze festgefügte Ordnung ist in Gefahr.«
Bianchina war besorgt, Don Paolo dagegen hatte seine gute Laune wiedergewonnen.
»Und wenn sie ihn festnehmen und totschlagen?« fragte sie.
»Einen Menschen zu töten, der NEIN gesagt hat, ist gefährlich«, erwiderte der Priester. »Auch als Toter kann er immer

weiter NEIN, NEIN, NEIN sagen mit der Hartnäckigkeit, die manchen Toten eigen ist. Und wie bringt man einen Toten zum Schweigen? Vielleicht hast du von Giacomo Matteotti gehört.«

»Ich erinnere mich nicht«, sagte Bianchina. »Wer ist das?«

»Ein Toter, den niemand zum Schweigen bringen kann.«

Plötzlich stürzte Berenice aufgeregt ins Zimmer.

»Endlich, endlich«, rief sie.

»Hast du das große Los gewonnen?« fragte Bianchina.

»Pompeo weiß, wer die Proteste gegen den Krieg geschrieben hat«, sagte Berenice. »Er fährt jetzt nach Avezzano, um Anzeige zu erstatten.«

»Woher wissen Sie das?« fragte der Priester.

»Er selbst hat es eben der Kurzwarenhändlerin erzählt.«

Bianchina holte in aller Eile ihren Hut und lief davon. Die Mutter versuchte vergeblich, sie zurückzuhalten.

»Bianchina«, rief sie ihr von der Treppe aus nach. »Bleib hier, kümmere dich nicht um Dinge, die dich nichts angehen. Bring uns nicht wieder in Ungelegenheiten.«

Aber Bianchina war schon auf dem Wege zum Bahnhof.

Don Paolo sprang aus dem Bett, um seinen Koffer zu pakken. Seit einigen Tagen hatte er kein Fieber mehr und hustete weniger, aber er konnte sich vor Schwäche kaum auf den Beinen halten. Und wohin sollte er auch gehen? Es gab nur eine Eisenbahnlinie: wenn er den Zug bestieg, würde man ihn verhaften. In die Berge fliehen und sich dort für einige Tage verstecken? Das wäre bei seinem Zustand der reine Wahnsinn. So stellte er seinen Koffer zurück und legte sich wieder zu Bett. Wenn man es recht bedachte, konnte eine Verhaftung hier in Fossa, wo die Leute schon erregt waren, der Sache besser dienen als eine Verhaftung auf dem Bahnhof in Rom. Sein Heimatdorf Orta war nur wenige Kilometer entfernt, Don Benedetto lebte in nächster Nähe, und in jedem der benachbarten Dörfer wohnten frühere Schulkameraden von ihm. Die Nachricht von seiner Verhaftung würde die Cafoni erreichen. An den langen Winterabenden am Herdfeuer würden sie davon sprechen, was er getan hatte.

Auch diesmal mußte Don Paolo lange auf Bianchina warten.

Nachdem er zuerst in größter Eile alles vernichtet hatte, was andere Personen belasten konnte, hatte er nun Zeit, seine Bücher und Schriften noch mehrmals daraufhin durchzusehen. Bei jedem Wagenrollen eilte er ans Fenster, seine Unruhe nahm ständig zu. Diese Verspätung war unerklärlich. Es war nur eine Stunde Fahrt bis Avezzano. Warum arbeitete die Polizei so langsam?

Bianchina und Pompeo kehrten erst spät am Abend zurück. Don Paolo war erschöpft von dem endlosen Warten.

»Wir haben gut gegessen und getrunken«, erzählte Bianchina lachend. »Auf dem Rückweg kamen wir an einem Kino vorbei. Es war ein Micky-Maus-Film angezeigt, und so sind wir hineingegangen.«

»Und das war alles?«

»Ja, das war alles.«

»Pompeo wollte doch in Avezzano eine gewisse Anzeige erstatten«, sagte der Priester.

Bianchina lächelte.

»Was für ein gutes Gedächtnis du hast!« sagte sie. »Ich hatte das schon vergessen.«

»Und wie war es damit?«

»Als wir in den Zug einstiegen, erklärte mir Pompeo, er wisse genau, wer der Urheber sei. Unterwegs haben wir darüber gesprochen und sind uns beinahe in die Haare geraten. Als wir in Avezzano aus dem Zug stiegen, erwartete uns der Polizeichef, um die Anzeige entgegenzunehmen, aber Pompeo hatte es sich inzwischen anders überlegt.«

»Und wer ist schließlich angezeigt worden?«

»Ein Mann auf einem Fahrrad, der von Orta her kam. Pompeo hat erklärt, er habe ihn aus dem Fenster gesehen und sei daher nicht imstande gewesen, ihn zu erkennen. Ich meinerseits habe diese Aussage bekräftigt. Auch ich habe in jener Nacht einen Mann auf einem Fahrrad gesehen, und zwar auch auf der Straße, die nach Orta führt.«

Dieselbe Auskunft hatte Bianchina ihrer Mutter gegeben.

»Aus Orta?« rief Berenice. »Gelsomina hatte also recht, es war ein Fremder.«

Sie lief sofort zu der Kurzwarenhändlerin hinüber.

»Gelsomi«, rief sie. »Wir haben recht gehabt. Es ist genau so, wie wir gesagt haben. Ein Fremder, ein Mann aus Orta hat den Leuten von Fossa diesen Streich gespielt.«

Blitzschnell verbreitete sich die Nachricht von Haus zu Haus und von Laden zu Laden. Und natürlich hatten auch viele andere Personen in jener Nacht den Mann auf dem Fahrrad getroffen, der von Orta her kam. Es war nicht einer von denen, die zum Markt nach Fossa zu kommen pflegten, es war ein Unbekannter.

»Wieder einmal der große Unbekannte«, rief der Wachtmeister der Carabinieri ärgerlich.

Nun, da die Gefahr glücklich überstanden war, wurde Don Paolo vergnügt, und seine Abenteuerlust erwachte von neuem.

»Ich werde dich ins Ausland mitnehmen und dir Märchen erzählen«, sagte er zu Bianchina.

»Ins Ausland? Wohin denn?« wollte Bianchina wissen. »In die Kolonien, zu den Ungläubigen?«

»Jawohl, zu den Ungläubigen, aber nicht in die Kolonien, sondern nach Paris und Zürich.«

23

Am nächsten Tag erschien der Pfarrer von Fossa, Don Angelo Girasole, im Gasthof seiner Schwester, um den angereisten Priester zu einem Besuch der Pfarrkirche aufzufordern. Die Höflichkeit gebot Don Paolo, die Einladung end-

lich anzunehmen, nachdem er sie schon mehrmals unter verschiedenen Vorwänden abgelehnt hatte.
Don Angelo war kaum sechzig Jahre alt, aber er sah bedeutend älter aus. Sein Haar war schneeweiß, sein abgezehrtes Gesicht hatte eine gelbliche Färbung, und er ging schon sehr gebeugt. Auf dem Wege zur Kirche erzählte er Don Paolo, daß er der älteste von zehn Geschwistern sei, von denen außer ihm nur noch Berenice am Leben war. Sein Amt gab ihm vom frühen Morgen bis in die Nacht zu tun, denn es war eine große Gemeinde, und er war allein. Zu den kirchlichen Handlungen – Messen, Beichten, Beerdigungen, Taufen und Trauungen – kam der Religionsunterricht in der Schule und die Vorbereitung zur ersten Kommunion. Dann gab es die Mütter, denen er die Briefe aus Amerika vorlesen mußte, die Bruderschaften und den Caritasbund.
»Es bleibt mir kaum etwas Zeit übrig, um das Brevier zu lesen, mich zu sammeln und auf den Tod vorzubereiten, den ich schon nahen fühle und der doch so lange auf sich warten läßt«, sagte er.
Jeden Abend war er zum Umfallen müde, aber wie oft kam es vor, daß er mitten in der Nacht zu einem Sterbenden gerufen wurde. Dabei war Don Angelo weit davon entfernt, sich zu beklagen.
»Ein Mann Gottes muß immer müde sein«, sagte er. »Wenn man müßig ist, kommen einem unnötige Gedanken, und dahinter lauert der Böse.«
Auf dem Platz vor der Kirche spielte eine Schar von Knaben Fußball. Sie unterbrachen das Spiel, um die beiden Priester vorbeizulassen.
»In einer Viertelstunde beginnt der Unterricht«, erinnerte sie der Pfarrer.
Auf den Stufen der Kirche blieb Don Angelo einen Augenblick stehen, um Atem zu schöpfen.
»Sie haben wohl gehört, wie dieser Ort kürzlich entweiht worden ist«, sagte er zu Don Paolo. »Eines Nachts ist ein

Fremder mit einer Maske vor dem Gesicht hierhergekommen und hat Verwünschungen gegen den Krieg auf die Kirchenstufen geschrieben.«

»Was halten Sie selbst denn von dem neuen Krieg?« fragte Don Paolo.

Am Eingang der Kirche erwartete den Pfarrer eine Frau, die mit ihm den Termin für eine Taufe ausmachen wollte.

»Ein armer Landpfarrer«, sagte Don Angelo, »hat viel Arbeit und wenig Zeit, sich Gedanken zu machen. Im übrigen«, fügte er lächelnd hinzu, »haben wir das Alte und das Neue Testament und den Oberhirten der Kirche, der uns leitet.«

»Es war eine müßige Frage«, sagte Don Paolo.

Das Innere der Kirche wirkte beim Eintreten sehr dunkel, aber nach einer Weile gewöhnten sich die Augen daran, und Don Paolo konnte die ungleichmäßig eingesunkenen Steinplatten des Fußbodens erkennen, der zum Teil von den schwarzen Gewändern einiger Frauen verdeckt war, die halblaut beteten und miteinander flüsterten. Sie hockten nach orientalischer Sitte am Boden, was zugleich ein Zeichen der Demut und ein Ausdruck ihrer Vertrautheit mit dem Hause Gottes war. Eine alte Frau rutschte mit gesenktem Kopf auf den Knien zum Hochaltar. Dabei berührte sie mit der Zunge den Boden und hinterließ auf den alten Steinen einen unregelmäßigen Streifen von Speichel, ähnlich der silbrigen Spur einer Schnecke. Ein junger Mann in Soldatenuniform ging mit verlegener Miene neben ihr her.

Don Angelo beugte im Vorübergehen das Knie vor dem Tabernakel, und Don Paolo tat es ihm nach. Auf dem Altar war eine trauernde Maria zu sehen, die den Leichnam ihres Sohnes auf den Knien hielt. Christus sah aus wie ein im Kampf erschlagener Cafone. Die durchstochenen Hände und Füße und die tiefe Wunde an der Seite des Körpers schienen sich schon im Zustand der Auflösung zu befinden, und die rötliche Perücke war staubig und wahrscheinlich von Insekten angefressen. Dagegen wirkte Maria wie die vom Unglück verfolgte Witwe eines reichen Kaufmanns. Zwei Paraffintränen glänzten auf ihren hübschen bleichen Wangen, ihre schwarzen Augen blickten nach oben, als wollten sie den Sohn nicht sehen, von dem sie soviel erwartet und mit dem es ein so schlimmes Ende genommen hatte. Ein fein gestickter Schleier bedeckte das gewellte Haar, am kleinen Finger der rechten Hand war ein elegantes Spitzentüchlein befestigt.

Am benachbarten Altar des heiligen Rochus hingen die üblichen farbigen Votivtafeln, von dankbaren Gläubigen gestiftet. Der wunderbaren Heilung entsprechend stellten sie Hände, Füße, Nasen, Ohren, Brüste und andere Körperteile dar, manche in natürlicher Größe.

Die Mutter des Soldaten, die inzwischen den Altar erreicht hatte, wandte sich zu Don Angelo.

»Kannst du nicht dafür sorgen«, sagte sie, »daß man die Unterstützung gleich erhält? Wovon soll unsereiner sonst leben?«

»Was für eine Unterstützung?« fragte Don Angelo.

»Jede Mutter eines Einberufenen soll vier Lire täglich erhalten«, antwortete der Soldat. »Es steht heute in der Zeitung.«

»Wohin muß man gehen, um die Unterstützung zu bekommen?« fragte eine andere Frau. »Zur Post? Ins Rathaus? Zu den Carabinieri?«

In der Sakristei wartete eine Frau, deren Kind schwer erkrankt war. Sie bat um die Erlaubnis, ein Stückchen Stoff in das Öl des Lämpchens am Tabernakel zu tauchen, um es dem todkranken Kind aufs Herz zu legen. Don Angelo erteilte die Erlaubnis.

»Sehen Sie?« sagte er zu Don Paolo. »Ein Landpfarrer kommt wenig dazu, über den Krieg nachzudenken. Jetzt handelt es sich um die Unterstützungen, später werden es die Nachforschungen nach Gefangenen und Vermißten sein,

dann die Eingaben für den Sonderurlaub der Landarbeiter und für die Witwen- und Waisenpensionen.«
»Gibt es denn dafür keine staatlichen Ämter?«
»Es gibt sie schon, aber die armen Leute mißtrauen ihnen und können sich dort nicht durchsetzen. So kommen sie mit ihren Kümmernissen lieber in die Sakristei.«
»Vor vielen Jahren habe ich in Rom bei Gelegenheit eines Jubiläums einen gewissen Don Benedetto De Merulis kennengelernt«, sagte Don Paolo. »Er stammte aus dieser Gegend und war damals, wenn ich nicht irre, an einem von Priestern geleiteten Gymnasium Lehrer für Latein und Griechisch. Lebt er noch? Sehen Sie ihn vielleicht manchmal?«
Es war Don Angelo zunächst daran gelegen, seinem Gast den Kirchenschatz zu zeigen. Er führte ihn zu einem großen Schrank, der eine ganze Wand der Sakristei einnahm und schlug mit Anstrengung die beiden schweren, mit Intarsien geschmückten Türflügel zurück. Das oberste Fach enthielt goldenes und emailliertes Kirchengerät, im mittleren stand in einer Nische die silberne Büste eines heiligen Märtyrers, und unten hingen wie in einem Kleiderschrank, zahlreiche über und über bestickte Meßgewänder.
Der Sakristan brachte zwei Gläser Wein.
»Sie fragten nach Benedetto«, sagte der Pfarrer. »Ja, er lebt noch. Er ist ein frommer, aber unbesonnener Mann. Sein ganzes Leben hindurch war er uns allen ein Vorbild, dank seiner menschlichen Tugenden und seiner reichen Bildung. Aber jetzt, an der Schwelle der Ewigkeit, führt ihn sein Übermaß an Gottvertrauen und seine Verachtung für die Meinung der Menschen zu Äußerungen, die man ketzerisch nennen könnte.«
»Das ist eine Gefahr, die manch ein Heiliger auf sich genommen hat«, bemerkte Don Paolo.
»Es ist nicht an mir zu untersuchen, wo die Tapferkeit zum Eigensinn wird«, sagte Don Angelo. »Aber ich kann Ihnen

nicht beschreiben, wie leid es mir um ihn tut. Als er die Weihen erhielt, war ich noch in der Ausbildung, und ich bewunderte seine anspruchslose ruhige Würde und die Lauterkeit seines Charakters. Auf eigenen Wunsch las er seine erste Messe in der Kapelle des Gefängnisses und die zweite im Krankenhaus. Sie können sich den Ärger seiner Verwandten vorstellen; die erste Messe eines Angehörigen wird ja fast immer als ein weltliches Fest angesehen.«

»Ich hoffe, Sie teilen die Ansicht dieser Verwandten nicht«, sagte Don Paolo.

»Nein, das tue ich nicht«, sagte Don Angelo. »Aber die Schroffheit, mit der Benedetto sich der öffentlichen Meinung entgegenstellt, machte seinen Vorgesetzten schon damals Sorgen. Sie vermieden es deshalb, ihm eine Pfarre anzuvertrauen und beriefen ihn zum Lehramt. Das Studium der Klassiker und der Umgang mit der Jugend schienen auch wirklich die Härten seines Charakters zu mildern, aber die Beziehungen zu seinen Vorgesetzten und den Behörden besserten sich nicht. Er hatte nicht den geringsten Sinn für die Konventionen, die den Umgang der Menschen untereinander regeln und erleichtern.«

»Ich weiß nicht, welches Gebot Gottes Sie dabei im Sinn haben«, sagte Don Paolo. Don Angelo tat, als hätte er ihn nicht verstanden.

»Schließlich wurde er vom Lehramt entfernt«, berichtete er. »Ich habe mich immer bemüht, ihm in seiner Einsamkeit meine Freundschaft zu erhalten, aber jetzt ist es so weit gekommen, daß es mir kaum mehr möglich ist.«

»Ist er so gefährlich?« fragte Don Paolo.

»Urteilen Sie selbst«, sagte Don Angelo. »Ich werde Ihnen erzählen, was kürzlich vorgefallen ist. Ein Mann aus meiner Gemeinde, der einige Tage in Don Benedettos Garten gearbeitet hat, berichtete mir, er hätte ihn sagen hören, daß der gegenwärtige Papst eigentlich Pontius hieße. In Rocca dei Marsi, wo Don Benedetto lebt, ging diese Neuigkeit von

Mund zu Mund, und in ihrer Unwissenheit und ihrem Respekt vor ihm haben viele Leute diesen Ausspruch wörtlich genommen. Meinem Gemeindemitglied waren einige Zweifel gekommen, und der Mann suchte mich auf, um mich zu fragen, ob die Kirche wirklich in die Hände eines Nachfolgers von Pontius Pilatus gefallen sei, der seinerzeit die Gewohnheit hatte, seine Hände in Unschuld zu waschen.«

»Und was haben Sie ihm geantwortet?« fragte Don Paolo. »Das würde ich gern wissen.«

Der Pfarrer sah seinen Gast verwundert an.

»Entschuldigen Sie«, sagte Don Paolo. »Es war eine müßige Frage. Sie sind natürlich der Meinung, daß die Kirche sich nicht die Hände in Unschuld wäscht.«

Der Sakristan brachte die Nachricht, daß die Frauen in der Kirche warteten, um den Rosenkranz zu beten und daß die Schüler der unteren Klasse sich schon zum Religionsunterricht versammelten.

»Gegen Don Benedetto ist jetzt eine Untersuchung im Gange«, sagte Don Angelo. »So weit ist es mit ihm gekommen. Ein früherer Schüler von ihm, der in der Regierungspartei eine einflußreiche Stellung einnimmt, hat sich auf meine Bitte hin eingeschaltet, um ihn vor einer Verbannung zu bewahren. Wir haben ihn aufgesucht und wollten ihn veranlassen, ein kurzes Schreiben zu unterzeichnen, in dem er sein Einverständnis mit der gegenwärtigen Regierung und der gegenwärtigen Kirchenpolitik erklären sollte. Das hätte genügt. Er hat uns sehr freundlich empfangen, aber als ich anfing darüber zu sprechen, daß die Kirche oft genötigt ist, gute Miene zum bösen Spiel zu machen, um Schlimmeres zu verhüten, hat er mich unterbrochen. ›Die Theorie vom kleineren Übel kann für eine Regierung oder eine Partei Geltung haben, aber nicht für die Kirche‹, sagte er mit großer Bestimmtheit. Ich habe versucht, eine abstrakte Diskussion zu vermeiden, denn abstrakt genommen haben die schlimmsten Ketzereien oft etwas sehr Verführerisches. Ich habe ihm darum gesagt, er solle sich vorstellen, was geschehen würde, wenn die Kirche den gegenwärtigen Krieg offen verurteilte: wieviele Verfolgungen sie sich zuziehen würde, wie groß der materielle und moralische Schaden wäre. Sie können sich nicht denken, was Don Benedetto darauf geantwortet hat. ›Mein lieber Angelo‹, sagte er. ›Kannst du dir vorstellen, daß Johannes der Täufer ein Konkordat mit Herodes abgeschlossen hätte, um nicht enthauptet zu werden? Kannst du dir vorstellen, daß Jesus ein Abkommen mit Pontius Pilatus getroffen hätte, um der Kreuzigung zu entgehen?‹«

»Ich kann nicht finden, daß das eine unchristliche Antwort ist«, sagte Don Paolo.

»Aber die Kirche ist nicht etwas Abstraktes«, rief Don Angelo. »Sie ist, was sie geworden ist. Sie hat fast zweitausend Jahre hinter sich. Sie ist kein junges Ding, das alles tun kann, was ihm durch den Kopf geht. Sie ist eine alte, sehr alte Dame voller Würde und Tradition, die auf festgelegte Rechte und Pflichten Rücksicht nehmen muß. Natürlich hat Jesus, der Gekreuzigte, sie gegründet, aber nach ihm sind die Apostel gekommen und viele Generationen von Heiligen und Päpsten. Die Kirche ist nicht mehr eine geheime Sekte in den Katakomben. Millionen und aber Millionen von Menschen hängen von ihr ab und brauchen ihren Schutz.«

»Wahrhaftig ein schöner Schutz, die Leute in den Krieg zu schicken!« rief Don Paolo unbesonnen. »Auch die Synagoge«, fuhr er ruhiger fort, »war zur Zeit Jesu eine alte, sehr alte Dame mit einer großen Tradition von Propheten, Königen, Gesetzgebern und Priestern. Auch sie hatte unzählige Anhänger, und trotzdem ist Jesus, ohne viel Rücksicht zu nehmen, über sie hinweg geschritten.«

Don Angelo saß vor seinem noch unberührten Glas. Er schloß die Augen, wie von einem plötzlichen Schwindel er-

griffen. Die durchsichtigen, bläulichen Augenlider in den tiefen Höhlen bebten leicht. »Mein Gott, mein Gott«, murmelte er, »warum machst du mir Angst?«
Der Sakristan erschien von neuem, um zu melden, daß die Frauen unruhig wurden und die Schuljungen einen Teufelslärm machten. Der Pfarrer erhob sich.
»Sie entschuldigen«, sagte er und folgte dem Sakristan.
Don Paolo kehrte zum Wirtshaus zurück.
Vor dem Rathaus traf er auf einen lärmenden Volkshaufen. Zwei Cafoni, die nach Fossa gekommen waren, weil sie auf dem Gericht zu tun hatten, waren als Einwohner von Orta erkannt worden, und die von allen Seiten herbeigeeilte Menge hatte sich mit den unwahrscheinlichsten Mordwerkzeugen auf sie gestürzt. Die beiden unglückseligen Sündenböcke, die von der Ursache dieses leidenschaftlichen Hasses nichts ahnten, waren nur mit Mühe durch einige Carabinieri der Lynchjustiz entzogen und auf der Polizei eingeschlossen worden. Aber die erregte Menge erging sich noch immer in den heftigsten Drohungen gegen sie, und der Rechtsanwalt Zabaglia, der von den Carabinieri herbeigeholt worden war, bemühte sich vergeblich, Ruhe zu stiften. Erst als bekannt gegeben wurde, daß die beiden Cafoni ins Gefängnis gebracht werden würden, weil sie im Verdacht standen, an den kriegsfeindlichen Aufschriften mitgewirkt zu haben, legte sich die Erregung.
»Warum nur mitgewirkt? Warum nicht die Hauptschuldigen?« protestierte einer aus der Menge.
»Sie können beide weder lesen noch schreiben«, sagte der Wachtmeister der Carabinieri. »So nehmt doch Vernunft an.«
Der Appell an die Vernunft verfehlte seine Wirkung nicht, und die Menge zerstreute sich. Nur einige Gruppen blieben übrig, in denen das Vorgefallene besprochen wurde. Um ins Wirtshaus zu gelangen, mußte Don Paolo sich den Weg durch einen Kreis von Menschen bahnen, die in eine eifrige Diskussion mit Berenice vertieft waren.

»Ich reise morgen ab«, sagte er zu der Wirtin. »Wo ist Ihre Tochter? Ich möchte sie um eine Gefälligkeit bitten.«

Don Paolo schickte Bianchina nach Rocca dei Marsi zu Don Benedetto mit einem kurzen Brief, in dem er um die Erlaubnis bat, ihn zu besuchen. Er hatte nur mit den Anfangsbuchstaben seines Namens unterzeichnet.

»Diesmal bitte ich dich, mich nicht wieder einen ganzen Tag auf die Antwort warten zu lassen«, sagte er zu dem Mädchen.

»Wie alt ist dieser Don Benedetto?«

»Fünfundsiebzig Jahre.«

»Dann bin ich schnell zurück. Sei unbesorgt«, sagte Bianchina.

Sie bestieg ihr Fahrrad und fuhr so schwungvoll ab, als handelte es sich um ein Wettrennen.

Nach einer knappen Stunde war sie schon zurück und brachte einen kurzen Brief mit. Zum erstenmal seit der fernen Schulzeit sah Don Paolo die kleine, regelmäßige Handschrift seines alten Lehrers wieder. Der Brief enthielt nur einige Zeilen aus einer Ode von Horaz. Es hätte fast eine Schulaufgabe sein können, aber diesmal war es eine herzliche Einladung, und die Übersetzung war leicht:

»... Schon lange wartet deiner
bei mir ein milder Wein
in einem noch nicht angebrochenen Krug.
Entreiße dich dem Zaudern.«

24

»Wahrscheinlich wird er spät kommen«, sagte Don Benedetto zu seiner Schwester. »Wenn es dunkel ist.«

»Ist es nicht gefährlich, ihn herkommen zu lassen?« fragte Marta.

Don Benedetto warf ihr einen Blick zu, der sie veranlaßte, sich sofort zu verbessern.

»Ich wollte sagen, daß es vielleicht auch von seiner Seite eine Unvorsichtigkeit ist.«

»In solchen Dingen muß er inzwischen Erfahrung haben«, sagte Don Benedetto. »Seit Jahren tut er nichts anderes als sich verstecken und fliehen. Laß uns jedenfalls allein«, fügte er hinzu. »Vielleicht hat er das Bedürfnis, mir Dinge anzuvertrauen, über die man besser zu zweien spricht.«

»Ich werde euch nicht stören«, sagte Marta. »Aber meinst du nicht, daß wir seine Großmutter benachrichtigen sollten? Er kann doch nicht immer weiter als Flüchtling umherirren. Seine Großmutter und seine Verwandten sind wohlhabend, sie könnten ihm einen Anwalt nehmen, und die Regierung könnte Gnade vor Recht ergehen lassen.«

»Ich glaube nicht, daß Pietro sich das wünscht.«

»Warum sollte er nicht wünschen, daß man ihm verzeiht? Es wäre doch keine Schande.«

»Ich glaube nicht, daß er sich schuldig fühlt, das ist der springende Punkt. Man verzeiht nur den Reumütigen.«

»Aber er kann doch nicht sein ganzes Leben als Flüchtling verbringen«, sagte Marta. »Er muß noch jung sein. Wie alt ist er wohl?«

»Vierunddreißig oder fünfunddreißig, so alt wie Nunzio.«

»Es ist doch nicht richtig, daß ein Mensch wegen einer politischen Idee sein ganzes Leben ruiniert. Du bist sein Lehrer gewesen, du mußt ihm das sagen.«

»Ich glaube nicht, daß es sich nur um Politik handelt«, sagte Don Benedetto. »Er schien mir schon als Knabe für ein hartes Schicksal bestimmt zu sein.«

»Aber daß er verfolgt wird, daran sind doch seine politischen Ansichten schuld.«

»Weißt du noch, wie er uns im Sommer nach dem Erdbeben besuchte? Er war gerade in die Oberstufe versetzt worden.«

»Ja, ich erinnere mich. Er war in Trauer, er hatte seine Eltern verloren.«

»Die Unterredung, die ich bei dieser Gelegenheit mit ihm hatte, ist mir kürzlich wieder in den Sinn gekommen«, sagte Don Benedetto. »Er hat mir damals etwas anvertraut, was einen großen Einfluß auf seine spätere Entwicklung gehabt haben muß. Der Tod seiner Eltern hatte ihn natürlich schwer getroffen, aber in den schrecklichen Tagen nach dem Erdbeben, als wir alle zwischen Trümmern umherirrten, war noch etwas anderes geschehen, was ihn tief erschüttert hatte. Ich habe dir nie davon erzählt, weil Pietro mich gebeten hatte, mit niemandem davon zu sprechen, aber inzwischen ist ja soviel Zeit vergangen. Pietro hat mir damals erzählt, daß er ungesehen Zeuge einer entsetzlichen Roheit wurde. Er war der einzige Zeuge und hat das Geheimnis gewahrt. Auch mir sagte er nicht genau, um wen es sich handelte. Aber es ging aus seinem Bericht hervor, daß es ein Verwandter oder jemand aus dem engsten Freundeskreis der Familie gewesen sein muß.«

»Verbrecher hat es immer gegeben«, sagte Marta.

»Aber in dem Fall, von dem Pietro berichtete, war der Verbrecher eine hochangesehene Persönlichkeit, die nach der geheim gebliebenen Untat weiter lebte wie bisher, geachtet und in allen Ehren. Und darin lag das Ungeheuerliche.«

»Kannst du mir nicht sagen, um welche Art von Missetat es sich handelte?« fragte Marta.

»Es war ein Raub, den der Täter an einem Schwerverwundeten oder Sterbenden beging. Der Unglückliche lag halb begraben unter den Trümmern, und anstatt ihm zu helfen, nahm der Täter alle Wertsachen an sich, die der Verwundete gerettet hatte. Es geschah in der Nacht, und Pietro war durch Zufall anwesend. Vor Entsetzen wurde er ohnmächtig, und noch Monate später bebte er am ganzen Körper, als er mir davon erzählte. Der Täter war nicht notleidend, er gehörte denselben Gesellschaftskreisen an wie der Beraubte und war, wie man so sagt, ein Ehrenmann. Ich glaube, damals hat Pietros Weltflucht begonnen. Anfangs dachte ich, er würde ins Kloster gehen.«

»Hast du nichts gehört?« sagte Marta. »Es hat geklopft.«
Sie zog sich eilig in ihr Zimmer zurück. In der Tür erschien der erwartete Gast. Er war in bürgerlicher Kleidung und ohne Hut, aber ein schwarzes Gewand, das er wie einen Mantel über dem Arm trug, konnte der kurz zuvor abgelegte Priesterrock sein. Pietro und Don Benedetto begrüßten sich mit einem Händedruck, sie waren beide sehr bewegt.
»Bist du zu Fuß gekommen?« fragte Don Benedetto.
»Ich habe den Wagen unten im Dorf gelassen«, antwortete Pietro.
Don Benedetto wies auf einen Armsessel und setzte sich neben ihn auf einen Stuhl. Da er vom Alter gebeugt war, wirkte er kleiner als sein einstiger Schüler. Pietro versuchte, seine Rührung zu überwinden und sagte lächelnd:
»So hat also das verirrte Schaf sich wieder bei seinem Hirten eingefunden.«
Don Benedetto, der verwundert das vorzeitig gealterte Gesicht des jungen Mannes betrachtet hatte, ging auf den scherzhaften Ton nicht ein und schüttelte den Kopf.
»Es ist nicht leicht zu entscheiden, wer von uns das verirrte Schaf ist«, sagte er traurig.
»In den Dörfern ringsum wird viel von Ihnen gesprochen«, sagte Pietro. »Was bis zu mir gedrungen ist, hat genügt, um mich davon zu überzeugen,.daß die Ehre der Kirche in dieser Gegend durch Sie allein aufrecht erhalten wird.«
»Ich bin nicht dieser Meinung«, sagte Don Benedetto. »Und nicht etwa aus falscher Bescheidenheit, das mußt du mir glauben, sondern weil ich weiß, daß ich zu nichts nütze bin. Ich habe das Lehramt verloren und übe keine Seelsorge aus. Ich genieße zwar den Ruf, von dem du sprichst, aber wenn jemand hierher kommt, um sich über eine erlittene Ungerechtigkeit zu beklagen, so weiß ich nicht, was ich ihm antworten soll. Es ist wirklich so, ich bin zu nichts nütze. Es ist traurig, in meinem Alter diese Entdeckung machen zu müssen.«

Pietro hatte Tränen in den Augen. Er wandte sich ab, um seine Bewegung vor Don Benedetto zu verbergen. Wie oft hatte die Erinnerung an seinen lieben alten Lehrer in mutlosen Stunden im Exil genügt, um ihn zu trösten, und nun fand er ihn selbst so unglücklich wieder. Was konnte er ihm sagen, das nicht nach Mitleid geklungen hätte?

»Im übrigen«, fuhr Don Benedetto fort, »sind durchaus nicht immer diejenigen Gott im Geist am nächsten, die Messe lesen und sich seine Diener nennen.«

Diese Art von Gott zu reden erinnerte Pietro an frühere Zeiten, aber zugleich weckte sie in ihm den Verdacht, daß sein alter Lehrer sich in einem Irrtum befand, der ihrer Begegnung einen falschen Ton geben könnte.

»Ich habe schon seit Jahren meinen Glauben verloren«, sagte er.

Der alte Mann schüttelte lächelnd den Kopf.

»Bei dir und in vielen ähnlichen Fällen ist das nur ein Mißverständnis«, sagte er. »Es wäre nicht das erste Mal, daß der Himmlische Vater genötigt ist, sich zu verbergen und andere Namen anzunehmen. Er hat, wie du weißt, niemals sehr viel von den Namen und Zunamen gehalten, die ihm die Menschen gegeben haben. Gleich im ersten seiner Gebote hat er uns ja gesagt, daß wir seinen Namen nicht unnötig führen sollen. Und in der Heiligen Geschichte ist oft vom Leben im Verborgenen die Rede. Hast du schon einmal über die Bedeutung der Flucht nach Ägypten nachgedacht? Und war Jesus nicht auch später als Erwachsener mehr als einmal genötigt sich zu verstecken, um seinen Verfolgern zu entgehen?«

Pietro hatte diese religiöse Verteidigungsrede zugunsten des Verschwörerdaseins mit kindlicher Heiterkeit aufgenommen, aber Don Benedetto fiel in den ernsten Ton zurück, in dem er das Gespräch begonnen hatte.

»Ich lebe hier mit meiner Schwester, meinen Büchern und dem Garten«, sagte er. »Seit einiger Zeit wird meine Post kontrolliert, und die Bücher und Zeitschriften kommen verspätet an oder gehen unterwegs verloren. Ich mache keine Besuche und empfange nur wenige, von denen die meisten unerfreulich sind. Trotzdem bin ich auf dem Laufenden über viele Dinge, und sie sind sehr entmutigend. Um es kurz auszudrücken: man gibt dem Kaiser, was Gottes ist und gibt Gott, was man dem Kaiser überlassen sollte. Zu Menschen solcher Art sagte Johannes der Täufer: ›Ihr Otterngezücht, wer hat euch gelehrt, daß ihr dem zukünftigen Zorn entrinnen werdet‹.«

Marta trat ein, um den Gast zu begrüßen. Sie tat es mit leiser, schüchterner Stimme und einem ängstlichen Lächeln, das so wirkte, als hätte sie es hinter der Tür vorbereitet und mühsam festgehalten. Sie stellte zwei Gläser und eine Karaffe mit Rotwein auf den Tisch, dann ging sie gleich wieder in ihr Zimmer zurück.

Der Alte sprach weiter:

»Jedesmal wenn der Glaube an Gott in Frage gestellt wird, sollte man an die alte Geschichte von Elias denken. Du erinnerst dich vielleicht, daß in der Bibel berichtet wird, wie er den Herrn in einem Augenblick der Verzweiflung anflehte, er möge ihn sterben lassen. Gott berief ihn zu sich auf einen hohen Berg. Auf dem Weg dorthin fragte Elias sich, woran er ihn wohl erkennen würde. Darauf erhob sich ein gewaltiger Sturm, der Berge und Felsen zertrümmerte, aber das war nicht der Herr. Nach dem Sturm wurde das Land von einem Erdbeben erschüttert, aber auch das war nicht der Herr. Danach brach ein großes Feuer aus, aber auch das war nicht der Herr. Und dann hörte Elias in der Stille einen leisen Ton wie das sanfte Säuseln des Abendwindes in den Zweigen, und dieses Säuseln, so steht geschrieben, war Gott.«

Draußen hatte sich ein leichter Wind erhoben. In den Bäumen rauschte es, und die Tür, die vom Wohnzimmer in den Garten führte, sprang knarrend auf.

»Was gibt es?« rief Marta aus dem Nebenzimmer. Pietro fuhr zusammen. Don Benedetto legte ihm eine Hand auf die Schulter.

»Erschrick nicht«, sagte er lächelnd, »du hast nichts zu befürchten.«

Er erhob sich und machte die Tür zu, die der Wind geöffnet hatte.

Nach einer kleinen Weile fuhr er fort:

»Auch ich habe mich in der Tiefe meiner Niedergeschlagenheit gefragt: Wo ist denn Gott? Warum hat Er uns verlassen? Die Glocken und die Lautsprecher, die im ganzen Lande den Beginn eines neuen mörderischen Krieges verkündeten, waren gewiß nicht Gottes Stimme, und ebensowenig sind es die Bomben über äthiopischen Dörfern, von denen die Zeitungen uns täglich berichten. Aber wenn ein einzelner wehrloser Mensch in einem feindlich gesinnten Ort sich eines Nachts aufmacht und mit einem Stück Kohle ›Nieder mit dem Krieg‹ auf die Mauern schreibt, so spürt man ohne Zweifel hinter diesem wehrlosen Menschen die Gegenwart Gottes, und in der Mißachtung der Gefahr und der Liebe zu den sogenannten Feinden spiegelt sich ein göttliches Licht. Und wenn einfache Arbeiter für die gleiche Gesinnung von Sondergerichten verurteilt werden, gibt es keinen Zweifel darüber, auf welcher Seite Gott steht.«

Don Benedetto goß ein wenig Wein in eines der Gläser und hielt es gegen das Licht, um den Wein auf seine Klarheit zu prüfen, denn er hatte ein neues Faß angezapft. Dann nahm er einen Schluck, und schließlich füllte er beide Gläser.

»Ich weiß nicht«, begann er von neuem, »ob du dir vorstellen kannst, was es bedeutet, in meinem Alter, an der Schwelle des Grabes, zu gewissen Schlüssen zu gelangen. Mit fünfundsiebzig Jahren kann man vielleicht noch seine Ansichten ändern, aber nicht seine Lebensweise. Nur ein zurückgezogenes Dasein entspricht meinem Charakter, das war selbst in meiner Jugend nicht anders. Ich habe mich immer vom öffentlichen Leben ferngehalten, weil die pöbelhafte Tonart mich abstieß und weil diese Art der Betätigung gegen meinen Geschmack geht. Aber jetzt bedrückt mich meine Passivität. Ich sehe mich um, aber ich weiß nicht, wo ich etwas ausrichten könnte. Bei den Pfarrern? Daran ist nicht zu denken. Diejenigen, die mich persönlich kennen, haben jetzt Angst und gehen mir aus dem Wege. Zudem hat es sich bei den wenigen Geistlichen, die in den letzten fünfzig Jahren aus der Kirche ausgetreten sind, immer um skandalerregende Verfehlungen gegen das Zölibat gehandelt, niemals um Gewissensfragen oder Erwägungen auf geistiger Basis. Wenn sich jetzt die Nachricht verbreiten würde, daß noch ein Geistlicher den Priesterrock abgelegt hat, so würden alle Gläubigen selbstverständlich sagen: ›Wieder ein Priester, der mit seiner Köchin durchgegangen ist‹.«

»Ich mußte heute Don Angelo Girasole einen Besuch abstatten«, sagte Pietro. »Er machte auf mich den Eindruck eines ehrenwerten Menschen und eines guten Verwaltungsbeamten.«

»Das ist richtig«, sagte Don Benedetto. »Aber die Kirche ist keine Verwaltungsbehörde.«

»Dennoch sind die anderen, die angeblich historisch denken, weit schlimmer«, sagte Pietro. »Sie glauben an den Mann, der uns von der Vorsehung gesandt wurde, oder sie tun jedenfalls so.«

»Wenn sie sich selbst betrügen, so ist es ihre Schuld«, unterbrach ihn Don Benedetto. »Sie sind schon vor fast zweitausend Jahren gewarnt worden. Ihnen ist gesagt worden, daß viele kommen werden im Namen der Vorsehung, um die Völker zu verführen. Es wird Kriege geben und Kriegsgeschrei. Ein Volk wird sich erheben gegen das andere, und ein Reich gegen das andere. Es wird Hungersnot geben und Pest und Erdbeben. Aber wenn dann jemand sagen wird: ›Hier ist ein von der Vorsehung Gesandter‹, so sollen wir es nicht glauben. Falsche Retter und falsche Propheten werden aufstehen, sie werden Wunder und Zeichen tun und viele Menschen verführen. Eine deutlichere Warnung konnten wir nicht verlangen. Auch wenn viele Menschen es inzwischen vergessen haben, das Schicksal ihres ›von der Vorsehung Gesandten‹ ist schon festgelegt: ›Er wird eintreten wie ein Fuchs, herrschen wie ein Löwe, sterben wie ein Hund‹. Dabei fehlt es unserem Volk nicht an kritischem Geist. Was ihm fehlt, ist der Glaube. Der kritische Sinn führt die Menschen zu Nörgelei, Unzufriedenheit, unter Umständen zu Gewaltsamkeit und sogar zum Heldentum, aber sie haben keinen Glauben. Was würde es nützen, einer Nation von Zweiflern neue Worte zu predigen? Vielleicht werden die schrecklichen Leiden, denen wir entgegen gehen, unserem Volk eine Lehre sein. Wie dem auch sei, wenn ich ganz niedergedrückt bin, sage ich mir: ich bin zu nichts nütze, ich bin gescheitert, aber da ist Pietro, da sind seine Freunde und die vielen Unbekannten in den geheimen Gruppen. Ich muß gestehen: das ist mein einziger Trost.«

Pietro war erschüttert über die sorgenvollen Worte seines alten Lehrers.

»Lieber Don Benedetto«, sagte er. »Wir haben uns fünfzehn Jahre lang nicht gesehen und werden uns nach dieser Begegnung vielleicht nicht wiedersehen. Sie sind alt, meine Gesundheit ist nicht die beste, die Zeiten sind schwer. Wir wollen die kurze Zeit meines Besuches nicht damit verschwenden, Höflichkeiten auszutauschen. Das Vertrauen, das Sie in mich setzen, erschreckt mich. Bitte glauben Sie mir, ich bin ehrlich davon überzeugt, daß ich nicht besser bin als meine ehemaligen Schulkameraden. Nur hat das Schicksal es besser mit mir gemeint. Es hat mich durch eine Reihe von Unglücksfällen dazu gebracht, rechtzeitig die Barriere zu überspringen. Im übrigen denke ich leider nicht so hoch von dem, was Sie Ihren einzigen Trost nennen.«

»Die einzige Rettung ist, alle Brücken abzubrechen«, sagte Don Benedetto. »Aber das können nur wenige. Der arme

Nunzio kam nach seinem ersten Treffen mit dir in großer Seelenangst hierher, um mir alles zu erzählen. Er sprach von seiner persönlichen Lage, die ich schon kannte. Wie ist es möglich, fragte er mich, unter einer Diktatur einen Beruf auszuüben, in dem man von den öffentlichen Ämtern abhängig ist, und dabei frei zu bleiben? Es ist ein Glück, daß wenigstens Pietro sich gerettet hat, sagte er.«

»Gerettet?« sagte Pietro. »Kann man dieses Wort überhaupt in der Vergangenheit gebrauchen? Erst die Zukunft entscheidet. Lieber Don Benedetto, vielleicht wird das Morgen nicht viel anders sein als das Heute. Vielleicht ist das, was wir säen, ein schon vergifteter Same.«

Don Benedetto machte ihm ein Zeichen.

»Es ist jemand hinter der Tür«, sagte er leise. »Wir wollen nach nebenan gehen.«

Sie standen auf und gingen in Martas Zimmer hinüber. Im selben Augenblick wurde an die Tür geklopft.

»Sieh nach, wer an der Tür ist«, sagte Don Benedetto zu seiner Schwester, »aber laß niemand eintreten. Sag jedem, wer es auch sei, daß du nicht weißt, ob ich ihn empfangen könne. Und trage bitte den Wein und die Gläser fort, ehe du öffnest.«

Es wurde wieder geklopft. Marta öffnete die Tür. Es war Don Piccirilli.

»Guten Abend«, sagte er. »Störe ich? Man hat mir gesagt, daß Don Angelo Girasole bei Don Benedetto ist, ich würde ihm gern guten Tag sagen.«

»Das ist ein Irrtum«, sagte Marta. »Don Angelo ist nicht hier.«

»Ist denn nicht vor kurzem ein Priester aus Fossa in einem Wagen angekommen?«

»Wir haben weder einen Priester noch einen Wagen gesehen«, sagte Marta. »Es muß sich um einen Irrtum handeln.«

Das Gespräch ging in der Tür vor sich. Marta machte keine Anstalten, den Pfarrer hereinzubitten.

»Da ich nun einmal den Weg gemacht habe, möchte ich wenigstens Don Benedetto begrüßen«, sagte Don Piccirilli. »Ich hoffe, ich komme nicht ungelegen.«

»Ich weiß es nicht«, sagte Marta. »Vielleicht hat er sich hingelegt. Ich gehe gleich nachsehen.«

Im Nebenzimmer fand sie den Bruder allein. Mit einer Kopfbewegung zum Fenster hin, das auf den Garten ging, gab er ihr zu verstehen, daß der Gast das Haus schon verlassen hatte.

»Jetzt müssen wir Don Piccirilli so lange wie möglich hier festhalten«, sagte er leise. »Bring uns gleich zu trinken.«

Dann ging Don Benedetto seinem neuen Gast entgegen.

»Warum stehst du denn auf der Schwelle?« sagte er vorwurfsvoll. »Tritt ein, mach keine Umstände. Ich habe gerade ein neues Faß angezapft. Du mußt ein Glas Wein mit mir trinken und mir deine Meinung darüber sagen.«

25

Matalena war im Erdgeschoß des Wirtshauses mit den Vorbereitungen zum Brotbacken beschäftigt, und Don Paolo leistete ihr Gesellschaft. In Pietrasecca wurde alle vierzehn Tage in einem großen gemeinsamen Backofen Brot gebakken. Es mußte dabei streng nach den Regeln zugehen. Matalena hatte ihr Haar unter einer weißen Serviette wie unter einer Nonnenhaube versteckt und war damit beschäftigt, das Mehl in den Backtrog zu sieben. Sie sonderte das Mehl von der Kleie und siebte dann das feinste weiße Mehl heraus. Die Kleie war für die Hühner und die Schweine, aus dem gewöhnlichen Mehl wurde das Brot gebacken, und das feine weiße Mehl blieb für Nudelteig zurück. Gesicht und Hände der Frau waren weiß bepudert von dem Mehlstaub, der bei der rhythmischen Bewegung des Siebes aufstieg. Vor dem Herd lag die Ziegenhirtin Chiarina auf den Knien

und bemühte sich mit tränenden Augen, das Feuer anzufachen, über dem die Kartoffeln kochten, die das Brot schwerer und haltbarer machen sollten.
Plötzlich ließ Matalena das Sieb sinken, denn ein unbekannter junger Mann war eingetreten, dem Aussehen nach ein Arbeiter oder ein Cafone. Er fragte nach Don Paolo und übergab ihm einen Brief, der einige Zeilen in Don Benedettos Handschrift enthielt:
›Lieber Freund, dieser arme Mensch braucht dich, und vielleicht brauchst du ihn auch. Hör ihn bis zu Ende an, darum bitte ich dich.‹
Der junge Mann war beim Anblick des Priesters offensichtlich überrascht und machte beinahe Anstalten, sich mit einer Entschuldigung zurückzuziehen.
»Don Benedetto hat mir gesagt«, brachte er verlegen hervor, »er wolle mich zu einem Mann schicken, zu dem ich volles Vertrauen haben könnte. Ehrlich gesagt habe ich nicht erwartet, einen Priester vorzufinden.«
»Kommen Sie«, sagte Don Paolo. »Don Benedetto wird seine Gründe gehabt haben.«
Er führte den jungen Mann nach oben in sein Zimmer und bot ihm einen Stuhl an.
»Wenn Sie hierher gekommen wären, wie man zu einem Priester geht, hätte ich Sie gebeten, sich an jemand anders zu wenden«, sagte er. »Seit wann kennen Sie Don Benedetto?«
»Wir sind beide aus Rocca«, sagte der Fremde. »In Rocca kennt jeder den anderen, und jeder weiß alles oder fast alles vom anderen. Wenn man jemand aus dem Hause treten sieht, weiß man, wohin er geht, wenn man jemand zurückkehren sieht, weiß man, woher er kommt. Meine Familie besitzt einen Weinberg in der Nähe von Don Benedettos Garten, auf halber Höhe über dem Dorf. Wenn wir für das Schwefeln der Reben Wasser brauchen, holen wir es aus seinem Brunnen, und er leiht sich von uns die Stöcke für

seine Erbsen und Bohnen. Meine Mutter hat sich wegen meiner Ausbildung immer mit ihm beraten. Seine Ratschläge waren vielleicht vom praktischen Standpunkt aus nicht immer richtig, aber seine Absichten waren die besten. Er hat mich von klein auf gern gehabt.«

Während der junge Mann sprach, gewann Don Paolo einen genaueren Eindruck von seiner Persönlichkeit. Auf den ersten Blick wirkte er mit seinem bescheidenen, vielfach geflickten Anzug, mit seinen rissigen Händen und dem unordentlichen Haar wie ein Cafone oder ein Arbeiter, aber bei längerem Zusammensein fielen seine ungewöhnlich intelligenten Augen auf und seine mühelose Art zu erzählen. Er sprach nicht Dialekt, sondern ein korrektes, fließendes Italienisch, und sein Benehmen war von selbstverständlicher Höflichkeit. Nach einigem Zögern entschloß er sich, seine Lebensgeschichte zu erzählen.

»Als Knabe war ich zart und kränklich«, begann er, »und da ich außerdem das einzige Kind war, fand meine Mutter, daß ich etwas Ordentliches lernen sollte, anstatt Bauer zu werden. ›Unsere Vorfahren haben alle die Erde bearbeitet, und wir sind dabei nicht vorwärts gekommen‹, sagte sie. ›Seit vielen Generationen hacken, graben, säen und düngen wir und sind immer arm geblieben. Diesen Sohn wollen wir studieren lassen. Er ist zart und braucht ein weniger rauhes Leben.‹ Mein Vater war dagegen. ›Die Landarbeit ist hart‹, sagte er, ›aber es ist ein sicheres Brot. Bildung ist etwas für Herrensöhne. Wir kennen niemand, der uns raten und helfen kann.‹ Aber wir fanden Rat und Hilfe bei Don Benedetto. ›Der Junge ist begabt, also laßt ihn studieren‹, sagte er. Während meiner ersten Jahre auf dem Gymnasium ging es meiner Familie noch recht gut. Außer dem Weinberg besaß mein Vater zwei Felder, auf denen er Weizen und Gemüse anbaute, und er hatte vier Kühe im Stall. Die Geldüberweisungen meiner Mutter trafen zwar oft mit Verspätung ein, aber sie blieben niemals ganz aus. Während meiner letzten Schuljahre verschlechterte sich die Lage meiner Familie durch zwei Mißernten und eine Krankheit meines Vaters immer mehr. Dazu kamen die drückenden Ausgaben für meine Ausbildung. Eines der Felder mußte verkauft werden, um die Schulden zu bezahlen. Zwei Kühe starben während einer Epidemie, die beiden anderen wurden auf dem Viehmarkt verkauft, und der Stall wurde vermietet. ›Das macht nichts‹, sagte meine Mutter, ›wenn unser Sohn sein Studium beendet hat, wird er uns unterstützen.‹ Vor drei Jahren bestand ich die Reifeprüfung und ging nach Rom, um an der Universität Philologie zu studieren. Damals wußte meine Mutter schon nicht mehr, woher sie das Geld für meinen Aufenthalt in Rom bis zum Doktorexamen beschaffen sollte.«

»Warum haben Sie sich gerade für Philologie entschieden?« fragte Don Paolo. »Damit hatten Sie wenig Aussichten auf einen raschen Broterwerb.«

»Don Benedetto fand, daß meine Begabung in dieser Richtung lag«, antwortete der junge Mann. »In Rom begann für mich eine harte Zeit. Ich wohnte in einer winzigen finsteren Kammer und nährte mich von einem Milchkaffee mit trockenem Brot um die Mittagszeit und von einer Suppe am Abend. Ich hatte immer Hunger. Ich war schlecht gekleidet. Ich hatte keine Freunde. Wenn ich in der Universität versuchte, mich anderen Studenten zu nähern, wurde ich wegen meines bäurischen Aussehens ausgelacht und verspottet. Zwei oder drei dieser Erfahrungen genügten, um mich abzuschrecken. Oft weinte ich vor Kummer und Zorn in meiner kleinen Kammer. Ich mußte mich damit abfinden, allein zu bleiben. Da ich an ein Leben in der Familie gewöhnt war, fühlte ich mich in der lauten, zynischen Welt der Studenten nicht wohl. Die meisten von ihnen beschäftigten sich mit Sport und mit Politik, weil sich ihnen dabei oft Gelegenheit zu lärmenden Auftritten und brutalen Scherzen bot. Eines Tages wurde ich, von der Straßenbahn aus, Zeuge eines solchen Auftritts. Etwa zehn Studenten meiner Fakultät verprügelten mitten auf der Straße einen jungen Arbeiter. Ich sehe das Bild noch vor mir. Er lag mit blutendem Kopf auf den Schienen, und die Studenten umringten ihn und versetzten ihm weiter Fußtritte und Schläge. ›Er hat die Fahne nicht gegrüßt‹, riefen sie. Einige Polizisten kamen dazu, lobten die Angreifer für ihr patriotisches Verhalten und verhafteten den Verwundeten. Viele Menschen hatten sich versammelt, aber sie sahen alle schweigend zu. Ich saß allein in dem Straßenbahnwagen, der stehen geblieben war. ›Was für eine Gemeinheit‹, sagte ich vor mich hin. ›Ja, es ist wirklich eine Schande‹, antwortete halblaut eine Stimme hinter mir. Es war der Schaffner. An diesem Tag wechselten wir kein weiteres Wort, aber da er oft auf der Linie Dienst hatte, die an meinem Haus vorbeiführte, traf ich ihn manchmal zufällig, und wir fingen an uns zu grüßen wie alte Bekannte.«

Der junge Mann machte eine lange Pause, als hätte er den Faden der Erzählung verloren. Dann sprach er weiter.

»Eines Tages trafen wir uns auf der Straße. Er war nicht im Dienst. Wir gaben uns die Hand und gingen zusammen ein Glas Wein trinken. Jeder erzählte dem anderen von seinem Leben, und so schlossen wir Freundschaft. Er lud mich zu sich ein, und ich lernte bei ihm noch andere junge Leute kennen. Diese Personen – fünf im ganzen – bildeten eine ›Gruppe‹, und ihre Zusammenkünfte waren die ›Gruppenversammlungen‹. Das war mir alles neu und merkwürdig. Auf Vorschlag des Schaffners wurde ich auch in die Gruppe aufgenommen und besuchte regelmäßig die Versammlungen, die einmal in der Woche stattfanden. So kam ich zum erstenmal in persönliche Berührung mit Menschen aus der Stadt. Es waren Arbeiter und Handwerker, die mir, als einem Studenten, freundlich entgegen kamen. Ich war glücklich, und die Freude, die ich empfand, ließ anfangs den Gedanken gar nicht aufkommen, daß ich mich auf eine ernste, folgenschwere Sache eingelassen hatte. In den Versammlungen lasen wir schlecht gedruckte Heftchen und Flugblätter, in denen mit Abscheu von der Tyrannei die Rede war und eine Revolution, die Gerechtigkeit und Brüderlichkeit bringen sollte, als unvermeidlich und nahezu bevorstehend angekündigt wurde. Es war eine Art geheimer, verbotener Traum, zu dem wir uns einmal wöchentlich versammelten, um das Elend des Alltags zu vergessen. Außerhalb dieser Zusammenkünfte hatten wir keine Verbindung miteinander, und wenn wir uns zufällig auf der Straße trafen, taten wir, als kennten wir uns nicht.

»Eines Morgens«, fuhr er fort, »wurde ich von zwei Polizisten angehalten und zum Polizeipräsidium gebracht. Man führte mich nach Erledigung einiger Formalitäten in einen Raum, in dem ich von mehreren Polizisten eine Stunde lang bespuckt und geohrfeigt wurde. Ich hätte schmerzhafte Schläge leichter hingenommen. Als der Beamte, der mich verhören sollte, den Raum betrat, waren mein Gesicht und meine Brust buchstäblich von Speichel bedeckt. Der Beamte machte seinen Untergebenen Vorwürfe oder tat jedenfalls so, er ließ mich waschen und abtrocknen und führte mich in sein Zimmer. Hier erklärte er mir, daß er sich wohlwollend und verständnisvoll mit meinem Fall beschäftigt habe. Er wußte, daß ich in einer billigen finsteren Kammer wohnte, er kannte die Milchstube, in der ich mittags meinen Milchkaffee trank, und das Wirtshaus, in dem ich abends meine Suppe aß. Er hatte die genauesten Informationen über meine Familie und die finanziellen Schwierigkeiten, die den Fortgang meines Studiums in Frage stellten. Was mich dazu getrieben hatte, mich einer revolutionären Gruppe anzuschließen, konnte er nur vermuten. ›Die Jugend‹ sagte er, ›neigt zu hochherzigen Träumen, und daraus kann man ihr keinen Vorwurf machen. Es wäre schlimm, wenn es nicht so wäre. Aber die Polizei hat nun einmal die undankbare, doch für das Allgemeinwohl notwendige Aufgabe, diese edelmütigen Regungen und Träume der Jugend unter einer gewissen Kontrolle zu halten.«

»Kurz und gut«, unterbrach Don Paolo den Erzähler, »der Beamte schlug Ihnen vor, für die Polizei zu arbeiten. Was haben Sie ihm geantwortet?«

»Ich nahm den Vorschlag an«, antwortete der junge Mann.

Matalena erschien an der Tür.

»Das Abendessen ist fertig«, sagte sie. »Soll ich für zwei Personen decken?«

»Ich habe heute abend keinen Hunger«, antwortete der Priester.

Er stand vom Stuhl auf und legte sich auf das Bett. Er war müde.

Der junge Mann sprach mit matter Stimme weiter.

»Ich bekam hundert Lire, um mein Zimmer zu bezahlen und schrieb dafür einen kleinen Bericht in Form eines Schulaufsatzes über das Thema: ›Wie betätigt sich eine Gruppe? Was wird gelesen, worüber wird gesprochen?‹ Der Beamte las meinen Bericht und lobte ihn. ›Wirklich gut geschrieben‹, sagte er. Ich war stolz, daß er mit mir zufrieden war und verpflichtete mich, in Kontakt mit ihm zu bleiben. Dafür bekam ich hundertfünfzig Lire im Monat, die es mir ermöglichten, auch zu Mittag eine Suppe zu essen und am Samstag ins Kino zu gehen. Eines Tages schenkte er mir sogar ein Päckchen Zigaretten. Ich hatte noch nie geraucht, aber nun tat ich es aus Höflichkeit.«

»Was schrieben Sie in den folgenden Berichten?« fragte Don Paolo.

»Auch die folgenden Berichte blieben ganz allgemein, und mit der Zeit wurde der Beamte unzufrieden. Ich gab ihm immer eine Abschrift von den Drucksachen, die in der Gruppe verteilt wurden, aber das genügte ihm nicht; wahrscheinlich bekam er dieselben Drucksachen auch durch andere Personen. Schließlich riet er mir, mich in eine interessantere Gruppe versetzen zu lassen. Das machte keine Schwierigkeiten. Kaum äußerte ich meinen Freunden gegenüber den Wunsch, in eine Gruppe versetzt zu werden, der noch andere Studenten angehörten, so wurde er erfüllt. In der neuen Gruppe schloß ich Freundschaft mit einem jungen Mädchen, einer Schneiderin. Sie war die erste Frau, die ich kennenlernte. Wir hatten uns gleich sehr gern und waren bald unzertrennlich. Durch sie lernte ich ein ehrliches, reines verantwortungsbewußtes Leben kennen, wie ich es früher nie für möglich gehalten hatte, und zum erstenmal hatte ich Gewissensbisse. Der Gegensatz zwischen meinem sichtbaren und meinem geheimen Leben wurde unüberbrückbar. An manchen Tagen gelang es mir, mein Geheimnis zu vergessen. Ich arbeitete mit Feuereifer für die Gruppe, übersetzte ganze Kapitel aus revolutionären Romanen, die uns vom Ausland geschickt wurden, schrieb sie auf einer Schreibmaschine ins Reine und klebte nachts regierungsfeindliche Plakate an die Mauern, aber mit all dem betrog ich mich selbst nur für kurze Zeit. Wenn meine Gefährten in der neuen Gruppe meinen Fleiß und Eifer bewunderten, kam es mir zum Bewußtsein, daß ich in Wirklichkeit ein Verräter war, und ich zog mich zurück und versuchte, ihre Gesellschaft zu meiden. Dann wieder dachte ich, daß ich schließlich auch das Recht hätte, zu leben. Von zu Hause bekam ich kein Geld mehr, andere Hilfsquellen hatte ich nicht. Wenn ich Hunger litt oder der Zeitpunkt herannahte, wo die Miete bezahlt werden mußte, verlor ich jeden Halt. Die Politik erschien mir in solchen Augenblicken als etwas Sinnloses, was ging mich das alles an? Natürlich hätte ich lieber friedlich dahingelebt, mich zwei- oder dreimal am Tag satt gegessen und mich weder um die ›Notwendigkeit der imperialen Expansion‹ noch um die ›sozialistische Volkswirtschaft‹ gekümmert, aber da ich aus eigener Kraft weder mein Essen noch mein Zimmer bezahlen konnte, war das leider nicht möglich. Diese oberflächliche, zynische Rechtfertigung brach jedoch in sich zusammen, sobald ich mit meiner Freundin zusammen kam. Sie verkörperte für mich nicht so sehr eine bestimmte Art zu denken – sie sprach wenig und hörte gern zu – als vielmehr eine Art zu *sein*, auf eine unvergleichlich reine, menschliche Weise zu leben. Ich konnte mir mein Dasein ohne diese Frau nicht mehr vorstellen, sie war mir mehr als eine Frau, sie war eine Flamme, ein Licht, der lebendige Beweis dafür, daß es auf dieser Welt möglich ist, in Übereinstimmung mit Gleichgesinnten anständig, tapfer und selbstlos sein Leben zu leben. Ich glaube, mein geistiges Dasein hat erst begonnen, als ich sie kennenlernte. Damit will ich meinen Eltern nicht unrecht tun. Sie sind gute, ehrliche Menschen, aber befangen in hergebrachten Vorstellungen. Dieses Mädchen folgte keinen Vorschriften, sondern ihrem Herzen. Alles in ihrem Leben war echt, und wie von ihr selbst geschaffen. Aber wie sollte ich in ihrer Gegenwart nicht beständig daran denken, daß ich ihr Vertrauen mißbrauchte, daß ich sie betrog und verriet? So war unsere Liebe schon an der Quelle vergiftet, und obwohl ich sie so sehr liebte, war es mir eine Qual, mit ihr zusammen zu sein, weil ich niemals ehrlich sein konnte ...«

»Warum haben Sie Ihre Beziehungen zur Polizei aufrecht erhalten, nachdem es Ihnen klar geworden war, was Sie damit taten?« fragte Don Paolo.

»Ich habe mehrmals versucht, meine Spuren zu verwischen«, sagte der junge Mann. »Einmal zog ich in eine andere Wohnung, aber ich wurde bald wieder entdeckt. Eine Zeitlang suchte ich mein Gewissen damit zu beschwichtigen, daß ich der Polizei nichtssagende oder gefärbte Berichte schrieb. Damals hatte meine Mutter wieder angefangen, mir monatlich eine kleine Summe zu schicken. Ich versuchte die Polizei zu täuschen, indem ich behauptete, ich sei aus der Gruppe ausgeschlossen worden, weil man mir nicht mehr traute. Aber die Polizei hatte andere Berichterstatter, die das Gegenteil beweisen konnten. Schließlich übermannte mich das Gefühl, daß es keinen Ausweg mehr für mich gab.

Ich fühlte mich verdammt. Das Schicksal hatte es so gewollt.«

Der junge Mann sprach mühsam und atmete schwer. Don Paolo vermied es, ihn anzusehen.

»Ich will mich nicht besser machen als ich bin, ich will nicht um Mitleid werben«, sagte der junge Mann. »Ich will nichts beschönigen. In Wirklichkeit war damals meine Angst, entdeckt zu werden, größer als meine Reue. Tag und Nacht verfolgte mich der eine Gedanke: Was wird meine Freundin sagen, wenn sie den Betrug entdeckt? Was werden meine Freunde sagen? Deswegen zitterte ich, und nicht so sehr, weil ich etwas Schlechtes tat.«

Er machte eine Pause. Seine Kehle brannte. Auf dem Tisch stand eine Flasche Wasser mit einem Glas, aber Don Paolo kam nicht auf den Gedanken, ihn zum Trinken aufzufordern.

»Ich wußte, daß ich von der Polizei überwacht wurde und vermied es, meine Freunde zu treffen, um sie nicht angeben zu müssen, denn der Beamte hatte mir gedroht, er werde mich verhaften lassen, wenn ich mit verdächtigen Elementen verkehrte, ohne davon Meldung zu machen. Ich versuchte mich abseits zu halten, denn ich hatte Todesangst vor einer abermaligen Verhaftung. So wurde jedes Zusammensein mit meiner Freundin zu einer Qual. Trotzdem blieb sie geduldig, freundlich, liebevoll wie immer. Am Weihnachtstag des vergangenen Jahres aßen wir zusammen in einem Gasthaus außerhalb der Stadt.«

Don Paolo hörte eine Geschichte, die er schon einmal gehört hatte. Er erinnerte sich an jede Einzelheit. Das Essen in ungewöhnlich heiterer Stimmung. Der Beschluß, beieinander zu bleiben. Die Einkäufe. Blumen, Obst, Süßigkeiten, Marsala. Das Erscheinen der Polizisten. Die Flucht auf das Dach. Das lange Warten auf dem Dach. Aber der junge Mann erzählte nicht zu Ende. Er verbarg sein Gesicht in den Händen und fing an zu weinen. Nach einer Weile sprach er weiter.

»Ich kehrte nach Rocca zurück. Meinen Eltern sagte ich, daß der Arzt mir das heimatliche Klima verordnet habe. Ich verbrachte den Winter zu Hause, ohne mit jemandem zusammen zu kommen. Manchmal besuchte ich Don Benedetto, der mir Bücher zum Lesen gab. Im Frühling fing ich an, meinen Vater aufs Feld zu begleiten. Ich half ihm beim Hacken und Ernten und beim Verschneiden der Weinstöcke. Ich arbeitete, solange mich meine Füße trugen, bis zur völligen Erschöpfung. Gleich nach dem Abendessen fiel ich ins Bett, und morgens weckte ich meinen Vater bei Tagesanbruch. Er sah mich befriedigt an. ›Man merkt, daß du aus einem alten Bauerngeschlecht stammst‹, sagte er. ›Wer zur Erde gehört, den läßt sie nicht los.‹ Aber wer zur Erde gehört und in der Stadt gelebt hat, ist kein richtiger Bauer mehr und dennoch kein Städter. Die Erinnerung an die Stadt, an meine Freundin, an die Gruppe, an die Polizei war eine Wunde, die nicht verheilen wollte, eine schwärende Wunde, die mein ganzes weiteres Leben zu vergiften drohte. ›Die Stadtluft hat dir geschadet‹, sagte meine Mutter. ›Die Stadtluft hat dein Blut vergiftet und dich traurig gemacht.‹ ›Laß mich arbeiten‹, sagte ich. ›Vielleicht wird die Arbeit mir helfen.‹ Aber mitten bei der Feldarbeit erschien mir oft das Bild meiner Freundin. Wie sollte ich sie vergessen? Wie sollte ich mich mit dem Dasein auf dem Dorf zufrieden geben, nachdem ich einmal das reine, ehrliche Leben mit ihr, den offenen Gedankenaustausch mit den Freunden, den Traum von einer besseren Menschheit kennengelernt hatte? Wie konnte ich andererseits das Geschehene ungeschehen machen? Die quälenden Fragen ließen mir keinen Augenblick Ruhe. Auf die Angst vor der Strafe folgte die Angst, unbestraft zu bleiben. Mich erschreckte der Gedanke, daß ich das Böse, das ich getan hatte, vielleicht nur deshalb nicht vergessen konnte, weil immer noch die Gefahr einer Entdeckung bestand. Wird etwa, so fragte ich mich, eine Schuld erträglicher, wenn man sicher ist, daß sie nicht entdeckt werden kann?«

»Ich muß gestehen«, fuhr der junge Mann fort, »daß die Religion in meinem Leben bis dahin keinen großen Raum eingenommen hatte. Ich bin getauft und gefirmt worden wie alle anderen, aber mein Glaube an die Existenz Gottes war schwach und unsicher. Deshalb hatte ich die sogenannte naturwissenschaftliche Auffassung, die in der Gruppe verbreitet wurde, widerstandslos angenommen. Jetzt fing ich an, sie als allzu bequem zu empfinden. Der Gedanke wurde mir unerträglich, daß das Gute nichts anderes sein sollte als das Nützliche, wenn auch das sozial Nützliche, und der Trieb zum Guten nichts anderes als die Angst vor einer Bestrafung. Bestrafung durch wen? Durch den Staat? die Gruppe? die öffentliche Meinung? Und wenn der Staat oder die Gruppe oder die öffentliche Meinung unmoralisch sind? Und wenn günstige Umstände oder eine bessere Technik es ermöglichten, das Böse zu tun mit der Gewißheit, straflos zu bleiben, worauf stützt sich dann die Moral? Könnte die Technik, indem sie die Bestrafung ausschließt, also die Grenzen zwischen Gut und Böse aufheben? Diese Vorstellung flößte mir Angst ein, ich fing an, mich vor dem Nichts zu fürchten. Ich möchte Sie nicht mit diesen Abschweifungen langweilen oder gar einen besseren Eindruck dadurch erwecken. Es ist nur so, daß diese Gedanken zum Inhalt meines Lebens wurden. Ich glaubte nicht mehr an Gott, aber ich begann mit allen Kräften meiner Seele zu wünschen, daß es einen Gott geben möge. Ich brauchte Ihn unbedingt, um der Angst vor dem Chaos zu entgehen. Es kam eine Nacht, in der ich es nicht mehr aushielt und aufstand, um an die Tür eines nahe gelegenen Kapuzinerklosters zu klopfen. Unterwegs traf ich einen Mönch, den ich kannte, einen gewissen Bruder Gioachino. Ich sagte zu ihm: ›Ich möchte so gern an Gott glauben, und es gelingt mir nicht. Kannst du mir sagen, wie man dazu kommt?‹ ›Man darf nicht stolz sein‹, antwortete er. ›Man darf nicht verlangen, alles zu verstehen, man muß sich bescheiden, man muß die Augen schließen, man muß beten. Der Glaube ist eine Gnade.‹ Aber zu dieser ruhigen Erwartung war ich unfähig. Ich wollte mit aller Kraft verstehen. Ich konnte nicht aufhören, es zu wollen. Mein ganzes Wesen befand sich in einem Zustand äußerster schmerzhafter Spannung. Ich verlangte nach Gott. Ich brauchte Ihn.«

Der junge Mann schwieg erschöpft.

»Vielleicht hast du Durst«, sagte Don Paolo. »Trink einen Schluck Wasser.«

»Schließlich ging ich zu Don Benedetto«, fuhr der junge Mann fort. »Ich ging nicht zu ihm, weil er ein Priester ist, sondern weil ich ihn immer als das Vorbild eines gerechten Menschen angesehen habe. Wie ich schon erwähnte, kennt er mich von klein auf. Als ich ihn jetzt aufsuchte, sagte ich ihm, daß er mich in Wirklichkeit noch nicht kenne, denn er wisse nicht, was sich in mir verberge. Mit aller Kraft, die ich aufbringen konnte, überwand ich mich und erzählte ihm meine Geschichte in einer Beichte, die fünf Stunden dauerte und nach der ich völlig erschöpft am Boden lag. Ich glaubte allen Ernstes zu sterben. Ich sprach zum erstenmal davon, und mir war, als ob mit den Worten auch mein Blut dahinströmte. Ich war kaum mehr bei mir, als ich geendet hatte und fühlte mich wie ausgeleert. Don Benedetto schickte seine Schwester zu meinen Eltern und ließ ihnen sagen, daß ich zur Nacht bei ihm bleiben und ihm in den nächsten Tagen im Garten helfen würde. Während wir dann einige Tage lang zusammen im Garten arbeiteten, machte er von Zeit zu Zeit eine Pause, um mit mir zu sprechen. So lange man am Leben ist, sagte er, gibt es nichts, was man nicht wieder gut machen kann. Keine Verdammung ist endgültig. Gewiß muß man sich vom Bösen zurückhalten, sagte er mir noch, aber leider erwächst das Gute oft erst aus dem Bösen, und vielleicht wäre ich nie ein Mann geworden, wenn ich nicht durch die Irrtümer und Schlechtigkeiten hindurchgegangen wäre, die nun hinter mir lagen. Als er mir erlaubte nach Hause zurückzukehren, hatte ich keine Angst mehr. Ich fühlte mich wie neu geboren. Mir fiel auf, wie gut die Luft war, die von den Bergen herunter kam. Eine so frische reine Luft hatte ich in unserem Dorf noch niemals geatmet. Da ich aufgehört hatte mich zu fürchten, hörte ich auch auf, mich nur mit mir selbst zu beschäftigen und fing an, die Welt neu zu entdecken. Ich sah wieder die Bäume, die Kinder auf der Straße, die armen Leute, die sich auf den Feldern mühten, die Kühe, die den Pflug zogen, und die Esel, die ihre Lasten trugen. Ich bin noch mehrmals zu Don Benedetto gegangen. Gestern ließ er mich rufen und sagte: ›Ich würde dir gern die Wiederholung dieser Qual ersparen, aber in der Nähe von Rocca hält sich ein Mann auf, zu dem du volles Vertrauen haben kannst, und ich bitte dich, ihm Deine Beichte zu wiederholen.‹ Er hat mir die nötigen Anweisungen gegeben, und so bin ich hergekommen.«

Es war fast dunkel geworden. Die müde Stimme des jungen Mannes erstarb in der Dämmerung. Aus der Dämmerung kam nach einiger Zeit die andere Stimme.

»Wenn ich ein Parteiführer oder der Leiter einer Gruppe wäre«, sagte Don Paolo, »müßte ich dich nach den Regeln der Partei beurteilen. Jede Partei hat ihre Moral, die in festen Regeln niedergelegt ist. Diese Regeln sind dem moralischen Gefühl des einzelnen Menschen manchmal sehr nah, manchmal stehen sie im Gegensatz dazu. Aber ich bin kein politischer Führer, oder bin es nicht mehr, und wenn ich über einen anderen Menschen urteilen soll, kann ich es nur nach meinem Gewissen tun und innerhalb der sehr engen Grenzen, in denen ein Mensch überhaupt das Recht hat, über einen anderen zu urteilen.«

»Ich bin nicht hergekommen, um freigesprochen zu werden oder eine Absolution zu erbitten«, entgegnete der junge Mann.

»Luigi Murica«, sagte der andere mit gedämpfter Stimme, »ich will dir etwas sagen, das dir beweisen wird, wie unbedingt ich dir vertraue. Ich bin kein Priester. Don Paolo Spada ist nicht mein richtiger Name. Mein richtiger Name ist Pietro Spina.«

Inzwischen hatte Matalena aus eigenem Antrieb für zwei Personen gedeckt und bestand darauf, daß die beiden Männer zum Essen herunterkommen sollten.

»Wenn man sich von einer Krankheit erholen soll, darf man keine Mahlzeiten auslassen«, sagte sie. »Und wenn man einen Gast hat, kann man nicht umhin, ihn einzuladen.«

Sie hatte ein sauberes Tischtuch aufgelegt und eine Flasche Wein hingestellt. Die beiden Männer aßen schweigend. Der Wein war vom vergangenen Jahr, und das Brot war vierzehn Tage alt. Sie weichten es im Wein auf. Murica wollte noch am selben Abend nach Rocca zurückkehren, und Don Paolo ging in sein Zimmer hinauf, um seinen Mantel anzuziehen und ihn ein Stück Weges zu begleiten. Matalena konnte eine gewisse Eifersucht wegen dieser plötzlichen Freundschaft zwischen dem Unbekannten und »ihrem« Priester nicht verbergen.

»Ihr habt euch schon so lange unterhalten«, sagte sie zu Murica. »Habt ihr euch immer noch etwas zu sagen?«

»Ich habe gebeichtet«, sagte der junge Mann.

Am Beginn des Weges, der ins Tal hinunter führte, trennten sich die beiden Männer. Murica sagte:

»Jetzt bin ich zu allem bereit.«

»Gut, wir werden uns bald wiedersehen«, versprach Don Paolo.

Der Priester hatte keine Eile, ins Wirtshaus zurückzukehren. Er setzte sich, von vielen Gedanken bedrückt, am Straßenrand ins Gras. Aus der Ferne erklangen verlorene Stimmen, Hundegebell, hin und wieder der Ruf eines Hirten, gedämpftes Blöken der Schafe. Von der feuchten Erde stieg ein leichter Duft auf, es roch nach wildem Rosmarin und Thymian. Es war die Stunde, zu der die Cafoni ihre Esel in den Stall bringen und zu Bett gehen. Mütter riefen aus dem

Fenster nach ihren Kindern, die sich verspätet hatten. Es war eine Stunde der Demut. Der Mensch war dem Tier nah, das Tier der Pflanze, die Pflanze der Erde. Der Bach im Tal funkelte von unzähligen Sternen. Pietrasecca war in der Dunkelheit versunken, nur die großen, gewundenen Hörner am Dach des Wirtshauses hoben sich gegen den Himmel ab.

26

Don Paolo hatte Cristina auf dem Kirchhof getroffen. Sie war gerührt darüber, daß auch er Blumen für das Grab ihres Vaters mitgebracht hatte. Auf dem Heimweg begleitete er sie bis zum Eingang ihres Hauses. Cristina sah blaß und elend aus. Sie trug ein schlichtes schwarzes Kleid, das lose mit einem Stoffgürtel gebunden war.

»Bitte verzeihen Sie mir, daß ich bei unserer letzten Begegnung so heftig wurde«, sagte Don Paolo. »Es hat mir nachträglich sehr leid getan.«

»Ich brauche nichts zu verzeihen«, sagte Cristina. »Es war nur meine Schuld.«

Sie trennten sich mit der Abmachung, bald wieder zusammen zu kommen.

Nachdem die Erregung über die Kriegserklärung sich gelegt hatte, war Pietrasecca zu seinem gewöhnlichen Leben zurückgekehrt. Die Alten und die Frauen aßen auf der Türschwelle sitzend ihre Mittagssuppe, ohne vom Teller aufzusehen, und gaben müde und gelangweilt Auskunft, wenn man sie anredete. Einige Mütter bekamen einen kleinen Zuschuß für ihre Söhne, die im Felde waren, und beteten, daß es lange so bleiben möge. Die Schuljungen kämpften ihre Schlachten vor dem Wirtshaus jetzt als Italiener und Afrikaner, und zur Empörung der Lehrerin kam es manchmal vor, daß die Afrikaner die Unsrigen besiegten.

Im übrigen brauchte man sich keine Gedanken zu machen. Was geschehen mußte, würde geschehen. Der Krieg mußte kommen, und er war gekommen. Wenn wirklich die Pest ausbrechen sollte, gab es kein Mittel, ihr zu entgehen.

Die Frau des Magascià hatte ganz im Vertrauen von Matalena erfahren, daß Don Paolo einem fremden jungen Mann die Beichte abgenommen hatte. Es war ihm also gestattet worden, die Beichte abzunehmen. Die Frau erschien daraufhin bei Don Paolo und flehte ihn an, sich ihres Mannes zu erbarmen, der seit fünfundzwanzig Jahren nicht seinen Frieden mit Gott gemacht hatte.

»Er hat kein Vertrauen zu den Priestern hier aus der Gegend«, sagte die Frau. »Wenn Sie sich nicht seiner annehmen, wird er in seinen Sünden sterben und in die Hölle kommen.«

Der Priester fühlte sich wieder sehr schwach. Er hatte sich erkältet und in der Nacht nicht geschlafen und hatte starke Kopfschmerzen. So antwortete er der Frau mit einem beiläufigen Nein und dachte nicht mehr daran, als plötzlich der alte Magascià in seinem Zimmer erschien. Groß, massig, graubärtig stand er, den Hut in der Hand, in der Türöffnung, die er fast ausfüllte. Der linke Ärmel seiner Jacke hing leer von der Schulter herab und war in die Tasche gesteckt. Don Paolo, der auf einem Stuhl neben dem Bett saß, wollte mit ihm sprechen, aber der Alte warf sich vor ihm auf die Knie, bekreuzigte sich, küßte den Fußboden und schlug sich mit tief gebeugtem Kopf dreimal an die Brust.

»Mea culpa, mea culpa, mea culpa«, sagte er.

Ohne den Kopf zu heben, murmelte er mit leiser Stimme mehrere Minuten lang unverständliche Worte vor sich hin. Man hörte nur unterdrücktes Geflüster und kurze Seufzer. Dann schwieg er, blieb aber auf dem Fußboden liegen, den sein großer Körper zur Hälfte bedeckte. Mit seinem gewaltigen Knochenbau wirkte er wie ein vorsintflutliches, ver-

steinertes Tier, Bart und Haar erinnerten an wilden Pflanzenwuchs, nur die Angst, die seine Haltung ausdrückte, war menschlich.
Er blieb eine Weile schweigend liegen, dann hob er den Kopf und fragte mit seiner gewöhnlichen Stimme:
»Haben Sie mir den Segen gegeben? Kann ich fortgehen?«
»Du kannst gehen«, sagte der Priester. Magascià erhob sich und küßte ihm die Hand.
»Übrigens muß ich Sie noch etwas fragen, was ich niemand anderen zu fragen wage«, sagte er leise. »Ist ein Mord nach fünfundzwanzig Jahren verjährt? Oder kommt man immer noch vor Gericht, wenn man entdeckt wird?«
»Was für ein Mord?«
Magascià verstand nicht, warum der Priester sich jetzt noch unwissend stellte, aber da ihm an der Auskunft gelegen war, flüsterte er ihm ins Ohr:
»Die Ermordung von Don Giulio, dem Notar von Lama.«
»Ah, ich verstehe«, sagte der Priester. »Ich hatte es schon vergessen. Aber da ich kein Rechtsanwalt bin, kann ich dir diese Frage nicht beantworten.«
Blitzschnell verbreitete sich die Nachricht, daß es Don Paolo erlaubt worden sei, die Beichte abzunehmen. »Er versteht alles und verzeiht alles«, hatte Magascià gesagt. »Matalena hat recht, er ist ein Heiliger.«
»Ein Heiliger, der in den Herzen der Sünder zu lesen weiß«, sagte Matalena.
Die Leute eilten herbei, um genauere Auskünfte einzuholen. In Don Paolos Zimmer ging es zu wie in einem Taubenschlag. Menschen kamen und gingen. Manche wollten den Tag für ihre Beichte festsetzen, die Kinder kletterten die Treppe hinauf und blieben an der Tür stehen, da sie sich dem Priester nicht zu nähern wagten. Don Paolo, der diesem Ansturm wehrlos ausgeliefert war, stand auf, ging bald zum Fenster, bald zur Tür und fühlte sich in dem kleinen Zimmer wie ein Tier in der Falle.

Obwohl er noch leichtes Fieber hatte, entschloß er sich, die Flucht zu ergreifen, aber er wurde an der Tür aufgehalten. Mastrangelo erschien, von seiner Frau und seiner Schwägerin gestützt, denn er hatte ein krankes Bein und konnte nur mühsam gehen. Da es ihm nicht möglich war niederzuknien, setzten die beiden Frauen ihn auf einen Stuhl neben den Beichtiger, küßten dem Priester die Hand und zogen sich zurück. Mastrangelo fing an zu sprechen, wobei er seinen Mund dem Ohr des Priesters näherte, damit niemand anderes ihn hören konnte. Sein Atem roch so stark nach altem Wein, daß es Don Paolo fast schwindlig wurde.

»Meine Frau hat achtzehn Kinder geboren«, sagte Mastrangelo, »aber sechzehn hat Gott wieder zu sich genommen. Nur zwei sind uns geblieben. Es gibt Kinder, deren Blut schon vergiftet ist, wenn sie zur Welt kommen. Da ist nichts zu machen. Marietta, die Schwester meiner Frau, ist auf andere Weise gestraft worden. Sie war arm, aber gesund. Kurz vor ihrer Hochzeit – alle Vorbereitungen waren getroffen und das Aufgebot schon bestellt – suchte Nicola, ihr Verlobter, mich auf und sagte mir unter vier Augen: ›Ich muß dir ein Geheimnis anvertrauen. Ich bin kriegsbeschädigt‹. Er zeigte mir seinen Schaden, er war kein Mann mehr. Man hatte ihm im Militärhospital die Operation machen müssen, um sein Leben zu retten. Der Unglückliche stand ganz allein auf der Welt, er hatte keine Mutter mehr und keine Schwester, er hatte niemanden, der ihm das Hemd wusch, das Bett machte und eine Suppe kochte, so war es ganz natürlich, daß er heiraten wollte. Er besaß auch einen Weinberg und eine Medaille. Nach Magasciàs Tod würde man ihm den Salz- und Tabakverkauf übertragen, wegen der Medaille. Magascià war damals schon alt, und man konnte erwarten, daß er bald sterben würde. Es ist nicht meines Schwagers Schuld, daß Magascià noch am Leben ist. Nicola und Marietta heirateten also. Erst nach der Hochzeit erfuhr Marietta von dem Unglück. ›Dein Schwager

Mastrangelo hat es gewußt‹, sagte Nicola zu ihr. Marietta ließ mich rufen und brach in Tränen aus. ›Du hast mich ins Unglück gestürzt‹, rief sie immer wieder. ›Ich bring' mich um, diese Schande überlebe ich nicht.‹ Nicola ließ uns allein. Ehe er fortging, sagte er: ›Da Gott mich hat strafen wollen, habe ich nicht das Recht, eifersüchtig zu sein. Aber die Ehre muß gewahrt bleiben, niemand darf es erfahren.‹ Marietta bekam sechs Kinder, vier davon sind am Leben. Mit dem Kindermachen ist es wie mit dem Trinken, Sie kennen das nicht. Man schwört: ›Dieses Glas wird das letzte sein‹, dann bekommt man wieder Durst und trinkt noch ein Glas. ›Diesmal noch‹, sagt man sich, ›und dann ist es genug‹. Aber wer kann gegen den Durst an? Einmal ist es die Frau, die Durst hat, ein anderes Mal ist es der Mann, und manchmal sind es beide. In der ersten Zeit war das Verhältnis zwischen den beiden Schwestern sehr schwierig, aber mit der Zeit hat alles sich ausgeglichen. Wir haben in Demut ertragen, was Gott uns geschickt hat. Die Ehre ist gewahrt worden, es hat keinen Skandal gegeben, niemand hat etwas erfahren. Aber eines Tages ist Nicola zu Don Cipriano zur Beichte gegangen, und der hat ihm den Sinn verstört. Er hat ihm gesagt, die Strafe, die Gott über uns verhängt hat, sei nichts im Vergleich zu denen, die wir verdient hätten und noch erhalten würden. Was wir nicht abbüßen, das würden unsere Kinder büßen, denn sie seien Kinder der Sünde, und was sie nicht büßen, würde den Kindeskindern auferlegt werden, bis ins siebente Glied. Aber wenn Gott die Wahrheit weiß, wie kann er uns da noch mehr strafen? Wir haben schon genug gelitten.«

Er schwieg und sah den Beichtiger mit seinen blutunterlaufenen Augen starr an, in Erwartung einer Antwort. Vom Treppenhaus hörte man die erregten Stimmen einiger Zecher, die in der Gaststube Morra spielten. Auf der Fensterscheibe sah der Priester zwei verstaubte, zusammengeklebte Fliegen, die der Tod im Liebesakt überrascht hatte. Draußen regnete es. Don Paolo überlief ein Schauder. Mastrangelo ergriff ihn am Arm und schüttelte ihn, er verlangte eine Antwort.

»Ist es richtig, was Don Cipriano gesagt hat?« fragte er. »Sind Mariettas Kinder und Kindeskinder jetzt schon verflucht?«

»Verflucht von wem?« sagte Don Paolo.

»Von Gott. Sind sie nicht von Gott verflucht?«

»Gott kann nicht verfluchen«, sagte Don Paolo. »Er hat noch nie einen Menschen verflucht.«

»Werden sie nicht unglücklich sein?«

»Das vielleicht, aber wie alle anderen Menschen«, sagte Don Paolo. »Nicht mehr und nicht weniger.«

Lidovina und Marietta wurden von Mastrangelo gerufen. Sie kamen die Treppe herauf und stützten ihren Mann beim Fortgehen. Dabei sahen sie ihn fragend an und bemühten sich, den Ausgang der Beichte aus seinem Gesicht abzulesen.

Auf den Stufen saßen andere Männer und Frauen, die darauf warteten, daß Don Paolo ihnen die Beichte abnahm. Ein unerträglicher durchdringender Geruch erfüllte das Treppenhaus, als ob diese Leute gewohnt wären, ihr Bedürfnis direkt in die Hosen zu verrichten und sich nie zu waschen. Dazu kam ein neuer, in einem Wirtshaus nicht üblicher Geruch, ein starker Duft nach Weihrauch. Matalena war zu Cristina geeilt, hatte sich die Kirchenschlüssel geben lassen und dem Vorrat in der Sakristei ein wenig Weihrauch entnommen. Don Paolo zog seinen Mantel an und entfloh auf die Straße. Von der Tür aus beobachteten ihn die enttäuschten und gekränkten Beichtkinder.

»Bleibt da, habt etwas Geduld«, empfahl ihnen Matalena. »Er will sicher nur etwas an die frische Luft. Bei diesem Regen kann er nicht weit gehen.«

Nach etwa einer Stunde sahen sie ihn wieder auftauchen, aber anstatt ins Wirtshaus zurückzukehren, wandte er sich dem Hause Colamartini zu.

Cristina öffnete ihm. Sie sah noch zarter und leidender aus als bei ihrer letzten Begegnung.
»Wir haben gerade von Ihnen gesprochen«, sagte sie zu dem Priester.
In dem großen Zimmer, in das er geführt wurde, war die ganze Familie versammelt: die Großmutter, die Tante und die Mutter.
»Aber Sie sind ja ganz durchnäßt«, rief Cristina, als sie ihn in dem erleuchteten Zimmer sah, »und Sie klappern vor Kälte mit den Zähnen.«
Sie ließ sich den Mantel geben, um ihn zum Trocknen aufzuhängen, und bestand darauf, daß er sich an den Kamin setzte, in dem ein Feuer brannte.
»Halten Sie die Füße recht nah ans Feuer«, mahnte sie ihn.
In dem Zimmer herrschte immer noch derselbe abgestandene Geruch, nur durch den Duft nach getrocknetem Obst und Glühwein gemildert. Die drei alten Frauen schwiegen. Don Paolo bemühte sich, ihren Blicken auszuweichen. Durch die Scheiben eines großen Fensters sah er den regenüberströmten Garten. Aus den Blüten waren Samen geworden, die Samen waren zu Boden gefallen. Die Tante und die Mutter erhoben sich und zogen sich ins Nebenzimmer zurück. Cristina flüsterte der Großmutter etwas ins Ohr und folgte ihnen.
»Ich glaube, Sie waren der letzte Mensch, mit dem mein Sohn gesprochen hat, ehe er Fossa verließ«, sagte die Alte zu Don Paolo. »Was sagte er zu Ihnen?«
»Er sagte: ›Das ist das Ende‹. Er wollte nicht begleitet werden. Es war tatsächlich das Ende.«
Die alte Frau saß in ihren Trauerkleidern auf einem verblichenen rotsamtenen Lehnstuhl an einem Fenster, das auf den Garten hinaus ging. Sie war klein, zusammengeschrumpft und runzlig. Mit ihren glasigen, abwesenden Augen blickte sie den Priester an, und beim Sprechen wurde ihr zahnloser

Gaumen sichtbar. Draußen trommelte der Regen an die beschlagenen Fensterscheiben.

»Die anderen haben uns allein gelassen, weil sie wollen, daß ich beichte«, sagte die Alte. »Aber ich will nicht beichten. Soll ich Ihnen die Wahrheit sagen? Zum Beichten fehlt mir die Reue. Warum soll ich bereuen?«

Sie hielt die Hände über der Brust gekreuzt. Diese Hände sahen aus wie alte, in langer, mühseliger Arbeit verbrauchte Werkzeuge, und die knochigen Arme waren wie dürre Äste, die darauf warteten, abgebrochen und ins Feuer geworfen zu werden.

»Warum soll ich bereuen?« fragte die Alte. »Achtzig Jahre lang habe ich nur eine Sache im Sinn gehabt, eine gerechte Sache, die einzige gerechte Sache: die Ehre und das Ansehen meiner Familie. Ich habe an nichts anderes gedacht. Ich habe nichts anderes gewollt. Achtzig Jahre lang. Und jetzt soll ich das bereuen?«

In ihren Augen, die plötzlich geweitet waren, stand eine seit langem unterdrückte Furcht und eine so elementare Verzweiflung, daß Don Paolo sie betroffen anblickte.

»Ist dies das Ende?« fragte sie. »Ist es wirklich das Ende für alle oder nur für die Colamartini?«

»Für alle Besitzenden, glaube ich«, sagte Don Paolo.

Als die Alte merkte, daß Don Paolo sie aufmerksam ansah, schloß sie die Augen. Ihr magerer Kopf ohne Fleisch und fast ohne Haare erinnerte an den Kopf eines Vogels. Ein zerbrechliches Gebilde, das dennoch so widerstandsfähig war, so hartnäckig, eigensinnig und grausam, achtzig Jahre hindurch. Cristina hatte der Großmutter gesagt, daß sie in die Hölle kommen werde, wenn sie nicht bereue und beichte, und sie hatte der Enkelin geantwortet: »Dann gehe ich eben in die Hölle.« Aber sie benutzte die Anwesenheit des Priesters, um eine Einzelheit zu klären, die ihr am Herzen lag.

»Wie lange dürfen diejenigen, die nicht bereuen und in die

Hölle kommen, vor dem Höchsten Richter verweilen? Haben sie wenigstens Zeit, ihm die Wahrheit ins Gesicht zu sagen?«

Don Paolo mußte zugeben, daß er darüber nichts Sicheres wußte, aber der gesunde Menschenverstand führte ihn zu einer bejahenden Antwort. »In jedem anständigen Gericht ist das der Brauch«, sagte er. Das genügte der Alten.

Cristina kam rechtzeitig zurück, um Don Paolo zur Tür zu begleiten, aber vorher zeigte sie ihm noch ein kleines Zimmer neben der Küche, wo ein Webstuhl stand, an dem sie in den wenigen freien Augenblicken des Tages und abends bis in die Nacht hinein arbeitete.

»Wir wissen nicht, wie es mit uns weitergehen soll«, sagte das Mädchen. »Sie haben wohl gehört, daß wir bei dem Bankrott der Bank alle unsere Ersparnisse verloren haben. Der Grund und Boden, den wir noch besitzen, bringt nichts ein. Die Pächter zahlen nicht.«

Cristina hatte gemeint, mit Webarbeiten etwas verdienen zu können, aber sie hatte eingesehen, daß es nicht möglich war.

»Die Wolle ist teuer«, sagte sie, »handgewebte Stoffe sind ein Luxus geworden, niemand kauft sie mehr. Die wenigen Bestellungen, die ich bisher erhielt, stammen von einigen Freundinnen, die sie sicherlich nur mir zuliebe gemacht haben.«

»Denken Sie nicht mehr an das Kloster?« fragte Don Paolo.

»Wie könnte ich das jetzt noch?« antwortete sie. »In diesem Hause bin ich zugleich Herrin und Dienstmagd und habe für drei Gäste zu sorgen. Meine Großmutter, die noch am meisten Energie hat, muß sogar angekleidet werden.«

»Es bedrückt mich sehr, daß ich Ihnen nicht helfen kann«, sagte Don Paolo. »Sie können sich nicht denken, wie sehr Ihr Schicksal mir am Herzen liegt.«

»Ich danke Ihnen«, sagte Cristina mit einem kleinen traurigen Lächeln. »Sie helfen mir, wenn Sie freundlich sind und nicht gleich wieder in Zorn geraten. Versprechen Sie mir das? Übrigens sind die materiellen Nöte unser kleinstes Übel, viel schlimmer ist das, was die Seele bedrückt. Gewisse Familienangelegenheiten, von denen früher nie gesprochen wurde, geben jetzt fortwährend Anlaß zu Zank und Streit.«

»Und Alberto?« fragte Don Paolo.

»Er ist in die Miliz eingetreten«, antwortete Cristina. »Er ist gewiß nicht für einen militärischen Beruf geeignet, aber er hatte keine Wahl. Und wenn es ihm gelingt, dort vorwärts zu kommen, kann er wenigstens für sich selbst sorgen.«

Cristina zeigte dem Priester eine Arbeit, die sie eben beendet hatte. Es war ein kleiner Teppich in weiß und rot, mit einem hübschen geometrischen Muster, das sie an einer alten Decke gesehen hatte.

»Wissen Sie, daß mein Bruder Sie sehr bewundert?« sagte Cristina. »Er hat mir auch etwas von dem Komplott für eine zweite Revolution erzählt. Ist das nicht gefährlich? Wird es nicht von der Kirche verurteilt?«

»In unserer Zeit kann man Gott auf viele Arten dienen«, sagte Don Paolo ausweichend.

»Dieser Ansicht ist auch Don Benedetto«, sagte Cristina. »Wissen Sie, daß er mit seiner Schwester zur Beerdigung hier war? Alberto und ich hatten ein langes Gespräch mit ihm. Wir fragten ihn wegen einer Familienangelegenheit um Rat, und schließlich kam das Gespräch, ich weiß nicht mehr wie, auf den Gehorsam gegenüber der Obrigkeit und auf Pietro Spina. ›Ihr dürft nicht schlecht von ihm denken‹, sagte Don Benedetto. ›Ich kenne ihn, er war mein Schüler. Der Sozialismus ist seine Art, Gott zu dienen.‹«

»Hat er wirklich diese Worte gebraucht?«

»Ich erinnere mich genau. Außerdem sagte er noch von Spina: ›Er ist ein Mensch, der schon als Knabe von Gott berührt worden ist. Gott hat ihn in die Finsternis gestürzt, damit er Ihn suchen sollte. Ich bin überzeugt, daß er auch jetzt Gottes Stimme gehorcht.‹ Am Schluß dieses Gespräches war ich ganz verwirrt und wußte nicht mehr, was ich denken sollte.«

»Das glaube ich gern«, sagte Don Paolo. »Aber vielleicht war nicht alles buchstäblich gemeint.«

Als der Priester sich verabschiedete, äußerte Cristina den Wunsch, ihm zu beichten, wann und wo es ihm passen würde.

»Nein, das geht nicht«, rief Don Paolo, dem diese Bitte völlig überraschend kam. Dann fuhr er verlegen fort: »Bitte nehmen Sie es mir nicht übel, aber mir würde, von allem anderen abgesehen, der Abstand fehlen, der zwischen dem Beichtvater und dem Beichtenden wünschenswert ist.«

Cristina errötete.

»Sie haben recht«, sagte sie. »Auch mir wäre es schwer gefallen.«

»Ich unterhalte mich sehr gern mit Ihnen«, sagte Don Paolo. »Aber nicht als Priester, als gewöhnlicher Mensch. Auch ich mache eine schwierige Zeit durch, und es würde mir gut tun, Sie öfters zu sehen.«

»Tagsüber läßt es sich kaum einrichten«, sagte Cristina. »Ich habe keinen Augenblick Ruhe.«

»Ich werde heute abend nach dem Essen kommen«, sagte Don Paolo, »und Ihnen Gesellschaft leisten, während Sie am Webstuhl sitzen.«

Cristina zögerte einen Augenblick.

»Kommen Sie«, sagte sie dann.

An diesem Abend aß der Priester sein Abendbrot fröhlich und mit gutem Appetit. Auch Matalena strahlte wegen der Beichte am Vormittag. Ihr Wirtshaus war im Begriff, ein heiliger Ort zu werden. Sie hatte zwei Lämpchen vor dem Madonnenbild angezündet.

»Später kommt der Tischler, um Maß zu nehmen«, sagte sie zu ihrem Priester. »Die Arbeit geht natürlich auf meine Kosten.«

»Was für eine Arbeit?« fragte der Priester.

»Der Beichtstuhl. Diodiziano hat noch nie so eine Arbeit gemacht, aber er ist ein guter Tischler. Ich werde den Beichtstuhl in Ihr Zimmer stellen, an den Platz, wo jetzt das Tischchen steht. Was meinen Sie dazu?«

»Ich meine, daß Sie anfangen, den Verstand zu verlieren.«

»Sind Sie gegen die Benutzung eines Beichtstuhles? Schade, aber ganz wie Sie wollen. Ich muß Ihnen sagen, daß es vor allem für die jungen Mädchen sein sollte. Ich hatte ihnen geraten zu warten, bis der Beichtstuhl fertig sein würde. Aber wenn Sie darauf verzichten wollen ...«

Matalena brachte einen Apfel und eine Handvoll Nüsse.

»Die Leute, die heute vormittag angestanden haben, kommen heute abend wieder«, berichtete sie. »Ich sage das nur, damit Sie Bescheid wissen.«

»Was wollen diese Leute denn von mir?«

»Das wissen Sie doch, sie wollen beichten. Sie haben nun einmal damit angefangen.«

»Ich wünsche durchaus nicht, ihre Beichte zu hören.«

»Soll ich den Leuten sagen, daß sie morgen wiederkommen sollen? Die meisten sind aber tagsüber bei der Arbeit.«

»Sagen Sie einfach, daß sie sich nicht mehr hier sehen lassen sollen.«

»Das kann ich nicht sagen, außerdem würden die Leute sich dagegen auflehnen.«

»Sie sind nicht meine Herrin, Sie können nicht einfach über mich verfügen.«

»Die Leute würden sagen: warum andere und wir nicht? Sie würden sagen: daran ist Matalena schuld. Sie würden es mir nicht verzeihen.«

»Sie können sagen, was sie wollen. Ich werde ihnen die Beichte nicht abnehmen, das steht fest.«

»Wenn es so steht, sprechen Sie selbst mit den Leuten, wenn sie kommen.«

»Dann werde ich nicht zu Hause sein.«

»Ich werde sie warten lassen, bis Sie zurückkommen.«
»Matalena, hören Sie«, sagte der Priester mit erhobener Stimme. »Ich setze meinen Fuß nicht wieder in dieses Haus, solange die Leute noch da sind.«
Die Wirtin war eingeschüchtert.
»Wenn Sie nicht wollen, kann niemand Sie zwingen«, sagte sie. »Ich werde sagen, daß Sie heute abend müde sind und daß Sie vielleicht morgen Ihre Meinung ändern werden.«
Der Priester antwortete nicht. Aber als die Wirtin sah, daß er seinen Hut nahm und sich im Ernst anschickte, das Haus zu verlassen, bekam sie Gewissensbisse.
»Draußen regnet es«, sagte sie. »Sie schaden Ihrer Gesundheit, wenn Sie bei diesem Wetter ausgehen. Bleiben Sie hier, es wird mir schon gelingen, Sie zu verteidigen. Niemand soll Sie belästigen. Wenn es sein muß, sprechen wir morgen darüber. Wo wollen Sie denn hingehen bei diesem Wetter?«
»Wohin es mir gefällt«, sagte der Priester.
Aber als Matalena sah, daß er auf das Haus Colamartini zuging, beruhigte sie sich und lächelte befriedigt. Der Zauber schien zu wirken.
Don Paolo fand die Haustür angelehnt und Cristina schon bei der Arbeit in der Webstube. Sie war gerade dabei, einige Fäden zu entwirren, die sich verhakt hatten.
»Darf ich Ihnen helfen?« fragte Don Paolo.
»Verstehen Sie denn etwas davon?«
»Stellen Sie mich auf die Probe.«
Zum Scherz überließ das Mädchen ihm den Platz auf der kleinen Bank.
»Das Hindernis sitzt im Register«, sagte er mit großer Bestimmtheit, nachdem er die Bewegung der Fäden geprüft hatte.
Cristina war sehr erstaunt.
»Können Sie denn weben?« fragte sie.
»Ich habe als Knabe meiner Mutter geholfen«, sagte er

heiter. »Sie war eine geschickte Weberin und arbeitete gern, mehr zum Vergnügen als um Geld zu verdienen. Auch für mich war es nur ein Zeitvertreib, aber ich war sehr eifrig, und es machte mir Freude.«

»War es ein Webstuhl wie dieser?«

»In der letzten Zeit kaufte meine Mutter einen von dieser Art, aber vorher hatte sie einen anderen, der sehr viel älter war, massiv und schwierig zu handhaben. Haben Sie jemals so einen gesehen?«

»Wir haben einen auf dem Speicher.«

»Dann wissen Sie sicher, daß man bei den alten Webstühlen immer eine Hilfsperson brauchte, der man die Umstellung der Züge angab, wenn das Muster, nach dem man webte, es erforderte. Diese Hilfsperson war ich für meine Mutter. Ich duldete nicht, daß jemand mich ersetzte. Während wir arbeiteten, erzählte meine Mutter mir die Gleichnisse des Evangeliums, so wie man Märchen erzählt. Wenn ich mehr oder weniger ein Christ geblieben bin, so ist es wahrscheinlich diesen Märchen zu verdanken.«

»Was sagen Sie da?« unterbrach ihn Cristina, halb belustigt, halb empört.

»Dieses eine Mal ist mir die Wahrheit entschlüpft«, sagte Don Paolo in ernstem Ton.

»Und haben Sie auch am neuen Webstuhl mitgeholfen, obwohl es nicht mehr nötig war?«

»Am neuen Webstuhl gab meine Mutter einem Mädchen aus einer befreundeten Familie Webunterricht. Das Mädchen gefiel mir, und um ihr Gesellschaft zu leisten, nahm ich auch Unterricht.«

»Sie sind also rückfällig, wenn ich so sagen darf«, sagte Cristina lachend.

Auch Don Paolo lachte herzlich. Etwas in seinem Gesicht und in seinem Blick hatte sich aufgehellt, als hätte er eine Maske fallen lassen. Eine Erinnerung weckte die andere, und er sprach weiter von seiner Kindheit. Während Cristina arbeitete, erzählte er von den Entdeckungen und Überraschungen, die seine ersten Bücher, seine ersten Freundschaften und Reisen ihm vermittelt hatten. Sein Gedächtnis schien ihn nie im Stich zu lassen. So verbrachten sie den Abend in einer freundschaftlich heiteren Stimmung, die sie beide seit langem entbehrt hatten.

»Jetzt ist es Zeit, daß ich aufbreche«, sagte Don Paolo endlich. »Sie haben den ganzen Tag gearbeitet und werden müde sein.«

»Ja, Sie müssen gehen«, sagte Cristina. »Matalena wird sonst eifersüchtig.«

An der Haustür drückte sie ihm die Hand.

»Hoffentlich bald auf Wiedersehen.«

27

»Nach allem, was wir erlebt haben«, sagte Don Paolo zu Murica, »können wir nicht mehr so über Politik reden wie die übrigen Menschen. Wenn ich es recht bedenke, ist sie für uns etwas ganz anderes geworden.«

»War sie für uns nicht schon immer etwas anderes?« fragte Murica. »Wer würde sich denn aus rein politischen Beweggründen und Berechnungen einer Untergrundpartei anschließen, die noch gar keine Aussicht auf Erfolg hat?«

Murica ging voran, um dem Priester auf dem abschüssigen Fußpfad zwischen den Brombeersträuchern den Weg zu bahnen. Nach einer Weile blieb er stehen.

»Ich muß dir etwas erzählen, was dich angeht«, sagte er. »In einer kleinen Abhandlung, die du vor etwa zwei Jahren geschrieben hast, sprichst du davon, was es bedeutet, ein Mensch zu sein und mit wieviel Schmerzen diese Erkenntnis oft erst gewonnen wird. Ich bekam eine Abschrift des Artikels von Romeo und habe schon damals viel darüber nachdenken müssen, aber vielleicht bin ich erst jetzt imstande, ganz zu verstehen, was du gemeint hast.«

»So kann es auch dem Schreiber selbst ergehen«, sagte Don Paolo. »Das Bewußtsein hat unendlich viele Abstufungen, ebenso wie das Licht.«
Der Pfad erreichte bald das ausgetrocknete steinige Flußbett. Zwischen Felsbrocken und glattgeschliffenen Steinen schlängelte sich ein kleines Rinnsal klaren Wassers. Die beiden Männer gingen einer hinter dem anderen und mußten zuweilen innehalten, weil der Pfad durch Unebenheiten und Löcher unterbrochen war.
»Wenn ich heute darüber nachdenke«, sagte Murica, »so wird mir klar, daß ich mich in der Bewegung von Anfang an in der zweideutigen Lage eines Spielers befunden habe, der mehr einsetzt, als ihm zur Verfügung steht. Aber vielleicht kommt dieser Fall öfter vor, als mir bekannt ist.«
»Warum hast du dich nicht am Anfang zurückgezogen?« fragte Don Paolo. »Gleich nachdem dir klar wurde, daß du das Risiko nicht auf dich nehmen konntest.«
»Es wurde mir nicht wirklich klar«, sagte Murica. »Ich stellte mir damals keine Fragen und war zu solchen Überlegungen gar nicht fähig. Jetzt dagegen denke ich oft über diese Dinge nach und möchte dir gern sagen, was ich meine, um deine Ansicht darüber zu hören. Mir scheint, daß man sich aus zwei entgegengesetzten Gründen gegen die bestehende Ordnung auflehnen kann: weil man sehr stark ist oder weil man sehr schwach ist. Unter einem starken Menschen verstehe ich einen, der über den bürgerlichen Regeln steht, der sie zurückweist, verachtet, bekämpft und sie durch eine gerechtere Ordnung ersetzen will. Das war nicht mein Fall. Ich befand mich am Rande der bürgerlichen Gesellschaft und fühlte mich von ihr ausgestoßen. Ich war ein Student aus der Provinz, arm, schüchtern, ungeschickt, einsam in einer großen Stadt. Ich fühlte mich unfähig, den tausend kleinen Schwierigkeiten des Lebens, den täglichen Demütigungen zu begegnen.«
»In solchen Fällen«, sagte Don Paolo, »kann der Anschluß an eine revolutionäre Bewegung eine Kraftquelle sein.«

»Nein«, sagte Murica, »jedenfalls nicht für jemand, der so lebt, wie ich damals lebte. Die Untergrundbewegung bietet den trügerischen Vorteil der Verborgenheit. Der gedemütigte Mensch kann seine Gefühle abreagieren, aber im geheimen. Nach außen hin bleibt sein Betragen unverändert. Seine Auflehnung gegen das Gesetz ist unwirklich wie ein Traum und nimmt gerade deshalb extreme, tollkühne Formen an. Er ist ein Verschwörer gegen den Staat auf dieselbe Weise wie er etwa im Traum der Mörder seines eigenen Vaters sein kann, dem er bei Tage unveränderten Gehorsam und Respekt bezeigt.«

»Bis bei irgendeinem Anlaß sein Doppelleben an den Tag kommt«, sagte Don Paolo. »Dann wird er von panischem Schrecken ergriffen.«

Es entstand ein kurzes Schweigen.

»Wurdest du nach der Verhaftung geschlagen?« fragte Don Paolo.

»Ich wurde geohrfeigt, und man spuckte mir ins Gesicht«, sagte Murica. »Aber ich war vom ersten Augenblick an vor Angst und Schreck wie betäubt. Als ich meine Personalien angeben sollte, konnte ich mich durchaus nicht auf mein Geburtsdatum besinnen und ebensowenig auf den Mädchennamen meiner Mutter. Mit einem Wort: die Kampfansage gegen das Gesetz stand im Mißverhältnis zu meiner Kraft.«

Die beiden Männer folgten noch eine Weile demselben Pfad, bis sie in die Nähe der Fahrstraße gelangten.

»Wir wollen nicht weitergehen«, sagte Murica. »Man könnte uns von der Straße aus sehen und erkennen.«

»Hast du den Eindruck, daß du noch überwacht wirst?« fragte Don Paolo.

»Ich weiß es nicht«, sagte Murica. »Es macht mir nichts mehr aus, ich fühle mich jetzt stark. Ich sagte es deinetwegen.«

»Mach dir meinetwegen keine Sorge«, sagte Don Paolo.

»Ich kann mir ein Leben ohne Gefahr nicht mehr vorstellen.«

Auf einer Wiese zwischen der Fahrstraße und dem Fluß befand sich eine Einzäunung für Schafe. Es war die Jahreszeit, in der die Herden von den Bergen ins Tal getrieben werden, um dort zu überwintern.

»Wann kommt Annina?« fragte Don Paolo.

»Vielleicht morgen«, antwortete Murica. »Sie schreibt mir jeden Tag.«

»Annina ist eine wunderbare Frau«, sagte Don Paolo. »Glaub mir, ich beneide dich um sie.«

»Mein Vater war sofort einverstanden mit der Heirat«, sagte Murica.

Auf der Wiese, neben der Schafherde, war ein alter Schäfer damit beschäftigt, ein Reisigfeuer anzumachen. Sein junger Gehilfe blies in die Flammen, und ein Knabe sammelte in der Umgebung trockene Äste. Der Alte berichtete dem Priester, daß ihm in der vergangenen Nacht der heilige Franziskus im Traum erschienen sei.

»Er lächelte freundlich und wollte mir eine Lira schenken.«

»Und hat er sie dir gegeben?«

»Nein, er suchte in allen Taschen, aber er hatte keine.«

Don Paolo lachte und gab ihm eine Lira.

»Kennen Sie die Legende vom Fucino-See?« fragte der Schäfer. »Es ist eine alte Geschichte, die man nicht in den Büchern findet.«

Don Paolo kannte die Legende nicht, und da dem alten Mann daran lag, sich erkenntlich zu zeigen, erzählte er sie.

»Jesus befand sich auf der Wanderschaft, um Arbeit als Zimmermann zu suchen. Er kam von einem Ort zum anderen und gelangte schließlich in diese Gegend. ›Habt ihr Arbeit für einen armen Zimmermann?‹ fragte er überall. ›Wie heißt du? Hast du eine Empfehlung?‹ fragten die Besitzer. Da sagte Jesus zu jedem Arbeitslosen, der keine

Empfehlung hatte, ›Folge mir nach‹, und alle folgten ihm. ›Wendet euch nicht um‹, befahl er. Keiner wandte sich um. Als alle auf dem Berg angelangt waren, sagte Jesus: ›Ihr könnt euch umwenden.‹ Anstatt der Felder und Dörfer sahen sie einen großen See, den Fucino-See. Jetzt ist er trockengelegt worden«, fügte der Schäfer hinzu, »aber wenn die Grundbesitzer weiter so böse sind, wird die Erde sich noch einmal auftun.«

»Deine Geschichte ist eine Lira wert«, sagte Don Paolo lächelnd.

»Wenn wir uns das nächste Mal treffen, erzähle ich Ihnen eine andere«, sagte der Schäfer.

Don Paolo verabschiedete sich von Murica und machte sich eilig auf den Rückweg nach Pietrasecca. Unterwegs traf er eine Frau, die sich auf den Knien am Straßenrand entlang schleppte. Sie sah aus wie ein schwankender, staubiger Lumpensack. Don Paolo hielt sie zuerst für geisteskrank. Die arme Frau war aber, wie sie erzählte, die Mutter eines Soldaten, der an der Front stand. Von düsteren Vorahnungen erfüllt, hatte sie in einem Augenblick religiöser Inbrunst das Gelübde abgelegt, den Weg von Pietrasecca nach Lama auf den Knien zurückzulegen, damit die Jungfrau ihren Sohn beschütze. Die Unglückliche war seit dem Morgen unterwegs, ihre Stimme klang rauh, ihr Gesicht war unkenntlich, ihre Augen brannten und waren verklebt von Schmutz und Tränen. Sie sah aus, als würde sie jeden Augenblick zusammenbrechen. Don Paolo, der nicht an die Unverbrüchlichkeit derartiger Gelübde glaubte, überredete sie, aufzustehen und zu Fuß weiterzugehen, er versuchte sogar, sie unter den Armen zu fassen und mit Gewalt hochzuheben. Umsonst. Die Frau verteidigte sich mit aller Kraft, mit Nägeln und Zähnen. Da das Gelübde abgelegt worden war, mußte es erfüllt werden. Wenn sie das Gelübde brach, würde ihr Sohn ganz gewiß sterben. Sie konnte gar nicht begreifen, daß Don Paolo eine so altbekannte Wahrheit nicht einsah.

»Was sind Sie denn für ein Priester?« schrie sie ihm ins Gesicht.
Don Paolo überließ die Büßerin ihrem Schicksal und ging weiter. Es war merklich kalt geworden. Auf dem Berggipfel hinter Pietrasecca lag schon Schnee. Dunkle Schatten, die vom Tal heraufstiegen, hüllten das Dorf ein. Nur das etwas höher gelegene Haus Colamartini war noch von der Sonne beschienen. Plötzlich zeigte sich Cristina an einem Fenster des oberen Stockwerks, und ihr Gesicht leuchtete wie ein Kristall, den die Strahlen der untergehenden Sonne treffen. Don Paolo sah von dem ganzen Dorf nichts anderes als dieses leuchtende Gesicht.
Sobald die Sonne verschwunden war, wurde es eiskalt. Matalena stand in der Haustür und wartete auf die Rückkehr ihres Priesters.
»Bald gibt es Schnee«, sagte sie, zum Himmel aufblickend.
Der Schnee kam zwei Tage später. Als Don Paolo am Morgen erwachte, fand er die Landschaft verwandelt. Es hatte die ganze Nacht geschneit, und die Flocken fielen regelmäßig weiter, still und unerbittlich.
Am Abend versammelten sich einige Leute im Wirtshaus, um den ersten Schnee zu feiern. Etwas verspätet erschien auch Cristina. Es war, als seien ihre Augen durch Kummer und Schmerzen noch größer geworden, aber ihre Schönheit hatte nicht gelitten. Wer sie ansah, mußte bezaubert sein.
Don Paolo saß in der Nähe des Kamins. Einige Männer und die Frauen und Kinder bildeten einen großen Kreis um ihn. Vor dem Feuer lag auf der einen Seite ein Hund, auf der anderen Teresas Kind – das Kind, das seinerzeits in Gefahr gewesen war, blind zur Welt zu kommen und davor bewahrt werden konnte. Man hatte den Säugling in einen Korb gelegt, und seine Apfelbäckchen glänzten rosig im Widerschein der Flammen. Don Paolo wurde aufgefordert, eine Geschichte zu erzählen. Eine Heiligengeschichte, bat Cristina. Er konnte sich schließlich nicht mehr weigern,

schlug sein Brevier auf und begann nach den Angaben, die er darin fand, die Geschichte der Märtyrer auf seine Art zu erzählen.

Es sind viele verschiedene Geschichten, und doch ist es immer die gleiche. Eine Zeit der Leiden und der Verfolgungen. Eine Diktatur mit einem Führer an der Spitze, der wie ein Gott verehrt wird. Eine gealterte, von Almosen lebende Kirche. Ein Söldnerheer, das den Reichen ihre ungestörte Verdauung ermöglicht. Eine versklavte Bevölkerung. Immer neue Vorbereitungen für Raubzüge, die den Ruhm der Diktatur stärken sollen. Inzwischen sind geheimnisvolle Reisende aus fernem Land erschienen. Sie reden im Flüsterton von Wundern, die im Orient geschehen sind. Sie bringen die frohe Botschaft: die Stunde der Befreiung steht nahe bevor. Die Mutigen, die Armen, die Hungernden wagen es als Erste, in unterirdischen Räumen zusammenzukommen, um die Botschaft zu hören. Das Gerücht verbreitet sich. Manche verlassen die alten Tempel und nehmen den neuen Glauben an. Vornehme Leute geben ihre Paläste auf. Soldaten desertieren. Die Polizei überrascht geheime Versammlungen und macht Gefangene. Sie werden gefoltert und vor ein Sondergericht gestellt. Es sind welche darunter, die sich weigern, den Götzen des Staates Weihrauch darzubringen. Sie erkennen keinen anderen Gott an als den ihres Herzens. Mit einem Lächeln auf den Lippen gehen sie den Qualen entgegen. Die Jünglinge werden wilden Tieren vorgeworfen. Die Überlebenden halten ihren Toten die Treue und verehren sie im Geheimen. Die Zeiten wandeln sich, die Art sich zu kleiden, sich zu ernähren, zu arbeiten wird anders, die Sprachen verändern sich, aber im Grunde ist es immer dieselbe Geschichte, und sie geht immer noch weiter.

Die Wärme des Kamins verführte zum Schlafen. Wer wach geblieben war, hörte zu und sah ins Feuer. Cristina sagte:

»In jeder Zeit und in jeder Gesellschaft ist das Höchste, was der Mensch tun kann, daß er seine Seele hingibt, daß er sich verliert, um sich wiederzufinden. Man besitzt nur, was man verschenkt.«

Das Feuer brannte nieder, die Gäste verabschiedeten sich, und Don Paolo ging in sein Zimmer hinauf. Er nahm das Heft der *Gespräche mit Cristina* zur Hand, das er in der ersten Zeit seines Aufenthaltes in Pietrasecca begonnen hatte. Er las die ersten Seiten, die voll zärtlicher Zuneigung waren, dann las er die folgenden, von Enttäuschung und Ärger diktierten Seiten und riß sie aus. Es waren mehrere Monate vergangen, und sie hatten beide zugelernt. Bevor er zu Bett ging, fügte er noch einige Zeilen hinzu.

»Cristina«, schrieb er, *»es ist richtig, daß man besitzt, was man hingibt, aber wem und wie soll man geben?*

Unsere Liebe, unsere Bereitschaft zum Opfer und zur Selbstverleugnung trägt nur Frucht, wenn sie in die menschlichen Beziehungen hineingetragen wird. Die moralischen Kräfte wachsen und gedeihen nur im praktischen Leben. Wir sind nicht nur für uns selbst verantwortlich, sondern auch für die anderen.

Wenn wir empfinden, daß um uns her das Böse herrscht, können wir nicht untätig bleiben und uns mit der Aussicht auf eine überirdische Welt trösten. Das Böse, das bekämpft werden muß, ist nicht das abstrakte Wesen, das man den Teufel nennt; das Böse ist all das, was Millionen von Menschen hindert, im wahren Sinne menschlich zu sein. Und dafür sind wir mit verantwortlich . . .

Ich glaube nicht, daß ein Mensch heutzutage eine andere Möglichkeit hat, seine Seele zu retten. Er rettet sie, wenn er seinen Egoismus als Person, als Familienglied, als Angehöriger einer bestimmten Kaste überwindet und wenn er sich von dem Gedanken frei macht, daß die Herrschaft des Bösen unabänderlich ist.

Liebe Cristina, man darf nicht besessen sein von dem Gedanken der Sicherheit, nicht einmal der Sicherheit der eige-

nen Tugenden. Geistiges Leben und gesichertes Leben sind unvereinbar. Man muß wagen, um zu gewinnen.«

Während dieser Nacht schneite es ununterbrochen weiter. Am Morgen schlief der Priester noch, als Matalena nach ihm rief. Vor dem Wirtshaus stand Garibaldi, der Esel des Sciatàp, inmitten einer Gruppe von Männern und Knaben. Statt seiner gewöhnlichen Last trug er einen toten Wolf auf dem Rücken, der am selben Morgen auf dem Berge hinter Pietrasecca erlegt worden war. Das gelblich-graue, borstige Fell des Wolfes war mit Schmutz und Blut befleckt, seine Zähne waren weiß und sehr kräftig. Auf der Schulter und an der Seite sah man die blutigen Schußwunden. Nach alter Sitte machten die erfolgreichen Schützen mit ihrer Beute von Haus zu Haus die Runde, und jeder gab ihnen für das erschossene Raubtier ein kleines Geldgeschenk.

Luigi Banduccia trug noch die Flinte auf dem Rücken und erzählte, wie es zugegangen war. Es war der vierte Wolf, den er erlegt hatte. Er zeigte allen das Liebeszeichen auf dem Nacken des Tieres, den tiefen Biß einer Wölfin. Die Liebe der Wölfe ist eine ernste Sache. Banduccia konnte aus der Ferne das Geheul der Wölfe unterscheiden: den Ruf in Gefahr, den der Wolf ausstößt, wenn er mit Waffen angegriffen wird; den Ruf zum Mahl, der bedeutete, daß er eine Beute gefunden hat und seine Brüder dazu einlädt; den Liebesruf, der weithin kundtut, daß er sich nach einer Gefährtin sehnt.

Cristinas Großmutter wollte für den getöteten Wolf nichts geben, aber Cristina, die von klein auf einen besonderen Respekt vor Wölfen hatte, bestand darauf.

»Ein toter Wolf beißt nicht mehr«, sagte die alte Frau.

Am gleichen Tag brachte Magascià dem Priester einen Brief, den der alte Murica ihm in Rocca dei Marsi gegeben hatte. Der Brief war von Annina unterschrieben, die gerade im Hause Murica eingetroffen war, und enthielt die Nachricht, daß Luigi verhaftet worden sei. Don Paolo wollte sofort aufbrechen, aber Magascià machte Schwierigkeiten, er sei müde, und seine alte Eselin auch.

»Dann gehe ich zu Fuß«, sagte der Priester. »Etwas frische Luft wird mir gut tun.«

»Ist es denn so dringend?« fragte Matalena.

»Es handelt sich um einen sehr ernsten Fall«, sagte der Priester.

»Ist es jemand aus Ihrer Diözese?«

»Aus meiner Diözese und aus meiner Gemeinde.«

Matalena hatte ihn noch nie so erregt gesehen. Mit ungewohnter Energie traf er rasch die notwendigen Vorbereitungen und machte sich sofort auf den Weg.

28

Der Kranz der Berge rund um das Fucino-Becken schimmerte weiß von frisch gefallenem Schnee. An manchen Stellen reichte der Schnee bis auf die Hügel hinunter, die die Vorstufe der Berge bildeten. Don Paolo trug einen schwarzen Mantel, der ihm bis zu den Füßen reichte, und einen schwarzen Wollschal um den Hals. Er brauchte nur den Mantel aufzuknöpfen und den Schal in die Tasche zu stecken, um seiner Kleidung den priesterlichen Anstrich zu nehmen. Für seine Kopfbedeckung hatte er eine besonders gelungene Lösung gefunden, einen gewöhnlichen schwarzen Filzhut, der sowohl zum geistlichen wie zum bürgerlichen Anzug paßte, je nachdem wie man ihn aufsetzte und zurechtbog.

Die Straße führte zwischen Weinbergen und Feldern langsam bergab. Nach einer Weile hörte der Schnee auf, und Don Paolo konnte schneller ausschreiten. An einer Biegung traf er auf einen Wagen, der am Straßenrand stand.

»Don Paolo?« fragte der Mann auf dem Wagen. »Steigen Sie ein. Annina hat mich geschickt.«

Der Priester stieg ein, und der Mann setzte das Pferd in Trab.

»Man hat mich benachrichtigt«, sagte er ohne weitere Erklärung. »Ich warte schon seit ein paar Stunden auf Sie.«

»Ich bin zu Fuß gekommen«, sagte Don Paolo.

Der Mann war seit Tagen nicht rasiert, sein Hemd und sein Anzug waren vernachlässigt, und er sah übermüdet und niedergeschlagen aus.

»Hat man Nachrichten von Luigi Murica?« fragte Don Paolo. »Ist er noch im Gefängnis?«

»Er ist gestern gestorben.«

»Consumatum est«, sagte der Priester.

Es war eine große Stille in der Luft, die Stille kurz vor Anbruch des Winters.

»Wart ihr Freunde?« fragte Don Paolo.

»Wir sind viel zusammen gewesen«, sagte der Mann. »Mit ihm war man gern zusammen. Er war ein guter Mensch und weckte in einem den Wunsch, auch gut zu werden. Er hat mit uns auch von der Revolution gesprochen. Zusammenhalten und keine Angst haben, damit fängt es an, sagte er uns.«

»Wir müssen zusammenbleiben«, sagte Don Paolo.

»Luigi hatte einige Sätze auf ein Stück Papier geschrieben: ›Wahrheit und Brüderlichkeit werden unter den Menschen herrschen anstelle von Lüge und Haß; die Arbeit wird herrschen anstelle des Geldes.‹ Als man ihn verhaftete, wurde dieser Zettel bei ihm gefunden, und er hat sich dazu bekannt. Daraufhin haben sie ihm im Kasernenhof in Fossa einen Nachttopf als Krone aufgesetzt. ›Das ist die Wahrheit‹, haben sie gesagt. In die rechte Hand haben sie ihm einen Besen als Zepter gegeben. ›Das ist die Brüderlichkeit‹, haben sie gesagt. Dann haben sie ihn in einen roten Teppich eingeschnürt und ihm die Augen verbunden. Und dann haben die Milizsoldaten ihn mit Fußtritten und Faustschlägen vor sich her gestoßen. ›Das ist das Reich der Arbeit‹, haben sie gesagt. Als er zu Boden fiel, haben sie ihn immer wieder mit ihren nägelbeschlagenen Stiefeln getreten. Danach hat er noch einen Tag gelebt.«

»Wenn wir leben wie er«, sagte Don Paolo, »wird es sein, als wäre er nicht gestorben. Wir müssen zusammenhalten und dürfen keine Angst haben.«

Der Mann nickte.

Beim Eingang von Rocca zeigte er Don Paolo das Haus der Familie Murica inmitten der Felder. Don Paolo ging zu Fuß hin und benutzte den kurzen Gang, um seiner Kleidung einen bürgerlichen Charakter zu geben. Das Haus der Murica war einstöckig, breit und behäbig, halb Wohnhaus, halb Stall. Die Fenster waren alle geschlossen, auch die Läden, aber die Eingangstür stand weit offen, wie es bei Trauerfällen üblich ist. Besucher, die ihr Beileid bezeugen wollten, gingen ein und aus. Pietro trat zögernd ein. Niemand achtete auf ihn. Von der Tür kam man gleich in einen großen gepflasterten Raum, der gewöhnlich als Küche und Aufbewahrungsort für landwirtschaftliche Geräte dienen mochte und jetzt voller Menschen war. Einige Frauen mit schwarzen und gelben Umschlagetüchern saßen am Boden vor dem Kamin. An einem Tisch standen mehrere Männer und sprachen von der Ernte. Weiter hinten entdeckte Pietro Annina, die ganz allein, blaß und verwirrt, vor Kälte und Angst zitternd unter all den fremden Menschen saß. Sie weinte nicht; um weinen zu können, hätte sie allein sein müssen oder unter Freunden. Aber als sie Pietro erkannte, konnte sie sich nicht mehr beherrschen und fing an zu schluchzen. Aus einem Nebenraum kamen der Vater und die Mutter des Verstorbenen, beide schwarz gekleidet. Die Mutter ging auf Annina zu, trocknete ihr die Tränen, legte ihr ein großes schwarzes Tuch um und setzte sich mit ihr zusammen auf eine kleine Bank dicht an das Feuer.

»Wer ist das?« fragten die Frauen einander.

»Das ist die Braut«, gab jemand zur Antwort. »Die Braut aus der Stadt.«

Der Vater nahm am oberen Ende des Tisches Platz, die anderen Männer setzten sich zu ihm. Verwandte aus einem Nachbardorf traten ein. Mehrere junge Leute traten ein. Die Mutter sprach, wie es Sitte ist, zum Lobe des verstorbenen Sohnes. Sie erzählte, daß sie ihn hatte retten wollen, daß sie ihn fortgeschickt hatte, damit er dem Los entgehen sollte, das seine schwache Gesundheit befürchten ließ. Sie hatte ihn nicht retten können. Die Stadtluft war nicht das richtige für ihn gewesen. Die Erde hatte ihn zurückgerufen. Er hatte auf dem Feld gearbeitet, um dem Vater zu helfen. Man hätte annehmen können, daß er bald ermüden und die Lust verlieren würde, denn Tag für Tag auf dem Felde zu arbeiten ist eine Strafe des Himmels. Aber er weckte den Vater am Morgen, er schirrte das Pferd an, er las den Samen aus, er füllte die Fäßer, und er besorgte den Garten.

Von Zeit zu Zeit hielt die Mutter inne, um das Feuer anzufachen und einen trockenen Ast aufzulegen. Marta, Don Benedettos Schwester, trat ein. Mehrere Cafoni aus der Nachbarschaft traten ein. Andere Männer machten ihnen Platz und verließen den Raum. Der alte Murica stand am oberen Ende des Tisches und ermahnte die Männer, die ihn umgaben, zu essen und zu trinken.

»Er war es«, sagte er, »der mir geholfen hat, das Korn zu säen, zu ernten, zu dreschen und zu mahlen, aus dem dieses Brot gemacht ist. Nehmt es und eßt, es ist sein Brot.«

Andere Gäste traten ein. Der Vater füllte die Gläser und sagte:

»Er war es, der mir geholfen hat, die Weinstöcke zu beschneiden und zu schwefeln und die Trauben zu ernten, von denen dieser Wein stammt. Trinkt, es ist sein Wein.«

Die Männer aßen und tranken, manche von ihnen tauchten das Brot in den Wein.

Einige Bettler erschienen an der Tür.

»Laßt sie eintreten«, sagte die Mutter.

»Vielleicht sind sie hergeschickt worden, um zu spionieren«, sagte einer der Gäste leise.

»Laßt sie eintreten. Man darf nicht ängstlich sein. Manch einer, der die Armen speiste, hat Jesus zu Gast gehabt, ohne es zu wissen.«

»Eßt und trinkt«, sagte der Vater.

Als Pietro ihm gegenüber stand, sah er ihn aufmerksam an und fragte:

»Woher kommst du?«

»Aus Orta«, antwortete Pietro.

»Wie heißt du?«

Annina trat auf den alten Mann zu und flüsterte ihm einen Namen ins Ohr. Er sah Pietro freundlich an und umarmte ihn.

»Als ich jung war, habe ich deinen Vater gekannt«, sagte er. »Einmal kaufte er auf dem Viehmarkt eine Stute von mir. Mein Sohn, der mir genommen worden ist, hat von dir gesprochen. Setz dich hierher zwischen seine Mutter und seine Braut und iß und trink.«

Die Männer, die um den Tisch saßen, aßen und tranken.

»Bis das Brot entsteht, dauert es neun Monate«, sagte der alte Murica.

»Neun Monate?« fragte die Mutter.

»Im November wird der Weizen gesät, im Juli wird er geerntet und gedroschen.« Er zählte die Monate: »November, Dezember, Januar, Februar, März, April, Mai, Juni, Juli. Das macht genau neun Monate, von März bis November.«

»Neun Monate«, wiederholte die Mutter. Das war ebenso lange, wie es dauert, bis ein Mensch entsteht. Sie hatte noch nie darüber nachgedacht.

Neue Gäste traten ein, andere gingen fort, um ihnen Platz zu machen. Marta sagte zu der Mutter:

»Ich erinnere mich an die Zeit, als Luigi klein war und du mit ihm auf dem Arm spazieren gingst. Du kamst oft zu eurem Weinberg, und Don Benedetto sagte einmal, du seist wie ein Weinstock, und Luigi sei die Traube.«

Bianchina erschien an der Tür, und Don Paolo ging ihr entgegen. Sie war außer Atem und konnte vor Aufregung kaum sprechen.

»Pietro«, sagte sie leise.

»Warum nennst du mich so?«

»Bist du Pietro Spina?«

»Ja, der bin ich.«

»Du mußt fort, so schnell wie möglich. Du bist entdeckt.«

»Woher weißt du das?«

»Alberto Colamartini hat mich gewarnt. Er ist jetzt bei der Miliz. Heute nacht oder morgen früh kommen sie nach Pietrasecca, um dich zu verhaften. Du hast keine Minute zu verlieren.«

Pietro sprach mit Annina und bat auf ihren Rat den alten Murica, ihm für einige Stunden ein Pferd zu leihen. Der Alte ging in den Stall und führte einen prächtigen jungen Hengst heraus.

»Etwas frischer Wind wird ihm gut tun«, sagte er und übergab Pietro das Pferd.

»Was kann ich tun?« fragte Bianchina.

»Du tust, was Annina dir auftragen wird«, sagte Pietro. »Ich reite nach Pietrasecca, wo ich einige Papiere zurückgelassen habe, die ich lieber verbrennen will. Wenn ich es schaffe, kehre ich dann sofort wieder um und versuche, nach Pescasseroli durchzukommen. Mach dir keine Sorgen. Ich habe keine Angst. Sobald ich kann, gebe ich dir Nachricht.«

29

Der junge Hengst hatte weder Sattel noch Zaumzeug, nur einen Halfter aus Hanfstricken. Kaum fühlte er das Gewicht des Reiters auf dem Rücken, so wieherte er laut und jagte in rasendem Galopp quer über die Felder. Pietro war nicht darauf gefaßt gewesen. Seit vielen Jahren hatte er nicht mehr auf einem Pferd gesessen, und es blieb ihm nichts anderes übrig, als sich an der Mähne des Tieres festzuklammern, um nicht zu Boden geschleudert zu werden. Nachdem der Hengst sich etwas ausgetobt hatte, wurde er ruhiger und ließ sich auf den Weg nach Pietrasecca lenken, wo er in raschem Trab neben der Fahrstraße weiter lief, obwohl der Weg bergauf ging. Erst als sie in den Schnee kamen, fiel er in eine etwas langsamere Gangart.

Pietro wandte sich von Zeit zu Zeit um, aber nichts deutete darauf hin, daß er verfolgt wurde. Je weiter er kam, um so mehr empfand er, wie sehr die Landschaft sich verändert hatte. Es war viel Schnee gefallen, und der schwere graue Himmel ließ noch mehr erwarten. Das Pferd schnaubte und dampfte, aber es trabte schnell und gleichmäßig weiter. Pietro sah an den weißen Felswänden hinauf, sie waren ihm noch nie so hoch und unwegsam erschienen.

Als Pietrasecca in Sicht kam, bog er seinen Hut zurecht und knöpfte den Mantel zu. Sein Blick hing wie gebannt an dem Berg, der gleich hinter dem Dorf steil aufragte. Er hatte zwei ungleiche Buckel, wie die Höcker eines Dromedars, und dazwischen befand sich eine tiefe Einsenkung, die der Ziegensattel genannt wurde. Es war der einzige Paß, der über das Gebirge führte. Im Sommer brauchte man vier bis fünf Stunden bis zu den ersten Häusern auf der anderen Seite. Aber im Winter? Und wenn dieser Weg ausfiel, gab es dann eine andere Möglichkeit zur Flucht? Und wenn die Flucht sich als unmöglich erwies, konnte er sich in Pietrasecca verstecken?

Beim Wirtshaus angelangt, band Pietro das Pferd mit dem Halfter an einem Ring fest, der in der Mauer eingelassen war, und wollte gerade ins Haus gehen, als er hörte, daß hinter ihm jemand gelaufen kam. Er wandte sich um. Es war Cristina. Sie sah so verzweifelt aus, daß er erschrak.

»Alberto hat mir alles gesagt«, brachte sie mühsam hervor.

»Cristina, geht es Ihnen nicht gut?«

»Ich flehe Sie an, sagen Sie mir die Wahrheit. Sind Sie Pietro Spina?«

»Ja«, antwortete er. »Verzeihen Sie mir.«
Matalena trat aus dem Haus. Sie deutete die ungewöhnliche Erregung, in der die beiden sich befanden, auf ihre Weise.
»Warten Sie einen Augenblick«, sagte Pietro zu dem Mädchen. »Ich habe etwas für Sie.«
Er lief die Treppe hinauf in sein Zimmer und nahm das Tagebuch aus der Schublade. Auf den Deckel des Heftes schrieb er die Worte:
»Liebe Cristina, hier finden Sie meine Rechtfertigung und noch etwas, was Sie persönlich angeht: die verborgene Wahrheit jenseits von allen Schranken der Vernunft, die Wahrheit des Herzens. Pietro Spina.«
Er ging hinunter in die Küche und übergab das Heft Cristina, die an der Tür stehengeblieben war, totenbleich und wie gelähmt. Ohne ein Wort zu sagen, eilte sie fort. In diesem Augenblick ging Sciatàp am Wirtshaus vorbei. Pietro rief ihn an und bat ihn, dem alten Murica das Pferd zurückzubringen. Er würde ihm dafür einen Arbeitstag im voraus bezahlen.
Sciatàp bedankte sich und war sehr erfreut über die unerwartete Einnahme in der schlechten Jahreszeit. Matalena stand dabei und sah, daß der Mann, der für sie noch Don Paolo war, in sein Zimmer zurückkehrte. Es war nichts geschehen, was ihren Verdacht hätte wecken können. Cristinas Erregung entsprach dem, was Cassarola vorausgesagt hatte. Matalena lächelte befriedigt und verließ das Haus, um Salz zu kaufen. Sie schwatzte ein wenig mit einigen anderen Frauen, denn sie war gut aufgelegt und hatte keine Eile.
»Wie geht es Don Paolo?«
»Sehr gut. Ich bin jetzt sicher, daß er den Winter über hierbleiben wird.«
»Wann nimmt er wieder die Beichte ab?«
»Sehr bald. Er wartet nur auf die endgültige Entscheidung des Papstes.«
Nachdem Matalena nach Hause zurückgekehrt war, machte

sie sich, immer noch ahnungslos, an die Bereitung des Abendessens. Wieviel Zeit mochte vergangen sein, seit sie ihren Priester zum letzten Mal gesehen hatte? Sicher nicht mehr als zwei Stunden. Das Essen war fertig, und sie stieg die Treppe hinauf, um Don Paolo zu Tisch zu bitten. Das Zimmer war dunkel und leer. Matalena machte das Licht an. Auf dem Tisch lag Geld und ein Zettel mit einigen Worten des Dankes und der Entschuldigung. Matalena traute ihren Augen nicht. Was sollte das bedeuten? Hatte ihr Priester den Verstand verloren? Mit klopfendem Herzen lief sie in den Garten hinunter. Auf dem Schnee waren seine Fußstapfen zu sehen. Sie folgte ihnen bis an den Bach. Aber von dort aus führten sie nicht ins Tal hinunter, sondern aufwärts zu den Bergen. Auf dem Weg traf Matalena den Taubstummen und fragte ihn durch Zeichen, ob er den Priester gesehen habe. Er bedeutete ihr, ebenfalls durch Zeichen, er habe ihn in Richtung auf die Berge fortlaufen sehen. Magascià kam hinzu und bestätigte die unglaubliche Nachricht. Der Priester sei gelaufen wie ein Wahnsinniger. Er mußte inzwischen schon weit gekommen sein.

»Er ist verrückt geworden«, rief Matalena. »Warum habt ihr ihn nicht aufgehalten?«

Ohne die Antwort abzuwarten, stürzte sie davon und lief zum Hause Colamartini. Sie klopfte mehrmals an die Pforte, aber niemand zeigte sich. Als sie um das Haus herumging, sah sie, daß die kleine Hintertür offenstand.

»Donna Cristina!«, rief sie. »Donna Cristina!«

Cristina befand sich in ihrem Zimmer. Sie starrte verstört auf Pietro Spinas Tagebuch, das sie in der Hand hielt.

Plötzlich stürzte Matalena herein.

»Unser Priester ist wahnsinnig geworden«, rief sie atemlos.

»Wahnsinnig geworden?« wiederholte Cristina bestürzt.

»Er ist plötzlich fortgelaufen, in die Berge«, sagte Matalena. »Ist er vielleicht Ihretwegen in diesen Zustand geraten?«

Cristina lief ans Fenster und blickte zu den Bergen hinauf.

Auf der weißen Wand unterhalb des Ziegensattels war keine Spur von einem Menschen zu sehen. Er mußte den längeren und weniger steilen Weg eingeschlagen haben, den Maultierpfad, der zuerst neben dem Bach herlief und dann in großen Windungen zum Paß hinaufstieg.
»Wenn er wenigstens etwas gegessen hätte«, sagte Matalena schluchzend. »Wenn er wenigstens etwas Warmes angezogen hätte. Aber er hat alles im Schrank zurückgelassen.«
Der Bach war am Ende des Tales von Felsblöcken und dichten Sträuchern verdeckt, so daß Cristina nicht erkennen konnte, bis zu welcher Stelle der Flüchtling inzwischen gelangt war. Außerdem fing es an zu dämmern.
»Bald wird es dunkel«, klagte Matalena. »Ehe er den Paß erreicht, wird er in einen Schneesturm geraten.«
Cristina stand immer noch am Fenster und starrte auf den Berg. Dieses Abenteuer konnte ihn das Leben kosten, bei seinem Gesundheitszustand und noch dazu ohne Stärkung und warme Kleider. Außerdem kannte er die Gegend nicht.
Plötzlich schien Cristina einen Entschluß zu fassen.
»Gehen Sie nach Hause«, sagte sie zu Matalena.
Sobald sie allein war, versteckte sie das Tagebuch unter ihrem Kopfkissen. Sie öffnete einen Schrank im Korridor und entnahm ihm einige warme Sachen, einen dicken Pullover, wollene Strümpfe, Handschuhe und einen warmen Schal. Dann lief sie hinunter in die Küche, ergriff ein Brot, ein Stück Käse, eine Flasche Rotwein, wickelte alles in die Wollsachen und band den Schal darum. Um nicht bemerkt zu werden, verließ sie mit ihrem schweren Bündel das Haus durch die kleine Hintertür, durch die Matalena hereingekommen war. Sie ging hinter der Kirche am Friedhof vorbei und erreichte den Weg, der am Bach entlang in die Höhe führte. Als sie sicher war, daß niemand sie gehört oder gesehen hatte, fing sie an zu laufen. Sie hatte keine Zeit zu verlieren, wenn sie den Flüchtling einholen wollte. Auf dem Schnee, der den Weg bedeckte, waren verschiedene

Fußspuren zu sehen, und sie versuchte zu erraten, welche von Pietro herrühren könnten. Allmählich wurden die Spuren seltener, und keine einzige entfernte sich vom Bach. Das war ein sicheres Zeichen dafür, daß Pietro nicht den steilen Fußweg eingeschlagen hatte, sondern den Saumpfad, den die Maultiertreiber benutzten.
Cristina blickte an der Felswand hoch. Dort hinaufzuklettern war schon im Sommer ein Unternehmen, das den Ziegen und einigen tollkühnen Hirtenjungen vorbehalten blieb. Im Winter war es fast unmöglich. Aber nur auf diese Weise konnte sie seinen Vorsprung einholen. So begann sie den Aufstieg. Sie kletterte auf allen vieren und klammerte sich an Sträucher und Felsvorsprünge, die aus dem Schnee herausragten. Mehrmals stolperte sie, fiel aufs Gesicht und glitt ein Stück zurück. Wo der Abhang besonders steil war, hatte der Wind glücklicherweise den Schnee zum Teil fortgeblasen. Aber zwischen den Felsspitzen versank Cristina oft so tief in die zusammengewehten, noch weichen Schneemassen, daß sie sich lange abmühen mußte, um sich wieder zu befreien. Ihr schwerer Rock und das unförmige Bündel behinderten sie bei jedem Schritt. An einer Stelle hatte ein großer vorspringender Felsen eine schneefreie Grotte gebildet, und sie warf sich atemlos und erschöpft auf den Boden. Aus dem Tal stieg Nebel auf. Weiche, graue Schwaden bedeckten Häuser und Felder und füllten die Schluchten. Das Tal war wie unbewohnt und hatte Form und Umrisse verloren. Cristina erhob sich und setzte ihren Aufstieg fort. Weiter oben war der Schnee härter, und sie kam besser vorwärts, aber dafür glitt sie leichter aus. Sie war schweißgebadet, und ihre Hände bluteten, denn mehr als einmal hatte sie sich an Dornensträuchern festhalten müssen, um nicht in die Tiefe zu stürzen. Das Herz schlug ihr so stark, daß sie immer wieder die Hände gegen die Brust drückte, als wollte sie es festhalten. Als sie endlich den oberen Rand der Steilwand erreicht hatte, befand sie sich auf einem ge-

räumigen, fast rechteckigen Platz, der sogenannten Hexenwiese. Jenseits dieser Stelle stieg der Berg langsam weiter an. Ringsum war der Schnee unberührt. Niemand war hier gegangen. Es war sinnlos, den Aufstieg weiter fortzusetzen. Cristina beschloß, in gleicher Höhe am Abhang entlangzugehen, um Pietros Weg zu kreuzen. Bald hatte sie das Tal von Pietrasecca aus den Augen verloren und sah vor sich und um sich nur noch die weißen Gipfel und Abhänge der Berge. Es wurde dunkel, und ein eisiger Wind schnitt ihr ins Gesicht. Ein leichtes Schneetreiben setzte ein. Sie erreichte den Einschnitt, der den Bergrücken in zwei Buckel teilte. Auf dem Schnee waren keine Fußspuren zu sehen. Der Boden war sehr uneben durch Felsbrocken und tiefe Spalten, die seinerzeit bei Überschwemmungen entstanden waren. Cristina sank mehrmals bis zum Gürtel ein. Da sie an dieser Stelle keinen Ausblick hatte, begann sie, zum Paß hinaufzusteigen, wo sie vielleicht Pietro entdecken würde oder sich ihm bemerkbar machen konnte. Aber bald waren ihre Kräfte erschöpft, und sie ließ sich in den Schnee fallen.

Damit er nicht vorbeiging, ohne sie zu bemerken, rief sie von Zeit zu Zeit mit aller Kraft seinen Namen, den neuen, den richtigen Namen:

»Pietro! ... Pietro! ...«

Nach einer Weile hörte sie aus der Ferne eine Stimme, die Antwort gab, aber es war keine menschliche Stimme. Es klang wie das Heulen eines Hundes, nur schärfer und langgezogen. Cristina glaubte, die Stimme zu erkennen. Es war das Geheul eines Wolfes, der seine im Gebirge verstreuten Brüder zusammenrief. Es war die Einladung zum gemeinsamen Festmahl. Trotz der Dunkelheit sah Cristina durch das Schneegestöber den Wolf, der schnell und stetig auf sie zulief. Manchmal verschwand er in einer Schneewehe, dann tauchte er wieder auf, und in der Ferne erschienen noch andere schattenhafte Gestalten.

Cristina kniete nieder und machte das Zeichen des Kreuzes. Dann schloß sie die Augen.

Es ist nicht ungewöhnlich, daß ein Schriftsteller einen Unbekannten eines seiner Bücher lesen sieht; und doch hat vor vielen Jahren ein Erlebnis dieser Art einen solchen Eindruck auf mich gemacht, daß ich mich heute noch daran erinnere, vielleicht auf Grund der damit verbundenen Umstände, die mir damals nicht gleich bewußt wurden.
Ich befand mich allein in einem leeren Abteil des Zuges von Zürich nach Lugano. Unterwegs stieg eine ältere, einfach gckleidete Frau zu, die mich mit einem kurzen Kopfnicken begrüßte und mir gegenüber Platz nahm. Kaum hatte sie sich hingesetzt, so zog sie ein Buch aus ihrer Reisetasche und schlug es bei der Seite auf, die durch ein schmales Band gekennzeichnet war. Ich selbst hatte noch einige Zeitschriften durchzusehen und beachtete sie daher kaum, aber nach einiger Zeit wurde mein Blick von dem farbigen Umschlag des Buches angezogen, und ich stellte fest, daß es sich um die deutsche Ausgabe meines einige Jahre zuvor erschienenen Romans *Brot und Wein* handelte. Daraufhin legte ich Zeitschriften und Zeitungen beiseite und begann, neugierig geworden, die Frau zu beobachten.
Ihre Kleidung war bescheiden, sie war schlicht gekämmt und trug keinerlei Schmuck, wie es in der Schweiz auf dem Lande, besonders in den protestantischen Kantonen, noch üblich ist. Ihr Haar war grau, aber die Gesichtsfarbe frisch, ihre Züge waren fein und regelmäßig, der Ausdruck des Gesichtes intelligent, offen und sympathisch; in ihrer Jugend mußte sie sehr gut ausgesehen haben. Ich stellte sie mir etwa als eine pensionierte Lehrerin oder als die Frau eines Arztes vor. Sie machte den Eindruck eines starken, ausgeglichenen Menschen, dem schmerzliche Erfahrungen nicht erspart geblieben waren.

Unter dem Vorwand, einige Zeitschriften ins Gepäcknetz zu legen, stand ich auf, um zu sehen, an welcher Stelle des Romans sie angelangt war. Es war ein Kapitel, an das ich mich noch genau erinnerte, denn es hatte mich nicht wenig Mühe gekostet. Von diesem Augenblick an begleitete ich, scheinbar in eine Zeitung vertieft, in Gedanken Seite für Seite, fast möchte ich sagen Zeile für Zeile, die Lektüre der Unbekannten.

Ihr Gesicht war äußerlich unbewegt. Nur hin und wieder schloß sie die Augen, um nach kurzer Zeit weiter zu lesen. Ich hatte ein merkwürdiges Gefühl: ich saß einem unbekannten Menschen gegenüber, dem ich insgeheim eine lange Geschichte erzählte. Zum Glück war die betreffende Ausgabe des Romans nicht mit einem Photo des Autors versehen. Wenn die Frau mich erkannt hätte, wäre ich in einige Verlegenheit geraten, denn allmählich bemächtigte sich meiner ein seltsames Unbehagen. Die Seite, bei der die Leserin gerade angelangt war, befriedigte mich durchaus nicht, im Gegenteil, sie kam mir in diesem Augenblick geradezu töricht vor. Warum hatte ich sie geschrieben? Hätte ich voraussehen können, daß Menschen wie diese Frau mein Buch lesen würden, so dachte ich mir, dann hätte ich diese Seite zweifellos weggelassen, hätte noch etliche andere gestrichen und genauer über manche Ausdrücke nachgedacht. Vielleicht habe ich nie zuvor auf eine so unmittelbare und prägnante Weise das Privileg und die Verantwortung des Schriftstellerberufes empfunden, obwohl ähnliche Überlegungen mir nicht neu waren. Ich erinnerte mich an die Verlegenheit, in die mich ein Jahr zuvor der Brief eines italienischen Arbeiters versetzt hatte. Im Namen einer Gruppe italienischer Arbeitskameraden, die wie er in die Schweiz emigriert waren, bat er mich um Auskunft über einen bestimmten Satz meines Buches, über dessen Bedeutung sie sich nicht hätten einigen können. Und dabei hatte ich diesen Satz völlig gedankenlos hingeschrieben . . .

Die Frau verließ den Zug vor mir, und während der restlichen Reise setzte ich meine Betrachtungen über die große Würde und Macht der Literatur fort und über die große Unwürdigkeit der meisten Schriftsteller, mich inbegriffen. Von dieser Begegnung datiert mein Entschluß, *Brot und Wein* noch einmal kritisch durchzulesen.

Ich hatte das Buch *ex abundantia cordis* geschrieben, gleich nach der faschistischen Besetzung Abessiniens und während der großen, von Stalin inszenierten Moskauer Prozesse, durch die die letzten Reste der Opposition vernichtet werden sollten. Man kann sich kaum ein bedrückenderes Zusammentreffen unseliger Ereignisse vorstellen. Die unmenschliche Behandlung der äthiopischen Krieger und Zivilisten durch General Graziani, die Begeisterung vieler Italiener über die Eroberung eines Imperiums, die Gleichgültigkeit der Mehrzahl der Bevölkerung, die Ohnmacht der Antifaschisten – das alles erfüllte mich mit tiefer Scham. Hinzu kamen das Entsetzen und der Ekel darüber, daß ich in meiner Jugend einem Revolutionsideal gedient hatte, das in seiner stalinistischen Form nichts anderes war als – so schrieb ich damals – »roter Faschismus«. In meinem damaligen Gemütszustand neigte ich daher eher zu Überschwang, Sarkasmus und melodramatischen Tönen als zu einer ruhigen Erzählweise. Ich muß noch hinzufügen, daß ich mir trotz dem außergewöhnlichen, von mir durchaus nicht vorausgesehenen Erfolg des Buches keine Illusionen machte, denn ich wußte sehr wohl, daß zu einem derartigen Erfolg oft eher die Mängel als die Vorzüge beitragen. Hatte ich aber das Recht, es nochmals vorzunehmen und zu verbessern? Obwohl es nicht an berühmten Beispielen fehlt, neigte ich damals zu der Auffassung, daß ein Buch nach seinem Erscheinen nicht mehr dem Autor gehört, sondern dem Publikum. Jahre später, als meine Bücher nach dem Fall des Faschismus erstmalig in Italien gedruckt wurden, ging ich dagegen mit gutem Gewissen daran, die italienische Auflage meiner im Exil erschienenen Romane *Fontamara, Brot und Wein* und *Der Same unter dem Schnee* noch einmal durchzuarbeiten.

Wie die Kritik festgestellt hat, blieben die Romane in ihrer Struktur, in ihrer moralischen Substanz, im Gang der Handlung und im Stil unverändert. Dagegen wurde Nebensächliches und Zufälliges gestrichen und dafür das eigentliche Thema vertieft. Man erlernt die Kunst des Schreibens, wie jedes andere Handwerk, durch Übung und Erfahrung. Wenn es nur auf mich ankäme, so habe ich schon bei anderer Gelegenheit bekannt, würde ich gern mein Leben damit verbringen, immer von neuem das gleiche Buch zu schreiben, jenes eine Buch, das jeder Schriftsteller in der Seele trägt und dem die veröffentlichten Werke nur bruchstückweise mehr oder weniger nahe kommen.

Soll ich nun sagen, was ich gelernt zu haben glaube? Zunächst einmal, daß der von einem starken Gefühl sozialer Verantwortung getragene Schriftsteller mehr als jeder andere dazu neigt, sich überschwänglich und theatralisch auszudrücken oder Dinge und Tatsachen nur äußerlich zu beschreiben, während das, was im Inneren der Gestalten vorgeht, doch das Einzige ist, worauf es in jedem literarischen Werk ankommt. Auch die Landschaft und die Dinge, die den Menschen umgeben, dürfen nur in dem Maße erwähnt werden, als sie Teil seines Erlebens sind. Und da wir die Rührung nicht aus dem menschlichen Leben verbannen können, scheint es mir nützlich, sie durch ein wenig Ironie erträglich zu machen.

Mit den Jahren hat in mir die Abneigung gegen jede Art von Propaganda zugenommen. Was bleibt am Ende übrig von dem vielen Geschwätz über das »Engagement« eines Schriftstellers? Das einzige »Engagement«, das Achtung verdient, entspricht einer persönlichen Berufung. Es ist ohnehin eine altbekannte Tatsache, daß man die Würde der Kunst nicht der Wirkung opfern kann, ohne die Wirkung selbst zu beeinträchtigen. Was schließlich den Stil betrifft, so erscheint es mir als höchste Weisheit, beim Erzählen einfach zu sein.

IGNAZIO SILONE
FONTAMARA

Roman
Aus dem Italienischen von Hanna Dehio
KiWi 83

Schon in diesem ersten Roman Silones, den er während der Emigration in der Schweiz verfaßte, beschreibt der Autor im Stil des frühen italienischen Neorealismus das Leben der Bauern in seiner Heimat, den Abruzzen. Dabei zeigt er nicht nur die unvorstellbare Not dieser Menschen, sondern auch die Vitalität, den Witz, die Alltagskultur, mit der diese sich gegen die Übergriffe der alten und neuen Machthaber wehrten und ihre Würde verteidigten. Der Roman ist aber auch ein Panorama der italienischen Gesellschaft der 30er Jahre mit ihren Carabinieris, den korrupten Beamten, den neureichen Kapitalisten, den brutalen Mussolini-Banden und den offiziellen »Vertretern Gottes«, die zu allem Unrecht ihren Segen gaben.
Silones Interesse gilt dabei der Frage, wie in den Jahren der faschistischen Unterdrückung Widerstand erwachsen ist – von spontanen und organisierten Sabotageakten bis zur Untergrundpresse und -agitation. Der Mensch als Opfer und als Subjekt der Geschichte – ein noch immer nicht veraltetes Thema.

IGNAZIO SILONE
EINE HANDVOLL BROMBEEREN

Roman
Titel der Originalausgabe: *Una manciata di more*
Aus dem Italienischen von Hanna Dehio
KiWi 80

Rocco, die Hauptfigur des Romans, hatte in den harten Jahren der Emigration der Kommunistischen Partei diszipliniert und bedingungslos für die Befreiung Italiens vom Faschismus gekämpft. Sofort nach dem Sieg wird er in seine alte Heimat, in die Dörfer der Abruzzen geschickt, um dort als Funktionär die Interessen der armen Bergbauern und Tagelöhner zu vertreten und die Politik der Partei durchzusetzen. Die Erfahrungen mit den abenteuerlichen archaisch-anarchischen Figuren in den Tälern der Abruzzen, mit dem Leben der armseligen und ausgebeuteten »Cafoni« auf den Feldern, vor allem aber seine Konfrontation mit dem Krebsgeschwür des Stalinismus führte ihn in immer größere Distanz zur Kommunistischen Partei.
Eine Handvoll Brombeeren, ein frühes Dokument des italienischen Neorealismus in der Literatur, ist aber nicht nur ein spannender Entwicklungsroman, sondern gleichzeitig die unsentimentale Geschichte einer großen Liebe zwischen Rocco und dem jüdischen Mädchen Stella sowie ein spannend erzählter politischer Thriller.

Franca Magnani
Eine italienische Familie

Aus dem Italienischen von Peter O. Chotjewitz
Gebunden mit zahlreichen Abbildungen.

Franca Magnani, erzählt die Geschichte ihrer Familie. Es ist dies weder eine politische noch eine historische Analyse, sondern erlebte Geschichte. Das faschistische und antifaschistische Italien, die Menschen im Exil, das Italien der Nachkriegszeit, erscheinen im Schicksal dieser Familie wie in einem Brennglas.

Bettina Dürr
Die Apfelsinenschlacht

Volksfeste in Italien
Ein Reise-Lesebuch mit Terminen,
Adressen und Tips

KiWi 234

Dieses Buch bietet dem Touristen und dem Daheimgebliebenen eine spannende Lesereise zu den italienischen Volksfesten und informiert über Termine, Veranstaltungsorte, Übernachtungsmöglichkeiten sowie kulinarische Extras.

KiWi Paperbackreihe bei Kiepenheuer & Witsch

Herbert Rosendorfer
Rom

Eine Einladung

KiWi 224

Diese Einladung nach Rom, die aus lauter Abschweifungen zu bestehen scheint, ist ein Intensivkurs besonderer Art. Mit seiner Kennerschaft und Lust, Orte und Zeiten plaudernd miteinander zu verbinden, führt Rosendorfer immer tiefer in das Geheimnis dieser Stadt, die »seit zweitausend Jahren *die Stadt*, die Mutter, die Seele, das Herz der Welt ist.«

KiWi Paperbackreihe bei Kiepenheuer & Witsch